Sabine Hartmann
Nur ein Katzensprung

Im Verlag CW Niemeyer sind bereits folgende Bücher der Autorin erschienen:

Ausweichmanöver

Bibliografische Information der Deutschen Nationalbibliothek
Die Deutsche Nationalbibliothek verzeichnet diese Publikation in der Deutschen Nationalbibliografie; detaillierte bibliografische Daten sind im Internet abrufbar über http://dnb.ddb.de

Umschlaggestaltung: Carsten Riethmüller
Umschlagfoto und Bearbeitung: CW Niemeyer Buchverlage
Druck und Bindung: AALEXX Buchproduktion GmbH, Großburgwedel
Printed in Germany
ISBN 978-3-8271-9413-8

Cape Times - 11.05.1986

Karriere beendet? – Wunderkind stürzt von der Bühne

Kapstadt (rt) – Sie waren in die Endler Hall der Universität Stellenbosch gekommen, um Beethovens Romanzen zu hören und um den sechsjährigen deutschen Wunderknaben Morton Malloy mit seiner Geige zu erleben. Stattdessen wurden sie Zeugen einer Tragödie. Nach dem ersten Stück verbeugte sich der Junge vor seinen Zuschauern, drehte sich zu seinem Partner William Austernod am Klavier um und trat einen Schritt zurück. Als er sich wieder dem Publikum zuwandte, um sich noch einmal zu verbeugen, stolperte er über einen Bodenscheinwerfer und stürzte von der Bühne. Das laute Bersten, das zu hören war, stammte allerdings von der Geige, einer kostbaren Sonderanfertigung in einer Spezialgröße, die unter dem Aufprall von Mortons Körper zerbrach. Eine in der Halle anwesende Ärztin versorgte den Bewusstlosen sofort. Trotzdem musste er mit einer schweren Kopfverletzung und einem offensichtlich gebrochenen Arm ins City Park Hospital gebracht werden.

Eine Zuhörerin, die in der ersten Reihe gesessen hatte, behauptete: „Er hat mich angesehen, gelächelt und ist mit voller Absicht über die Kante getreten.“ Mortons Mutter und Managerin, Barbara Malloy, verbittet sich derartige Behauptungen. „Mein Sohn ist so glücklich. Er freut sich sehr auf die bevorstehende Konzertreise, die ihn auf vier Kontinente und in zwanzig der bedeutendsten Konzertsäle der Welt führen wird", sagte sie und ergänzte mit Tränen in den Augen: „Er war vor dem Auftritt aufgeregt, weil er so viele begeisterte Musikliebhaber treffen wird."

Im Anschluss an unser Gespräch ließ sie verlauten, dass sie ihrerseits prüfen lassen wird, ob sie gegen die Universität Regressansprüche geltend machen kann, falls die Tournee aufgrund von Mortons Verletzungen tatsächlich verschoben werden muss. Außerdem habe sie einen Spezialisten mit der Begutachtung des Instrumentes beauftragt. Sie hoffe sehr, dass es noch zu reparieren sei. Die Geige sei zwar gut versichert, aber Morton liebte sie und glaubte, dass sie ihm Glück brächte.

Dieser Zeitung liegen noch keine Informationen zur Schwere der Verletzungen des Jungen vor. Allerdings muss wohl davon ausgegangen werden, dass die nächsten beiden Konzerte, die in Cincinnati und Brüssel stattfinden sollten, abgesagt werden müssen.

Bedeutet dies das Ende der Karriere von Morton Malloy?

Holzminden
Sonntag, 30. Oktober 2011
gegen 18.00 Uhr

2

„Gib mir five!“ Kommissar Kofi Kayi beugte sich zu dem rothaarigen Jungen hinunter. Verschwörerisch sagte er: „Ich habe früher auch Judo gemacht.“ Er betrachtete ihn aufmerksam. Kinder in Jonas‘ Alter fürchteten sich manchmal vor seiner dunklen Hautfarbe. Doch Jonas schien das nichts auszumachen.

„Ehrlich? Welchen Gurt hattest du?“

„Den grünen.“ Er hockte sich so hin, dass er ungefähr so groß war wie der kleine Junge, der stolz wie Oskar vor ihm stand. Er trug einen riesig wirkenden Judoanzug, der von einem nagelneuen, noch recht steifen gelben Gürtel zusammengehalten wurde. „Ihr wart heute zur Judo-Safari in Hannover?“

Der kleine Jonas nickte. „Ich besitze zwar nur den gelben Gürtel, aber in unserer Mannschaft haben fast alle den roten Fuchs geschafft.“ Stolz hielt er Kofi ein gesticktes Abzeichen und eine Urkunde hin. „Hast du auch so eins?“

Kofi stimmte zu. „Yep, und die Schlange und den Bären habe ich auch bekommen, aber da war ich schon älter als du.“

Jonas sah ihn mit großen Augen an. „Cool!“

Aus den Augenwinkeln sah Kofi, dass Jonas‘ Eltern unruhig hin und her gingen. Frau Schwarze rang die Hände. Ihr Mann versuchte, sie aufzuhalten, legte ihr beruhigend den Arm um die Schulter.

Sie befanden sich im Wohnzimmer der Familie, das von einem übergroßen Plasmafernseher und zahlreichen Lautsprechern dominiert wurde. In einer Ecke standen bunte Kisten mit Spielzeugen. Kofi erkannte

Playmobil und eine Menge Kuscheltiere. Er fragte: „Du hast einen Freund, der Kelvin heißt?"

„Wir gehen in die gleiche Klasse und machen zusammen Judo!"

Frau Schwarze mischte sich ein. „Kelvin hat rund zwei Monate später mit dem Training angefangen, doch er ist bereits zur orangen Gürtelprüfung angemeldet."

„Das interessiert doch nicht", sagte Herr Schwarze, der einen dunklen Anzug mit Krawatte trug.

„Im Moment wissen wir noch nicht, was wichtig ist und was nicht. Ich sammele alle Informationen, die ich bekommen kann." Kofi blickte verstohlen auf die Uhr. Wo blieb Stefan?

Zu gern würde er allein mit dem Jungen reden, in aller Ruhe. Er versuchte einen neuen Anlauf. „Du hast im Bus neben Kelvin gesessen?"

Jonas senkte den Blick. „Er ist mein Judo-Freund, und jetzt ist er verschwunden. Ich weiß nicht, wo er ist. Ich bin zuerst ausgestiegen. Mami und Papi haben gewinkt, ich bin hingelaufen."

Kofi lächelte ihn an. „Du hast nichts falsch gemacht. Aber wir können Kelvin nicht finden. Verstehst du? Deswegen wollen wir wissen, was er gemacht hat, bevor er verschwunden ist."

„Ist er tot?"

Frau Schwarze stöhnte laut auf. Die roten Haare hatte Jonas scheinbar von ihr geerbt, obwohl ihre blondiert schienen. Sie war sorgfältig frisiert, trug aber einen dunkelblauen Jogginganzug und Pantoffeln.

Ihr Mann nahm sie in die Arme und flüsterte: „Du kannst nichts dafür. Hör auf, dir Vorwürfe zu machen." Zu Kofi gewandt fügte er hinzu: „Meine Frau glaubt, dass es ihre Pflicht gewesen wäre, auf Kelvin zu achten."

„Sie glauben das nicht?“

„Nein. Wir konnten nicht ahnen, dass Angela einen Platten hatte und zu spät kommen würde. Sie müssen sich die Situation vor Augen halten. Da stürmten mehr als fünfzig aufgedrehte Kinder aus dem Bus, alle in weißen Judoanzügen. Wenn Jonas nicht auf uns zu gelaufen wäre und laut gerufen hätte, niemals hätte ich ihn auf Anhieb gefunden.“

„Was passierte, nachdem alle ausgestiegen waren?“

„Jonas erzählte uns von den Aufgaben, die er lösen musste, und dass er drei Gegner besiegt hat. Er hörte nicht mehr auf zu reden. Meine Frau meldete uns beim Betreuer ab. Ich ging mit meinem Sohn zum Auto.“

„Zu dieser Zeit stand Kelvin neben dem Mülleimer“, sagte Jonas. Dann richtete er sich auf, ging zu einer der Spielzeugkisten und holte sich einen großen Löwen. Mit dem Kuscheltier im Arm setzte er sich wieder aufs Sofa. Seine Eltern beobachteten ihn aufmerksam, sagten aber nichts.

„Neben welchem Mülleimer?“

„Gleich an der Straße, da hat jemand einen blauen Hai drauf gemalt. Bei der Bushaltestelle.“ Kofi erinnerte sich, dass es in der Innenstadt eine Reihe bunt bemalter Müllbehälter gab. Doch er hätte nicht sagen können, was auf ihnen zu sehen war.

„Was hat er da gemacht?“, fragte er den Jungen.

„Er hat ein Trinkpäckchen weggeworfen.“

„Und dann?“

Jonas zuckte mit den Schultern. „Ich habe nichts weiter gesehen.“

„Wir beide sind in den Wagen eingestiegen. Nachdem meine Frau gekommen war und sich angeschnallt hatte, sind wir nach Hause gefahren“, sagte Herr Schwarze. Er stand vor einem Regal mit richtigen

Schallplatten. Zu gern hätte Kofi sich die Hüllen angeschaut. Stattdessen fragte er: „Sie können sich nicht erinnern, ob Kelvin da noch vor dem Mülleimer stand?"

Jonas' Vater schloss für einen Moment die Augen, schien sich zu konzentrieren. „Unser Auto war so abgestellt, dass ich die Haltestelle im Rückspiegel sehen konnte. Ich muss beim Ausparken zwangsläufig in die Richtung geschaut haben." Er schüttelte den Kopf. „Ich kann mich beim besten Willen nicht erinnern. Verstehen Sie, da war alles voller Wagen. Außerdem war es trotz der Laternen recht dunkel."

‚Alle im Halteverbot geparkt, könnte ich wetten', dachte Kofi.

„Ständig liefen Erwachsene und Kinder über die Straße, Autos fuhren los, hupten zum Abschied, und der normale Verkehr war ja auch noch da. Die Lage war einfach unübersichtlich."

‚Genau deswegen gibt es Verkehrsregeln', dachte Kofi. ‚Wenige Meter weiter sind riesige Parkplätze. Wenn alle dort geparkt hätten, wäre vielleicht aufgefallen, dass Kelvin nicht von seiner Mutter abgeholt wurde. Aber wehe, man sagt was.'

Frau Schwarze schnäuzte sich die Nase und erklärte dann: „Ich hatte bereits Abendessen vorbereitet, weil ich dachte, Jonas wäre bestimmt müde nach so einem anstrengenden Tag. Nur einen Happen essen und dann ab ins Bett, aber er war quietschfidel, richtig aufgedreht. Anschließend saß er in der Badewanne. Er war so glücklich, dass er hinterher seinen Judoanzug sofort wieder angezogen hat. Er will darin schlafen."

Kofi erkannte, dass sie überaus stolz auf ihren Sohn war und sich mit ihm freute. „Wann hat sich Frau Angela Jänicke bei Ihnen gemeldet?"

„Sie hat zweimal angerufen. Das erste Mal klingelte unser Telefon schon, als wir gerade die Haustür aufschlossen“, sagte Herr Schwarze.

„Da haben wir uns noch nichts dabei gedacht“, ergänzte seine Frau.

„Eine gute Stunde später hat sie sich noch einmal gemeldet. Sie schien fast hysterisch, hat geweint. Sie konnte kaum einen zusammenhängenden Satz formulieren. Ich habe mich sofort ins Auto gesetzt und bin zur Hochschule zurückgefahren. Gemeinsam haben wir die ganze Gegend abgesucht.“ Herr Schwarze zuckte mit den Schultern und drehte seine Hände so, dass Kofi seine leeren Handflächen sehen konnte.

„Vergeblich?“

„Nicht ganz. Wir haben seinen Rucksack gefunden. Er lag am Straßenrand.“

„Direkt an der Haltestelle?“

„Nein, ein bisschen weiter die Straße hinunter in Richtung Wasserwerk. Angela hat ihn mit nach Hause genommen.“

Als Kofi das Haus verließ, saß Familie Schwarze gemeinsam auf dem Sofa. Niemand sprach ein Wort.

Sein Kollege, Kriminalhauptkommissar Stefan Ollner, wartete am Wagen vor dem Grundstück der Schwarzes auf ihn. „Ich wollte euch nicht unterbrechen. Hast du etwas Brauchbares erfahren?“

Kofi schüttelte den Kopf. „Und du?“

„Wie man's nimmt. Kelvins Mutter, übrigens vom Typ aufgetakelt und parfümiert, ließ sich von dem Betreuer und Trainer, der mit den Kindern im Bus unterwegs war, Detlef Hanske, die Telefonliste der Teilnehmer geben. Sie hat ausnahmslos alle Eltern angerufen. Niemandem ist etwas Ungewöhnliches aufgefallen. Ein Junge glaubte, gesehen zu haben, wie Kelvin sich mit einem fremden Mann unterhielt, der ihm ein Trinkpäckchen reichte. Aber das hat sich schnell aufgeklärt. Es handelte sich um den Opa eines anderen Kindes, der Kelvin geholfen hat, den Strohhalm in die Öffnung zu schieben."

Kofi schürzte die Lippen. „Dann ist Jonas also tatsächlich der Letzte aus der Gruppe, der ihn mit Sicherheit vor der HAWK gesehen hat. Könnte es sein, dass Kelvin weggelaufen ist?"

„Ausschließen können wir das nicht. Ich habe Heinrich und Schnitter gebeten, den Vater erst einmal anzurufen und zu befragen." Kofi nickte, die beiden uniformierten Polizisten hatten selbst Kinder, und besonders Herbert Heinrich konnte sehr gut mit Menschen in Stresssituationen umgehen.

„Sind die Eltern geschieden?"

„Er lebt mit seiner neuen Partnerin und deren Tochter in Hildesheim."

„Der Bus hat die Kinder vor dem alten HAWK-Gebäude abgesetzt. Dahinter sind gleich die Teiche und der Bach."

„Da sagst du was. Mausig hat unverzüglich das volle Programm angeleiert, inklusive Hundestaffel, Hubschrauber und Wärmebildkamera. Wollen wir hinfahren?"

Kofi nickte. „Unbedingt." Er hoffte, dass der Junge bereits in eine Decke eingewickelt mit einem süßen Tee in der einen und einem Kuscheltier in der anderen Hand im Einsatzwagen saß.

Holzminden
Montag, 31. Oktober 2011
gegen 8.00 Uhr

3

Anna Blume hatte beschlossen, sich heute Morgen einmal verwöhnen zu lassen. Gestern Abend war sie erst spät nach Hause gekommen und todmüde ins Bett gefallen. Sie hatte ihre neuen Schnürstiefeletten getragen und nun Blasen an beiden Fersen. Sie wusste, dass es in ihrem Lieferwagen nach Brokkoli und Fisch riechen würde, wenn sie ihn jetzt aufschloss. Deshalb ging sie zu Fuß. Den Wagen konnte sie später holen. Sie zückte das Handy und wählte. „Hallo Paul, wie sieht es aus? Haben wir eine Verabredung zum Frühstück?"

Paul jauchzte in den Hörer. „Viertel nach acht bei Schwager. Ich werde da sein."

Anna lächelte. Paul war ein lieber Kerl. Sie hatte Riesenglück, dass er einen Narren an ihr gefressen hatte. Es machte ihn glücklich, wenn die Menschen auf den Partys fröhlich und ausgelassen waren und Annas Speisen genossen.

Er selbst probierte ausnahmslos alle Gerichte, die sie zubereitete, obwohl er weder Fisch noch Krustentiere mochte, und einen Salat würde er zu Hause wohl auch verschmähen.

Anna wollte sich mit diesem gemeinsamen Frühstück bei ihm bedanken, wollte endlich einmal Zeit haben, sich mit ihm zu unterhalten. Wenn er in ihren Laden kam, gab es immer viel zu tun. Meistens war sie in Eile.

Doch heute hatte sie Zeit, heute wollte sie Zeit haben. Heute vor einem Jahr hatte sie den Partyservice eröffnet, und genau genommen war Paul ihr Mitarbeiter, kein fest angestellter, aber ein zuverlässiger.

Sie eilte über den Marktplatz und freute sich über die Sonne, die immer noch Wärme ausstrahlte, obwohl es fast November war.

Paul stand unruhig mit seinem Fahrrad vor dem Eingang zur Cafeteria. Er wackelte von einem Bein aufs andere und grinste breit. „Guten Morgen, Anna Blume."

„Hallo Paul, wollen wir hineingehen?"

„Ich habe schon gefrühstückt."

„Heißt das, du hast gar keinen Hunger mehr?"

„Nein, das heißt, dass ich jetzt nichts Süßes mehr essen muss, kein Nutellabrötchen und kein Marmeladenbrot." Er rieb die Hände aneinander. „Jetzt gibt's Rührei mit Speck und Mettbrötchen."

Anna musste lachen. „Du bist mir ja einer."

Paul sah hinter sich. „Wie viele sollte ich sein?"

„Schließ dein Rad an und lass uns hineingehen."

Paul steuerte sofort die kleine Nische am Fenster an. Doch dort saß bereits ein Mann, der Anna vage bekannt vorkam. Unentschlossen stand Paul vor dem Tisch. Anna war sich sicher, dass er es nicht mochte, dass dort jemand saß. Sie sagte: „Guck mal, Paul, auf diesem Tisch stehen wunderschöne gelbe Blumen. Wollen wir uns hierher setzen?"

Sie setzte sich an den Nachbartisch und schielte noch einmal hinüber.

Der Mann rückte seine Lesebrille zurecht und nahm die Mappe, die vor ihm auf dem Tisch lag, zur Hand. Er klappte sie auf und vertiefte sich in einen längeren Text. Plötzlich wusste Anna, um wen es sich handelte.

Rechtsanwalt Nussbaum. Der hatte sie vor einem Jahr bei ihrer Firmengründung unterstützt. Zusammen mit seinen Partnern hatte er sich um alles gekümmert. Sie selbst hatte nur die Idee skizziert.

Paul hatte sich zu ihr umgedreht, konnte sich aber noch nicht überwinden, sich an einen anderen als seinen gewohnten Platz zu setzen.

Anna unterhielt sich weiter mit ihm, als wäre alles in bester Ordnung. Doch erst als die Bedienung ihr Frühstück brachte, rutschte Paul auf den Sitzplatz ihr gegenüber. Anna lächelte ihn an, sagte aber nichts. Paul entspannte sich zusehends, während er mit dem Hintern den Stuhl prüfte, den Salzstreuer exakt neben dem Pfefferstreuer ausrichtete und die Serviette befühlte.

Als er genüsslich sein Rührei mampfte, gesellte sich jemand zu Nussbaum.

Anna musste grinsen. Den kannte sie auch. Gregor Körner hatte sich kurz nach ihr selbstständig gemacht. Er betrieb ein Varieté, in dem er selbst als Pantomime, Zauberer und Clown auftrat, gelegentlich unterstützt von Musikern oder einer äußerst fähigen Partyservicebetreiberin.

Sie versuchte, sich auf Paul zu konzentrieren, doch der war so sehr damit beschäftigt zu essen, dass sie unwillkürlich lauschte. Die beiden Männer sprachen über Verträge und über Geld. Es hörte sich so an, als wollte Körner einen Künstler aus dem Ausland engagieren. Jedenfalls erwähnten sie Mexiko, Texas und Verpflichtungen.

Paul gähnte. „Das war gut. Was arbeiten wir heute?"

„Heute Abend gebe ich einen Workshop bei den Landfrauen, bis dahin haben wir frei. Wir könnten allerdings einen Sauerteig ansetzen und ein paar Etiketten entwerfen."

„Sauerteig riecht nicht gut", brummte Paul.

Gregor Körner am Nachbartisch schien sich zu ärgern. Er schlug mit der flachen Hand auf den Tisch und sagte: „Das lasse ich mir nicht gefallen."

Nussbaum zuckte zusammen, sah sich prüfend um. Anna senkte den Blick. Sie konnte nicht verstehen, was er antwortete. Jedenfalls schien es Körner nicht zu beruhigen. Erregt beugte er sich vor und flüsterte etwas, das Nussbaum dazu brachte, sich zurückzulehnen.

Körner schien das aus der Fassung zu bringen. Er sprach jetzt sehr laut. „Hören Sie, es ist mir völlig egal, wie viel es kostet. Sorgen Sie dafür, dass ich es bekomme." Damit stand er so ruckartig auf, dass der Kaffee aus den Tassen schwappte, und stürmte aus dem Raum.

Nussbaum blies seine Wangen auf und klappte die Mappe wieder zu. Nachdenklich tappte er mit den Fingerspitzen auf die Tischplatte.

Paul begann, auf seinem Stuhl herumzuhibbeln.

„Was ist los?", fragte Anna.

„Ich möchte noch eine Portion Rührei."

„Okay!"

„Okay?"

„Völlig okay. Ich nehme noch ein Schokocroissant." Eigentlich hatte Anna keinen Hunger mehr, aber noch ein bisschen Schokolade konnte nicht schaden.

Nachdem sie gezahlt hatte, ging sie gemeinsam mit Paul nach draußen. Es war so warm, dass sie ihre Strickjacke über den Arm nahm.

Paul stieg auf sein Rad.

„Was hast du jetzt vor?"

„Rad fahren."

„Wo willst du hin?“

„Mal sehen. Ich fahre bis zum Mittag, anschließend muss ich nach Hause. Am Nachmittag gehe ich zum THW und helfe beim Grillen.“

„Viel Spaß. Wie kann man nur so viel essen?“
Paul strich über seinen Bauch, der sich unter dem T-Shirt deutlich abzeichnete. „Ich habe immer Hunger.“

Anna beschloss, noch in den Teeladen neben der „Nase“ am Haarmannplatz hineinzuschauen. Vielleicht gab es den weißen Tee mit Jasmin wieder.

4

Kofi ließ sich auf den Stuhl neben Stefan Ollner fallen. Wortlos hielt er ihm, wie jeden Morgen, die Tüte mit den Campingwecken hin. Ollner lehnte ab, wie immer. „Ich hab' schon gefrühstückt." Kofi erinnerte sich noch gut, wie Ollner das erste Mal, an ihrem ersten gemeinsamen Arbeitstag, eines der Brötchen angenommen und hineingebissen hatte. Heute wusste Kofi, dass Ollner keine Rosinen mochte. Damals hatte er sich nur gewundert, dass der Neue aus Hamburg so lange brauchte, um ein Brötchen aufzuessen. Seither kaufte er immer welche mit und ohne Rosinen, doch Stefan Ollner nahm trotzdem nur selten eines.

Kofi war froh, wenn er so rechtzeitig aus dem Bett fand, dass er noch duschen konnte, bevor er los musste. An Frühstück war gar nicht zu denken. Seit er sich einen Kaffeeautomaten gekauft hatte, der Kaffee, Tee und Kakao zubereiten konnte, trank er immerhin etwas Warmes, ehe er seine Wohnung verließ. Er hatte noch den Bergamotte-Geschmack seines Earl Grey Tees im Mund, als er in seinen ersten Wecken des Tages biss.

Die Kollegen saßen schweigend um den Tisch im Besprechungszimmer herum. Alle warteten geduldig auf den Dienststellenleiter Lothar Mausig. Der ließ auf sich warten, was ihm gar nicht ähnlich sah. Das führte Kofi zu der Vermutung, dass es dafür einen äußerst guten Grund gab, was wiederum nichts Gutes erwarten ließ.

Herbert Heinrich und Guntram Schnitter sahen etwas zerknittert aus. Wahrscheinlich hatten sie gestern noch später Feierabend gemacht als er und anschließend keine ruhige Nacht verbracht.

Kofi selbst hatte ebenfalls schlecht geschlafen. Er war immer wieder aufgeschreckt, weil er ein Kind weinen hörte. Natürlich gab es in seiner Wohnung keine Kinder, und die alte Frau Meichsner nebenan hatte nur einen Enkel, und der pubertierte gerade.

Spusi-Marc stieß die Tür mit dem Ellenbogen auf und legte einen Haufen Papiere, Fotos und ein paar feuchte Kleidungsstücke auf den Tisch. „Morgen. Mausig kommt gleich", sagte er leise und setzte sich neben Ollner. Er vermied jeden Blickkontakt mit den anderen, sagte aber: „Was für ein Mist. Kinder sollten nicht verloren gehen."

Kofi überlegte gerade, ob er sich über Marcs Euphemismus mokieren sollte, um die Spannung zu reduzieren, als Mausig eintrat.

„Guten Morgen, meine Herren. Kelvin Jänicke, 7 Jahre alt, 122 cm groß, 34 kg schwer, ist seit gestern Abend, 18.30 Uhr verschwunden. Das sind jetzt vierzehn Stunden. Abgesehen von seinem Rucksack haben wir keinerlei Spuren gefunden. Auch die Hunde nicht." Er zeigte auf den Tisch. „Seine zivilen Kleidungsstücke, inklusive Schuhe, befanden sich in dem Rucksack, sodass wir davon ausgehen können, dass er im Judoanzug und mit Badelatschen unterwegs ist." Mausig räusperte sich. „Anscheinend waren die Kinder nach dieser Safari gestern so euphorisch, dass sie alle beschlossen haben, in den Judoanzügen zurückzufahren. Was wissen wir sonst noch, Marc?"

Marc zuckte zusammen. „Tja, also, die Suchaktion in der Nacht hat nichts ergeben. Wir haben einen ertrunkenen Dachs im Teich gefunden."

„Und jede Menge Müll", ergänzte Herbert.

„Fingerabdrücke vom Rucksack haben wir nicht genommen, da die Mutter ihn mitgenommen und ausgepackt hatte, bevor sie ihn an uns übergeben hat. Die Hunde haben, abgesehen von der Bushaltestelle, überhaupt keine Spur des Jungen aufgenommen. Daraus lässt sich schließen, dass er den Rucksack nicht selbst die Straße heruntergetragen hat."

„Und dass er direkt an der Haltestelle in einen Wagen gestiegen sein muss", warf Ollner ein.

„Oder auf ein Fahrrad", sagte Kofi.

Mausig nickte. „Soweit wir es bisher überprüfen konnten, ..." Er räusperte sich schon wieder. „Da verlassen wir uns auch auf die Aussagen der Mutter, die mit allen telefoniert hat. Wir können davon ausgehen, dass niemand, der zu der Judo-Gruppe gehört, Kelvin mitgenommen hat."

„Hat jemand die Frau Jänicke an der Haltestelle gesehen?", fragte Kofi.

Mausig sah ihn fragend an.

„Ich meine, stimmt es, dass sie zu spät gekommen ist? Gab es dafür einen nachvollziehbaren Grund?"

„Unterstellst du, dass sie ihren eigenen Sohn entführt hat?" Herbert schüttelte entrüstet den Kopf.

„Soll schon vorgekommen sein", verteidigte Kofi sich. „Sie hat das Sorgerecht?"

„Hat sie." Herbert winkte ab. „Die war gestern völlig durch den Wind. Die konnte vor Sorge nicht stillsitzen, ist ständig auf und ab gelaufen."

„Sie hat der Reihe nach alle Fingernägel abgepult", sagte Guntram ruhig. „Du hast sie nicht gesehen und nicht gesprochen. Ich kann mir nicht vorstellen, dass sie uns etwas vorgespielt hat."

Mausig mischte sich ein. „Mag sein. Wir sollten das trotzdem überprüfen. Haben Sie den Vater erreicht?"

Guntram Schnitter nickte. „Telefonisch. Gleich gestern Abend. Rainer Jänicke hat am Samstag das letzte Mal mit Kelvin gesprochen. Sie haben sich überlegt, was sie unternehmen wollen, wenn der Junge das nächste Wochenende bei seinem Vater in Hildesheim verbringt."

„Hat der Vater einen Verdacht geäußert?"

„Nein. Kein Wort. Er hat heute Frühschicht und kommt anschließend hier her. Er ruft vorher noch mal an."

„Gut, Ollner, Kayi, Sie übernehmen den Fall. Sie bekommen jede Unterstützung, die Sie benötigen. Meine Herren, wir müssen den Jungen finden. Wo fangen Sie an? Ich brauche was für die Presse."

„Ist das Jugendamt in der Familie?", fragte Kofi.

„Prüfen Sie das, so etwas kann ich aber nicht für die Zeitungsleute nehmen."

„Wir gehen in die Schule, und anschließend befragen wir den Judobetreuer, diesen Detlef Hanske", sagte Ollner, nachdem er in seinem Notizbuch geblättert hatte.

„Bringt das nicht zu viel Unruhe, wenn Sie in die Schule gehen?"

Stefan Ollner grunzte zustimmend. „Jedes Kind in Holzminden kennt den Kriminalkommissar Kofi Kayi. Wenn er auftaucht, wissen alle, dass was im Busche ist. Aber ich kann problemlos mit der Klassenlehrerin sprechen und die Schulleiterin um Informationen bitten. Die Kinder werden mich für einen Vater halten, sofern ich ihnen überhaupt auffalle."

„Okay", antwortete Kofi und stand auf. „Dann fahre ich zu diesem Hanske und versuche bei einigen Judo-Eltern herauszufinden, ob Angela Jänicke tatsächlich zu spät gekommen ist."

„Dann sage ich der Presse, dass wir von einem Missverständnis ausgehen oder dass der Junge sich verlaufen hat?" Mausig rieb sich die Augen. „Eigentlich können wir beides ausschließen, oder?"

Keiner der Männer antwortete, alle schauten interessiert die Tischplatte an.

„Eine schöne Unterstützung seid ihr, meine Herren", murmelte Mausig. Erst als die Tür hinter ihm zugefallen war, sagte Kofi: „Meint ihr, Kelvin wurde entführt?"

„Familie Jänicke ist zwar nicht Hartz IV, aber so dicke, dass sie Lösegeld zahlen könnten, haben sie es sicher nicht."

„Soweit wir wissen", warf Kofi ein.

„Was soll das heißen? Du willst es unbedingt der Mutter anhängen, oder? Meinst du, die versteckt ihren Sohn, um vom Vater Lösegeld zu bekommen?" Herberts Körperhaltung zeigte deutlich, was er von Kofis Überlegungen hielt.

Kofi zuckte mit den Schultern. „Das ist sicher lukrativer als Unterhalt."

„Frau Jänicke arbeitet bei Douglas, volle Stelle. Kelvin geht nachmittags in den Hort."

„Das glaube ich euch alles, aber habt ihr euch mal überlegt, was die Alternative ist?"

Ohne eine Antwort abzuwarten, verließ er das Zimmer und ging zum Parkplatz. Er nahm den kleinsten Dienstwagen und fuhr mit quietschenden Reifen vom Hof.

Wie hatte Spusi-Marc es ausgedrückt? Kinder sollten nicht verloren gehen? Er hatte sowas von recht.

5

Kofi beschloss, zuerst bei Detlef Hanske, dem Trainer und Betreuer der Judomannschaft, vorbeizufahren. Er hoffte, dass Hanske nicht zur Arbeit gefahren war.

Während er einen Parkplatz in der Nähe von Hanskes Grundstück suchte, überlegte er, woher er den Namen kannte. Als er sechs oder sieben Jahre alt war und mit dem Judotraining anfing, hatte ein Pärchen die Jüngsten trainiert.

Beide 3. Dan, sie fast einen ganzen Kopf größer als er, breitschultriger, stämmiger. Er konnte sich sogar an ihren Körpergeruch nach einem anstrengenden Kampf erinnern, aber ihr Name fiel ihm nicht ein. Er hieß Roland, und Kofi erinnerte sich noch, dass er vor jedem Wettkampf drei Tage hungerte, gelegentlich sogar Abführmittel nahm, um eine Gewichtsklasse niedriger antreten zu können, obwohl er sowieso höchstens ein halbes Hemd war.

Jetzt wusste er es wieder, Roland und Marion. Außerdem gab es noch einen wesentlich älteren Mann mit schlohweißem Haar, Kurt oder so, aber der Name Detlef Hanske sagte ihm nichts.

Die Fenster zu Hanskes Wohnung standen auf Kipp. Er hörte Musik. War das Nena? Ach, und jetzt will Markus Spaß. Neue Deutsche Welle. Lange nicht gehört. Kofi klingelte lange.

Sobald Hanske die Tür öffnete, dröhnte die Musik noch lauter.

„Was wollen Sie?"

Kofi erahnte mehr als dass er hörte, was Hanske ihn fragte.

„Ich bin von der Polizei, Kriminalkommissar Kofi Kayi, ich möchte mit Ihnen noch einmal über Kelvin sprechen."

Hanske war barfuß. Er machte einen Schritt vorwärts und zog die Tür hinter sich zu. „Haben Sie ihn gefunden?"

„Nein, noch nicht. Wir suchen immer noch."

„Wie kann ich helfen?"

Kofi sah sich erstaunt um. „Wollen wir das nicht lieber drinnen besprechen?"

Hanske ging noch etwas weiter von der Haustür weg. Er war sehr schlank und überragte Kofi um gute zwanzig Zentimeter. Er hielt sich gerade, beinahe steif, und seine Haare wirkten seltsam farblos. „Nö, hier draußen ist es auch schön, heute ist so tolles Wetter."

Kofi runzelte die Stirn. „Wie Sie meinen. Seit wann sind Sie Judotrainer?"

„Ich habe als Sechzehnjähriger angefangen, meine Jugendtrainerlizenz zu machen. Abgesehen von knapp zwei Jahren Bundeswehr bin ich seither aktiv."

„Sie haben eigene Wettkämpfe bestritten?"

„Wenige, ich kann eher andere zu Höchstleistungen motivieren als mich selbst."

„Sie sind erst kürzlich nach Holzminden gezogen?"

„Haben Sie mich überprüft?"

„Nein, ich habe bis vor etwa drei Jahren ebenfalls Judo gemacht, und ich denke, wir sind uns da nicht über den Weg gelaufen, oder?"

„Verstehe. Nun, ich bin vor gut einem Jahr hierher gezogen, aus Köln."

„Berufliche Gründe?"

„Private Gründe."

„Wann haben Sie Kelvin das letzte Mal bewusst gesehen?"

Hanske überlegte einen Moment. „Bei der Toilettenpause auf der Raststätte. Er hatte Probleme mit seinem Trinkpäckchen."

„Danach nicht mehr?"

„Nachdem alle Kinder eingestiegen waren, habe ich kontrolliert, ob alle da sind. Später habe ich mich, genau wie alle anderen auch, auf meinen Sitz gesetzt und gedöst."

„Beim oder nach dem Aussteigen vor der HAWK ist er Ihnen nicht aufgefallen."

Hanske schüttelte stumm den Kopf.

„Haben Sie Frau Jänicke vor der HAWK gesehen?"

Der Trainer legte den Kopf schief. Augenscheinlich hatte ihm diese Frage bisher noch niemand gestellt. „Nicht, dass ich wüsste."

Er atmete tief ein. „Aber wissen Sie, das ist nun mal so. Die wenigsten Eltern sagen Bescheid, dass sie mit ihrem Kind abfahren oder dass sie noch zwei andere mitnehmen." Er seufzte laut. „Und dass sich einer dafür bedankt, dass die Kinder einen tollen Ausflug gemacht haben und ich mir einen freien Tag um die Ohren gehauen habe, ist schon lange nicht mehr vorgekommen."

„Angela Jänicke, haben Sie sie gesehen?"

„Nö."

„Fährt einen blauen Polo."

„Nö."

„Ganz bestimmt nicht?"

„Definitiv."

„Was macht sie so sicher?"

„Sie fasst mich immer an."

Kofi runzelte die Stirn. „Wie meinen Sie das?"

„Nicht aufdringlich oder so, ist ihre Art, macht sie mit allen. Sie legt einem stets ihre Hand irgendwohin, wenn sie mit einem spricht. Auf die Schulter, auf den Arm, auf die Hand. Ich glaube, sie kann nicht anders."

„Frau Jänicke hätte sich und ihren Sohn bei Ihnen abgemeldet?"

„Auf jeden Fall. Sie hat immer noch etwas zu besprechen."

„Ist Kelvin gut im Judo?"

Hanske pustete Luft durch die Nase. „Sozusagen ein Supertalent." Er scharrte versonnen mit der Fußspitze über die Gehwegplatten. Kofi spürte, dass Hanske trotzdem, oder gerade deswegen, Vorbehalte gegen den Jungen oder seine Mutter hatte. „Kelvin scheint zu spüren, was sein Gegner vorhat und kommt ihm einen Sekundenbruchteil zuvor. Es ist ein Vergnügen, ihm zuzusehen." Seine Stimme hingegen drückte weder Vergnügen noch Begeisterung aus, dachte Kofi. Eher Verwunderung.

„Hat er Spaß am Judo?"

„Alle Kinder haben Spaß, wenn sie gewinnen."

„Hat Kelvin am Sonntag auch gewonnen?"

„Alle Kämpfe, souverän."

„Wie hat er reagiert, wenn er verloren hat?"

Hanske schien verlegen. „Er hat immer versucht, anderen die Schuld zu geben. Der Gegner hat unfair gekämpft. Die Schiedsrichter waren parteiisch. Die Matte war zu rutschig. Sie wissen schon."

Kofi nickte. „Hatte er Angst zu verlieren?"

„Angst? Nein. Aber er wollte unbedingt, dass seine Mutter stolz auf ihn sein konnte."

Kofi schaute zum Fenster der Wohnung, aus dem inzwischen Fräulein Menke ertönte. „Ich müsste mal zur Toilette. Darf ich bei Ihnen?"

„Geht leider nicht. Die Tankstelle da hinten hat eine Toilette."

Kofi fragte sich, wen oder was Detlef Hanske verbergen wollte. Einen Berg Schmutzwäsche? Eine Freundin?

Oder einen kleinen Jungen?

„Sie sind gestern als Letzter gegangen?"

„Ich habe gewartet, bis alle Kinder abgeholt worden waren, ja. Ich bin zu Fuß nach Hause gelaufen, war ja ein schöner Abend."

„Kann das jemand bestätigen?"

„Dass keiner mehr da war, als ich losgegangen bin?"

„Wer hat sein Kind als Letzter abgeholt?"

Wieder dachte Hanske angestrengt nach. „Die Zwillinge. Sie hatten sich mein Handy geliehen und ihre Mutter angerufen, nachdem wir angekommen waren. Die kam in Schlappen und einem rosafarbenen Jogginganzug angehetzt. War's das? Ich hab noch was vor."

Erneut überlegte Kofi, wieso Hanske sich so seltsam verhielt. Als er nicht sofort antwortete, fragte der Trainer: „Sagen Sie jetzt, dass ich die Stadt nicht verlassen darf? Oder verlesen Sie mir gleich meine Rechte?"

„Weder noch. Ich wollte nur ein paar Details überprüfen. Ich wünsche Ihnen einen angenehmen Tag, Herr Hanske."

Damit wandte Kofi sich ab, ging den Gartenweg hinunter. Am Tor angekommen, drehte er sich noch einmal um. Hanske stand vor der Haustür, er schien abzuwarten, ob Kofi wirklich wegging. ‚Komischer Kauz', dachte er. ‚Will der mich veräppeln? Nicht mit mir. Das kann ich besser. Oh ja, ich mach' den Columbo.'

Er hielt inne, kratzte sich am Kopf, schwankte leicht mit dem Oberkörper und ging auf Detlef Hanske zu. „Ich hätte da noch eine Frage."

„Peter Falk ist tot, wussten Sie das noch nicht?“

„Was machen Sie beruflich?“

„Ich bin selbstständig.“

„In welcher Branche?“

„Beratung.“

„Kann man damit Geld verdienen?“

„Ich schon.“

Kofi gab auf. So interessant war der Kerl nun auch wieder nicht. Sobald er in seinem Büro saß, würde er ihn überprüfen.

Was sollte er als Nächstes tun? Er ließ Ollners Handy klingeln, doch der meldete sich nicht, war wohl noch im Gespräch.

Kofi erinnerte sich an Guntrams Aussagen und beschloss, sich selbst ein Bild von Kelvins Mutter zu verschaffen.

6

Er sah, dass Angela Jänicke hinter der Gardine stand und in den Vorgarten hinausblickte, als er den Weg zu dem blauen Mehrfamilienhaus entlangging. Sie bewegte sich nicht, reagierte nicht auf ihn.

Er wusste nicht, ob sie ihn versteckt beobachtete oder gar nicht bemerkt hatte. Abgeblühte Rosenbüsche trennten den schmalen Plattenweg von einer vermoosten Rasenfläche ab. Eine Schaufel und ein kleiner roter Ball lagen vergessen vor einem winzigen Sandkasten.

Jemand hatte einen riesigen „Tag“ aus drei Meter hohen Buchstaben auf die Umrandung der Mülltonnen neben dem Haus gesprayt.

Auf Kofi wirkte das Ganze düster, trübsinnig, etwas verwahrlost. Dieser Eindruck wurde bestätigt, als er das Klingelbrett betrachtete. Zwei Knöpfe fehlten. Oben in der Mitte prangte ein ausgekautes Kaugummi. Nur zwei Klingeln waren leserlich beschriftet. Er drückte auf Jänicke und fragte sich, welche Bakterien diesen Knopf wohl besiedelten. Vorsichtshalber wischte er seinen Finger an der Hose ab.

Frau Jänicke öffnete die Tür nur einen Spalt breit. „Was wollen Sie?“ Sie hatte das dunkle Haar zu einem Knoten aufgesteckt.

„Mein Name ist Kofi Kayi. Ich bin Kriminalkommissar. Sie haben gestern mit meinem Kollegen Ollner gesprochen. Wir arbeiten zusammen.“

„Haben Sie Kelvin gefunden? Ist er …“

„Nein, nein. Allerdings haben sich noch ein paar Fragen ergeben. Dürfte ich reinkommen?“

Sie sah ihn misstrauisch an, nickte aber und gab den Weg frei. Kofi hatte den Eindruck, dass sie dabei ein wenig geschrumpft war, so als wäre sie eine aufblasbare Puppe und jemand hätte etwas Luft abgelassen. Frau Jänicke trug schwarze Jeans und eine lila Bluse, dazu ein farblich passendes Halstuch und Flipflops. Sie war stark geschminkt. Trotzdem sah Kofi die Ringe unter den Augen und die Rötungen. Sie wies mit der Hand auf eine offene Tür. „Wir können ins Wohnzimmer gehen."

„Wir tun wirklich alles, was in unserer Macht steht, um Ihren Sohn zu finden."

„Kelvin. Er heißt Kelvin."

„Ihren Sohn Kelvin, ja."

„Wissen Sie, alle sagen nur ‚Ihr Sohn', so als wäre es Blasphemie oder ein böses Omen, seinen Namen auszusprechen. Bitte sagen Sie Kelvin. Setzen Sie sich." Sie legte ihre Hand auf seine Schulter und dirigierte ihn sanft zu einem der beiden Sessel. Sie selbst ließ sich auf das Sofa sinken.

„Kein Problem. Also, Kelvin war, äh, ist ein guter Judoka?"

„Er hat großes Talent. Leider kann er erst 2024 an den Olympischen Spielen teilnehmen, denn natürlich muss er erst sein Abitur machen."

Kofi wusste im ersten Augenblick nicht, wie er darauf reagieren sollte.

Einem Siebenjährigen vorherzusagen, dass er in dreizehn Jahren zum Olympiakader gehören würde, hielt er für mehr als verfrüht, ja geradezu für vermessen. Er versuchte, ihren Blick aufzufangen. Machte sie sich über ihn lustig? In der Situation? Wohl kaum. Er schaute sie an. Ihre Augen flatterten, schienen nicht richtig zu fokussieren.

Hatte Frau Jänicke noch nichts von der Pubertät gehört oder von Mädchen, die Jungen Flausen in den Kopf setzten?

Kofi versuchte, sein Erstaunen mit einem Lacher zu überspielen. Obwohl es in seinen Ohren sehr aufgesetzt klang, nahm Frau Jänicke ihn ernst.

„Sie brauchen nicht so ungläubig zu lachen. Man kann alles erreichen, wenn man sich nur ausreichend anstrengt." Sie sprach ganz langsam, betonte jede Silbe.

Unauffällig sah Kofi sich in der Wohnung um. Sie saßen im Wohnzimmer, Eiche hell, nicht Ikea, billiger und ziemlich hausbacken, sauber, aber abgenutzt. Für sich selbst galt Frau Jänickes Spruch anscheinend nicht. Oder war Verkäuferin bei Douglas wirklich ihr Traumberuf? Kofi beschloss, über etwas anderes zu sprechen.

„Kelvin hat gestern alle seine Kämpfe gewonnen."

„Selbstverständlich."

„Sie wussten das schon?"

„Ja und nein."

„Wie das?"

„Ich wusste es, weil er immer der Beste war. Aber bisher hatte es mir noch niemand bestätigt. Irgendwie war es bislang nicht wichtig. Bitte, Sie müssen Kelvin bald finden. Er darf das Training nicht versäumen, sonst kann er nicht zur nächsten Gürtelprüfung antreten."

Hatte die noch alle Latten am First? Der Junge war verschwunden, und das Einzige, worum sie sich sorgte, war so eine dämliche Gürtelprüfung. Am liebsten hätte er sie geschüttelt.

Dann hatte er eine Idee. „Hat Ihnen Ihr Arzt etwas gegeben?"

Sie lächelte. „Ja. Ich soll nur eine am Tag nehmen." Sie sah ihn verschwörerisch an. „Ich hab' aber schon drei intus, und dann wurde ich so müde, dass ich im Sitzen eingeschlafen bin. Da habe ich schnell eine von meinen üblichen Tabletten genommen. Wissen Sie, ich muss im Shop den ganzen Tag stehen, da brauche ich ein paar Kraftspender." Sie legte ihre Hand auf seine. „Ich tue alles für Kelvin."

„Okay." Er stand auf. „Was halten Sie davon, wenn ich uns einen Kaffee und Ihnen dazu noch eine Scheibe Brot mache?"

„Wenn es Ihnen Spaß macht. Die Küche ist da."

Sie zeigte auf eine halb geöffnete Tür, folgte ihm und setzte sich an den Küchentisch.

„Wie ist Kelvins Verhältnis zu seinem Vater?"

Sie zuckte mit den Schultern. „Wenn er ihn nicht sieht, vermisst er ihn auch nicht. Sobald er ein Wochenende in Hildesheim war, fällt es ihm schwer, wieder hierher zu kommen. Aber das ist ja kein Wunder, die verwöhnen ihn nach Strich und Faden. Da kann ich nicht mithalten. Bei mir ist Alltag, in Hildesheim ist immer Wochenende."

„Können Sie sich vorstellen, dass Kelvin zu seinem Vater wollte und vielleicht gestern Abend einfach losmarschiert ist, als Sie nicht gekommen sind, um ihn abzuholen?"

„Das würde er sich nicht trauen."

„Wieso nicht?"

„Er fürchtet sich im Dunkeln. Ich muss immer ein Nachtlicht brennen lassen."

„Könnte es sein, dass Ihr Mann Kelvin abgeholt hat?"

„In vier Tagen ist wieder Hildesheim-Wochenende. Unter der Woche ist er bei mir. Wegen der Schule und so."

„Möglicherweise hatte der Vater Sehnsucht nach seinem Sohn?"

„Das wäre ja mal ganz was Neues."

„Sie hatten gestern einen Platten?"

Sie nickte. „Mein Polo hat schon ein paar Jahre auf dem Buckel."

„Wo ist das denn passiert?"

„Vorne rechts."

„Nein, ich meinte, wo in Holzminden?"

„An der Fürstenberger, Ecke Wilhelm-Raabe, da müsste noch mein Warndreieck stehen. Habe ich in der Eile vergessen."

„Haben Sie den Reifen allein gewechselt?"

„Natürlich nicht. Ein LKW-Fahrer hat mir geholfen. Ein Pole, aber nett. Er sprach niedlich Deutsch."

Kofi konnte an ihren Augen sehen, dass sie sich bemühte, an alles Mögliche und Unmögliche zu denken, nur nicht daran, wo ihr Sohn, wo Kelvin jetzt sein mochte und wie es ihm erging.

„Frau Jänicke. Sie müssen darauf gefasst sein, dass die Presse bei Ihnen auftaucht."

„Unser Anzeiger?"

„Ja, aber auch Überregionale und Fernsehsender oder Radio."

„Wegen Kelvin? Wollen die beim Suchen helfen?" Sie richtete sich auf. „Vielleicht ist das gut für später?"

Kofi beschloss, dass es Zeit war zu gehen. Er hoffte, dass die meisten ihrer Reaktionen auf das Beruhigungsmittel zurückzuführen waren. „Passen Sie auf sich auf. Wir melden uns bei Ihnen, sobald wir Ihren …, sobald wir Kelvin gefunden haben. Bleiben Sie sitzen, ich finde allein hinaus."

In Windeseile warf er einen kurzen Blick in die anderen Zimmer. Kelvins Kinderzimmer war ordentlich aufgeräumt. Im Bad hing Wäsche zum Trocknen über der Badewanne.

Ihr Schlafzimmer sah ein wenig wüst aus. Kleidungsstücke und Handtücher lagen auf dem Bett, hingen über einem Stuhl. Mehrere Damenschuhe lagen auf dem Boden.

Abgesehen vom Kleiderschrank und unter dem Ehebett gab es nichts, wo man einen Siebenjährigen verstecken konnte. Und da war er nicht.

Kofi schloss die Türen sorgfältig, bevor er die Wohnung verließ.

Er musste sich Guntrams Auffassung anschließen. Er glaubte nicht mehr daran, dass Angela Jänicke ihren Sohn, Kelvin, versteckt hatte. Auch dass sie ihn im Zorn geschlagen und verletzt oder sogar getötet haben konnte, schien wenig wahrscheinlich.

Sie setzte auf seine Karriere. Betrachtete sie seinen Erfolg, jetzt und in Zukunft, als Ersatz für ihren eigenen?

Und ihr Mann? Ex-Mann? Sie dachte mit Bitterkeit an ihn, das ja, aber Hass?

Kofi stieg in seinen Wagen und fuhr ins Stadtzentrum zurück.

7

Kofi saß oben, quasi im Fenster des Café Lücke, und schaute auf die Fußgängerstraße hinunter. Er freute sich, dass er einen der begehrtesten Tische ergattert hatte. Obwohl das Fachwerk heimelig wirkte, fand Kofi die Deko ein bisschen staubig. Er schaute lieber nach draußen.

Zwischen Trauben von Schülern, die in kleinen Grüppchen herumliefen, sich gegenseitig schubsten und rempelten, kam zielstrebig Stefan Ollner auf das Café zu. Er bemerkte Kofi über sich nicht, tauchte aber, kurz nachdem er unten aus seinem Sichtfeld verschwunden war, in der oberen Ebene auf.

„Wusste ich's doch, dass ich dich hier finde", sagte er und setzte sich neben Kofi.

„Hast du bereits bestellt?"

„Gleich unten am Tresen. Kleines Frühstück."

„Ich auch. Was hast du erfahren?"

Stefan Ollner zückte sein Notizbuch. Kofi musste grinsen. Als ob er das brauchte. Er hatte garantiert jedes Detail im Kopf, viel mehr als er sich notiert hatte. Wahrscheinlich benötigte er das Notizbuch als Wegweiser, damit er nichts Wichtiges vergaß. Ollner war der einzige Mensch, den Kofi kannte, der ständig mit einem Bleistift schrieb. Er hatte auch überall Radiergummis und Anspitzer herumliegen, selbst im Auto und sogar bei sich zu Hause auf der Toilette.

„Ich habe zuerst mit der Klassenlehrerin, Frau Weisz, gesprochen. Sie kennt Kelvin seit der ersten Klasse. Er ist ein Ass in Mathe, mit dem Lesen und Schreiben tut er sich ein bisschen schwerer. Sport ist sein Lieblingsfach, Kunst kann ihm gestohlen bleiben. Soweit so normal. Allerdings hat Frau Weisz gesagt, dass er nur zwei Freunde hat."

„Jonas und?"

„Mira Langner, beide aus dem Judoverein."

„Ist er sehr ehrgeizig?"

Ollner wiegte den Kopf. „Da wollte sie sich nicht festlegen. Sie sagte, dass er eigentlich gern der Beste sein will, er lässt zum Beispiel nie jemanden abschreiben und sagt auch nicht vor. Wirklich arbeiten für ein gutes Ergebnis will er aber nicht."

„Habe ich mir gedacht", sagte Kofi, unterbrach sich und rückte ein Stückchen zur Seite, da die Kellnerin das Frühstück brachte. „Für mich verdichtet sich der Verdacht, dass der Junge stiften gegangen sein könnte, weil er Angst hatte, den Ansprüchen seiner Mutter nicht gerecht werden zu können. Das einzige Problem dabei ist, dass er auf der Judosafari wohl tatsächlich auf ganzer Linie erfolgreich war. Entweder ist im Bus noch eine andere Sache passiert, von der wir bisher nichts wissen, oder er fürchtete sich vor etwas, das am Montag geschehen würde. Stand eine Arbeit an?"

„Nein. Erste und zweite Stunde Sport, danach Mathe. Das Gespräch mit der Schulleiterin hat ebenfalls keine neuen Erkenntnisse erbracht. Bist du bei der Mutter weitergekommen?"

„Nicht wirklich. Sie hatte sowohl Beruhigungs- als auch Aufputschmittel genommen, behauptete sie wenigstens. Sie stand leicht neben sich. Jedenfalls hat sie Kelvin beträchtlich unter Druck gesetzt. Sie hat bedingungslosen Erfolg von ihm erwartet, eventuell den Erfolg, den sie selbst nie hatte."

Ollner bestrich sein Brötchen mit Orangenmarmelade und sagte, ohne Kofi anzuschauen: „Wir müssen die Möglichkeit stärker berücksichtigen, dass er in ein fremdes Auto gestiegen sein könnte, in irgendein beliebiges, das zufällig vorbeikam."

Kofi antwortete nicht, sondern beschäftige sich eingehend mit seinem Ei und dem Salzstreuer. Später sagte er: „Könnte es sein, dass ein Pädophiler wusste, dass der Bus gegen 18 Uhr zurückkommen würde?"

„Du meinst, er hat irgendwo gewartet und sich ein Kind geschnappt."

„Es ist immer so, ich glaube nicht, dass ich es in meiner Zeit beim Judo oder beim Fußball erlebt habe, dass alle Eltern pünktlich aufgetaucht sind, um ihre Kinder abzuholen. Meine Trainer haben manchmal 'ne halbe Stunde oder länger gewartet. Hin und wieder haben sie sogar jemanden nach Hause gefahren."

Ollner wackelte zustimmend mit dem Kopf. „Die Fahrt war bestimmt in der Zeitung oder zumindest vereinsintern angekündigt. Aber wenn es so war, wie sollen wir den Kerl dann ausfindig machen?"

Kofi sah ihm ins Gesicht, zuckte mit den Schultern und widmete sich seiner letzten Brötchenhälfte.

Nachdem sie schweigend ihr Frühstück beendet hatten, fragte Ollner: „Wie wollen wir weitermachen? Mit dem Vater aus Hildesheim?"

„Der Junge kann doch nicht einfach so aus dem Stadtzentrum verschwinden, ohne dass jemand etwas bemerkt. Irgendjemand muss etwas gesehen haben. Vielleicht sollten wir die Zeitung um einen Zeugenaufruf bitten." Kofi merkte, dass er wieder ‚der Junge' gesagt hatte. Das war einfacher. Wenn er Kelvin sagte und dachte, wurde alles persönlicher, wurde aus der abstrakten, gesuchten Person ein Mensch mit Hoffnungen und Ängsten. Ein sehr kleiner Mensch. Schwach und hilflos. Verängstigt.

„Ich habe Frau Jänicke vor der Presse gewarnt."

Ollner sah ihn fragend an.

„Wegen Mausigs Pressekonferenz. Sobald die vorbei ist, werden die Foto- und Schlagzeilenjäger bei ihr auftauchen." Kofi mochte sich nicht vorstellen, was sich abspielen würde, wenn der Siebenjährige verschwunden blieb oder wenn sie gar seine Leiche fanden. „Aber ich glaube, sie hat mich nicht verstanden." Insgeheim überlegte er, ob sie den Medienrummel vielleicht sogar begrüßen würde, weil sie glaubte, daraus Kapital schlagen zu können?

Ollner räusperte sich. „Ich habe mal die Dateien gecheckt. Wir haben vierzehn verurteilte Sexualstraftäter in der Stadt und im Landkreis Holzminden. Einige sind seit Jahren unauffällig. Zwei sind weit über siebzig, aber eine interessante Information habe ich doch gefunden. Gegen Detlef Hanske, unseren Judotrainer, sind zweimal Anzeigen wegen sexueller Belästigung erstattet worden. Eine vor mehr als zehn Jahren, die andere unmittelbar vor seinem Umzug nach Holzminden."

„Ach nee!" Mit kurzen Worten schilderte Kofi seine Begegnung mit Hanske am Morgen.

„Er wird den Jungen kaum mit nach Hause genommen und dort in den Keller gesperrt haben, oder?"

„Ich hätte ihn wegen der lauten Musik jedenfalls weder rufen noch klopfen hören können. Aber du hast recht, ich glaube auch nicht, dass er wirklich den Jungen vor mir verstecken wollte. Er hat ihn nachweislich als Letzter gesehen und versteckt ihn in seinem eigenen Haus. Das wäre selten dämlich."

„Man hat schon Pferde und so ... Deswegen sollten wir ihn trotzdem im Auge behalten."

„Okay, ich zahle heute, dafür fährst du."

„Wohin?“

„Ich denke, wir sollten die anderen dreizehn aus deiner Datei überprüfen. Anschließend fahren wir nach Hildesheim, wenn Herr Jänicke sich bis dahin nicht bei uns gemeldet hat.“

Ollner nickte.

Holzminden
Montag, 31. Oktober 2011
gegen Mittag

8

„Mannomann, Opa, das ist eine Schnellstraße, nicht der Parkstreifen.“ Sie fuhr viel zu dicht auf, das wusste sie. Trotzdem. Sie hupte, setzte den Blinker und überholte, obwohl von vorn ein VW-Bus kam. Die durchgezogene Mittellinie ignorierte sie genauso wie den Vogel, den der Fahrer des Busses ihr zeigte, während er nach rechts auf den Standstreifen auswich. „Stell dich nicht so an. Hier passen dicke drei Autos aneinander vorbei.“ Irene überholte noch einen Lastwagen, bevor sie sich erneut einordnete. Sie schaute auf die Uhr. Egal wie schnell sie fuhr. Sie kam zu spät. Wieder einmal. Sie fluchte leise und trat das Gaspedal ihres Zafira noch etwas weiter durch. Auf keinen Fall durfte die Ampel auf Rot umschalten.

Als Letzte raste sie bei Dunkelgelb über die Kreuzung. An der nächsten Kreuzung bog sie von der B64 ab. Glücklicherweise herrschte um die Mittagszeit in der Stadt nicht allzu viel Verkehr. Die Nordstraße war zwar nicht breit, ließ sich aber gut fahren. Mit quietschenden Reifen fuhr sie über die große Kreuzung in die Karlstraße.

Kim stand allein am Straßenrand vor dem Gebäude der Grundschule. Klein sah sie aus und verletzlich. Irene spürte einen Kloß in ihrem Hals. Warum nur holte sie ihre Tochter immer als Letzte ab?

Irene musste sich über den Beifahrersitz beugen und die Tür aufschieben, bevor Kim aufschaute und zu ihr in den Wagen kletterte.

„Hi, Süße. Wie war dein Tag? Schnall dich an.“

„Du bist zu spät.“

Irene wuschelte durch Kims lockige Haare. „Ich habe mich echt beeilt. Du weißt doch, dass ich auf unsere Kunden Rücksicht nehmen muss."

„Hast du das Haus verkauft?"

Irene schüttelte den Kopf. „Noch nicht." Sie blinkte und reihte sich wieder in den fließenden Verkehr ein.

„Hab ich mir gedacht!", sagte Kim. „Du, Mama, wie weit ist ein Katzensprung?"

„Die Leute müssen noch mit den Herstellern der Maschinen sprechen wegen der Tragkraft der Hallendecken, dann melden sie sich", sagte Irene laut. Bei sich ergänzte sie, falls ich alles richtig verstanden habe. Mitten im Gespräch über undichte Fenster und Isolierverglasung hatte ihr Handy vibriert. Natürlich konnte sie die Kunden in diesem Moment nicht stehen lassen, um zu telefonieren. Doch die Hoffnung, dass Leon sich endlich bei ihr meldete, hatte sie so sehr abgelenkt, dass sie keinen klaren Gedanken mehr fassen konnte. Sie war froh gewesen, die Besichtigung bald darauf beenden zu können. Hastig hatte sie ihre Mailbox überprüft. Der Anruf stammte nicht von Leon.

„Mama, was ist ein Katzensprung?"

Irene warf ihrer Tochter ein Lächeln zu. „Später, meine Kleine, später. Ich bring dich jetzt zu Anna. Da bekommst du etwas zu essen." Und sie würde in die Innenstadt fahren und Oliver fragen, ob er endlich Neues von Leon gehört hatte.

„Der Mann hat gesagt, es ist nur ein Katzensprung bis zu den Katzenbabys."

Ob ihm etwas passiert war? Irene schaute ihre Tochter an. Hatte sie was von Katzenbabys gesagt? „Kind, du bist allergisch gegen Katzen."

„Ich weiß."

„Dann ist ja gut."

„Der Mann hat Katzen.“

„Welcher Mann? Egal, du kannst keine Katze bekommen. Das verstehst du doch, oder?“

„Ich weiß. Wann holst du mich wieder ab?“

„Anna hat um halb acht einen Workshop. Sie bringt dich vorher nach Hause.“

„Ich muss Hausaufgaben machen.“

Irene seufzte. Auch das noch. „Rechnen kannst du mit Paul.“

„Wald, Fuchs, Höhle, Fluss, Baumstamm.“

„Was soll das?“

„Wald, Fuchs, Höhle, Fluss, Baumstamm. Alle Wörter müssen in der Geschichte vorkommen.“

„Ein Aufsatz, auch das noch.“ Sie blinkte und fuhr auf die linke Spur. Mussten die immer in zweiter Spur parken?

„Kein Aufsatz, eine Geschichte. Wir dürfen alles schreiben, was uns einfällt, auch wenn es gelogen ist.“ Kim wartete auf eine Reaktion ihrer Mutter. Als keine kam, sagte sie: „Die Katze verläuft sich im Wald und trifft den Fuchs.“

„Hör mal, Mäuschen, den Aufsatz schreiben wir heute Abend zusammen, okay?“

„Eine Geschichte, Mama.“ Kim verdrehte genervt die Augen. Warum hörte ihre Mutter ihr eigentlich nie zu?

„Anna mag Geschichten, soll ich Anna von der Katze erzählen?“

„So, da sind wir. Nimm die Schultasche mit und deine Jacke.“

Irene Rugenstein stieg aus, ging auf die andere Seite des Wagens und öffnete die Tür, damit Kim aussteigen konnte.

„Kommst du nicht mit hinein?“

„Keine Zeit. Annas Laden ist gleich um die Ecke. Du bist schon groß genug, um allein hinzufinden." Noch einmal ruffelte sie Kims Haare. „Bis heute Abend."

Sie setzte sich sofort wieder hinter das Lenkrad. Nur kurz sah sie den hellgrünen Rücken ihrer Tochter aufblitzen, während sie die Sohnreystraße hinunterging. Schon im nächsten Augenblick dachte sie an Leon und Olivers Anruf. Dass Leon sich das ganze Wochenende nicht bei ihr meldete, war mehr als außergewöhnlich. Dass er nicht zur Arbeit erschien und offensichtlich seit Freitag weder Mails abgeholt noch den Anrufbeantworter abgehört hatte, bewies, dass etwas ganz und gar nicht in Ordnung war.

Sie stellte den Zafira an der Fachhochschule ab und ging die wenigen hundert Meter bis zur Fußgängerzone. Die Beratungsfirma „@dospasos" befand sich im Katzensprungtor, in einem historischen Gebäude mitten im Stadtzentrum, das lange leer gestanden hatte. Bis Leon es sah, sich in das Haus verliebte und beschloss, seine gerade gegründete Firma darin unterzubringen. „@dos pasos", nur zwei Schritte oder auch freier übersetzt: nur ein Katzensprung, so hieß sein Unternehmen, weil es Existenzgründern ein Rundumsorglospaket schnürte. „Sie rufen an und vereinbaren einen Termin, zwei kleine Schritte für Sie, den Rest erledigt unser kompetentes Team." So lautete der Werbespruch, den er sich ausgedacht hatte.

Wie ein Schuljunge hatte er sich gefreut, als er entdeckt hatte, dass das Haus leer stand. Seine beiden Partner, Oliver Nussbaum und Stella Anders, waren eher skeptisch. Sie empfanden das Haus als zu klein und zu alt, wollten etwas Repräsentativeres. Irene hielt sich da raus. Sie war nur angestellt. Andererseits bewunderte sie Leons Hang zum Understatement, jedenfalls so lange, bis sie sich fragte, ob sie auch dazu gehörte. Ob er sich nur mit ihr abgab, weil sie nichts Besonderes war, weil sie nicht auffiel. Im Gegensatz zu Stella, die Irene immer deutlich zu verstehen gab, dass Leon etwas Besseres verdient hatte, nämlich sie. Doch Leon sah das anders, wie so oft.

„Was brauchen wir denn unbedingt?", hatte er gefragt. „Einen Empfangsraum", dabei hatte er Irene lächelnd angesehen, „drei Büros, ein Besprechungszimmer und eine Art Lagerraum für Fotokopierer, Papier usw. Mehr nicht. Das Haus hat einfach Flair, und die Lage, 1a, sage ich euch. Spitzenklasse."

„Ohne Parkplätze", hatte Stella gemurrt.

„Viel zu dunkel", wandte Oliver ein.

„Aber mit Charakter und Stil", sagte Leon.

Ein halbes Jahr später waren sie umgezogen. Irenes Schreibtisch wurde so aufgestellt, dass sie vor dem Fenster saß. Wenn sie sich umdrehte, konnte sie auf den kleinen Brunnen schauen. Bei schönem Wetter kletterten eigentlich immer Kinder darauf herum. Frauen standen daneben und unterhielten sich. Der türkische Gemüsehändler kam auch oft nach draußen und drapierte Paprika, Möhren und Orangen so, dass sie zum Zugreifen einluden.

Leon hatte das größte Büro bekommen, Olivers schaute auf die Seite hinaus, wo früher die Synagoge gestanden hatte. Stella hatte zwei Räume zu ihrer Verfügung, beide ziemlich klein, aber als Steuerberaterin arbeitete sie mit sensiblen Daten. So konnte sie alle Akten auf dem Schreibtisch liegen lassen, wenn ein Kunde sie besuchte und sie ihn im zweiten Büro empfing.

Irene mochte das Besprechungszimmer am liebsten. Viel Holz und große Fenster. Oft genug breitete sie ihre Unterlagen auf dem massigen, ovalen Tisch aus, wenn sie sich auf eine Besichtigung vorbereitete, und das nicht nur, weil er die größte Oberfläche aufwies.

Die Firma brummte. Sie mussten die ersten Kundenaufträge ablehnen. Es gab eine Warteliste. Und nun das. Sie hastete weiter, zog im Laufen das Handy aus der Tasche und wählte noch einmal Leons Nummer. Keine Verbindung. „The number you have dialed is currently not available." Vielleicht war ja sein Mobiltelefon ins Klo gefallen. Genau, oder der Papst besuchte einen Swingerclub.

Sie rempelte einen jungen Mann an, der aus der Tür trat, als sie um die Ecke bog. „Die Firma ist heute geschlossen", sagte er, ein wenig vorwurfsvoll.

„Ich weiß, ich arbeite da", sagte Irene atemlos.

Oliver und Stella saßen im Besprechungszimmer, jeder auf einer Seite des Tisches. Das sah Irene sofort, als sie die Firmenräume betrat. Beide hatten eine dampfende Tasse vor sich. Stella entdeckte Irene zuerst.

„Da bist du ja endlich."

„Ging nicht schneller, die haben jede Ecke auf Feuchtigkeit überprüft und alle Räume nachgemessen", sagte Irene, während sie ihre Jacke aufhängte. Den Umweg mit ihrer Tochter erwähnte sie lieber nicht.

„Wir müssen die Polizei informieren", sagte Oliver.

„Die Polizei? Wieso?" Irene verstand ihn nicht.

Oliver lehnte sich vor. „Wir alle haben am Wochenende versucht, Leon zu erreichen, oder?"

Die beiden Frauen nickten.

„Das ist uns nicht gelungen. Heute Morgen haben wir alle unsere üblichen Arbeiten erledigt. Stella hatte einen Termin im Finanzamt, Irene, du warst mit den

Beckers bei den Lagerhallen, und ich war beim Amtsgericht."

„Kaffee trinken mit deinem Spezi Wenzig", vermutete Stella.

Oliver ignorierte sie. „Leon kommt normalerweise gegen acht, halb neun mit dem Fahrrad. Ich bin um halb elf hier eingetroffen."

„Und ich Punkt zwölf", sagte Stella.

„Sein Fahrrad stand nicht unten", erinnerte sich Irene.

„Genau. Deshalb haben wir versucht, in sein Zimmer zu gucken."

„Er hasst das", sagte Irene erschrocken.

Oliver zuckte mit den Schultern. „Es war abgeschlossen."

„Natürlich, Leon schließt immer ab."

„Von innen."

„Wie meinst du das?"

„Der Schlüssel liegt nicht in deinem Schreibtisch!"

Erschrocken schaute Irene ihn an. „Wieso nicht?" Sie sprang auf. „Das muss ich überprüfen." So ein Mist, sie hatte den Schlüssel eingesteckt und am Freitag mit nach Hause genommen. Sie hatte keine Lust mehr gehabt, nach der späten Besichtigung noch einmal in die Firma zurückzukehren. Das war streng verboten. Konnte sie ahnen, dass Oliver in ihrem Schreibtisch nachgucken würde? Eigentlich schon. Sie hätte wissen müssen, dass er die Gelegenheit nutzen würde. Es wurmte ihn schon lange, dass Leon sein Büro stets verschlossen hielt und außer ihr selbst niemanden hinein ließ. Er empfing alle Kunden im Besprechungszimmer und suchte Oliver und Stella in ihren Räumen auf, wenn er sie sprechen wollte.

Sie zog eine Schublade auf und schob die anderen Schlüssel, die in dem Fach waren, suchend hin und her. Mit der Linken umklammerte sie den zu Leons Büro. Sie bückte sich tiefer, zog die unterste Schublade auf und seufzte laut. „Hier liegt er doch."

Oliver und Stella waren ihr gefolgt, allerdings nur bis zur Tür zu ihrem Büro. Sie konnte nicht mit Sicherheit sagen, ob sie ihr Manöver durchschaut hatten. Jedenfalls sagten sie nichts.

„Wollen wir?"

„Du musst vorgehen."

Stella zeigte mit dem ausgetreckten Zeigefinger auf Irene. „Du bist die Einzige, die sein Büro außer ihm in den letzten Wochen betreten hat. Nur du kannst erkennen, ob etwas nicht stimmt."

Irene drehte sich um und ging zu Leons Büro. Die Tür ließ sich ganz normal aufschließen und öffnen. Sie ging über die Schwelle und schaute sich verwirrt um. Es sah aus, als hätte eine Horde Paviane eine stürmische Party gefeiert. Papiere, Ordner und Stifte lagen durcheinander auf dem Boden. Der Schreibtischstuhl lag unter dem Fenster.

Irene ging in den Raum und bückte sich nach Leons Kalender. Oliver packte sie am Arm. „Nicht, besser du fasst nichts an."

„Wer war das?"

Stella verdrehte die Augen. „Woher sollen wir das wissen? Aber aus deiner Reaktion schließe ich, dass es hier normalerweise nicht so aussieht."

„Natürlich nicht. Was denkst du denn?"

Oliver zog sie vollständig aus Leons Büro heraus. „Dann müssen wir die Polizei benachrichtigen. Für mich sieht das nach einem Einbruch aus." Er zögerte kurz. „Oder auch danach, dass Leon einen Besucher hatte, mit dem er nicht zurechtkam."

„Was soll das heißen?" Irene sah ihn wütend an.

„Ich weiß es auch nicht. Aber mein Gefühl sagt mir, dass hier etwas verflucht faul ist.“

9

Irene hatte es im Besprechungszimmer nicht länger ausgehalten. Oliver und Stella schwiegen sich an. Beide tranken eine Tasse Kaffee nach der anderen. Von Zeit zu Zeit warf Stella ihr einen vorwurfsvollen Blick zu, so als wäre Irene schuld daran, dass Leon verschwunden war, so als hätte sie sein Zimmer verwüstet.

Sie stand unten vor der Haustür. Trotz der Sonne fröstelte sie. Warum brauchte die Polizei so lange?

„Dürfen wir mal vorbei?“ Als der Mann sie ansprach, erschrak sie.

„Oh, guten Tag, ich bin Irene Rugenstein, ich arbeite bei Dospasos und wollte Sie nach oben begleiten.“ Sie musterte die beiden Polizeibeamten. Sie trugen Uniformen, die aussahen, als hätten sie darin geschlafen, beide sahen müde aus.

„Herbert Heinrich, guten Tag, haben Sie uns angerufen?“

„Einer meiner Chefs, Oliver Nussbaum, er wartet oben auf Sie.“ Irene hielt den Beamten die Tür auf.

„Ich dachte, Ihr Chef wird vermisst“, wunderte sich Herbert Heinrich.

Irene lachte leise. „Ich habe drei Chefs. Vermisst wird nur einer. Leon Scharfetter. Er hat die Firma gegründet.“

Oliver stand bereits oben in der Tür. Er ging mit ausgestreckter Hand und seinem freundlichsten Kundenwerbelächeln auf Heinrich zu. „Danke, dass Sie sich Zeit für uns genommen haben.“

Irene bemerkte Heinrichs verwunderten Blick. Wahrscheinlich plapperte Oliver diese Floskeln heraus, ohne nachzudenken.

Stella hielt sich im Hintergrund an ihrer Tasse fest, beobachtete aber alles aufmerksam.

Während Oliver die beiden Polizisten zu Leons Büro führte, holte Irene sich einen Espresso und schaufelte zwei Löffel Zucker hinein. Mit einem Schluck trank sie die klebrige Flüssigkeit aus. Danach gesellte sie sich zu Stella und Oliver, die im Türrahmen zu Leons Büro stehen geblieben waren.

Heinrich stand am Fenster. Er trug Handschuhe und besah sich den Schreibtisch genauer. Er grunzte etwas, und sein Kollege kam zu ihm. Irene konnte nicht verstehen, was sie sprachen. Doch sie spürte, dass Oliver neben ihr sich versteift hatte. Er knetete seine Hände, und sein Augenlid zuckte.

Jetzt zog Schnitter ein Handy heraus und wählte. „Wir brauchen hier ein Team, das sich mal ein paar Spuren genauer ansieht."

Mit unbewegtem Gesicht lauschte er.

„Blut, denke ich, schon älter."

...

„Nee, kein Nutella. Was für ein Witzbold." Er wandte sich zu seinem Kollegen. „In zwanzig Minuten wollen sie hier sein."

Als Irene das Wort Blut gehört hatte, war ihr auf einen Schlag heiß geworden. Blut hieß, dass jemand verletzt war. Leon? Sie klammerte sich an den Türpfosten.

„Blut", krächzte sie. „Sie haben Blut gefunden."

Schnitter kam auf sie zu. „Keine Panik. Das muss nichts bedeuten. Ein paar Tropfen auf dem Fußboden hinter dem Schreibtisch, da, wo eigentlich der Stuhl stehen müsste."

„Auf der Tischplatte ist auch was", warf sein Kollege ein. „Das überlassen wir besser den Spezialisten."

Er verließ den Raum und sorgte dafür, dass sich alle in das Besprechungszimmer begaben.

Irene holte Kaffee für alle und setzte sich dann auf den letzten freien Platz.

Oliver hatte bereits berichtet, was sie wussten. Schnitter wandte sich an Irene. „Herr Nussbaum sagt, dass Sie den Kalender von Herrn Scharfetter führen. Schauen Sie doch bitte einmal nach, was sein letzter Termin war, am Freitag."

„Er hat sich mit den Herren Becker getroffen, drei Brüder, sie wollen eine Imbisskette für Vegetarier gründen und sind auf der Suche nach einer Lagerhalle mit Büroräumen und geeigneten Standplätzen für die Imbisse. Ich bin heute den ganzen Vormittag mit den Dreien unterwegs gewesen, um ihnen zweckmäßige Objekte zu zeigen."

„Sie sind Immobilienmaklerin?"

„Unter anderem. Ich erledige auch die Korrespondenz, organisiere Termine und so weiter."

„Okay, dann haben Sie Herrn Scharfetter also am Freitag als Letzte gesehen?"

„Ich weiß nicht, irgendwer muss ja später noch gekommen sein, so wie das Büro aussieht."

Schnitter lächelte ihr zu. „Ich meine natürlich, abgesehen von diesem Vorfall."

„Nachdem die Beckers gegangen waren, haben Leon, also Herr Scharfetter und ich ..."

„Noch Sex auf seinem Schreibtisch gehabt und dabei ein kleines Chaos angerichtet", sagte Stella mit einem amüsierten Lächeln.

Irene hingegen war not amused. Sie errötete, wagte aber nicht, zu Stella hinzuschauen, da sie befürchtete, noch stärker zu erröten, wenn sie deren anzügliches Grinsen sah.

Sie richtete sich auf. „Entschuldigen Sie bitte, das wollte ich natürlich nicht sagen. Wir haben …"

„Gepoppt!", warf Stella ein.

Irene ließ sich nicht irritieren. „Eine Liste der Objekte erstellt, zu denen ich die Drei heute Morgen begleiten sollte. Dann ist Leon gegangen, und ich habe mir bei Google Maps noch die günstigste Route zusammengestellt, bevor ich die Firma ebenfalls verlassen habe."

Irene sah die beiden Beamten nacheinander an.

Schnitter zog Luft ein und notierte sich etwas. „Das heißt, Herr Scharfetter hat das Gebäude vor Ihnen verlassen, Sie sind wie viel später gegangen? Zwanzig Minuten?"

Irene nickte. „In etwa."

„Sie haben abgeschlossen?"

„Selbstverständlich."

„Herr Scharfetter hat einen eigenen Schlüssel?"

„Wir haben alle einen, jedenfalls zur Haustür und zu unseren Büros", sagte Oliver.

„Was bedeutet, dass Herr Scharfetter durchaus noch einmal zurückgekommen sein könnte."

„Das ist sogar sehr wahrscheinlich. Leon hat jeden Tag gearbeitet, auch am Wochenende und an Feiertagen. Er hat sich unter anderem um Finanzierungen gekümmert, um Geldanlagen. Da muss man täglich am Ball bleiben", erläuterte Oliver.

„Sicherlich kann Herr Scharfetter von zu Hause auf die Daten zugreifen, wenn er das möchte?"

„Könnte er wohl, tat er aber nicht. Er wollte Arbeit und Privatleben trennen."

„Außer bei ihr", sagte Stella.

Oliver drehte sich zu ihr um und sagte: „Hör auf. Das bringt uns nicht weiter." Er grinste die Polizisten an. „Stella war vom ersten Tag an in ihn verschossen, aber Leon hat ihr gesagt, dass sie erst kündigen müsse, bevor sie für ihn in Frage käme."

„Und dann schleppt er die Tussi da an."

Irene ballte die Fäuste unter dem Tisch, sagte aber so ruhig wie möglich: „Leon und ich sind seit mehr als einem Jahr zusammen. Als ich vor etwa fünf Monaten arbeitslos wurde, hat er mir die Stelle hier angeboten. Ich bin alleinerziehend und auf das Geld angewiesen."

Guntram Schnitter nickte. „Verstehe. Können Sie denn erkennen, ob und wann Herr Scharfetter noch einmal in die Firma gekommen ist?"

„Ich sehe mal nach." Irene war heilfroh, aus dem Besprechungszimmer verschwinden zu können. Sie hatte nicht geahnt, dass Stella sie so sehr hasste. Natürlich hatte sie wahrgenommen, dass die Kollegin mit Leon flirtete, aber das tat sie mit allen Männern, vor allem mit den Kunden, jedenfalls, wenn sie attraktiv waren.

Warum hatte Leon sie nicht gewarnt?

Nachdem ihr Rechner hochgefahren war, prüfte sie die Dateien, die sie gemeinsam nutzen. Am Samstagmorgen um 10.34 Uhr hatte Leon noch eine Notiz für Stella eingetragen. „Umsatzsteuererklärung für Anna Blume auf monatlich umstellen, Umsatzgrenzwert überschritten."

Annas Partyservice schien gut zu laufen. Irene freute sich für sie. Etwas anderes entdeckte sie nicht.

Bevor sie ins Besprechungszimmer zurückgehen konnte, tauchte das Spurensicherungsteam auf.

Irene blieb im Flur stehen. Herbert Heinrich gesellte sich zu ihr. „Waren Sie am Wochenende verabredet?"

Irene nickte, sie hatte plötzlich einen dicken Kloß im Hals.

„Er wollte am Nachmittag vorbeikommen."

„Wollten Sie etwas gemeinsam unternehmen?"

„Wir hatten keine konkreten Pläne, wollten gucken, wie das Wetter wird. Meine Tochter Kim hatte am Sonntag einen Auftritt mit ihrer Balletttruppe. Sonst stand nichts an."

„Entschuldigen Sie, aber, war es üblich, dass Herr Scharfetter nicht auftauchte, obwohl Sie verabredet waren?"

Irene schüttelte den Kopf. Sie hatte es geahnt, selbst der Polizist fragte sich, warum Leon sich mit ihr abgab, und nicht mit Stella.

Es dauerte fast zwei Stunden, bis das Team mit Leons Büro fertig war. Danach versiegelten sie die Tür. „Das bedeutet gar nichts", sagte Guntram Schnitter. „Wir wollen nur sichergehen. Wenn sich herausstellt, dass Herrn Scharfetter wirklich etwas zugestoßen ist, wovon wir jetzt noch nicht ausgehen, dann ist es vorteilhaft, wenn nichts in dem Zimmer verändert wurde. Ich gehe davon aus, dass er sich nicht in seiner Wohnung befindet?" Guntram Schnitter sah Irene prüfend an.

„Ich habe dort angerufen. Er geht nicht dran. Ich bin auch hingefahren. Sein Fahrrad ist nicht da, also ist Leon auch nicht oben."

„Das sollten wir überprüfen. Nun, nun, machen Sie sich man keine Sorgen. Unkraut vergeht nicht."

Irgendwie glaubte Irene ihm nicht. Sie hatte gesehen, dass die Männer jedes Detail aus allen Richtungen und Blickwinkeln fotografiert hatten. Was würden sie bei einem weiteren Besuch entdecken, was sie jetzt nicht gefunden hatten?

Schnitter hatte bemerkt, dass sie ihm nicht mehr zugehört hatte. „Frau Rugenstein, bitte denken Sie daran, uns sofort zu informieren, falls Herr Scharfetter wieder auftaucht."

Zu allen gewandt fügte er hinzu: „Mein Kollege, Kriminalhauptkommissar Stefan Ollner, wird in der nächsten Stunde vorbeikommen. Ich muss Sie bitten, auf ihn zu warten." Als Oliver etwas sagen wollte, hob er die Hand, um ihn daran zu hindern. „Bitte haben Sie Verständnis dafür. Bis dahin können wir Ihnen auch schon mitteilen, ob er einen Unfall hatte und im Krankenhaus liegt."

Irene erschrak. Daran hatte sie gar nicht gedacht. Ein Fahrradunfall. Leon fuhr immer ohne Helm. Vielleicht lag er schwer verletzt auf der Intensivstation. Vielleicht hatte er sogar das Gedächtnis verloren. Dann würden sie ihn nicht finden. Vielleicht sollte sie selbst ins Krankenhaus fahren und nachsehen. Sie sprang auf.

Schnitter legte ihr eine Hand auf die Schulter. „Bleiben Sie besser hier. Wir finden ihn, auch wenn er an Amnesie leiden sollte."

Konnte der Mann hellsehen?

Holzminden
Montag, 31. Oktober 2011
gegen 15 Uhr

10

Stella hatte nicht auf diesen Kriminalhauptkommissar gewartet. „Ich halt's hier nicht mehr aus", hatte sie gesagt. „Ich habe Termine außer Haus." Dann war sie mit Jacke und Laptop unter dem Arm verschwunden.

Irene hatte sich in ihr Büro gesetzt, ohne etwas zu arbeiten.

Sie hatte darüber nachgedacht, ob sie mit Oliver reden, ihn um Rat fragen sollte. Doch er war in seinen Raum gegangen und hatte die Tür hinter sich zugemacht.

Sie hatte den Polizisten nicht hereinkommen gehört.

Er klopfte an den Türrahmen. „Stefan Ollner, Sie müssen Frau Rugenstein sein."

Er sah nicht aus wie ein Polizist, eher wie einer ihrer Klienten. Das helle Jackett gefiel ihr. Aber auch seine Augen blickten müde, und er schien es eilig zu haben.

„Wir haben die Krankenhäuser der Umgebung überprüft. Herr Scharfetter befindet sich nicht dort. Ein Auto ist nicht auf ihn zugelassen?"

„Nein, er fährt grundsätzlich mit dem Rad."

„Er besitzt keinen Führerschein?"

„Doch, bei Bedarf leiht er sich einen Wagen."

„Gut, dann werde ich veranlassen, dass die Autovermietungen überprüft werden. Ich würde mir gern das Büro ansehen. Wenn Sie vorgehen würden?"

Irene zeigte ihm den Weg.

Er zog das Siegel ab und nahm das gesamte Zimmer von der Türschwelle aus in Augenschein. Dann erst ging er hinein. Er bewegte sich vorsichtig, schaute in jede Ecke, las hier ein paar Zeilen, hob dort ein Blatt auf. Nachdem er aus dem Fenster geschaut hatte, richtete er den Stuhl auf, rollte ihn vor den Schreibtisch und setzte sich.

Als er merkte, dass sie ihn beobachtete, sagte er: „Ich mache mir gern ein Bild. Ich will vieles wissen. Was ist Herr Scharfetter für ein Mensch? Rechts- oder Linkshänder? Ordentlich, schusselig, penibel? Groß oder eher klein? Modern oder konservativ? So ein Arbeitsplatz verrät viel über einen Menschen."

„Glauben Sie, dass ihm etwas passiert ist?"

„Glauben Sie, dass er sein Büro in einem Wutanfall selbst so zugerichtet hat?"

Irene verneinte. „Er ist ordentlich, fast schon zu ordentlich."

„Ein bisschen pingelig."

„Ganz schön."

„Sehen Sie. Dennoch." Er zögerte. „Einiges passt nicht."

„Wie meinen Sie das?"

„Kommen Sie mal her."

Irene stellte sich neben ihn. „Herr Scharfetter ist Rechtshänder, nicht wahr?" Er zeigte auf das Telefon. „Es steht rechts, genau wie die Notizzettel. Die wichtigste Schublade ist demnach die oben rechts, oder? Alles, was wichtig ist, was man schnell zur Hand haben will, tut man da hinein. Schauen Sie hin. Ausgerechnet diese Schublade wurde nicht aufgerissen und durchsucht. Warum? Wusste der Täter, dass da nicht war, was er gesucht hat?"

„Ich weiß nicht." Irene sah sich prüfend im Raum um. „Was hat er denn gesucht?"

„Gute Frage. Gibt es Bargeld in der Firma?"

„Nur eine Portokasse, vorn in meinem Büro."

„Schauen Sie sich die Lage der Blätter an."

„Ich verstehe nicht."

Ollner stand auf. Er nahm ein paar Papiere, die auf dem Schreibtisch lagen, und machte eine Bewegung, als wolle er sie werfen, warf sie tatsächlich. Sie segelten kurz hinter dem Schreibtisch zu Boden. „Das meine ich. Wie sind die Papiere bis zur Tür gekommen?"

Irene wusste nicht, was sie sagen sollte.

„Für mich sieht es fast so aus, als wäre jemand durch das Büro gegangen und hätte die Blätter gleichmäßig verteilt."

„Und das passiert weder bei einem Streit, noch wenn ein Einbrecher etwas sucht", ergänzte sie nachdenklich.

„Genau, und dann sind da noch die Blutflecken. Es befindet sich kein einziger auf den Papieren. Im Gegenteil, da, wo die Flecken sind, sind keine Papiere. Das Blut ist nur hier, nicht am Schreibtisch, nicht an der Türklinke, nur hier. Im Papierkorb liegt keine Folie von einem Pflaster. Sie haben gar keinen Verbandskasten, oder?"

„Doch, in der Teeküche liegt ein Autoverbandskasten."

Irene verstand, worauf er hinauswollte. Die Blutflecken sahen regelmäßig aus, irgendwie absichtlich.

„Ich brauche etwas, um zu überprüfen, ob das Blut wirklich von Herrn Scharfetter stammt."

In diesem Moment klingelte sein Handy. Er lauschte. „Wo? Ich komme sofort."

Irene packte seinen Arm. „Haben Sie Leon gefunden?"

„Nein, Kelvin."

Er streifte ihre Hand ab und rannte beinahe los. „Sie können das Büro aufräumen. Wir melden uns, sobald wir etwas wissen."

Weg war er.

Kelvin? Wer war Kelvin? In Kims Klasse gab es einen Kelvin. Ob es Kim gut ging?

Irene ging in ihr Büro zurück und versuchte, Anna anzurufen. Besetzt.

11

Anna Blume betrachtete den dunklen Lockenkopf, der sich eifrig über das Backblech beugte und Rosinen in die Mitte der ausgestochenen Plätzchen drückte, so sehr in die Mitte, wie es nur ging.

„Kim", sagte sie leise. „Du machst das klasse."

Kim schaute hoch und erwiderte: „Ich bin gleich fertig. Stellen wir sie dann in den Backofen?"

„Ja, sobald meine Kräuter fertig sind."

„Was sind das für Kräuter?"

„Lavendel, Thymian, Basilikum, Rosmarin und Salbei."

„Machst du eine Suppe?"

„Nein, das wird andalusisches Kräutersalz."

„Kräutersalz für Tomaten?"

„Zum Beispiel für Tomaten." Anna öffnete eine Schranktür und nahm ein Gläschen heraus. „Schau mal, ich will das Kräutersalz in kleinen Behältern verkaufen. Mit einem bunten Deckel und hübschen Etiketten."

Kim stand auf und nahm eines der Gläser in die Hand. „Da passt nicht viel rein."

Anna drehte ein anderes Glas auf. „Steck mal deine Fingerspitze hier hinein." Sie führte Kims Hand. „So, und nun ablecken. Wie schmeckt das?"

„Hm, salzig."

„Genau, davon nimmt man nur ganz wenig."

„Bekomme ich auch so ein Gläschen? Für zu Hause?"

„Klar. Guck mal, ich habe hier auch ein Rezept. Komm, ich lese es dir vor, dann kannst du diesen Salat ganz allein zubereiten."

Anna schob die letzten Bleche in den Backofen, als Paul hereinkam. „Hier sind die Transportkisten."

Anna wunderte sich ein wenig, dass er so spät kam. Außerdem wirkte er leicht derangiert. Erst wollte sie ihn fragen, warum er so außer Puste war, entschied sich aber dagegen. Paul mochte es nicht, wenn man ihm zu sehr auf die Pelle rückte. Deshalb sagte sie: „Das ist lieb von dir, Paul. Als Erstes sollten wir das Mehl einladen."

„Ist Kim da?"

„Sie kopiert die Rezepte."

Der große Mann, der etwas vornüber gebeugt ging, lächelte. „Ich habe ihr etwas mitgebracht."

„Was denn?"

„Das ist unser Geheimnis."

„Das ist gemein. Du weißt doch, wie neugierig ich bin."

Paul erstarrte. „Anna, ich …"

„Entschuldige!" Anna legte ihm vorsichtig eine Hand auf den Arm. „Ich wollte einen Spaß machen, ich hab's nicht ernst gemeint. Es ist gut, dass du mir dein Geheimnis mit Kim nicht verrätst. So muss es sein."

Paul beobachtete ihr Gesicht sorgfältig. Ganz langsam bildete sich ein Lächeln. „Alles ist gut."

„Genau. Geh nur zu ihr." Anna lehnte sich gegen ihren Kühlschrank. So fühlte sie sich wohl. Sie sah sich um. Liebevoll betrachtete sie den Tisch mit der dicken Holzplatte in der Mitte des Raumes. Auf der anderen Seite standen Herd, Grill und Fritteuse. Sie hatte die ganze Einrichtung gebraucht gekauft, so dass nicht alles hundertprozentig zusammenpasste. Aber Paul hatte ihr für alle Zwischenräume kleine Regale oder Blenden gezimmert. Mit Holz war er der reinste Zauberer, wenn er dabei Musik hören konnte.

Sie war so sehr in Gedanken versunken, dass sie erschrak, als das Telefon klingelte. „Partyservice Anna Blume."

„Gregor Körner, Varieté Ozelot, guten Abend, ich hoffe, ich rufe nicht außerhalb der Geschäftszeiten an."

„Nein, nein, kein Problem, was kann ich für Sie tun?"

„Ich habe eine Anfrage für einen Kindergeburtstag, Samstag in vierzehn Tagen, zehnter Geburtstag, Thema Zauberei."

„Bei Ihnen im Varieté?"

„Achtzehn Kinder und vier oder fünf begleitende Erwachsene. Sie wollen in jedem Fall möglichst quietschbunte Zaubertränke, allerdings selbstverständlich ohne künstliche Farb- und Aromastoffe."

„Und da haben sie gleich an mich gedacht."

„Nun ja, unsere bisherigen Kooperationen sind sehr gut angekommen. Was sagt Ihr Terminplan?"

Anna tat so, als müsste sie nachdenken. „Das kann ich einrichten." Innerlich jubelte sie.

„Kommen Sie mit 15 oder 16 Euro pro Person hin?"

„Kuchen und Abendessen?"

„Keine Torte, sie wollen Muffins."

„Ja, okay, 16 Euro, damit komme ich hin. Sind Vegetarier dabei? Allergiker?"

Sie hörte Papier rascheln. „Gut, dass Sie fragen. Ich werde mich erkundigen und sage Ihnen dann Bescheid. Haben wir einen Deal?"

„Selbstverständlich. Ich freue mich." Anna kontrollierte zweimal, ob sie tatsächlich richtig aufgelegt hatte, bevor sie begann, laut singend um den Tisch herumzutanzen.

Kim und Paul kamen angelaufen und schauten ihr zu. „Was ist los?", wollte Kim wissen und zog an Annas Schürze.

„Wir haben einen neuen Auftrag. Wie viel ist 16 mal 22?"

„Viel?"

„Genau. Das sind, lass mal sehen, ja, 352 Euro. Dafür machen wir ein paar verzauberte Muffins und servieren sie in einem Varieté."

„Was ist ein Varieté?"

„Eine Art Restaurant, aber da gibt es nicht nur etwas zu essen. Das Wichtigste am Varieté ist die Show, mit einem Clown, Akrobaten oder einem Zauberer oder mit Tieren. Der Herr Körner hat ein ganz besonderes Varieté, es ist nämlich speziell für Kinder. Es heißt Varieté Ozelot. Herr Körner ist Bauchredner, er spricht mit seiner Ozelot-Puppe."

„Was ist ein Ozelot?"

„Das ist eine Raubtierart aus der Familie der Katzen, die in Mittel- und Südamerika lebt", leierte Paul mit seiner sonoren Stimme herunter. „Der Ozelot ist gefleckt und die größte Pardelkatze. Er heißt auf Lateinisch leopardus pardelus." Paul beugte sich ein wenig zu Kim vor. „Er kann bis zu einem Meter lang und 15 Kilogramm schwer werden." Paul wackelte bedeutungsvoll mit dem Zeigefinger. „Die Azteken beteten einen Gott an, der hatte Ohrringe mit Ozelotkrallen dran."

„Echt?" Kim war beeindruckt.

Auch Anna war immer wieder erstaunt, was Paul alles wusste. Sobald ein Stichwort fiel, begann er die skurrilsten Informationen abzuspulen. Anna konnte nur nicht einschätzen, wie viel er davon wirklich verstand.

„Ist ein Ozelot auch eine Katze?", fragte Kim.

„Ja, aber eine ziemlich große. Die lebt bei uns nur im Zoo."

„Und im Varieté Ozelot“, sagte Paul.

„Das glaube ich nicht. Die stehen doch unter Naturschutz“, widersprach Anna.

„Doch“, sagte Paul, „Herr Körner hat welche, in seinem Garten, ganz hinten.“

Anna wollte lieber nicht nachfragen, was Paul ganz hinten im Garten von Herrn Körner zu suchen hatte.

Zum Glück klingelte das Telefon.

„Hallo Irene, ist was passiert? Du klingst bedrückt.“

„Ich weiß es nicht, Anna. Leons Büro ist verwüstet, die Polizisten haben sogar Blutflecken gefunden, aber irgendwie wirkt alles falsch. Und dann ist der Polizist weggelaufen, weil ein Kelvin gefunden wurde. Ist mit Kim alles okay?“

„Willst du sie sprechen?“

„Ja bitte, gib sie mir mal.“

Anna holte die Bleche mit den getrockneten Kräutern aus dem Backofen, während Kim telefonierte. Sie schüttete einen Teil der Kräuter in ihre Mühle und setzte sie in Gang. Doch das Geräusch war zu laut. Sie musste warten, bis Kim fertig telefoniert hatte.

Nachdem Kim aufgelegt hatte, saß sie ganz still auf einem Hocker. Paul stand mit hängenden Schultern vor ihr.

Anna blickte von ihren Blechen auf. „Was ist denn mit euch los?“

„Kelvin ist weg.“

„Wer ist Kelvin? Einer aus deiner Klasse?“

„Ein Streber, aber trotzdem. Er war die ganze Nacht weg.“ Kim sah auf. „Nachts ganz allein draußen, da hätte ich Angst.“

„Ich würde dich beschützen, Kim“, sagte Paul. „Schön einwickeln und warm halten.“ Er machte wiegende Bewegungen mit den Armen, so als hielte er ein Kind. Dann lachte er auffordernd. „Alles wieder gut?"

Anna seufzte. „Ach, Paul, so einfach ist das nicht immer. Niemand weiß, wo Kelvin ist, deshalb kann ihn auch keiner in den Arm nehmen."

„Das ist schlimm."

„Leon ist auch verschwunden", flüsterte Kim.

Paul wiegte den Kopf. „Vielleicht sind sie zusammen verschwunden."

Kim warf Anna einen fragenden Blick zu. „Das kann ich dir nicht sagen. Ich weiß nicht mal, ob sie sich kennen." Sie sah auf die Uhr. „Jedenfalls müssen wir uns sputen, sonst komme ich zu spät zu meinem Workshop. Das gehört sich nicht."

„Das gehört sich wirklich und wahrhaftig nicht", sagte Paul und trug den ersten Korb mit Zutaten hinaus zu Annas kleinem Lieferwagen. Er summte leise vor sich hin.

12

Kofi Kayi wartete auf der Neuen Straße vor der Kreisverwaltung mit laufendem Motor auf Stefan Ollner. Dieser kam aus der Katzensprunggasse gelaufen, sah ihn sofort, riss die Beifahrertür auf und hechtete auf den Sitz. Kofi war schon losgefahren, bevor Stefan die Tür richtig zu hatte.

„Ein Mann ist mit seinem Hund spazieren gewesen. Er hat in dem Wäldchen hinter der Schleifmühle eine Kinderleiche gefunden."

„Scheiße!"

Kofi nickte nur. Er fuhr mit zusammengebissenen Zähnen so schnell, wie er es verantworten konnte.

Zuerst sahen sie von weitem die Blinklichter, dann die Absperrungen. Sie parkten schief am Straßenrand und sprangen aus dem Wagen.

Guntram Schnitter kam auf sie zu, hielt sie mit einer ausholenden Handbewegung auf.

„Er ist es nicht."

Beide stutzten. Kofi fragte: „Wie meinst du das?"

„Zu stark verwest, ist schon länger tot, als der Junge verschwunden ist, also der andere, Kelvin."

Langsam ging Kofi auf die Stelle zu, an der sich Marc über einen kleinen Körper beugte. Eindeutig ein Kind, aber Kofi konnte nicht einmal erkennen, ob es sich um einen Jungen oder ein Mädchen handelte.

„Was hängt da dran?"

Marc richtete sich auf. „Frischhaltefolie. Er war damit komplett eingewickelt."

„Er?"

„Ja, es ist ein Junge, ungefähr sechs bis acht Jahre alt, würde ich schätzen."

„Wann und wie?", fragte Kofi mit belegter Stimme.

„Das kann ich ohne Laboruntersuchung überhaupt nicht sagen. Mindestens zwei oder drei Wochen, und meine Vermutung zur Todesursache möchtest du erst hören, wenn ich sicher bin, sonst bekommst du noch für umsonst Alpträume."

Sofort begannen die Rädchen in Kofis Gehirn zu rattern. Er zwang sich, damit aufzuhören.

„Wir fahren in die Dienststelle und schauen uns mal die Vermisstenmeldungen an."

War das Zufall? Sie suchten ein vermisstes Kind und fanden ein totes, das sie gar nicht gesucht hatten. Gab es einen Zusammenhang?

Kofi hörte eine Autotür klappen und dann einen langgezogenen Schrei.

„Was ist da los?" Stefan Ollner versuchte, etwas zu erkennen. Guntram Schnitter schien mit jemandem zu ringen. Kofi lief zu ihm. Er brauchte einen Augenblick, bevor er erkannte, was da vor sich ging.

Frau Jänicke wollte zum Fundort, und Schnitter versuchte, sie daran zu hindern. „Ich will mein Kind sehen, lassen Sie mich durch." Sie schluchzte die Worte mehr, als sie zu sprechen.

„Das ist nicht ihr Sohn, das ist nicht Kelvin", sprach Schnitter langsam und deutlich. Dabei hielt er Frau Jänicke an den Schultern fest und drückte sie zurück.

Zuerst wiederholte sie immer den gleichen Satz, dann schien sie zu verarbeiten, was Schnitter sagte und brüllte: „Sie lügen. Lassen Sie mich durch."

„Frau Jänicke!"

Kofi war zu den beiden getreten, sprach sehr laut. „Das ist nicht Kelvin. Ihr Sohn lebt sicher noch." Er nahm ihren Arm. „Lassen Sie uns ein Stück zur Seite gehen."

Sie zögerte, schien ihn zu erkennen. „Nicht Kelvin?"

Kofi schüttelte den Kopf. „Nicht Kelvin. Kommen Sie, wir dürfen dort nicht hingehen."

„Nicht Kelvin?"

„Die Kollegen müssen die Spuren sichern. Wir dürfen sie nicht stören."

„Nicht Kelvin!"

Behutsam führte Kofi die Frau zu ihrem Wagen zurück. „Kommen Sie, setzen Sie sich."

„Wo ist Kelvin?"

„Das wissen wir noch nicht. Wir suchen nach ihm."

„Sie suchen nicht. Sie stehen hier herum." Sie machte eine Pause. „Wer ist der Junge?"

„Das wissen wir auch noch nicht. Woher haben Sie erfahren, dass wir hier etwas gefunden haben?"

„Gerd hat mich angerufen."

„Welcher Gerd?"

„Gerd Schwarze, der Vater von Jonas?"

„Und woher wusste der davon?"

Angela Jänicke sah Kofi an, als wäre er ein besonders begriffsstutziges Exemplar Mensch. „Gerd weiß alles."

„Jedenfalls sollten Sie jetzt besser nach Hause fahren."

„Sie meinen, falls Kelvin anruft oder sein Entführer? Natürlich", sagte sie und hatte Kofi und den unbekannten toten Jungen scheinbar längst vergessen.

Holzminden
Montag, 31. Oktober 2011
gegen 18 Uhr

13

Kim saß neben Anna auf dem Beifahrersitz. Wieder einmal ohne Kindersitz. Natürlich verstand Anna, dass Irene viel um die Ohren hatte. Sie verstand auch, dass sie sich um diesen Leon sorgte.

Kim war ziemlich selbstständig und ausgesprochen clever, aber sie war noch klein, sie brauchte ihre Mutter. Sie benötigte Zuwendung und Unterstützung, und zwar von ihrer Mutter und nicht von deren Freundin.

Sobald Leon wieder aufgetaucht war, würde sie ein ernstes Gespräch mit ihr führen.

Irene war auf den Tag genau zehn Jahre älter als Anna. Sie hatten sich vor zehn Jahren kennen gelernt, als sie beide einen runden Geburtstag im Saal beim Griechen feiern wollten. Die Wirtsleute hatten sich vertan, der Wirt hatte Annas Feier angenommen, seine Frau Irenes. Statt sich zu streiten, hatten die beiden Frauen einfach zusammen gefeiert, und seither waren sie befreundet.

Irene hatte Anna beigestanden, als sie ihr Philosophiestudium in Göttingen kurz vor dem Abschluss abgebrochen hatte, nachdem Robert sie abserviert hatte.

Anna war bei Kims Geburt dabei gewesen, weil Irenes Mann Michael, wie immer, auf Montage war. Dieses wunderbare Erlebnis würde sie nie vergessen. Ihre enge Beziehung zu Kim hatte dem Mädchen geholfen, während ihre Eltern sich scheiden ließen. Manchmal dachte Anna, dass sie so etwas wie eine Zweitmutter für Kim war. Sie schüttelte den Kopf. Irgendwie war das nicht richtig. Was würde passieren, wenn Anna eine eigene Familie gründete?

Eine eigene Familie? Darüber brauchte sie sich derzeit keine Gedanken zu machen. Es gab ja noch nicht einmal jemanden, für den sie sich begeisterte oder der sich für sie interessierte. Eigentlich hatte sie auch keine Zeit dafür.

Anna parkte ihren Wagen vor Irenes Reihenhaus ein. Kim hüpfte hinaus und rannte den kurzen Weg zur Haustür. Sie klingelte Sturm.

Irene schien hinter der Tür gewartet zu haben. Sie öffnete sofort, hockte sich hin und schloss Kim in ihre Arme.

„Mama, was ist los?“ Kim keuchte, denn Irene drückte sie so fest, dass das Kind kaum noch Luft bekam.

„Geh schon mal hinein. Ich will noch kurz mit Anna sprechen“, sagte Irene.

Kim schaute zwischen den Frauen hin und her, drückte beide noch einmal und schlitterte dann in den Hausflur.

Irene nahm Annas Hand, zog sie zu sich heran und umarmte sie. Sie schwiegen eine Weile. „Danke schön“, flüsterte Irene schließlich. „Ich wüsste nicht, wie ich ohne dich zurechtkommen sollte.“

Anna knirschte mit den Zähnen. Was sollte sie dazu sagen? „Schon okay. Wir haben die Hausaufgaben gemacht, nur den Aufsatz müsst ihr noch schreiben.“

„Wald, Fuchs, Höhle, Fluss, Baumstamm. Ich erinnere mich. Danke für alles.“

„Was ist mit Leon?“, fragte Anna.

„Wir wissen gar nichts. Sein Büro war verwüstet, und er ist wie vom Erdboden verschluckt.“

„Hast du einen Schlüssel zu seiner Wohnung?“

Irene erstarrte. „Nein! … Ja, im Büro liegt einer, zur Sicherheit, falls er seinen verliert oder vergisst.“

„Hast du nachgesehen?"

„Ich, nein, ich habe überhaupt nicht daran gedacht." Sie zuckte verlegen mit den Schultern. „Er hat es nicht gern, wenn jemand in seiner Abwesenheit in seiner Wohnung ist. Deshalb hat er auch keine Putzfrau, sondern kümmert sich selbst um alles."

„Er hasst es, wolltest du sagen. Ich habe dir schon immer gesagt, dass der Kerl mindestens eine Macke hat."

„Nicht jetzt, Anna. Ich weiß, dass du ihn nicht leiden kannst, das tut mir leid, aber ich liebe ihn, und ich mache mir Sorgen."

„Fragt sich nur, ob er dich genauso liebt." Anna biss sich auf die Lippen, sie bereute den Satz, bevor sie ihn ganz ausgesprochen hatte. „Tut mir leid."

Irene schaute zu Boden und sagte heiser: „Das lässt sich wohl erst klären, wenn wir ihn gefunden haben."

Nach einer Pause bat sie Anna doch noch ins Wohnzimmer. Erleichtert ließ Anna sich in den alten, abgewetzten Sessel sinken, der so bequem war.

Irene drückte ihr einen Becher Kaffee mit Sahne in die Hand. „Im Moment wird mir alles zu viel, und Kim leidet am meisten darunter."

„Sie ist ein verständiges Kind. Ich glaube nicht, dass sie wirklich leidet." ‚Verdammt', dachte Anna und biss sich auf die Lippen. Jetzt hatte sie genau das Gegenteil von dem gesagt, was sie ihrer Freundin eigentlich an den Kopf werfen wollte. Sie seufzte.

„Was ist los?"

„Dieser Kelvin, der Junge, der gestern Abend verschwunden ist, ging in Kims Klasse."

„Wie hat sie es aufgenommen?"

„Ganz gut. Ich glaube nicht, dass sie verstanden hat, was das bedeuten kann."

„Dieser Polizist, der Leons Büro untersucht hat, ist plötzlich weggelaufen, beinahe mitten im Satz. Dabei schien es um einen Kelvin zu gehen."

Anna biss sich auf die Unterlippe. Doch sie beschloss, es positiv zu formulieren. „Vielleicht haben sie ihn gefunden." So richtig optimistisch war ihr das nicht gelungen. Gefunden konnte alles bedeuten.

Holzminden
Dienstag, 1. November 2011
gegen 8 Uhr

14

Kim fand morgens immer schlecht aus dem Bett, und Irene empfand es als äußerst anstrengend, sie zum Aufstehen zu bewegen. Zu jedem Handgriff musste sie sie antreiben.

Saß Kim erst einmal am Frühstückstisch, ging die Quälerei weiter. Jeder Bissen kostete sie Überwindung, egal, was Irene ihr anbot.

Trotz allem hatten sie es heute ausnahmsweise rechtzeitig aus dem Haus geschafft.

Wie immer war vor der Grundschule viel Verkehr. Neben einem Schulbus hielten Wagen in zweiter Reihe, ließen Kinder aussteigen und fuhren dann weiter, oft genug, ohne zu blinken. Irene setzte den Blinker und wartete. Plötzlich kamen zwei Männer angelaufen, zogen die Autotüren auf und redeten mit den Fahrern. Die schalteten die Motoren ab und stiegen aus.

Irene hupte. Doch statt weiterzufahren, kam einer der Männer zu Irene und Kim. Er klopfte an das Fenster und wollte die Tür aufmachen. Da sie verriegelt war, ließ Irene die Scheibe herunterfahren. Als er zu sprechen begann, erkannte sie den Mann.

„Wir bitten alle Eltern zu einem kurzen Informationsgespräch auf den Schulhof. Es wäre schön, wenn Sie auch Zeit hätten", sagte Gerd Schwarze.

„Worum geht es denn?"

Schwarze warf einen kurzen Blick auf Kim. „Wir wollen die Kinder nicht beunruhigen."

Kim verschränkte die Arme vor der Brust und sagte: „Es geht um Kelvin, das weiß ich sowieso."

Irene drehte sich zu ihr um. „Manchmal müssen die Erwachsenen Dinge unter sich besprechen. Am besten gehst du in deine Klasse, es klingelt gleich zum Unterricht."

Kim löste den Gurt. Irene stieg aus, öffnete ihre Tür und umarmte sie kurz.

An der Seite von Gerd Schwarze ging Irene auf den Schulhof, wo zahlreiche Eltern in kleinen Grüppchen beieinander standen. Irene fröstelte, obwohl die Sonne den Nebel bereits aufzulösen begann.

Schwarze hob beide Hände und bat um Ruhe. Es dauerte eine Weile, bis alle sich ihm zugewandt hatten. „Wir alle wissen, dass der kleine Kelvin Jänicke am Sonntagabend verschwunden ist. Niemand hat ihn gesehen, nachdem er aus dem Judobus ausgestiegen ist. Die Polizei sucht nach ihm, ist dabei aber bisher nicht erfolgreich gewesen."

„Man hat doch eine Leiche gefunden, gestern Abend", rief ein Mann, den Irene bereits ein paar Mal gesehen hatte.

„Das war ein fremdes Kind", erklärte Schwarze. „Und auch das hat nicht die Polizei gefunden, sondern ein Spaziergänger, der seinen Hund ausführen wollte."

„Wieso liegt da ein totes Kind herum?"

„Das möchte ich auch wissen."

Die Eltern riefen durcheinander. Schwarze hob wieder die Arme. „Ihr habt ganz recht. Wir überblicken viel zu wenig. Wir brauchen mehr Informationen. Aber …" Er hob einen Zeigefinger. „Das ist nicht alles. Wenn es der Polizei nicht gelingt, Kelvin zu finden, ist es dann nicht unsere Aufgabe, dafür zu sorgen, dass die unglückliche Mutter, Angela Jänicke, ihren geliebten Sohn bald wieder in ihre Arme schließen kann?

Wir sind viele. Wenn wir Holzminden aufteilen und alle mitsuchen, können wir garantiert verhindern, dass noch eine Leiche gefunden wird, eine Leiche, deren Namen wir kennen."

Irene sagte laut: „Die Polizei hat Hubschrauber und Hunde eingesetzt."

„Ausgezeichnet. Eine Superidee. Ich wusste es doch, wir müssen uns nur zusammentun, dann sind wir unschlagbar. Gibt es weitere Vorschläge?"

„Wir könnten GPS-Geräte und Apps benutzen, um Holzminden systematisch abzusuchen."

„Mein Barney findet alles, was ich ihn suchen lasse."

„Wir müssen auch an die Wälder denken."

„Meine Tochter darf nicht mehr alleine nach draußen."

Irene hielt sich die Ohren zu. Alle redeten durcheinander, immer lauter, immer aufgeregter. Sollte Schwarze nicht bald die Reißleine ziehen, würde alles in einem Tumult enden. Andererseits wusste sie nicht, ob sie das gutheißen konnte. Beim Suchen helfen war okay, aber jetzt sprachen sie schon von Bewachen und Beschützen, von Sicherheitsteams und überlegten, ob sie sich bewaffnen sollten.

Irene hatte genug gehört. Sie drehte sich um und ging. Wenn sie sich an jemandem vorbeidrängen musste, flüsterte sie: „Ich muss zur Arbeit, tut mir leid."

15

Da weder Ollners Wagen noch sein Fahrrad auf dem Parkplatz standen, blieb Kofi noch in seinem Auto sitzen. Er hatte gestern das Hörbuch von Simon Becketts neuem Kriminalroman „Verwesung" angefangen und verspürte nicht übel Lust, diesem Monk eine reinzuhauen. Warum machten sich alle einen Spaß daraus, die Ermittlungsarbeit der Polizei zu stören, zu behindern oder zu durchkreuzen, nur um sich dann über Misserfolge und Fehler lustig zu machen?

Stefan Ollner kam mit seinem Fahrrad um die Ecke. Gemeinsam gingen sie zur Besprechung. Mausig und die anderen Kollegen saßen bereits am Tisch.

„Dann man los, meine Herren. Marc."

Marc nickte. „Ich habe nur vorläufige Ergebnisse. Die Untersuchungen dauern noch ein paar Tage. Was ich mit Sicherheit sagen kann, ist, dass es sich um eine männliche Leiche handelt, blond, blaue Augen, eine Zahnspange." Er zupfte an seinem Hemdkragen. „Wir müssen davon ausgehen, dass dieser Junge entführt und dann entkleidet wurde. Wir haben Fasern einer Wolldecke an ihm gefunden. Anschließend hat der Täter ihn komplett in Frischhaltefolie eingewickelt, was zum Tod durch Ersticken führte." Er hielt inne. Niemand sagte ein Wort.

Schließlich räusperte sich Mausig.

„Ich habe bereits einen Datenabgleich durchgeführt. Wir haben zwei Vermisstenmeldungen, die passen. Ich habe die zuständigen Dienststellen um weitere Informationen gebeten. Spätestens in zwei Stunden sollten wir wissen, ob unser Toter einer der beiden ist."

Stefan Ollner meldete sich wie in der Schule. „Wie muss ich mir das vorstellen? Hat sich jemand ein Kind geholt und es in Folie eingewickelt, um es frisch zu halten? Wozu soll das gut sein?"

Kofi wollte sich zwar nichts von alledem vorstellen, sagte aber: „Vielleicht wusste der Täter nicht, dass ein Kind stirbt, wenn er es einwickelt. Vielleicht will er es beschützen."

„So wie du dein Leberwurstbrot, oder was?"

„So ungefähr. Warum sonst Klarsichtfolie?"

„Damit er zuschauen kann, wie es langsam erstickt? Es laufen doch genug Irre in der Gegend herum."

„Meine Herren", mischte Mausig sich ein, „wir müssen alles in Betracht ziehen. Handelt es sich um haushaltsübliche Frischhaltefolie?"

„Markenware würde ich sagen, sehr reißfest."

Stefan fragte: „Haben wir sonst irgendetwas? Konntest du feststellen, wie lange er dort gelegen hat?"

„Das ist interessant. Der Mann, der ihn gefunden hat, sagt, dass er jeden Tag mit seinem Hund diesen Weg entlanggeht. In den letzten Wochen ist er dabei immer zu einem Apfelbaum gegangen, der ganz nahe am Fundort steht, um sich einen Apfel zu pflücken. Er schwört Stein und Bein, dass der Junge am Tag zuvor noch nicht da gelegen hat."

„Können wir davon ausgehen, dass der Täter ihn Sonntagnacht abgelegt hat?"

„Wahrscheinlich wird er ihn nicht tagsüber dorthin gebracht haben. Also ist Sonntag plausibel."

Kofi rieb sich die Augen. „Stellt sich die Frage, ob das Verschwinden Kelvins etwas mit dem Auftauchen der Leiche zu tun hat?"

„In der Tat." Guntram Schnitter zog eine Grimasse. „Hat er sich ein frisches Kind geholt, weil das andere in seiner Verpackung angefangen hat zu gammeln?" Er schüttelte sich. „Da kommt einem ja die Galle hoch."

„Gehen wir von einem Täter aus?"

„Eine Frau halte ich für abwegig. Und mehrere Täter?"

„Ich denke da an diesen Kevin, der vor einigen Monaten durch die Presse ging, den mehrere Erwachsene missbraucht haben, bevor sie ihn verschwinden ließen."

„Wurde dieser Junge auch missbraucht?"

„Dazu kann ich noch nichts sagen."

„Wo kann man unbemerkt ein Kind verstecken?"

„Wenn es still ist, in jeder Wohnung."

„Vielleicht wickelt er sie deswegen ein, damit sie keinen Lärm machen."

Mausig stand auf und klopfte auf den Tisch. „Meine Herren, ich verbitte mir den Plural. Noch ist weder erwiesen, dass die beiden Fälle zusammenhängen, noch dass Kelvin ebenfalls tot ist."

Er wandte sich an Ollner. „Wir haben außerdem noch einen vermissten Erwachsenen. Gibt es da Erkenntnisse?"

Ollner nahm sein Notizbuch in die Hand, referierte aber, ohne es aufzuschlagen. „Leon Scharfetter, 32 Jahre, sportlich, Banker, Programmierer und Webdesigner, gründet eine kleine Consultingfirma und verschwindet unter ominösen Bedingungen aus eben dieser. Er hinterlässt einige Blutflecken und viel Unordnung."

„Sie glauben nicht an einen Überfall?"

„Es wirkt alles konstruiert. Es fehlte noch, dass er einen halben Namen mit seinem eigenen Blut an die weiß gekalkte Wand geschrieben hätte."

„Was hast du vor?" Herbert Heinrich beugte sich interessiert nach vorn.

„Ich denke nicht, dass da Gefahr im Verzug ist, ich werde mir heute seine Wohnung anschauen, sobald ich dafür eine Genehmigung habe, und dann könnte sich jemand die PCs angucken. Wahrscheinlich sitzt er bereits auf den Malediven und schlürft einen Cocktail, während wir nach ihm suchen."

„Aber die Kinder haben Vorrang", sagte Mausig.

Kofi lag eine Frage auf der Seele, die er schon die ganze Zeit stellen wollte, doch er fürchtete sich vor der Antwort. Er druckste herum. „Müssen wir ..., rechnen wir ..., wird es ...?"

„Ob wir davon ausgehen müssen, dass weitere Kinder entführt werden, willst du wissen?" Spusi-Marc wiegte den Kopf. „Wenn die beiden Fälle zusammenhängen, ja. Da bin ich mir recht sicher."

„Meine Herren, in Anbetracht der Sachlage erwarte ich sie um 17 Uhr zu einer erneuten Lagebesprechung." Mausig verließ den Besprechungsraum fast fluchtartig.

Kofi lehnte sich auf seinem Stuhl zurück. „Manchmal macht mir mein Job überhaupt keinen Spaß."

Holzminden
Dienstag, 1. November 2011
gegen 11.30 Uhr

16

Drei ziemlich unerfreuliche Gespräche hatte Kofi bereits hinter sich. Nun stand er vor einem Einfamilienhaus, das man nur schmuck nennen konnte, mit ordentlichen Rabatten, gepflegten Obstbäumen und glänzenden Rosenkugeln auf Holzstäben.

Kofi klingelte. Eine Frau, sechzig Jahre jung, bleistiftkurze Haare, in Latzhosen und einem schlabberigen T-Shirt, öffnete ihm. „Hi."

„Guten Tag, Kriminalkommissar Kofi Kayi, ich müsste bitte mit Herrn Kruse sprechen, ist er da?"

Ihr Lächeln zerbröckelte wie alter Pecorino. „Können Sie ihn nicht einfach in Ruhe lassen?"

„Wenn ich das könnte, wäre ich nicht hier, oder glauben Sie, mir macht das Spaß?"

„Wer weiß!" Sie rührte sich nicht, blieb in der Türöffnung stehen.

Kofi seufzte. „Ich kann ihn auch zu uns in die Dienststelle bestellen."

Widerstrebend schob sie die Tür weiter auf. „Kommen Sie herein. Er ist im Wohnzimmer."

Sie waren fast an der Wohnzimmertür angekommen, als sie plötzlich stehen blieb. „Bitte", sagte sie leise, „bitte, lassen Sie mich zuerst mit ihm reden."

Kofi zögerte. ‚Wollte sie ihn warnen? Wovor? Wahrscheinlich wollte sie ihn eher vorbereiten.' Dann stimmte er zu.

Während sie in dem angrenzenden Zimmer verschwand, betrachtete er die Ansichtskarten, die an einer Pinnwand neben der Tür zur Küche steckten. Einige schienen bereits Jahrzehnte alt zu sein. Er hörte gedämpfte Stimmen, konnte aber nicht verstehen, was gesagt wurde.

Schließlich kam Frau Kruse wieder zu ihm zurück. „Wir haben von der Entführung in der Zeitung gelesen. Er will nicht mit Ihnen sprechen. Er sagt, er hat dem Jungen nichts getan."

„Das muss ich von ihm selber hören. Bitte!" Die Frau tat ihm leid, aber er musste sich vergewissern. Er trat an ihr vorbei, schob die Tür auf und ging in das Wohnzimmer.

Er kam nur wenige Schritte weit. Der gesamte Raum wurde von einer Modelleisenbahnplatte eingenommen. In der Mitte der Platte war ein Ausschnitt, darin saß ein hagerer Mann hinter einem Steuerpult. Er betrachtete Kofi aus wässrig blauen Augen. Kofi erwiderte seinen Blick, konnte aber nichts darin lesen. Der Mann schien einfach durch ihn hindurch zu blicken. Ein lauter Pfiff ließ Kofi zusammenzucken.

Eine piepsige Stimme sagte: „Auf Gleis 4 Einfahrt des Intercity aus Kassel Wilhelmshöhe zur Weiterfahrt nach Hannover, Uelzen und Hamburg. Vorsicht bei der Einfahrt des Zuges."

Kofi sah, wie sich Schranken herabsenkten, Weichen sich verstellten, Signallampen aufleuchteten und wieder erloschen. Aus einem Stall kam eine Kuh, und winzige Feuerwehrmänner löschten ein brennendes Haus.

Wohin er auch sah, überall gab es detailgetreue Szenen. Er entdeckte einen Biergarten. Auf den Tellern lagen Würstchen, und in den Gläsern schien eine gelbe Flüssigkeit zu schäumen. Kofi staunte. Plötzlich stand Frau Kruse neben ihm. „Das ist sein Leben."

Kofi schaute auf. „Guten Tag, Herr Kruse, ich bin Kriminalkommissar und muss Sie fragen, wo Sie am Sonntag, gegen Abend gewesen sind."

Der Mann legte den Kopf etwas schräg. „Ella, wo war ich? In Göttingen, oder?“ Er erhob sich. Nachdem er einige Knöpfe gedrückt hatte, klappte er ein schmales Stück der Eisenbahnplatte hoch, so dass er aus der Mitte herauskommen konnte. Er ging bedächtig, fast als hätte er Muskelkater und vornüber gebeugt. Seine Hosen schlackerten als wären sie an einem Besen aufgehängt.

„Kommen Sie mit, junger Mann, ich zeig's Ihnen.“

Erstaunt folgte Kofi ihm in die Küche. Hier war es ausgesprochen gemütlich. Holzmöbel, zahlreiche Grünpflanzen und bunte Kissen auf einer geräumigen Eckbank dominierten den Raum. Kruse öffnete eine Schranktür und nahm ein blaues Heft heraus. Er reichte es Kofi beinahe feierlich.

„Alles, was Sie über die Dialysebehandlungen wissen müssen“, stand darauf. Kofi blätterte es auf. Nach einigen Seiten mit Informationen und Schemazeichnungen folgten Blätter, auf denen Daten eingetragen waren.

„Der letzte Termin steht ganz hinten“, sagte Kruse mit brüchiger Stimme. „Unmittelbar vor dem nächsten.“ Nach einer Pause, in der Kofi durch das Heft blätterte, ergänzte er: „Warum lassen Sie mich nicht endlich in Frieden? Ich habe einen Fehler gemacht, einen. Dafür habe ich im Gefängnis gesessen, genau so lange, wie man mich verurteilt hatte. Ich habe keinen Antrag auf vorzeitige Entlassung gestellt, nichts dergleichen. Ich habe meine Schuld gesühnt.“ Seine Stimme war immer leiser geworden.

Dafür war ihre umso lauter, beinahe schrill. „Es war nach dem Schützenfest, mein Mann hatte zu viel getrunken, wir hatten uns gestritten, da hat er … da ist er …, ich weiß, es gibt keine Entschuldigung für eine Vergewaltigung, aber warum muss mein Mann sein ganzes Leben lang für einen einzigen Moment büßen, in dem er die Kontrolle über sich verloren hat?“

Was sollte Kofi ihr darauf antworten? Ihm fehlten nicht oft die Worte, doch hier war er sprachlos. Seine widerstrebenden Gefühle müssen sich wohl deutlich in seinem Gesicht abgezeichnet haben, denn Herr Kruse sagte traurig: „Lass gut sein, Ella, er versteht es sowieso nicht, will es gar nicht verstehen.“

Kofi wollte sich rechtfertigen, etwas erklären, wusste aber nicht wie. Er zuckte mit den Schultern. „Bitte entschuldigen Sie die Störung. Ich hoffe, Sie verstehen, dass …“

„Dass Sie automatisch meinen Mann verdächtigen, sobald jemand vergewaltigt wird?“

„Nein, wir überprüfen alle …“

„Mein Mann hat sich noch nie an kleinen Kindern vergangen, und das wird er auch in Zukunft nicht tun. Gehen Sie, gehen Sie einfach und kommen Sie nie wieder.“

Kofi verabschiedete sich und beschloss, auf der Dienststelle sofort zu prüfen, ob es eine Möglichkeit gab, Kruses Datensatz mit einer Ergänzung zu versehen. Er konnte sich beim besten Willen nicht vorstellen, dass von Kruse noch eine Gefahr ausging.

Manchmal war es wirklich tragisch, eine Entscheidung, links und nicht rechts abbiegen, das Telefongespräch noch annehmen, bevor man das Haus verlässt, diesen Bus oder den nächsten nehmen, mit der Titanic fahren oder aufs nächste Schiff warten.

17

Irenes Hände zitterten, als sie den Schlüssel in das Schloss in Leons Wohnungstür steckte.

Sie war von Kims Schule aus direkt zu @dospasos gefahren und hatte den Schlüssel aus der Schublade genommen. Obwohl Stella und Oliver in ihren Büros arbeiteten, war sie ganz sicher, dass die beiden ihre Stippvisite gar nicht bemerkt hatten.

Anschließend war sie in ihrem Wagen an Leons Wohnung vorbeigeschlichen, hatte versucht zu erkennen, ob Licht brannte, ob sich etwas rührte. Schließlich hatte sie in einer Querstraße geparkt und war zu seinem Haus spaziert.

In der Bäckerei gegenüber hatte sie sich einen Coffee-to-go bestellt, den sie dort getrunken hatte. Die Verkäuferin hatte ihr eine Menge erzählt, doch Irene hatte sich nicht getraut, sie nach Leon zu fragen. Dabei hätte sie sogar ein Foto von ihm in der Handtasche gehabt.

Während sie die Straße überquerte, schaute sie sich nach allen Seiten um. Beinahe musste sie über sich selbst lachen. Wer sollte mitten in Holzminden auf offener Straße auf sie lauern? Sie ertappte sich dabei, dass sie damit rechnete, Leon in seiner Wohnung anzutreffen. Ein kleiner Teil von ihr redete sich ein, es für möglich zu halten, dass er einfach keinen Bock auf Arbeit gehabt und sich ein verlängertes Wochenende gegönnt hatte. In diesem Fall fände sie ihn schlafend auf dem Sofa oder Reiseprospekte und Buchungsbestätigungen belegten, dass er sich in der Sonne aalte. Allerdings konnte sie sich Leon überhaupt nicht faulenzend am Strand vorstellen.

Den Teil von ihr, der hartnäckig anzumerken versuchte, dass dort oben in der Wohnung durchaus Leons Leichnam liegen könnte, verwies sie streng in seine Schranken und machte das Licht hinter ihm aus.

Jetzt hatte sie den Schlüssel herumgedreht und drückte die Tür auf, vorsichtig, langsam. Dann schnupperte sie, was ein wenig nutzlos war, da sie keine Ahnung hatte, wie eine Leiche riechen sollte. Sie schob die Tür weiter auf und spürte einen Widerstand. Sofort hielt sie inne. Lag da jemand? Nein, dazu ließ sich die Tür zu leicht bewegen.

Sie beugte sich vor und schaute um die Tür herum. Ein Katalog und eine Zeitung. Erleichtert atmete sie auf. Sie zog den Schlüssel ab, ging in den Flur und klinkte die Tür hinter sich wieder zu.

Nun stand sie im Gang und lauschte. Sie hatte seine Wohnung bisher noch nie betreten, hatte sich mit Leon immer bei sich oder in Restaurants getroffen. Als in der Etage darüber die Toilettenspülung ging und jemand eine Tür zuschlug, schreckte sie erneut auf. „Reiß dich zusammen, Irene", sagte sie zu sich.

In der Küche – Irene hatte noch nie so stark glänzende schwarze Schränke gesehen - hingen zwei Tassen auf dem Abtropfbrett. Ein Brötchen lag in einem Korb auf einem achteckigen Stahlrohrtisch. Irene berührte es sachte. Steinhart. Auf dem Orangensaft, der in einer Karaffe auf dem Tisch stand, schwammen bereits einige grüne Flecken. Im ersten Augenblick wollte sie den Saft angewidert ausgießen, doch sie zog ihre Hand zurück, bevor sie die Karaffe angefasst hatte.

Rote Fliesen, rote Gardinen, ein weißer Fliesenfußboden mit einem wuscheligen roten Teppich darauf. Irene fand, dass die Küche nicht wirkte, als ob jemand regelmäßig darin kochte. Sie ließ noch einmal den Blick schweifen.

„Frühstück zu zweit", murmelte sie. „Wann? Samstag? Mit wem?"

Nein, das wollte sie gar nicht wissen.

Die nächste Tür führte ins Badezimmer. Sie hatte Marmor erwartet, fand stattdessen echte Steinplatten vor, einige mit Einschlüssen von Gräsern oder Ammoniten. Keine Badewanne, nur eine Dusche mit einem riesigen Duschkopf oben und mehreren an den Seiten. Abgesehen von einem Haufen schmutziger Handtücher auf dem Fußboden fiel ihr nichts Außergewöhnliches auf.

Direkt daneben lag das Schlafzimmer. Fast ehrfürchtig schob Irene die angelehnte Tür auf. Ein riesiger Futon bedeckte fast den gesamten Dielenboden, dazu passten die chinesischen Tuschezeichnungen an den Wänden und die kleinen Lacktischchen. Auf einem lag ein braun-blau-beiger Seidenschal mit langen Fransen, den Irene nur zu gut kannte.

„Stella", zischte sie. Ihr Herz schlug so heftig, dass es in ihren Ohren dröhnte. „Reg dich nicht auf. Bestimmt gibt es eine ganz vernünftige Erklärung dafür."

Laken und Bettdecken lagen ineinander verdreht halb auf der Matratze, halb auf dem Fußboden. Irene überwand sich, betrat das Schlafzimmer und öffnete eine Schiebetür des komplett verspiegelten Kleiderschranks. Soweit sie das beurteilen konnte, war der Schrank gut gefüllt. Unten standen zwei kleine Koffer, eine Kulturtasche und Schuhe in Kartons.

„Verreist ist er also nicht", murmelte sie.

Die nächste Tür führte ins Wohnzimmer. Kaum hatte sie einen Schritt hineingesetzt, knirschten Glassplitter unter ihren Sohlen. Eine Vitrine zu ihrer Rechten, in der wohl eine Sammlung seltsamer Zinnmonster gestanden hatte, war zerborsten. Die hochbeinigen Sessel lagen verkehrt herum. Die Tischplatte war in der Mitte durchgeknickt. Irene ging trotzdem noch ein Stückchen weiter, sie wollte das ganze Zimmer prüfen. In einer Nische stand ein großer Schreibtisch mit einem PC und einer, sie musste grinsen, Schreibmaschine. Der Monitor war zu Boden gefallen und kaputtgegangen. Aus dem Rechnergehäuse baumelten Kabel heraus, und die Festplatte schien zu fehlen.

Nur die von ihr aus gesehen rechte Wand war komplett unversehrt. Neben einem Bücherregal hingen dort zahlreiche Fotografien. Alle zeigten irgendeine Art von Wasser. Regen, einen Bach im Winter, einen See, über den ein leichter Wind wehte, so dass es aussah, als hätte die Wasseroberfläche eine Gänsehaut. Eine Pfütze mit einem Zigarettenstummel darin. Eine Libelle, die sich in dem glasklaren Wasser unter ihr spiegelte. Irene war begeistert. Diese Fotos waren etwas ganz Besonderes. Sie hätte zu gern gewusst, ob Leon sie gemacht hatte.

Plötzlich hörte sie ein Geräusch an der Tür. Sie stutzte, lauschte und drehte sich dann verzweifelt einmal im Kreis. Wo sollte sie hin? Wo konnte sie sich verstecken? Wer kam da? Leon? Oder Stella? Oder der Kerl, der das Chaos angerichtet hatte? Sie wusste nicht, was schlimmer gewesen wäre.

Auf den Flur konnte sie nicht zurück. Dort erklangen inzwischen Schritte. Ihr blieb nur die Nische. Nein, der Schreibtisch war zu wichtig.

Warum hatte der Kerl eigentlich keine Gardinen? Schön bodenlang und blickdicht.

Ihr fiel nichts Besseres ein. Sie quetschte sich zwischen Sofa und Heizung, wo sie versuchte zu Atem zu kommen, damit der Eindringling sie nicht schon von weitem schnaufen hörte.

Sie ertappte sich dabei, dass sie die Hände ineinander verkrampft hatte und gebetsmühlenartig wiederholte. „Lass es Leon sein. Lass es Leon sein." Am besten ein sehr, sehr müder Leon, der ganz dringend ins Bett musste, ohne vorher in sein ramponiertes Wohnzimmer zu schauen.

Die Schritte kamen näher.

Irene fühlte, dass sie gleich niesen musste.

Die Tür wurde aufgestoßen.

Jemand pfiff durch die Zähne.

Irene nieste wie eine wütende Hornisse.

„Hände hoch und herauskommen." Die Stimme klang vertraut. Trotzdem zitterte Irene wie ein Spinnennetz im Sommerwind.

„Ich zähle bis drei. Eins, ..."

„Ich kann nicht", piepste Irene.

Schritte kamen auf sie zu. Sie schielte über den Rand des Sofas und sah eine Pistole an einem ausgestreckten Arm auf sich zukommen. Schnell schloss sie die Augen.

Jetzt stand der Kerl direkt vor dem Sofa. Die Waffe klickte. Irene kniff die Augen noch fester zusammen.

Der Typ lachte, dann fragte er: „Warum können Sie nicht herauskommen?"

„Ich hänge fest", antwortete Irene immer noch mit geschlossenen Augen. „Bitte tun Sie mir nichts."

„Machen Sie keine Fisimatenten und kommen Sie da raus, damit wir normal miteinander reden können."

Jetzt wagte Irene es, mit einem Auge nach dem Mann zu schielen. „Ollner!" Sie starrte ihn an. „Warum erschrecken Sie mich so?"

„Warum verkriechen Sie sich in fremden Wohnungen hinter dem Sofa?"

„Sie haben mir Angst gemacht."

„Wieso? Sie wussten doch gar nicht, wer ich bin."

„Eben." Sie stöhnte. „Nun helfen Sie mir doch."

Ollner zog am Sofa, um besser sehen zu können. Das reichte aus, dass Irene sich befreien konnte. Er ergriff ihre Hand und half ihr auf. „Waren Sie das?", fragte er mit einer Geste, die das Tohuwabohu umspannte.

„Nein, selbstverständlich nicht."

„Wer dann?"

„Kann ich hellsehen?"

Er überging ihre Provokation. „Was wollten Sie hier?"

„Ich wollte gucken, ob Leon vielleicht hier ist oder ob er eine Nachricht oder eine andere Spur hinterlassen hat."

„Hat er?"

„Ich habe nichts gefunden, nur ..." Sie hielt inne und biss sich auf die Unterlippe.

„Nur?"

„Ach nichts."

„Nichts wie gar nichts oder nichts wie ein bisschen was, ist aber nicht so wichtig oder nichts wie geht Sie nichts an?"

„Nichts nichts."

„Das glaube ich Ihnen nicht."

Irene betrachtete sein kantiges Gesicht und dachte, mit einem Dreitagebart und einer coolen Lederjacke würde er jedem Actionhelden Konkurrenz machen können. Sie strich sich die Haare aus dem Gesicht und fragte sich, wie sie wohl aussah. Wahrscheinlich zerrupft.

„Sie war hier."

„Oh toll, kommt sie öfter?"

„Machen Sie sich nicht lustig über mich. Mir ist nicht zum Lachen zumute."

„Von wem reden Sie?“
„Von der Steuerschlampe Stella.“
„Ihrer Chefin?“
Irene errötete unter seinem Blick. „Leon ist mein Chef. Sie ist seine Partnerin, seine Geschäftspartnerin. Dachte ich jedenfalls. Ihm gehören sechzig Prozent und den beiden anderen Partnern je zwanzig.“
„Ich verstehe Sie nicht, es ist doch nicht ungewöhnlich, dass sich Geschäftspartner auch privat treffen.“
Irene seufzte und setzte sich auf das Sofa. „Bei Leon ist das anders. Er trennt Privates und Geschäftliches strikt.“
„Außer bei Ihnen?“
„Das war sozusagen ein Notfall … und eine Übergangslösung. Sobald ich eine andere Stelle gefunden habe, verlasse ich @dospasos, muss ich dospasos verlassen. So ist es abgemacht.“ ‚Mädchen, was redest du für einen Bockmist zusammen, das glaubt er dir nie‘, dachte sie und schickte ihm ihr freundlichstes Immobilienmaklerinnen-das-ist-ein-echtes-Schnäppchen-Lächeln.
„Eine Übergangslösung für den Notfall, und was ist das?“
Irene streckte das Kinn heraus. „Ich bin allein erziehend. Als ich meine Stelle verlor, war ich ziemlich fertig. Deshalb hat Leon mir den Job in seiner Firma angeboten, bis ich etwas anderes finde.“
„Sie waren bereits liiert, bevor Sie die Stelle angetreten haben? Wollen Sie mir das sagen?“
„Genau!“ Irene fragte sich, was daran so schwer zu verstehen war und vor allem, was es da zu grinsen gab, denn er grinste sie überaus frech an.
„Was hat das nun mit der Steuerschlampe und dieser Wohnung und Ihrem Versteck hinter dem Sofa zu tun?“

„Leon hat noch nie jemanden aus der Firma mit zu sich nach Hause genommen. Nie.“

Ollner sah verwundert aus. „Sie auch nicht? Sie haben sich immer ...?“

„Bei mir getroffen, ja, oder auswärts.“

„Seltsam, verzeihen Sie, ich wollte Ihnen nicht zu nahe treten.“

„Schon gut. Jedem Tierchen sein Pläsierchen. Jedenfalls sie war hier.“

„Woher wissen Sie das?“

„Ihr Lieblingsschal, natürlich von Chanel, liegt drüben neben dem Bett.“ Sie sagte die Worte so beiläufig wie möglich. Trotzdem spürte sie einen dicken Kloß im Hals. Hoffentlich hörte er das nicht.

Ollner nickte. „Sie glauben, er hat Sie betrogen, bevor er verschwunden ist. Hilft uns das weiter?“

„Vielleicht hat sie? Ich meine, das soll schon vorgekommen sein.“

„Was hat sie? Ihn verschleppt? Ihn verschwinden lassen?“

„Vielleicht hat sie einen großen Bruder oder einen Ex, der sie beschützen wollte.“

Ollner begann, im Raum herumzugehen. Er betrachtete die Gegenstände und ihre Position zueinander eingehend. Vor den Fotos blieb er reglos stehen. Dann sah er aus dem Fenster. „Ich denke, ich werde die KTU bitten müssen, sich das einmal genauer anzuschauen.“

Holzminden
Dienstag, 1. November 2011
gegen 14 Uhr

18

Erst nachdem sie den Landkreis Holzminden hinter sich gelassen hatten, sprach Kofi das erste Wort. „Kanalreiniger!“

„Hä?“

„Jänickes Beruf. Kanalreiniger.“

„Soll ein ehrenwerter Beruf sein“, sagte Stefan Ollner.

„Ehrenwert sicher, aber irgendwie geruchsintensiv, oder?“

„Kann sein!“

„Das ist Holzen, hier gab es mal Kriegsgefangenenlager, heute kommen die Leute hauptsächlich zum Klettern an den Ith-Klippen hierher. Da verstecken sich auch ein paar Höhlen, in denen man Bärenknochen und irgendwelche steinzeitlichen Gefäße gefunden hat. Außerdem wohnen in der Rothesteinhöhle Fledermäuse. Warst du hier schon einmal?“

Stefan Ollner schüttelte den Kopf.

„Lohnt es sich?“ Er lebte jetzt bald ein Jahr in Holzminden und kannte sich im Stadtzentrum schon ziemlich gut aus. Gelegentlich hatte er auch in den umliegenden Dörfern zu tun. Doch bis hierher hatte es ihn selten verschlagen.

Kofi hingegen, der in Holzminden aufgewachsen war, erinnerte sich an weitere Details. „Wir sind früher manchmal zum Picknicken hierher gegangen. Sonntags war bei uns Familienausflugtag. Und die Ith-Höhlen gefielen mir immer besonders gut.“

Abwesend zupfte Ollner an seinem Ohrläppchen. „Lass uns kurz über den Dospasos-Fall reden, ja?“

Kofi sah ihn erstaunt an, nickte dann. „Okay, schieß los."

„Wir haben drei Beteiligte. Das ist zum einen Irene-liebt-er-mich-wirklich, Immobilienmaklerin und quasi Mädchen für alles, dazu kommen Ich-wäre-gern-die-Geliebte-des-Chefs-Stella, zuständig für Steuersachen, und Oliver-wasch-mich-aber-mach-mich nicht nass. Er ist Anwalt und kümmert sich um alle Verträge."

„Was ist der Verschollene für einer?"

„Lover-Leon, Betrüger-Leon oder Opfer-Leon? Ich bin mir absolut nicht sicher."

Kofi musste über die Angewohnheit seines Vorgesetzten grinsen, allen Menschen, denen er begegnete, sprechende Namen zu geben, mit deren Hilfe er sie problemlos wiedererkennen und den richtigen Situationen zuordnen konnte.

„Vielleicht treffen sie alle zu."

„Könnte durchaus sein. Also, ich bin mir ganz sicher, dass beide Einbrüche, der in das Büro und der in seine Wohnung, gefaked wurden."

„Meinst du, er hat das selbst so hergerichtet?"

„Irgendjemand hat ein Interesse daran, es so aussehen zu lassen, als wäre Leon überfallen worden. Stellt sich die Frage, was geschah danach? Wurde er verschleppt? Es gibt keinerlei Forderungen, weder nach Lösegeld noch nach etwas anderem."

„Könnte also sein, dass er die Mücke machen wollte, die Zelte hinter sich abbrechen, sich aus dem Staub machen …"

„Schon gut, ich hab's verstanden. Das hätte er intelligenter einfädeln können, oder?"

„Es sei denn, er war in Zeitnot."

„Guter Einwand. Wer oder was hat ihn bedrängt?"

„Geld oder Liebe?"

„Cherchez la femme, Stella oder Irene? Womit könnten Sie ihn dermaßen in Panik versetzen, dass er Hals über Kopf flüchtet?“

„Vielleicht hat eine von beiden ihn vor der anderen versteckt.“

„Als Sexsklave im Keller des Katzensprungtors, klingt nach Groschenroman.“

„Bleibt das Geld.“

Ollner wiegte den Kopf. „Geld, lass mich nachdenken. Dieser Leon hat zwei Aufgaben in der Beratungsfirma, deren größten Anteil er übrigens besitzt. Er kümmert sich um das Finanzielle aller Firmengründungen, aber auch um Buchhaltung, Geldanlagen und so weiter. Auf der anderen Seite macht er die Werbekonzepte, inklusive Homepages und Programme für bestimmte Zwecke.“

„Eine optimale Voraussetzung für Betrügereien.“

„Ich habe unseren Spezialisten auf die PCs in der Firma angesetzt. Wenn Leon irgendetwas gedreht hat, finden wir es.“

Kofi setzte den Blinker. Sie fuhren bei Elze von der B3 herunter und bogen auf die B1 ab, die sie direkt nach Hildesheim führen würde. „Wir müssen in Richtung Bosch-Werk fahren, von dort aus kommen wir zum Trockenen Kamp, ohne durch die ganze Stadt zu müssen.“

„Bosch, was stellen die hier her? Kaffeemaschinen?“

„Autozubehör, ursprünglich Starter und Batterien, heute vor allem Lenkhilfen und Hybridmotoren. Wolfsburg ist nicht weit.“

„Da ist die Ausfahrt.“

Stefan Ollner rollte mit den Augen, als sie in das Wohngebiet einbogen. „Dass es so etwas noch gibt.“

„Da drüben ist es.“

„Welch ein Gegensatz, hier diese Betonbunker, da drüben die Gärtnerei und dahinter Felder und Wald."

Sie stellten den Wagen am Straßenrand ab und stiegen aus.

Kofi klingelte, und gleich danach ertönte der Summer. Sie verzichteten darauf, den Fahrstuhl zu nehmen.

Rainer Jänicke lebte mit seiner neuen Familie im siebten Stock. Er stand in der Türöffnung und erwartete sie.

„Sportlich, sportlich die Herren." Er lächelte mühsam und bat sie herein.

Die Wohnung wirkte durch die sparsame Möblierung großzügiger als sie war. Alles war hell und ordentlich. Erstaunlich fand Kofi allerdings, dass es keinerlei Dekorationen gab. Es hing kein Bild an der Wand, auf den Fensterbrettern standen keine Blumen, die Oberflächen der Schränke waren leer. Es gab keine offenen Regale, keine Tischdecke und keine Gardinen, nur einen dicken Wollteppich unter dem Tisch.

Die drei Männer setzten sich an den Esstisch. Drei schlichte, weiße Tassen und eine Thermoskanne Kaffee standen bereit.

Rainer Jänicke trug ein weißes T-Shirt und schwarze Jeans. Nachdem er seine Hände nebeneinander flach auf die Tischplatte gelegt hatte, sagte er: „Sie haben ihn nicht gefunden."

Es war keine Frage, kein Vorwurf, sondern eine Feststellung, so sachlich vorgetragen, als ginge es um einen entflogenen Wellensittich oder einen verlorenen Kugelschreiber.

„Haben wir nicht", bestätigte Stefan Ollner und ergänzte schnell: „Das bedeutet, dass wir eine gute Chance haben, ihn lebendig zu finden."

„Nun, hier ist er nicht. Das haben Ihnen die Hildesheimer Polizisten, die mir am Montag einen Besuch abgestattet haben, garantiert mitgeteilt."

„Wir mussten sichergehen."

Jänicke winkte ab. „Keine Frage. Doch was wollen Sie nun?"

Kofi trank einen Schluck Kaffee, während Ollner erklärte: „Wir wollen ausschließen, dass Kelvin weggelaufen ist, dass er zum Beispiel zu Ihnen wollte, weil seine Mutter ihn zu sehr unter Druck setzte."

„Meine Ex-Frau ist sehr ehrgeizig. Sie will nur das Beste für Kelvin."

„Was ist das?"

„Sie will seine Fähigkeiten fördern, er soll Erfolg haben, was aus sich und seinem Leben machen."

Kofi hörte einen Unterton heraus, der ihn aufhorchen ließ. „Entschuldigen Sie, aber ist das der Grund für Ihre Trennung? Haben Sie zu wenig aus sich gemacht?"

„Wenn Sie fest davon überzeugt sind, dass Kelvin nicht weggelaufen ist, haben Sie recht."

Jänicke bewegte die Füße unter dem Tisch. Er zeigte mit der Linken auf sein Wohnzimmer. „Ich mag es schlicht, kaufe lieber drei Teile weniger und dafür etwas Gutes."

Er stand auf und sah aus dem Fenster. „Ich bin viel da draußen, gehe wandern. Das ist mein Ausgleich. Auf der Arbeit ist es oft eng, schmutzig und stinkt. Deshalb mag ich die Natur."

Weder Kofi noch Ollner sagten etwas. Sie warteten einfach.

„Angela arbeitet bei Douglas. Sie mag es schrill, will repräsentieren, sie definiert sich über das, was sie besitzt, was sie zur Schau stellen kann."

‚Sie stellt ihren Sohn Kelvin zur Schau', dachte Kofi. ‚Sie sonnt sich in seinem Erfolg.'

Jänicke wandte sich zu ihnen um. „Kelvin kommt nach ihr. Er kann mit dem Wald nichts anfangen. Er war schon im Kindergarten ehrgeizig, so ehrgeizig, dass er kaum Freunde gewann. Ich fühlte mich wie ein Fremdkörper."

„Deshalb sind Sie gegangen?", fragte Ollner.

„Ich konnte mit all dem Nippes nicht mehr atmen. Ganze Tage in den Sporthallen zu verbringen, mit lauter schwitzenden Gestalten, das hat mich fast verrückt gemacht."

„Glauben Sie, dass Kelvin besonderes Talent hat?"

„Talent? Wenn es nach Angela geht, ist er ein Wunderkind."

„Trotzdem besucht Ihr Sohn Sie regelmäßig?"

„So ist es vereinbart. Ich gebe mir jedes Mal Mühe, etwas mit ihm zu unternehmen, was ihm Freude macht."

„Das klappt nicht?"

„Es wird immer schwieriger. Letztes Mal habe ich ihn am Freitag gegen Abend abgeholt. Er war zu einem Kindergeburtstag eingeladen. Die Familie hatte einen Clown engagiert. Als ich ankam, hatte er die Kids gerade in eine wirklich witzige Geschichte verwickelt. Alle amüsierten sich prächtig. Nur Kelvin stand an der Schrankwand, mit dem Rücken zum Geschehen. Ich wunderte mich. Erst als ich näher herankam, sah ich, dass ein Teil des Schrankes verspiegelt war und er sich selbst dabei zuschaute, wie er seinen Bizeps bewegte."

Jänicke schien heute noch erschrocken, wenn er daran dachte. Hilflos hielt er die Hände in die Luft. „Das ist doch nicht normal, oder?"

Weder Kofi noch Stefan wussten, was sie dazu sagen sollten.

„Ich habe ihn später gefragt, ob ihm der Clown nicht gefallen habe. Er hat mich angesehen, als wäre ich ein besonders ekliges Insekt und hat gesagt: „Kinderkram. Kinderkram, ich bitte Sie, er ist sieben."

„Hat er die Späße nicht verstanden?"

„Ich habe versucht, mit ihm darüber zu sprechen. Er hat mich angeschrien, das wäre alles Zeitverschwendung."

„Haben Sie irgendeine Idee oder einen Verdacht, wohin Kelvin gegangen sein könnte?"

Der Mann schüttelte bedächtig den Kopf. Seine Augen füllten sich mit Tränen. „Kelvin war es immer wichtig, seine Mutter glücklich zu machen. Er täte nichts, was ihr weh tun könnte. Später einmal, wenn er in die Pubertät kommt, wenn er sich abgrenzen, abnabeln will, dann wird es Probleme geben. Aber bis dahin ist noch viel Zeit." Er unterbrach sich, knetete seine Finger und sah Kofi dann fragend an. „Er wird nicht in die Pubertät kommen, oder? Sie haben keine Hoffnung mehr, ihn zu finden."

„So würde ich das nicht formulieren", antwortete Ollner. „Es trifft zu, dass wir noch keine verwertbaren Spuren haben. Das bedeutet jedoch gleichzeitig, dass wir keine schlechten Nachrichten weitergeben müssen. Es liegt auch keine Lösegeldforderung vor. Daher ist alles noch offen."

Rainer Jänicke war aufgestanden, wandte ihnen den Rücken zu und schaute aus dem Fenster. „Das glauben Sie doch selber nicht. Kelvin wird seit bald 48 Stunden vermisst. Was meinen Sie, ist da passiert? Hat ihn jemand zu einer Party eingeladen?" Er drehte sich um. „Wissen Sie, was ich für das Wahrscheinlichste halte? Irgendein perverser Lustmolch hat ihn in sein Auto gezerrt, hat sich an ihm vergangen und ihn dann in einem Wald, einer Höhle oder einem Graben verscharrt. Und jetzt gehen Sie bitte."

Kofi stand auf. „Wir danken Ihnen für Ihre Informationen. Wir tun, was wir können."

Ollner ergänzte: „Wir halten Sie auf dem Laufenden."

Schweigend stiegen Sie wieder in ihren Wagen ein.

Kofi gab sich große Mühe, an etwas Anderes zu denken, es gelang ihm nicht. Egal, ob er die Augen offen oder geschlossen hielt, er sah den kleinen Körper vor sich, den sie gestern gefunden hatten, den Körper, der nicht Kelvin war. Noch nicht?

19

Irene schaute prüfend auf die Uhr. Sie hatte noch eine gute Stunde Zeit, bevor sie Kim aus der Schule abholen musste. Sie saß vor ihrem Rechner und wusste nicht, was sie tun sollte. Neue Termine? Weiter arbeiten, als sei nichts passiert.

Sie stand auf und ging in das Besprechungszimmer. Dort lagen die Zeichnungen der Lagerhalle, wegen der die Beckers sich noch einmal mit ihr treffen wollten. Sorgfältig maß sie die Abstände zwischen den Stützen aus und notierte sich die Quadratmeterzahl der Räume dazwischen.

Stella musste eine Weile hinter ihr gestanden haben, als Irene sie bemerkte.

„Na, immer fleißig."

Irene zuckte mit den Schultern. „Es muss doch weitergehen, wenn Leon wiederkommt …"

„Falls er wiederkommt, Schätzchen." Stella setzte sich auf die Tischkante und zerknüllte ein Stück von Irenes Zeichnung unter ihrem Hintern.

„Natürlich kommt er wieder."

„Das glaubst du selber nicht." Sie grinste hämisch. „Jedenfalls sind deine Tage hier gezählt, wenn er nicht wiederkommt."

Irene spürte, wie ihr schwindelig wurde. Klar, wenn Leon nicht wieder auftauchte, gehörte die Firma garantiert Oliver und Stella. Warum tat Leon ihr das an?

Irene bemerkte, dass Stella sie aufmerksam beobachtete. Sie beschloss, zum Angriff überzugehen. „Du hast Leon doch am Samstag noch gesehen, hat er da nichts gesagt? Hast du nichts gemerkt?"

Stellas Augen zuckten nur einen Sekundenbruchteil. „Wie kommst du darauf? Du bist doch viel näher an ihm dran. Bestimmt hätte er zuallererst mit dir darüber gesprochen."

Erneut spürte Irene, dass sie erbleichte. Gesprochen, mit ihr geredet? Selten? Sie hatten sich unterhalten, nein, geplaudert, belanglos und oberflächlich. Was wusste sie wirklich über Leon? Über seine Wünsche und Träume? Nicht das Geringste. Sie senkte den Blick und fragte: „Seit wann schläfst du mit ihm?"

Stella legte einen ihrer manikürten Fingernägel auf ihre Oberlippe und sagte: „Ich bekomme immer, was ich will, aber bisher hatte ich bei Leon leider noch keinen Erfolg. Schließlich ist das letzte Wort noch nicht gesprochen."

‚Leon ist kein Ding, um das man sich streiten kann, kein Besitz.' Irene gab sich große Mühe, damit ihr Gesicht nicht verriet, was sie dachte.

„Momentan hat ihn keine von uns."

„Bist du ganz sicher?"

„Weiß du, wo er ist? Geht es ihm gut?"

Stella lachte so laut, dass Irene sich am liebsten die Ohren zugehalten hätte.

„Du bist so blöde", kicherte Stella und fiel beinahe von der Tischkante.

„Was ist denn hier los?", fragte Oliver, der mit einer Tasse Kaffee in der Hand hereingekommen war.

Stella gluckste immer noch. „Unsere Tippse glaubt, dass ich ihren Liebsten erst ver- und dann entführt habe."

„Und hast du?"

Als Irene Stellas Gesicht sah, hätte sie beinahe laut herausgelacht. Sie biss sich auf die Unterlippe, um das zu verhindern.

„Ladies, wir haben genug Arbeit zu erledigen. Nur, weil Leon nicht auftaucht, können wir nicht alles den Bach heruntergehen lassen. Lasst uns den Beckervertrag unter Dach und Fach bringen. Stella, ich brauche für die ersten fünf Jahre das optimale Abschreibungs- und Investitionskonzept, am besten morgen früh. Irene, Sie machen den Besichtigungstermin, und kommen Sie nicht ohne Unterschrift auf dem Kaufvertrag wieder."

Stella sah ihn herausfordernd an. „Du bist nicht der Chef hier."

Oliver sah sie schweigend an. „Bist du ganz sicher?"

„Leons Anteil geht bei seinem Tod oder Ausscheiden zu gleichen Teilen auf uns beide über."

Oliver schmunzelte. „Bist du ganz sicher?"

„Allerdings", sagte Stella stoisch.

Irene bemerkte, dass sie sich große Mühe gab, die Haltung zu wahren.

Oliver legte einen Arm um ihre Schulter und sagte: „An deiner Stelle würde ich mich darauf nicht verlassen. Du verstehst zu wenig von Verträgen."

„Das wagst du nicht!"

„Wie auch immer. Ich brauche die Konzepte spätestens morgen. Alles andere klären wir, sobald es spruchreif ist." Er drehte sich um und ging in Richtung Tür.

Stella sprang hinter ihm her. „Du wirst mich nicht abservieren, du nicht. Leon hat dich längst durchschaut."

Oliver schaute sich demonstrativ um, schielte sogar unter den Tisch. „Siehst du Leon hier irgendwo?" Mit einem herablassenden Lächeln verließ er das Besprechungszimmer.

„Das wirst du bereuen, du Wichser, du …"

So sehr Irene sich bemühte, sie verstand nicht, was Stella ihm noch an den Kopf warf und vor allem, was Oliver darauf antwortete. In ihrem Kopf hallte nur Olivers Lachen wider, hässlich und kalt.

20

„Ist das dein Telefon?" Kofi zeigte mit dem Zeigefinger auf sein Ohr. „Wenn es das nicht ist, habe ich einen Tinnitus."

Sie waren vor einer guten halben Stunde in Hildesheim aufgebrochen. Nach ihrem Gespräch mit Kelvins Vater waren sie noch in die Schützenallee zu den Hildesheimer Kollegen gefahren, um sich auszutauschen. Nützliche neue Erkenntnisse hatte das nicht erbracht.

Ollner schrak auf.

„Sorry, bin wohl eingenickt."

„Solange du nicht lauter schnarchst als Whitney Houston singt."

„Das ist Amy Winehouse."

„Jetzt ja, nun geh schon an dein Handy, sonst vibriert es dir ein Loch in die Tasche."

„Ollner!"

...

„Warten Sie, ich stelle auf Mithören."

Gleich darauf quäkte Lothar Mausigs Stimme durch den Wagen. „Knut und Anita Nielsen aus Allersheim haben ihre Tochter Emma vermisst gemeldet. Wie lange braucht ihr dahin?"

Kofi und Stefan wechselten einen Blick.

„Wie alt ist die Tochter?"

Papier raschelte. „Sieben Jahre. Ich habe hier ein Foto. Sie wirkt deutlich älter, ein ausgesprochen hübsches Mädchen."

„Wo ist sie verschwunden?"

„Sie war mit dem Hund der Familie, einem schwarzen Labrador, Gassi. Der Hund war am Spielplatz an den Zaun gebunden. Von dem Mädchen fehlt jede Spur."

„In einer Viertelstunde sind wir bei der Familie. Gibt es sonst etwas Neues?"

Mausig antwortete nicht gleich. „Unsere Telefonleitung bricht immer wieder zusammen. Wir haben ein paar Damen aus der Stadtverwaltung zusätzlich angefordert, damit sie die E-Mails und Telefaxnachrichten lesen. Das Einzige, was sich konkret anhört, sind drei Zeugenaussagen, die gesehen haben wollen, dass Detlef Hanske zu einem Mann in dessen Wagen gestiegen ist und Kelvin Jänicke allein an der Bushaltestelle zurückgelassen hat."

„Das würde ihn allerdings entlasten."

„Von dem Vorwurf der Entführung, ja, vom Vorwurf der Verletzung der Aufsichtspflicht nicht."

„Was Kelvin auch nicht zurückbringt."

„Stimmt. Aber man kann jemandem die Schuld geben."

Ollner grunzte nur.

„Noch eins", sagte Mausig.

„Die Eltern sind fest davon überzeugt, dass ihre Tochter von jemandem entführt wurde, der Lösegeld haben will. Sie lehnen es strikt ab, dass die Entführung ihrer Tochter mit der Kelvins in Zusammenhang stehen könnte."

„Wieso glauben sie das?"

„Ihre Tochter ist ein Star."

Kofi sagte laut: „Ich bin ein Star, holt mich hier raus" und bereute es im nächsten Moment. „'Tschuldigung, aber es klingt ..."

„Abgedreht?" Mausig seufzte. „Scheinbar hat die Kleine recht erfolgreich in einem Shampoo-Werbespot mitgespielt."

Kofi hatte den Mund bereits zu einer Erwiderung geöffnet, doch Ollner bedeutete ihm, still zu sein. „Wir fahren hin und hören uns an, was sie zu sagen haben. Moment, nicht auflegen. Wieso müssen wir hinfahren, wenn Sie alle Infos bereits vorliegen haben?"

„Herr und Frau Nielsen haben uns angerufen und dann eine riesige Datei mit allen Angaben und einer großen Anzahl Fotos gemailt. Sie wollen das Haus nicht verlassen, damit sie den Anruf der Entführer nicht verpassen. Wir haben nicht persönlich mit ihnen gesprochen. Fahren Sie hin, machen Sie sich ein Bild, meine Herren."

Kofi parkte vorsichtshalber erst, nachdem er ein gutes Stück am Grundstück der Nielsens vorbeigefahren war. Sie konnten es nicht riskieren, dass die Eltern recht hatten. War Emma wirklich entführt worden, egal, ob von einem Nachahmungstäter oder tatsächlich wegen eines Lösegelds, so war nicht auszuschließen, dass der oder die Täter das Haus beobachteten.

Ollner und Kofi schlenderten auf der anderen Straßenseite zurück. Dabei überwachten sie die Umgebung genau und schauten in die vier am Straßenrand geparkten Autos. In der Straße regte sich wenig. Ein Mann im Blaumann beschnitt einen Apfelbaum mit einer Motorsäge. Eine junge Frau harkte Blätter vom Rasen. Ein Pizza-Bringdienst-Moped knatterte vorbei. Die beiden blieben stehen und betrachteten das weiße Einfamilienhaus. Der Garten war gepflegt, die Doppelgarage verschlossen und begrünt. Auf dem Dach glänzten Sonnenkollektoren.

Kofi fühlte sich unwohl, als er den Weg zum Haus entlangging. Granit, wohin man schaute, alles grau, dazwischen ein wenig Edelstahl. Die Rosenkugeln stellten die einzigen Farbtupfer dar. Die Rosen darunter waren bereits zurückgeschnitten und abgedeckt. Ob ein Gärtner dafür verantwortlich war?

Herr Nielsen, der einen grauen Anzug mit Krawatte und Straßenschuhen trug, öffnete die Tür so schnell, dass er dahinter gestanden haben musste. Er ließ sich die Ausweise zeigen, bevor er die beiden Polizisten ins Haus bat.

Die Kombination aus Stein und Edelstahl setzte sich im Haus fort. Marmorfliesen und Stahlschränke, dazu Leuchten mit großen stählernen Lampenschirmen. In einer ausladenden blauen Glasschale auf einem hochbeinigen Tisch mit Glasplatte lagen verschiedene polierte Steine und zwei gesprenkelte Eier. Kofi fröstelte.

Herr Nielsen geleitete sie ins Wohnzimmer. Die rückwärtige Wand bestand komplett aus Glas. Die riesigen Fenster gingen auf eine Terrasse hinaus, hinter der sich der Garten bis zu einer Natursteinmauer erstreckte.

Frau Nielsen stand, ganz in Schwarz gekleidet, an der Terrassentür. Sie war äußerst zart, wirkte fast mädchenhaft. Als ihr Mann neben sie trat, der gut zwei Köpfe größer war als sie, schien sie weiter zu schrumpfen. Dafür klang ihre Stimme fest und kraftvoll. „Wir haben noch keinen Anruf erhalten“, sagte sie.

„Guten Tag“, antwortete Kofi. „Wir würden gern mehr über die Umstände erfahren, unter denen Ihre Tochter Emma verschwunden ist.“

Sie zeigte auf eine Mappe, die auf dem Glastisch lag. „Wir haben alles aufgeschrieben, Sie können es gern lesen.“

Kofi setzte sich auf einen der beiden Sessel, obwohl ihn niemand dazu aufgefordert hatte, und nahm die Mappe in die Hand. Zuerst fiel ihm ein Pappumschlag in die Hand. „Setkarten, wie interessant.“

„Die sind für ein Modell unerlässlich", sagte Frau Nielsen und drehte sich zum ersten Mal zu ihnen um.

Stefan Ollner setzte sich auf das Sofa, so dass er gemeinsam mit Kofi in die Unterlagen schauen konnte. Er murmelte etwas Unverständliches, was Herrn Nielsen dazu brachte, sich neben ihn zu setzen. Er zeigte auf das erste Foto. „Dieses stammt aus der Shampoo-Werbung, das war ihr Durchbruch, verstehen Sie?"

„Wir haben den nächsten Vertrag längst unterschrieben. Es ist unbedingt erforderlich, dass Emma am 17. bei den Probeaufnahmen in Köln zugegen ist", sagte Frau Nielsen, die nun hinter Kofi stand und ihm über die Schulter schaute.

„Verdient man mit Shampoo-Werbung viel Geld?"

Beide Nielsens schauten ihn an, als hätte er eine besonders eklige Spinne mitten im Gesicht sitzen.

„Ich frage nur wegen der Höhe der Lösegeldforderung", erklärte er.

„Nun ja, wir rechnen mit 500 000 Euro", sagte Herr Nielsen.

„Mindestens", ergänzte sie.

„Könnten Sie so viel besorgen?", fragte Stefan.

„Nicht ohne Zinsverlust und Strafzinsen, aber das ist uns unsere einzige Tochter wert."

Kofi dachte: ‚Wahrscheinlich hat Emma das ganze Geld verdient, mit dem ihr euch Granit und Marmor gekauft habt.' Laut fragte er: „Was arbeiten Sie?"

„Ich manage Emmas Karriere", sagte Frau Nielsen und drapierte sich auf den Rand des anderen Sessels. Sie zeigte auf einen Metalltisch, auf dem ein Computer stand. „Man muss sich bei den Agenturen immer wieder in Erinnerung bringen, sonst wird man ausgebootet."

„Und Sie?"

Herr Nielsen wand sich etwas. „Ich betreibe eine kleine Spedition, wir machen hauptsächlich Spezialtransporte, Klaviere, Tiere und so."

‚Und die Lastautos hast du dir von den Honoraren deiner Tochter gekauft', dachte Kofi. Er sah sich in dem ebenfalls sparsam und monochrom ausgestatteten Raum um. „Wo ist eigentlich Ihr Hund?"

„Dieses Vieh!" Zum ersten Mal zeigte Frau Nielsen Gefühle, auch wenn Kofi sie nicht verstand.

„Beruhige dich, meine Liebe! Sina kann doch nichts dafür."

„Kann nichts dafür? Sie ist ein Hund. Sie sollte Emma beschützen und nicht dem Entführer die Hände lecken und mit dem Schwanz wedeln."

„Bitte entschuldigen Sie meine Frau, sie gibt Sina die Schuld. Deswegen habe ich sie in den Keller gebracht. Wir haben da einen Raum, in dem Sina sich auch aufhält, wenn wir alle außer Haus sein müssen und sie nicht mitnehmen können."

„War der Hund wie immer?"

„Wie meinen Sie das?"

„Naja, war er verstört? Oder sehr langsam? Müde?"

„Glauben Sie, man hat ihr etwas gegeben? Ein Betäubungsmittel?"

„Etwas um sie abzulenken, ja."

Frau Nielsen schaute von einem zum anderen. „Habe ich Sina Unrecht getan?"

„Würde Emma mit Fremden mitgehen?"

Betroffen schauten beide Nielsens auf den Boden. „Das können wir nicht mit Bestimmtheit sagen", brummte Herr Nielsen. „Als Schauspielerin muss Emma offen auf Fremde zugehen, muss ihr Herz gewinnen …" Er brach ab, seine Hände fuchtelten hilflos durch die Luft.

„Ich denke nicht, dass sie freiwillig zu Fremden in ein Auto steigen würde."

„Das würde bedeuten, dass sie ihren Entführer gekannt hat oder", setzte Kofi seinen Satz fort, als er sah, wie die Eltern erschraken, „die Person hat gesagt, Sie hätten sie geschickt."

Frau Nielsen stand auf und nahm das Telefon aus der Ladeschale neben dem Computer. „Es klingelt nicht, Knut."

Kofi und Ollner ließen sich Emmas Kinderzimmer zeigen. Immerhin gab es dort Spielsachen und einen bunten, weichen Teppich auf den Fußbodendielen. Ihr Bett war mit Pferdewäsche bezogen, und auf dem Schreibtisch lagen die Schulsachen gemeinsam mit rosa Pferden mit langer weißer Mähne und weißen Schwänzen durcheinander.

Kofi gefiel der Fernseher nicht, der zwischen den beiden Fenstern an der Wand befestigt war. Frau Nielsen fiel sein Blick auf. „Emma guckt sich vor dem Schlafengehen immer ihre Auftritte an. Sie ist so stolz auf sich."

‚Na klar', dachte Kofi. ‚So stolz, dass sie dabei einschläft.' Trotzdem taten die Eltern ihm leid. Herr Nielsen stand mit hängenden Schultern am Bett und streichelte Emmas gelbes Nachthemd mit bunten Schmetterlingen, das über dem Fußteil hing.

„Emma ist das zweite Kind, das innerhalb weniger Tage verschwunden ist. Sie haben von Kelvins Entführung gehört, oder?", fragte er.

„Da gibt es keine Verbindung."

Kofi wollte sich nicht streiten. „Mag sein, die Presse wird das jedoch nicht unbedingt genauso sehen. Sie müssen damit rechnen, dass die Medienvertreter an

Sie herantreten, sobald wir die Suchmeldung herausgegeben haben."

„Wird das den Entführer nicht verärgern?"

„Haben Sie einen Verdacht?"

„Nein, nein, ich dachte nur, man sieht das ja immer in Krimis. Die Entführer verlangen jedes Mal, dass nicht die Polizei eingeschaltet wird."

Kofi schloss die Augen. „Sie haben aber die Polizei eingeschaltet."

„War Emma oft allein mit Sina unterwegs?", fragte Stefan Ollner.

„Eigentlich nicht. Meistens hat sie sich mit Freundinnen getroffen, die auch Hunde haben oder gern welche hätten."

„Heute auch?"

„Nein, ihre beiden Freundinnen durften heute nicht draußen spielen. Deshalb hat sie Kim angerufen, sie wollte, dass ich sie vor dem Ballettunterricht zu ihr bringe."

„Warum hast du sie nicht gleich zu Kim gebracht? Warum musste sie erst noch mit Sina Gassi gehen?" Herr Nielsens Gesicht färbte sich rot vor Aufregung.

„Nachmittags ist das Emmas Aufgabe. Das war die Bedingung, als wir ihr den Hund gekauft haben."

Herr Nielsen beharrte: „Du hättest mitgehen können."

„Du ebenso."

„Ich musste arbeiten."

„Dass ich nicht lache."

Stefan unterbrach die beiden. „Was wollten die beiden Mädchen zusammen machen?"

„Emma tat sehr geheimnisvoll. Es ging um eine Überraschung für Frau Weisz, ihre Klassenlehrerin, glaube ich."

„Sie haben bei Kim angerufen? Da ist sie nicht?"

„Unmittelbar nachdem wir gemerkt haben, dass Emma verschwunden ist."

„Sagen Sie mir bitte die Adresse von Kim. Wie heißt sie mit vollem Namen?"

„Kim Rugenstein, aber Emma wollte sich mit ihr bei Kims Tante treffen, Anna Blume, das ist der Partyservice in der Sohnreystraße. Die kümmert sich um Kim, solange die Mutter arbeiten muss. Alleinerziehend, Sie wissen schon."

Stefan notierte sich die Informationen und fragte schließlich: „Kennen sich die beiden Mädchen schon lange?"

Herr Nielsen nickte. „Kim hat mit ihren Eltern im Nachbarhaus gelebt, bis zur Scheidung der Eltern vor knapp zwei Jahren."

Schweigend fuhren Kofi und Stefan zur Dienststelle zurück. Beide fühlten sich leer und ausgelaugt und so hilflos wie noch nie.

Wenn sie wenigstens einen Anhaltspunkt hätten, irgendeinen.

Holzminden
Dienstag, 1. November 2011
gegen 20 Uhr

21

Irene fühlte sich überhaupt nicht wohl dabei, Kim allein zu lassen. Zwar lag sie eingemummelt mit ihrem Lieblings-Kuschelschaf in Irenes Bett, doch eingeschlafen war sie noch nicht. Was war, wenn sie Angst bekam? Irene überprüfte noch einmal ihr Handy. Genug Strom, voller Empfang, Lautstärke auf Maximum. Vielleicht sollte sie besser Anna um Hilfe bitten oder ihre Mutter. Viel Lärm um nichts. Kim war sieben Jahre alt und konnte durchaus einmal eine Stunde allein bleiben. Allerdings waren da die verschwundenen Kinder.

Irene hatte Kim mehrmals eingeschärft, nicht die Tür zu öffnen, wenn es klingeln sollte, und das Haus auf gar keinen Fall zu verlassen. Rasch blickte sie auf ihre Armbanduhr. Eine Stunde würde sie bleiben, keine Minute länger.

Im Forum der Grundschule hatten sich unglaublich viele Eltern versammelt. Einige hatten ihre Kinder dabei. Die Schulleiterin, Johanna Ebenreiter, stand neben der Eingangstür und wirkte beunruhigt.

Der Schulelternratsvorsitzende, der Vater eines Zwillingspärchens aus dem vierten Jahrgang, den Irene nicht näher kannte, bat um Ruhe. Nachdem alle einen Platz gefunden hatten, übergab er das Wort an Gerd Schwarze. Die ersten Sätze, die er sagte, waren schwer verständlich. Lauter-Rufe brachten ihn noch mehr durcheinander. Erst als der Hausmeister ihm ein Mikrofon gegeben und den Ton justiert hatte, war er klar zu verstehen. Applaus brandete auf.

Die ersten Sätze las Schwarze von seinem Manuskript ab.

„Liebe Eltern, liebe Erziehungsberechtigte unserer Grundschule. Furchtbare Geschehnisse sind über unsere Heimatstadt Holzminden hereingebrochen. Kelvin und Emma".

Hier machte er eine bedeutsame Pause. „Kelvin und Emma, zwei Kinder aus der ersten Klasse dieser Grundschule, wurden entführt."

„Erzähl uns was Neues!", rief ein Vater dazwischen.

Schwarze ließ sich nicht aus der Ruhe bringen. „Zwei Kinder sind innerhalb von zwei Tagen verschwunden. Und was tut die Polizei?"

„Schlafen?", rief einer und erntete verhaltenes Gelächter.

„Sie befragen die Eltern, was verständlich ist. Sie müssen schließlich ausschließen, dass die Kinder weggelaufen oder von einem geschiedenen Partner abgeholt wurden.

Doch danach, ich frage Sie, müsste danach nicht etwas Druck in die Untersuchungen kommen? Müsste man nicht jeden Stein umdrehen, bis man die Kinder gefunden hat?"

„Denen sind unsere Kinder doch egal."

„Wer soll das bezahlen?"

Irene bekam so schnell gar nicht mit, wer sprach. Manchmal redeten die Menschen gleichzeitig. Zusätzlich gab es Applaus oder Buhrufe, was es noch schwieriger machte, zuzuhören.

„Ich habe gesehen, dass sie mit Hunden gesucht haben."

„Hubschrauber waren auch dabei."

„Warum erfahren wir nichts?"

„Weil sie nichts herausgefunden haben."

Frau Ebenreiter hatte sich langsam nach vorn bewegt. Nun stand sie neben Herrn Schwarze und bat um das Mikrofon. Widerwillig reichte er es ihr.

„Die Polizei hat mehrere groß angelegte Suchaktionen durchgeführt. Außerdem ist immer ein Kollege oder eine Kollegin in Zivil auf dem Schulgelände anwesend. Dies soll möglichst nicht an die große Glocke gehängt werden, aber ich sage es Ihnen, damit Sie sich sicherer fühlen können."

Sie war eine große Frau mit dunkelbraunen Augen und schon leicht angegrauten Haaren, die grellen Lippenstift bevorzugte.

Irene hatte Mitleid mit ihr, fragte sich allerdings, warum.

Eine Mutter meldete sich: „Warum schließen Sie die Schule nicht einfach ab, wenn alle Kinder drin sind?"

Frau Ebenreiter zuckte zusammen.

Jemand rief: „Das ist eine Schule, kein Gefängnis."

„Tatsächlich gestaltet sich das etwas schwierig. Nicht alle Klassen haben jeden Tag morgens zur ersten Stunde hier Unterricht, nicht alle Kinder kommen pünktlich. Stellen Sie sich vor, Ihr Kind kommt, warum auch immer, zu spät und steht dann vor der Tür, vielleicht nur eine Minute, aber …"

Weiter kam sie nicht.

„Semira bleibt morgen zu Hause."

„Heißt das, Sie bringen alle in Gefahr, nur weil ein paar ihren Arsch morgens nicht aus dem Bett bekommen?" Diese Mutter zitterte vor Wut.

„Ich bringe niemanden in Gefahr", verwahrte Frau Ebenreiter sich. „Seien Sie doch vernünftig."

Laute Rufe antworteten ihr.

Herr Schwarze ließ sich das Mikrofon geben und donnerte: „So kommen wir nicht weiter."

Erst als fast alle wieder schwiegen, sprach er weiter. „Wir haben Sie eingeladen, weil wir denken, dass wir uns besser nicht auf andere verlassen. Wir müssen selbst dafür sorgen, dass unsere Kinder in Sicherheit sind, solange dieses Monster auf freiem Fuß ist."

„Genau."

„Abknallen den Kerl."

„Der soll sich mal hier blicken lassen."

Schwarze hob die Hände, um für Ruhe zu sorgen. „Ich denke, wir gründen eine Art Sicherheitsdienst oder auch eine Bürgerwehr. Wer mitmachen will, trägt sich in die Liste ein." Er wedelte mit einem Stapel Papieren. „Dazu muss jeder angeben, wann er oder sie Zeit hat. Dann erstellen wir einen Dienstplan, wer mit wem wann und wo aufpasst."

Die meisten Anwesenden reagierten positiv auf diesen Vorschlag.

Nur eine Mutter meldete sich zu Wort und sagte, dass dies die Aufgabe der Polizei sei. Sie warnte davor, dass so etwas aus dem Ruder laufen könnte.

Die Versammlung buhte sie aus. Irene fand, dass sie durchaus recht hatte, wagte es aber nicht, sie zu unterstützen. Sie nahm ihr Handy aus der Tasche und schaute noch einmal nach, ob Kim sie angerufen hatte. Plötzlich wurde es völlig still im Saal. Irene richtete sich auf.

Angela Jänicke ging durch die Menge nach vorne. Wortlos umarmte Schwarze sie und reichte ihr das Mikrofon. Selbst von ihrem Platz aus konnte Irene die rotgeweinten Augen erkennen, als Angela die Sonnenbrille abnahm. Die elegant gekleidete Frau hob das Mikrofon an ihre zitternden Lippen und sagte: „Niemand soll das durchmachen müssen, was ich durchmache. Wir müssen uns selbst helfen, sonst hilft uns keiner."

Sie stockte. „Der Sicherheitsdienst soll nicht nur aufpassen, sondern auch suchen. Die Polizei bekommt Tausende von Anrufen und E-Mails von Bürgerinnen und Bürgern, die etwas Ungewöhnliches beobachtet haben. Die können gar nicht allen Hinweisen nachgehen." Sie lächelte schwach. „Wir rufen im Täglichen Anzeiger dazu auf, sich bei uns zu melden und gehen JEDER Beobachtung nach. Ich bin dabei, Sie auch?", fragte sie und übergab das Mikrofon an Gerd Schwarze, der ihr fürsorglich einen Stuhl hinschob.

Irene hatte genug gehört. Für sie kam das nicht in Frage. Sie war froh, wenn sie ihren Arbeitstag über die Bühne bekam, ohne dass Kim zu viel allein war. Patrouille gehen oder Anrufe von Wichtigtuern entgegenzunehmen, passte gar nicht in ihren Tagesplan, und es gefiel ihr auch nicht.

Am Ausgang traf sie auf Frau Weisz, die bei einigen Kindern stand, die malten.

„Kim hat einen wunderbaren Aufsatz geschrieben. Fantasie hat sie, unglaublich", sagte Frau Weisz.

„Sie meinen die Reizwortgeschichte?"

„Genau."

Irene lachte. „Sie hat den ganzen Nachmittag darüber nachgedacht. Am liebsten hätte sie das ganze Heft vollgeschrieben."

„Das ist toll. Sie glauben gar nicht, wie viele Kinder einfach nur Märchen oder Geschichten wiedergeben, die man ihnen vorgelesen oder erzählt hat." Die Lehrerin wirkte bekümmert.

Irene fand das nicht so schlimm und wechselte lieber das Thema. „Wie ist es im Unterricht? Haben die Kinder Angst? Reden sie darüber?"

Frau Weisz schaute sich prüfend um, so als wollte sie keine ungebetenen Zuhörer, wenn sie antwortete.

„Das ist ganz unterschiedlich.“ Sie zeigte mit dem Finger auf die versammelten Eltern. „Alle Verhaltensweisen, die Sie da drinnen antreffen, finden Sie auch bei den Kindern. Es gibt ganz stille, bei denen man nicht erraten kann, was sie denken. Andere haben nah am Wasser gebaut und brechen völlig zusammenhanglos mitten in einem Spiel, beim Malen oder Essen in Tränen aus.“ Sie rückte ein Stückchen näher an Irene heran. „Leider gibt es auch zwei, die zu Hause etwas von Verbrechern gehört haben, die man aufhängen, erschießen oder köpfen sollte. Sie benutzen alles als Waffe und denken sich dauernd neue Kampfszenarien aus.“

„Wie reagieren die anderen darauf?“

„Glücklicherweise verstehen die meisten den Zusammenhang gar nicht.“

Irene hob einen Stift auf, der heruntergefallen war. „Ich habe versucht, Kim alles möglichst ruhig, aber trotzdem eindringlich zu erklären.“ Sie zuckte mit den Schultern. „Was und wie viel sie verstanden hat und was ihre Fantasie daraus macht, kann ich natürlich nicht wissen.“

„Um Kim mache ich mir keine Sorgen. Sie ist ein fröhliches, intelligentes Mädchen.“

„Danke.“ Irene freute sich über das Lob.

Holzminden
Mittwoch, 2. November 2011
gegen 8.30 Uhr

22

Kofi hatte keine Lust. Er wollte nicht zum Dienst gehen. Er wollte nichts mehr von entführten Kindern hören, wollte keine Kinderleichen finden. Er wollte seine Ruhe. Einfach im Bett liegen bleiben und vor sich hin dösen.

Es gab Dinge, die durften nicht passieren. Er legte sich die Hand auf die Stirn und prüfte, ob er vielleicht Fieber hatte. Eher nicht. Versuchsweise hustete er. Keine Halsschmerzen. Vorsichtig bewegte er den Kopf. Kein Schwindel, kein Kopfschmerz. Mist, er war kerngesund. Trotzdem fühlte er sich schlapp wie ein Salatblatt nach drei Tagen Kühltheke.

Ob eine Tasse Kakao ihm helfen würde?

Er setzte sich auf, stellte beide Füßen nebeneinander auf den Bettvorleger und betrachtete sie eingehend.

Was ihn am meisten nervte, war, dass es nicht den geringsten Anhaltspunkt gab, dass sie keine Chance hatten, nicht die allergeringste, Kelvin oder Emma zu finden.

Es sei denn ..., es sei denn, es geschah ein Wunder. Ein Wunder? Und wovon träumst du nachts? Wunder gab es nur in Schlagertexten und Weihnachtsfilmen.

Nichtsdestotrotz. Es musste Hinweise geben. Sie hatten sie bisher nur nicht erkannt.

Er stand auf, ging ins Badezimmer. Vielleicht doch, vielleicht hatte ein Anrufer etwas beobachtet, was sie weiterbrachte. Vielleicht wartete die alles entscheidende Information bereits auf seinem Schreibtisch auf ihn.

Je mehr er darüber nachdachte, umso schneller bewegte er sich. Er rubbelte seine kurzen, lockigen Haare mit dem Handtuch trocken, stürzte den Kakao hinunter und lief aus der Wohnung.

Kaum näherte er sich dem Stadtzentrum, bemerkte er die ersten Übertragungswagen am Straßenrand. Ein Kamerateam stand auf dem Parkplatz eines Supermarktes und interviewte ein paar ältere Schüler. Kofi verzichtete heute Morgen darauf, sich Campingwecken zu kaufen.

Vor der Grundschule gingen ein paar grimmig aussehende Eltern auf und ab. Sie überprüften jeden, der größer als einen Meter war und das Gebäude betreten wollte.

Das konnte noch heiter werden. Kofi runzelte die Stirn. Wenige hundert Meter weiter fuhr er auf den Parkplatz seiner Dienststelle.

Obwohl er sich von hinten ins Haus schleichen wollte, liefen zwei Mikrofonträger auf ihn zu. Er entwischte ihnen nur knapp und schlug die Tür hinter sich zu.

Auf der Dienststelle ging es zu wie auf dem Nürnberger Christkindlmarkt. Alle liefen durcheinander, drängelten, rempelten, und niemand hatte Zeit. An mehreren Stellen hatte man zusätzliche Arbeitsplätze eingerichtet, auf den Besucherstühlen saßen Frauen mit Laptops und Headsets, die unablässig zu telefonieren schienen.

Er winkte Guntram Schnitter, der Dienst im Empfang machte. Normalerweise ging er an den Tresen und wechselte ein paar nette Worte. Das war ihm heute viel zu anstrengend. So schnell es ging, stieg er die Treppe in die obere Etage hinauf. Alle Türen, durch die er musste, standen offen.

Stefan Ollner saß bereits an seinem Schreibtisch. Zwei leere Kaffeetassen befanden sich neben dem Monitor.

„Morgen, bist du schon lange da?"
Ollner sah nur kurz auf. „Konnte nicht schlafen."
Kofi stellte sich hinter ihn und sah ihm über die Schulter. „Ist was Interessantes dabei?"
„Das kann ich schlecht sagen. Ich filtere alles heraus, was sich auf Emma beziehen könnte. Mausig will übrigens, dass wir in die Schule fahren und mit Emmas Klassenlehrerin sprechen."
Kofi ergänzte: „Wir müssen unbedingt herausfinden, ob es etwas gibt, das die Kinder verbindet."
Ollner sah ihn überrascht an. „Genau, und das pronto."
„Bisher fallen mir nur Abweichungen ein. Junge und Mädchen, arm und reich, im Dunkeln und am Tage entführt."
„Immerhin gehen beide auf die gleiche Schule."
„Der Junge ist sieben und das Mädchen elf."
„Sie wohnen beide in Holzminden."
„Cool, abgesehen von dem toten Jungen, den wir im Graben gefunden haben."
„Wissen wir, um wen es sich handelt?"
„Ist heute Nacht bestätigt worden. Hilmar Herzke aus Heide. Er wurde vor knapp vier Wochen nach einem Fußballturnier entführt. Er war zehn Jahre alt."
„Auch ein Sportler!"
„Emma hat nichts mit Sport am Hut."
„Bist du dir sicher?", fragte Kofi.
Ollner schlug genervt auf die Tischplatte. „So kommen wir nicht weiter."
Im Stillen musste Kofi ihm recht geben, aber es war ja nicht seine Schuld. Schließlich hatte er gestern Abend ewig darüber nachgedacht. „Lass uns zu Fuß gehen."
Gemeinsam verließen sie das Gebäude durch die Schleuse am Vordereingang. Die Reporter bedrängten

sie nicht mit Fragen, hielten aber ihre Kameras auf sie gerichtet. Kofi hätte sie zu gern auf den Arm genommen.

Vor der Grundschule standen drei Männer mit roten Armbinden. Sie ließen Kofi und Ollner erst durch, nachdem die sich ausgewiesen hatten.

Die Schulleiterin erwartete sie mit versteinertem Gesichtsausdruck hinter der Eingangstür. „Sie müssen mir glauben, dass das nicht meine Idee war."

Kofi schüttelte ihr die Hand. „Sind das alles Väter?"

„Zwei, einer hat seinen Bruder mitgebracht."

„Gibt es einen Anführer?", erkundigte sich Ollner.

„Herrn Schwarze. Er hat gestern Abend zur Gründung dieses Sicherheitsdienstes aufgerufen. „

„Und hat viele Anhänger gefunden?"

„Kommen Sie mit in mein Büro. Da sind wir ungestört."

Kaum hatte er sich gesetzt, fragte Ollner: „Wie viele sind es?"

„Etwa dreißig, würde ich schätzen. Auf der Versammlung waren noch mehr. Für den Dienst angemeldet hat sich nur ein Teil. Die meisten müssen selbst arbeiten." Sie hielt inne. „Sie kommen nie darauf, wer sich als Erster in die Liste eingetragen hat."

„Herr Schwarze?"

„Frau Jänicke."

„Das ist wahrlich ungewöhnlich. Hat sie das begründet?"

„Sie will selbst nach Kelvin suchen."

„Das kann ja nicht schaden. Wir sind allerdings wegen Emma hier."

„Emma Nielsen, geboren am 30. April 2000 in Hameln. Der Vater ist Spediteur, die Mutter gelernte Reiseverkehrskauffrau. Die Familie ist evangelisch und wohnt seit 2007 in Holzminden. Emma wurde hier bei uns mit sieben Jahren eingeschult und ist guter Durchschnitt."

„Das steht im Datenblatt, wir wollen Butter bei die Fische", sagte Kofi.

„Durch ihre häufigen Fehlzeiten, manchmal zwei oder drei Wochen am Stück, versäumt sie viel."

„Das ist wegen der Filmaufnahmen?"

„Die Filmaufnahmen, ja, sehen Sie, Emma ist elf. Ein Kind sollte man meinen. Doch sie trägt einen BH. Sie verlässt das Klassenzimmer nicht, ohne vorher in einen kleinen Taschenspiegel geschaut zu haben, um ihre Frisur zu prüfen. Mit elf. Ich bitte Sie."

„Haben Sie den Eindruck, sie macht das alles freiwillig, aus Überzeugung, weil sie es selbst will? Oder wird sie unter Druck gesetzt?"

„Man will es kaum glauben, doch sie hat es verinnerlicht, das ganze Getue. Sie vergisst sich nie, nicht beim Sport, nicht beim Spielen."

„Ein Kind ohne Kindheit?"

„Sozusagen. Werden Sie sie finden?"

„Sicher."

„Rechtzeitig?"

„Das hoffen wir. Wer ist Emmas beste Freundin?"

„Beste Freundin? Schwer zu sagen. Emma ist vorzugsweise mit sich selbst beschäftigt. In ihrer Klasse ist sie eher isoliert. In der Ersten von Frau Weisz gibt es jedoch ein Mädchen, das früher neben Familie Nielsen gewohnt hat."

„Kim Rugenstein?"

„Woher wissen Sie?"

„Die beiden waren gestern verabredet."

„Kim ist ruhig und ausgeglichen. Sie hört gern zu, wenn Emma Geschichten erzählt." Frau Ebenreiter richtete sich auf. „Emmas Eltern sind sehr stolz auf ihr Kind. Deswegen filmen sie jedes einzelne Event ausführlich. Ich weiß zufällig, dass Kim ganz erpicht darauf ist, mit Emma diese Videos anzuschauen."

„Woher wissen Sie das?"

„In einer Vertretungsstunde ließ ich die erste Klasse Bilder malen. Kim zeichnete eine Straße mit Kameras und einen Regiestuhl. Ich fragte, wieso und sie erklärte mir, dass Emma ihr das gezeigt hätte. Sie kannte sich richtiggehend aus, wusste sogar, dass die größte Kamera auf Schienen bewegt wird."

Kofi grinste. „Das heißt, sie interessiert sich nicht für die schöne Emma und ihre Bühnenerfolge, sondern dafür, wie ein Film gemacht wird."

„Kim hat gesagt, sie will später in der Kantine für die Schauspieler und den Regisseur und den Beleuchter arbeiten."

„Ist Kim in der Schule?"

„Das weiß ich nicht genau, gehe aber davon aus. Soll ich es für sie überprüfen?"

Kofi sah Ollner fragend an. Der zuckte mit den Schultern. „Okay", sagte Kofi. „Dann sprechen wir lieber heute Nachmittag in ihrer gewohnten Umgebung mit ihr."

„Kim geht nach der Schule in den Partyservice von Anna Blume. Die junge Frau ist eine Freundin der Mutter und kümmert sich um das Kind, solange die Mutter arbeitet. Kim gefällt es da."

Nachdem sie sich von der Schulleiterin verabschiedet hatten, gingen Kofi und Ollner gemeinsam zur Dienststelle zurück.

Ollner räusperte sich. „Diese Kim … hm, das ist die Tochter von Irene Rugenstein, das ist die Immobilienmaklerin, die mit dem verschwundenen Firmenberater verbandelt ist."

„Holzminden ist eben eine Kleinstadt."

„Das meinte ich nicht. Ich denke, es wäre gut, wenn du allein mit ihr sprichst. Mich kennt sie schon."

„Frau Ebenreiter hat gesagt, dass Kim nach der Schule zum Partyservice Anna Blume geht. Ob die sie abholt? Oder gehen die Kinder allein nach Hause?"

„Das kann ich mir nicht vorstellen."

Ollner kratzte sich am Kopf. „Ich fürchte, dass wir die Situation bald nicht mehr unter Kontrolle haben. Wir müssen unbedingt einen Erfolg vorweisen."

„Wie soll uns das gelingen? Wir drehen uns im Kreis."

„Lass uns nachsehen, ob sich etwas Neues ergeben hat. Mausig hat für 13.00 Uhr eine Besprechung angesetzt. Dann kannst du Kim hinterher in ihrer vertrauten Umgebung befragen."

Holzminden
Mittwoch, 2. November 2011
gegen 13.00 Uhr

23

„Meine Herren, ich bitte um Konzentration", war das Erste, was Kofi von Mausig hörte. Er schaute auf. Anhand der Papiere, die sein Chef vor sich ausgebreitet hatte, konnte er erkennen, dass er das Besprechungszimmer nicht gerade eben erst betreten hatte. Er selbst hatte so engagiert mit Guntram Schnitter diskutiert, dass er nicht bemerkt hatte, wie er in den Raum hereingekommen war. Den anderen schien es ebenso ergangen zu sein. Nur Herbert Heinrich saß mit ausdruckslosem Gesicht und verschränkten Armen verkehrt herum auf seinem Stuhl.

Ruckartig stellte Ollner seine Kaffeetasse auf den Tisch, so dass der Löffel darin laut klirrte. „Wir warten schon zwanzig Minuten", knurrte er.

Mausig tat so, als hätte er nichts gehört, obwohl Kofi sich sicher war, dass Stefan laut genug gesprochen hatte. Der Chef zuckte nicht einmal mit der Augenbraue.

„Meine Herren, ich würde gern mit den Ergebnissen unserer Telefondienste anfangen und Sie anschließend über die Erkenntnisse zum Fund der Leiche informieren." Er wartete keine Reaktion ab, sondern sprach nach einer kurzen Pause, in der er ein paar Papiere in die Hand nahm, weiter. Trotzdem nickten die versammelten Männer zustimmend.

Kofi ahnte allerdings bereits, dass er nichts Bahnbrechendes zu berichten hatte, dafür bewegte er sich zu langsam und sprach in viel zu vollständigen Sätzen. Trotzdem nahm er einen Stift in die Hand, um sich Notizen zu machen. Meistens brauchte es eine

Weile, bis die Informationshäppchen sich zum großen Ganzen zusammensetzen ließen. Manchmal fehlte ihnen aber auch nur noch ein einziges Puzzlesteinchen, um dem Täter auf die Spur zu kommen.

Mausig holte tief Luft, bevor er anfing zu sprechen. „Wir erhalten unglaublich viele Anrufe. Unsere Leitungen sind oft überlastet, und auch der Server schaltet sich gelegentlich ab. Ich lasse die unsinnigen Anrufe außen vor. Sie können sich vorstellen, dass das eine ganze Menge sind. Davon abgesehen erhalten wir drei Arten Anrufe. Erstens melden sich Leute, die etwas im Umfeld der HAWK gesehen haben, zum Zweiten rufen Menschen an, die aufgrund der Informationen, die wir veröffentlicht haben, etwas aussagen wollen. Drittens gibt es Anrufer, die einen konkreten Verdacht gegen eine Person äußern oder mögliche Verstecke benennen."

Ollner meldete sich und fragte: „Ist ausgeschlossen, dass bei den als unsinnig aussortierten Anrufen etwas Wertvolles dabei ist?"

„Sie denken daran, dass der Täter selbst Kontakt zu uns aufnimmt. Ausgeschlossen ist das natürlich nicht. Aber wir zeichnen alle Anrufe auf. Sobald unsere Mitarbeiterinnen Zeit haben, werden sie auch diese überprüfen. Bis dahin verlassen wir uns auf deren Lebenserfahrung und Menschenkenntnis. Wenn ihnen etwas verdächtig erscheint, haben Sie Anweisung, diese Anrufe direkt zu melden. Mehr können wir im Moment nicht tun. So leid es mir tut." Mausig machte eine Pause und setzte sich. „Kommen wir zur ersten Kategorie. Es ist inzwischen so gut wie sicher, dass Detlef Hanske zu einem Zeitpunkt von einem Mann abgeholt wurde, als Kelvin Jänicke noch vor der HAWK stand. Soweit wir das beurteilen können, unmittelbar am

Straßenrand, neben dem Buswartehäuschen, zwischen Mülleimer und Bordsteinkante. Bestätigt hat sich inzwischen auch, dass der Rucksack an der Bushaltestelle zurückgeblieben ist und später, vermutlich von Passanten, mitgenommen wurde. Kelvins Rucksack wurde durchwühlt, und als man nichts Wertvolles fand, wurde er achtlos fallen gelassen. Frau Jänicke bestätigte, dass nichts fehlte, konnte allerdings nicht sagen, ob die Unordnung darin von ihrem Sohn oder Fremden verursacht worden war."

Kofi unterbrach ihn. „Das heißt, wenn die den Mut hätten, sich zu melden, könnten wir den Zeitpunkt von Kelvins Verschwinden eingrenzen."

„Vielleicht haben sie auch etwas gesehen und trauen sich nicht, auszusagen, weil sie befürchten, wegen Diebstahls belangt zu werden."

„Uns liegt die Aussage eines Busfahrers vor. Er behauptet, gegen 19.17 Uhr langsam an der Bushaltestelle vorbeigefahren zu sein. Aus seinem Bus wollte kein Fahrgast aussteigen, so dass er geguckt hat, ob eventuell jemand einsteigen möchte. Dabei hat er den Rucksack bemerkt, obwohl niemand an der Haltestelle wartete."

„Das würde bedeuten, dass der Rucksack lange nach Kelvins Verschwinden weggetragen wurde."

„Warum hat ihn dann Frau Jänicke nicht bemerkt, als sie zum ersten Mal vor der HAWK ankam, um ihren Sohn abzuholen?"

„Gute Frage. Lässt sich vielleicht mit Aufregung erklären."

„Könnte genausogut ein anderer Rucksack gewesen sein", warf Herbert Heinrich ein.

Mausig unterbrach die Diskussion mit einer Handbewegung. „Immerhin ist der Trainer Detlef Hanske eindeutig nicht an Kelvins Verschwinden beteiligt."

„Wobei mich interessieren würde, wer ihn abgeholt hat und vor allem, warum er uns diesen Entlastungszeugen bisher vorenthalten hat", warf Kofi ein, der an Hanskes seltsames Verhalten bei seinem Besuch bei ihm dachte.

„Es gibt drei Aussagen zu diesem Umstand, allerdings hat sich keiner der Zeugen das Kennzeichen des Abholfahrzeugs gemerkt. Nicht einmal Fahrzeugtyp und -farbe stimmen überein." Mausig überlegte einen Moment. „Herr Kayi, sofern Sie nichts Dringenderes zu erledigen haben, befragen Sie Herrn Hanske dahingehend. Da wir ihn nicht verdächtigen, hat das keine Priorität."

Kofi nickte und notierte sich den Auftrag.

„Kommen wir zum zweiten Punkt, meine Herren. Über die Presse suchen wir nach Kelvins Kleidung, dem Judoanzug, blauen Badelatschen und einem orange-gelb-gestreiften Gürtel. Außerdem nach jemandem, der ungewöhnlich viel Frischhaltefolie gekauft hat. Zu den Kleidungsstücken erhielten wir keinen einzigen Hinweis. In Bezug auf die Folie erfuhren wir, dass es bei einem der Restpostenmärkte ein Supersonderangebot gegeben hatte. Herr Heinrich, würden Sie?"

Kofi merkte auf. Kam jetzt etwas Interessantes? Mausigs Satzbau ließ nach.

Heinrich räusperte sich. „Ich habe den Markt überprüft. Sie hatten zwei Paletten Folie gekauft und die Rolle für fünfzehn Cent verkauft. Die gingen weg wie warme Semmeln, durchaus auch in größeren Mengen. Der Marktleiter erinnerte sich, dass ein ihm bekannter Gastwirt einen ganzen Einkaufswagen vollgestapelt hatte. Ich habe eine Packung erworben und Marc zur Überprüfung übergeben."

„Haben wir eine Spur?“

Bevor die anderen beginnen konnten zu spekulieren, erhob Herbert die Stimme. „Leider!“, sagte er. „Leider hat der Verkauf dieser Folie erst begonnen, nachdem der Junge, den wir gefunden haben, getötet worden war.“ Jetzt sprach niemand mehr. Entsprechend laut hallten Herberts nächste Worte durch den Raum. „Sollte Kelvin gleichfalls so aufgefunden werden, hätten wir sofort ein Vergleichsmuster und gegebenenfalls einen Ansatzpunkt.“

Kofi sah, dass der Kollege bleich geworden war und den Kopf senkte, sobald er den Satz beendet hatte. Schnitters Miene wirkte versteinert. Ollners Kopf bewegte sich in einem endlosen Kopfschütteln von links nach rechts und zurück. Offenbar merkte er nichts davon. Kofi selbst beobachtete die Kollegen, um nicht darüber nachdenken zu müssen, was Herberts Vorgehen implizierte. Allerdings brauchte er nicht erst zu grübeln. Er wusste es auch so. Sie alle rechneten damit, jede Minute. Je länger Kelvin verschwunden blieb, umso weniger wahrscheinlich erschien es, dass er noch lebte.

Mausig seufzte. „Gut, dann kommen wir zuerst zu den Ergebnissen im Zusammenhang mit dem Leichenfund. Bei dem toten Jungen handelt es sich um Hilmar Herzke, ich habe Ihnen die Grunddaten kopiert. Vielleicht können wir sie verwenden, um Berührungspunkte zwischen den verschwundenen Kindern herzustellen. Sie sind weder verwandt, und so weit wir wissen, sind sie sich nie begegnet.“

Bei diesen Worten erschien ein Bild vor Kofis geistigem Auge. Er sah einen verängstigten Kelvin, der verschleppt worden war, vermutlich betäubt. Nun wachte er in einem abgedunkelten Raum auf, einem Keller womöglich. Er schaute sich um und sah den in Folie eingewickelten Hilmar, beziehungsweise das, was von ihm noch übrig war.

Ohne auf die anderen zu achten, fragte Kofi: „Welche Temperatur muss der Raum gehabt haben, in dem Hilmar gelegen hat?"

Mausig zog ein weiteres Blatt aus seinem Stapel. „Spusi-Ma, äh, Herr Federer hat verschiedene Szenarien durchgespielt. Ausgehend von dem Untersuchungsergebnis, dass der Junge innerhalb von fünf Stunden nach seinem Verschwinden ermordet wurde ..."

„Woher wissen wir das?", fragte Guntram.

„Mageninhalt, im Wesentlichen. Wie dem auch sei, Herr Federer hat vier bis fünf Grad Celsius errechnet."

„Kühlschranktemperatur", sagte Stefan Ollner.

„Mit ziemlicher Sicherheit hat der Körper ausgestreckt auf dem Rücken gelegen", ergänzte Lothar Mausig.

„Funktionieren Kühlschränke auch, wenn man sie hinlegt?"

„Er war nicht eingefroren?", fragte Kofi.

„Eingefroren ist ausgeschlossen. Ein Keller, sagt Herr Federer. Vorzugsweise einer ohne Fenster. Allerdings ist zu berücksichtigen, dass es in den letzten drei Wochen draußen für die Jahreszeit zu warm war. Er empfiehlt, nach einem Felsenkeller, Weinkeller oder auch einer Höhle zu suchen. Unglücklicherweise wurden weder an der Leiche noch an der Folie Rückstände gefunden, die uns einen Hinweis geben könnten."

„Keine Fasern?"

„Haare, Erdkrümel? Irgendwas?"

„Nur vom Fundort."

Kofi beugte sich zu Ollner und flüsterte: „Das schließt eine Höhle aus, oder? Wie sollte man die so säubern?"

„Muss man nicht, wenn man Folie oder eine Plane drunterlegt und das ganze Paket noch mal abdeckt."

„Was mich erneut zu der Frage bringt: Warum packt der Kerl den Jungen in Folie ein?"

„Eine interessante Problematik, mit der wir uns gemeinsam beschäftigen sollten, meine Herren. Warum Frischhaltefolie?"

„Zum Frischhalten", sagte Stefan spontan.

„Sauber bleibt's auch", meinte Herbert.

„Und durchsichtig", ergänzte Kofi.

„Durchsichtig, genau." Herbert legte den Zeigefinger an die Nase. „Der Täter kann zusehen, wie das Kind erstickt."

„Und hinterher kann er es auch jederzeit anschauen."

„Vielleicht hat der Täter tatsächlich gedacht, er könnte die Leiche so verpackt länger aufbewahren", überlegte Kofi.

„Wozu?"

„Wenn wir das wüssten."

„Meine Herren, darauf sollten wir verstärkt unser Augenmerk richten, wenn wir involvierte Personen befragen. Achten Sie auf Messis, auf leidenschaftliche Sammler oder auf Leute mit einem Putzfimmel, egal was, alles, was Ihnen skurril erscheint, müssen sie prüfen."

„Gibt es konkrete Hinweise auf mögliche Täter? Wurden Namen genannt?", fragte Guntram.

„Ja, Punkt drei unserer Liste. Da gibt es ein Problem. Wenn Anrufer Täternamen nennen, vergessen sie zumeist ihre eigenen. Trotzdem werden einige in statistisch bedeutsamem Rahmen erwähnt. An erster Stelle ist das Detlef Hanske, dicht gefolgt von Heribert Kruse und, mit größerem Abstand, den anderen Vorbestraften. Insgesamt sieben Anrufer empfahlen uns, das Gelände des Varieté Ozelot zu überprüfen."

„Mit welcher Begründung?"

„Die Leute verknüpften jeweils das weitläufige, unübersichtlich bebaute Grundstück mit dem plötzlichen Auftauchen des Besitzers aus dem Ausland und der Überzeugung, dass sich ein Varieté für Kinder nicht rechnen kann."

„Soweit ich weiß, gehört eine Kapelle zu den Anwesen und einen alten Eiskeller soll es auch geben", sagte Kofi.

„Wir haben als Kinder da gespielt. Wie lange hat das Gut leergestanden?"

„Zehn, fünfzehn Jahre bestimmt. Der Verwalter kam einmal die Woche. Hin und wieder meldete er eine Sachbeschädigung", erinnerte sich Herbert.

„Genau, und 2008 hat es in einer der Scheunen gebrannt." Guntram sah so aus, als wäre da noch eine Information in seiner Erinnerung vergraben. „Ich hab's, in dem Gewächshaus hatten Unbekannte eine Hanfplantage angelegt, das muss so um den Jahrtausendwechsel gewesen sein."

„Haben wir einen Grund, dem nachzugehen?", fragte Stefan Ollner.

„Kann nichts schaden, ihn zu befragen. Wir haben jedenfalls in Wisconsin, wo er vorher gewohnt hat, um Informationen gebeten. Sollten dort in den letzten Jahren Kinder verschwunden sein, erfahren Sie es sofort", sagte Mausig und erhob sich.

„Moment noch, wieso zieht man von Wisconsin ausgerechnet nach Holzminden?"

„Die Familie stammt von hier, und der Großvater hat sogar als Verwalter auf dem Gut gearbeitet."

Nachdem Mausig das Besprechungszimmer verlassen hatte, diskutierten die Männer noch, wie sie weiter vorgehen sollten. Kofi wunderte sich, dass Herbert die Aktivitäten von Gerd Schwarze und der Bürgerwehr mehrmals lobte, obwohl alle anderen sie kritisierten. Aber jeder hatte das Recht auf eine eigene Meinung.

Kofi fühlte sich bei dem Gedanken an private Sicherheitskräfte ohne Ausbildung, ohne Kodex, ohne Kontrolle, aber mit umso mehr Sendungsbewusstsein und Überzeugung, das Richtige zu tun, unwohl.

Holzminden
Mittwoch, 2. November 2011
gegen 14.00 Uhr

Als Kofi Kayi vor dem Partyservice Anna Blume stand, fiel ihm zuerst auf, dass jeder Stuhl im Ladenbereich vor dem Tresen anders war. Es gab welche aus Holz, aus Metall und aus Kunststoff. Sie stammten aus verschiedenen Zeiten, wiesen unterschiedliche Stile auf, einige waren gepolstert, andere aus poliertem Holz. Die Tischchen hingegen waren alle gleich, einfache, helle Holztische.

An einem saß, auf einem mit rotem Samt gepolsterten Stuhl mit geschwungenen Beinen und zwei Armlehnen, ein kleines Mädchen mit dunklen Haaren.

Kofi wusste sofort, dass er Kim vor sich hatte.

Er grüßte laut und inspizierte die Auslagen in den Regalen.

Senf, Kräutermischungen, Marmeladen, Rezeptbücher, Trüffel, Kekse und auf dem Tresen selbst lauter kleine Gläser mit grünen Deckeln. Daneben lagen Blätter mit Aufklebern.

„Das ist Annas neues Kräutersalz. Du kannst es ruhig probieren", sagte plötzlich jemand neben ihm. Das Mädchen reckte sich, nahm eines der Gläser herunter und drehte es auf. Sorgfältig schüttete sie ein wenig Salz auf den Deckel. „Du musst die Fingerspitze anlecken und hier eintunken. Schmeckt lecker." Sie hielt ihm den Deckel hin.

Kofi wusste nicht, was er tun sollte.

„Kim, das geht so nicht." Eine junge Frau, die von Kofi unbemerkt aus dem Raum hinter dem Tresen gekommen war, nahm Kim das Gläschen ab. „Entschuldigen Sie bitte", sagte sie zu ihm. „Wir stippen natürlich nicht unsere feuchten Fingerspitzen in das Salz." Sie drehte sich um und griff nach einem Teller mit Tomaten, kleinen gebutterten Brotscheiben und Crackern mit weißem Käse. „Nehmen Sie, bitte nehmen Sie und streuen Sie ein wenig Kräutersalz darauf. Ich habe es nach einem alten andalusischen Rezept zubereitet, einfach köstlich, sage ich Ihnen." Sie zeigte auf ein Glas, in dem winzige Löffel standen.

Kofi nahm einen heraus und streute eine Prise von dem Kräutersalz auf ein Scheibchen Butterbrot. Es schmeckte tatsächlich lecker.

„Sie verkaufen das Salz hier? Ich dachte, das wäre ein Partyservice."

„Ist es auch. Meine Kunden mögen meine Kräutermischungen, deshalb habe ich angefangen, sie hier im Laden, aber auch auf Märkten und Festen anzubieten, sozusagen als zweites Standbein. Man kann sich ja nicht immer einen Partyservice leisten."

„Verstehe, ich nehme ein Gläschen, wenn ich darf."

„Selbstverständlich. Kim, suchst du dem Herrn das schönste Glas aus?" Sie wandte sich wieder an Kofi. „Wir haben die Etiketten alle unterschiedlich gestaltet. Kim mag die mit den Tieren am liebsten."

Kim nahm ein Glas nach dem anderen in die Hand und betrachtete die Aufdrucke. „Magst du lieber Kühe oder Vögel?"

„Ich glaube, Vögel."

„Weißt du das nicht genau?"

„Darüber habe ich länger nicht nachgedacht."

Das Mädchen sah ihn an, als hätte er etwas sehr Merkwürdiges gesagt. „Ich nehme das Glas mit dem Rotkehlchen." Kofi bezahlte die Salzmischung. Die Kleine bediente die Kasse, und Anna Blume stand lächelnd daneben.

„Ich bin bei der Polizei", sagte Kofi leise.

Anna sah ihn erst überrascht an, dann erschrocken und fragend. Er schüttelte den Kopf. „Es hat nichts mit Ihnen zu tun. Ich würde gern mit Kim reden, über ihre Freundin Emma."

Kim legte den Kopf schief und fixierte ihn. „Emma ist entführt worden."

„Genau, deshalb möchte ich mich mit dir unterhalten."

„Moment", sagte Anna. „Dürfen Sie das, ohne Zustimmung der Mutter?"

Kofi grinste sie an. „Ich will Kim ja nicht verhören, ich hoffe einfach, dass Emma ihr etwas anvertraut hat, was sonst niemand weiß." Er konnte sehen, dass Anna jede Menge Fragen stellen wollte, sie jedoch zurückhielt, um Kim nicht zu ängstigen.

„Ich werde trotzdem kurz bei Irene anrufen und sie informieren. Setzen Sie sich doch so lange. Nehmen Sie sich einen Tee." Anna verschwand durch eine schmale Tür in den Nebenraum, wo sich jemand aufzuhalten schien, denn sie sagte etwas und eine Männerstimme antwortete darauf. Kofi bemerkte, dass er enttäuscht reagierte. Enttäuscht? „Wer ist der Mann im Hinterzimmer?", fragte er Kim.

„Das ist Paul", sagte Kim. „Meine Freundin, Emma, mag Paul nicht leiden."

„Aber du findest Paul nett?"

„Er ist stark, und er kann Sachen aus Holz bauen, Regale zum Beispiel, aber nur, wenn er dabei Musik hören darf. Er kann auch Stühle reparieren."

„Was findet Emma daran schlecht?"

Kim lachte hell. „Das doch nicht. Sie findet ihn dumm und langsam." Sie zuckte mit den Schultern. „Außerdem macht er ihr Angst, wenn er lacht. Er lacht nämlich so laut wie eine Explosion."

„Emma mag es lieber leise?"

Kim schien über diese Frage nachzudenken. „Eigentlich nicht. Sie mag laute Musik. Kennst du Hanna Montana?"

„Nein, ist die gut?"

„Emma sagt, sie ist wie sie. Montags in der Schule ganz normal, am Samstag ein Star, den alle toll finden."

Kofi beschloss, Hanna Montana zu googeln, sobald er an einem PC saß. „Du warst gestern mit Emma verabredet."

„Sie ist nicht gekommen. Dabei hatte sie versprochen, dass wir uns den Film ansehen."

„Eine DVD?"

„Von der Preisverleihung, in München, mit Jamie Oliver und einem Zauberer, der hat die ganzen Zutaten herbeigezaubert, damit Jamie mit ihnen kochen konnte. Das war cool."

„Was für eine Preisverleihung?"

„Emma hat in einem Film mitgespielt, der einen Preis bekommen hat, weil er so nett von krebskranken Kindern gesprochen hat. Alle, die beteiligt waren, durften nach München reisen. Da hat Jamie für alle gekocht, das ging aber zuerst nicht, weil die Zutaten versteckt waren."

„Verstehe, und die musste der Zauberer wiederholen."

„Er hat ein Ei und Petersilie aus Emmas Kragen gezogen."

„Das war sicher lustig."

„Ich hätte den Film gern gesehen. Vielleicht zeigt Emma ihn mir, wenn sie von ihrer Entführung zurück ist."

„Ganz bestimmt wird sie das tun." Kofi fühlte sich wie ein Verräter.

Kim war noch zu jung, um die Tragweite der Ereignisse zu verstehen. Kofi streckte die Hand aus, um ihr über den Kopf zu streicheln, überlegte es sich jedoch anders.

Plötzlich spürte er, dass er beobachtet wurde. Er wandte den Kopf. Anna stand hinter dem Tresen, den Kopf auf die Hände gestützt und beobachtete ihn. „Irene kann erst in etwa zwei Stunden kommen. Sie ist einverstanden, dass Sie Kim befragen. Sie sollen ihr nur keine Angst machen."

„Wir verstehen uns blendend."

Als der Mann hinter Anna auftauchte, wollte Kofi seinen Augen nicht trauen. Der Kerl war groß und üppig, im Vergleich zu der schmächtigen Anna wirkte er wie ein Klotz. Er war nicht wirklich dick, sondern seltsam ungeformt. Keine Hüfte, von oben nach unten gleichmäßig breit. Seine Stimme klang tief, und er sprach langsam. „Anna, kann ich die restlichen Kekse mitnehmen?"

„Die mit der weißen Schokolade?"

Er schüttelte sich. „Igitt, die doch nicht."

Kim lachte. „Schokolade muss braun sein, stimmt´s Paul?"

„Am besten mit Nüssen."

Anna lachte auch und ging mit Paul nach hinten in den angrenzenden Raum.

Warum war sie mit so einem Kerl zusammen? Kofi schüttelte sich. Sie mochten in etwa in einem Alter sein, aber sonst passten sie nicht wirklich gut zueinander, fand Kofi.

Er wandte sich Kim zu. „Wie oft triffst du dich mit Emma zum Spielen?"

Kim verzog das Gesicht. Sie wirkte unschlüssig, gleichzeitig traurig. „Früher waren wir Nachbarn, da sind wir zusammen zur Schule gegangen. Nachmittags mussten wir uns nicht verabreden, einfach in den Garten gehen und rufen."

„Das ist jetzt anders, weil ihr weggezogen seid?"

Kim schüttelte den Kopf. „Vorher schon. Emma hat angefangen, diese Fotos zu machen. Zuerst am Wochenende. Dann immer öfter. Sie hatte kaum Zeit zum Spielen."

„Nachdem ihr umgezogen seid, wurde es noch seltener?"

„Seltener? Lustiges Wort. Was heißt das?"

„Selten. Nicht oft, manchmal."

„Manchmal, ja."

„Aber du magst Emma gern?"

Kim legte beide Handflächen nebeneinander vor sich auf den Tisch.

„Ja, ich mag Emma. Aber ich mochte die alte Emma lieber."

„Das verstehe ich. Besuchst du Emma manchmal?"

Kim lachte. „Selten."

„Okay. Ich habe noch eine Frage. Bitte denke gut darüber nach, bevor du sie beantwortest."

Kim nickte. „Ist es eine schwierige Frage?"

„Ja. War Emma unglücklich? Wollte sie woanders sein?"

Kim sah ihn so prüfend an, dass er glaubte, sie habe ihn nicht verstanden. Doch dann sagte sie: „Emma ist nicht weggelaufen. Sie hat sich auf das Wochenende gefreut, weil sie einen Vorsprechtermin hatte."

‚Kluges Kind', dachte er. „Ich danke dir, Kim. Bitte grüß Frau Blume und deine Mutter von mir."

„Kommst du noch mal wieder?"

„Kann sein. Warum fragst du?"

„Du bist nett", sagte Kim.

Er musste grinsen und bedankte sich. Er wartete, ob Anna oder Paul erneut auftauchen würden. Als sich nichts tat, verabschiedete er sich von Kim und verließ den kleinen Laden.

Doch nach wenigen Schritten wurde er langsamer, wäre am liebsten umgekehrt. Er blieb stehen. Sicher fielen ihm noch ein paar Fragen ein, die er Kim stellen konnte. Im gleichen Augenblick wusste er, dass Anna Blume ihn durchschauen würde. Wie peinlich. Er stellte sich vor, wie sie ihn prüfend maß. Welche Augenfarbe hatte sie? Er hatte nicht darauf geachtet. Noch ein Grund zurückzugehen.

Morgen. Genau, morgen. Er würde noch ein Gläschen Salz kaufen. Er konnte sagen, dass er es verschenken wollte. Das würde ihr sicher gefallen.

Ungewöhnlich beschwingt ging er die Straße herunter, beschloss, durch den Park zu gehen. Hatte er etwas erfahren, das er vorher nicht gewusst hatte? Dass Emma nicht zum Treffen gekommen war, okay. Dass sie mit Kim das Video gucken wollte. Wichtig war vielleicht, dass Kim Emma ernst genommen hatte, sie hatte sich für die Preisverleihung und alles, was damit zusammenhing, interessiert. Demnach gab es keinen Grund für Emma, sich zu verstecken oder wegzulaufen. Sie hatte Eltern, die sie vergötterten, und in Kim zumindest eine Freundin, die sie mochte.

Holzminden
Mittwoch, 2. November 2011
gegen 16.00 Uhr

25

Guntram Schnitter platzte in ihr Büro wie ein Furz in eine Opernarie. Kofi fiel fast vom Stuhl, und Stefan Ollner verschüttete seinen Kaffee.

„Geht's noch?"

Schnitter rang nach Luft. „Wir müssen raus. Kruse wurde angegriffen."

„Heribert Kruse?", fragte Kofi. „Mit dem habe ich gestern noch gesprochen."

„Deswegen hat seine Frau ausdrücklich nach dir verlangt."

„Was ist denn passiert?"

„Das wollte sie nicht genauer sagen. Aber sie klang gehetzt und den Tränen nah, hat immer nur wiederholt. Sie hätten ihn überfallen, er könnte tot sein."

„Und sie will mich sehen?" Kofi verdrehte die Augen. „Wahrscheinlich macht sie mich dafür verantwortlich und will mir den Hals umdrehen."

Ollner stand auf. „Dann komme ich besser mit."

Zu dritt fuhren sie zum Haus der Kruses. Ella Kruse öffnete ihnen die Tür, bevor sie klingeln konnten. Ihre Augen erdolchten Kofi fast. Sie packte seinen Oberarm, zog ihn herein, schob ihn an sich vorbei, bis er mit dem Gesicht vor der Küchentür stand. Dann öffnete sie die Tür und stieß ihm leicht in den Rücken, so dass er über die Schwelle stolperte.

Heribert Kruse saß auf der Küchenbank. Das Haar zerzaust, eine blutige Schramme an der Stirn. Vor sich auf dem Tisch lag Packpapier. Ein zerknautschter Karton war auf den Boden gefallen. Vorsichtig bewegte

Kruse seine rechte Hand über das Papier, hob etwas auf, legte es an eine andere Stelle. Dann bedeckte er die Augen mit der Hand und wimmerte wie ein hungriges Kleinkind. Kofi ging näher zum Tisch. Eine Lok, er glaubte, in den Trümmern eine Lok zu erkennen.

„Das ist eine R700 LMS.2 von Märklin in Weinrot-Gold, es gibt nur noch ganz wenige Exemplare, sie wurde von 1935 bis 1938 extra für den Export nach Großbritannien gebaut. Heribert hat eine aufgetrieben, bei einem tschechischen Sammler. 4550 Euro hat er dafür bezahlt. Jetzt ist sie kaputt." Frau Kruse stand dicht neben Kofi, berührte ihn fast. Er konnte ihr Parfüm riechen.

Heribert Kruse weinte nun bitterlich. Dicke Tränen tropften auf das Packpapier. Ella reichte ihm ein Taschentuch.

„Wie ist das passiert? Wer war das?", fragte Kofi.

„Keine Ahnung. Mein Mann hat etwas von einer roten Armbinde gefaselt. Sie müssen zu dritt gewesen sein, so viel habe ich verstanden." Sie seufzte. „Er ist mit dem Fahrrad zur Post gefahren. Das Päckchen sollte per Nachnahme postlagernd kommen. Wir haben ein Girokonto bei der Post, so dass er alles von dort aus erledigen konnte. Auf dem Rückweg haben sie ihn angehalten. Ob sie ihn mit dem Fahrrad umgeworfen haben oder ob sie ihn vom Rad gezogen und dann geschlagen haben, konnte ich nicht herausfinden."

„Das Fahrrad steht draußen?", fragte Stefan Ollner.

„Er hatte es liegen lassen, hat sich nur aufgerappelt und ist hierher gelaufen." Ihre Stimme zitterte. „Seine Hose ist zerrissen, er hat sich die Stirn, die Hände und die Knie aufgeschlagen."

Ollner gab Kofi ein Zeichen, dass er nach dem Fahrrad sehen würde.

„Sie sind auf dem Paket herumgetrampelt, das macht man nicht", sagte Herr Kruse laut und deutlich. „Das macht man nicht, unerhört." Dann versuchte er wieder, die Einzelteile zusammenzufügen.

„Er hielt das Päckchen in der Hand, völlig aufgelöst. Vor Aufregung konnte er gar nicht richtig sprechen."

„Sie sollten Ihren Hausarzt informieren."

Ella lachte rau auf. „Meinen Sie, der kommt zu so einem?"

Kofi war froh, dass Stefan in dieser Sekunde wieder hereinkam. „Das Fahrrad sieht übel aus. Wir nehmen eine Anzeige auf wegen Körperverletzung und Sachbeschädigung."

„Wozu soll das gut sein?", fragte Frau Kruse.

Ollner sah sie verständnislos an. „Ihr Mann wurde überfallen, Frau Kruse. Wir müssen Anzeige erstatten."

„Gegen wen?"

„Erst einmal gegen Unbekannt. Vielleicht erinnert Ihr Mann sich später an seine Angreifer, kann uns beschreiben, was sie trugen, wie sie aussahen."

„Herr Kommissar, mein Mann ist ein Sexualverbrecher, was glauben Sie, ist sein Wort in einer Verhandlung wert, wenn Aussage gegen Aussage steht? Noch dazu die Aussage eines Verbrechers gegen die eines unbescholtenen Bürgers, der seine Freizeit zum Wohl der Allgemeinheit opfert?" Sie hatte die Arme herausfordernd in die Hüften gestemmt und tappte mit der rechten Fußspitze auf den Boden.

„Wir leben doch nicht in einer Bananenrepublik, Frau Kruse." Ollner setzte sich, schlug sein Notizbuch auf und begann zu schreiben. „Haben Sie noch eine Rechnung für das Fahrrad? Wann haben Sie die Hose gekauft? Gibt es ein Zertifikat für die Lok?"

Kofi konnte es nicht glauben. Ollner ließ nicht locker. Frau Kruse gab ihm die gewünschten Auskünfte und war sichtlich erleichtert, als er einen Arzt anrief und ihn um Unterstützung bat.

Kofi tat der alte Mann leid. Allerdings wusste er nicht, ob Frau Kruse nicht viel schlechter dran war. Augenscheinlich flüchtete ihr Mann in seine Modelleisenbahnwelt. Sie hingegen erkannte sehr wohl, was um sie und ihn herum vorging und musste sich damit auseinandersetzen, ja sie schirmte ihn vermutlich so weit wie möglich ab.

Die ganze Zeit über hatte Guntram Schnitter draußen im Auto gesessen und Polizeifunk gehört. Als Kofi und Ollner nach knapp einer Stunde wieder zu ihm in den Wagen stiegen, rümpfte er die Nase. „Diese Bürgerwehr macht sich breit in Holzminden, es riecht nach Selbstjustiz."

„Verstehe einer die Menschen. Gibt es neue Erkenntnisse?", fragte Stefan und zeigte auf das Funkgerät.

„Nichts Bahnbrechendes. Scheinbar wurde ein Schuh von Emma auf dem Spielplatz in der Nähe ihres Elternhauses gefunden, ein gutes Stück von der Stelle entfernt, an welcher der Hund angebunden war. Fahren wir zurück zur Dienststelle?"

„Können wir vorher noch eine Runde durch die Innenstadt drehen? Ich würde mir diese Bürgerwehr gern in Aktion ansehen."

„Kein Problem, einmal Sightseeing für die Herren von der Kriminalpolizei. Auf der rechten Seite sehen Sie die städtische Kita, zwei Rotbindenträger patrouillieren vor der Eingangstür. Bitte beachten Sie die militärische Haltung."

Beinahe im Schritttempo fuhren sie durch die Stadt. Je näher die Polizeibeamten dem Zentrum kamen, umso öfter begegneten ihnen Männer mit roten Armbinden, die zu zweit oder dritt betont geschäftsmäßig die Straßen entlanggingen.

„Fahr mal am Campe vorbei."

Schnitter brummte zustimmend und bog ab.

Eine beachtliche Menschenmenge hatte sich auf dem Parkplatz versammelt. „Das ist doch der Schwarze, oder?", fragte Stefan Ollner.

„Ich sitze hier neben dir, siehst du mich nicht? So dunkel ist es nun auch wieder nicht", sagte Kofi.

Ollner brauchte einen Moment, bevor er ihn verstand. „Sehr witzig. Da sind beide Schwarzes, wenn ich es richtig erkenne."

„Und Frau Jänicke."

„Guntram, lass uns hier heraus. Wir mischen uns unter die Leute."

Sie stiegen beide aus und gingen unter den alten Bäumen, deren Wurzeln das Pflaster und den Asphalt aufwölbten, hindurch. Die Menschen versammelten sich vor der Eingangstür. Herr und Frau Schwarze standen auf der obersten Treppenstufe. Helfer verteilten rote Armbinden an diejenigen, die noch keine trugen. Auch Kofi erhielt eine. Er steckte sie in die Hosentasche.

Nach und nach kam die Menge zur Ruhe. Schwarze hob die Arme und rief: „Wir haben einen ersten Erfolg. Emmas Schuh kann der Hinweis sein, den wir brauchen, um sie zu finden."

Jubel und Applaus brandeten auf.

„Woher weiß der das?", zischte Ollner.

„Vielleicht hat jemand aus der Bürgerwehr den Schuh gefunden. Die sind auch mit Hunden unterwegs gewesen."

„Glaubst du, die hätten den zur Polizei gebracht?"
„Einige bestimmt."
„Guten Abend."
Ollner drehte sich um. „Frau Rugenstein, guten Abend. Wie geht es Ihnen?"
Kofi bewunderte das Namens- und Gesichtergedächtnis seines Kollegen immer wieder. Scheinbar funktionierte sein Trick mit den beschreibenden Namen hervorragend. Wie er diese Frau wohl insgeheim nannte? Graue Maus, die lieber nicht auffallen möchte?
„Haben Sie etwas von Leon Scharffetter gehört?", fragte sie gerade.
Stefan lächelte unverbindlich. „Tut mir leid, nein."
Sie packte Ollner am Arm, zog ihn zu sich heran und wisperte: „Sie müssen auf Herrn Schwarze aufpassen, der kommt irgendwie an Polizeiinformationen. Er macht mir Angst."
Wieder brandete Jubel auf. Die Menge setzte sich in Bewegung. Kofi und Ollner wurden getrennt. Kofi sah Frau Rugenstein an einem Baum stehen, dann war sie verschwunden. „Ich hätte gern noch ein paar Beispiele gehabt, ein paar Informationen, die Schwarze hatte, aber nicht haben sollte", sagte er.
„Diese Information über den Schuh ist nicht besonders sensibel. Aber stell dir vor, wir haben einen begründeten Verdacht und das spricht sich herum …" Er ließ den Satz in der Luft hängen.
„Frau Kruse hat rote Armbinden erwähnt."
„Woher weiß man in Holzminden, wer in grauer Vorzeit wegen eines Sexualdeliktes angeklagt war oder sogar gesessen hat?", fragte Stefan.
„Es könnte sein, dass ich sie zu Kruse geführt habe."
„Möglich wäre aber auch, dass die Informationen über ganz andere Kanäle nach draußen gesickert sind."

„Zum Beispiel über unsere Aushilfskräfte", gab Kofi zu bedenken.

„Das könnten wir überprüfen."

„Wie?"

„Wir bitten Frau Ebenreiter um eine Liste der Mitglieder der Bürgerwehr und gleichen sie mit den Namen unserer Ausleihmitarbeiter ab."

Kofi schnippte mit dem Finger. „Mir fällt da was ein. Gerd Schwarze vertreibt doch Futtermittel für Tiere. Das heißt doch, dass er oft unterwegs ist. Der besitzt garantiert ein Funkgerät und hört uns einfach ab."

„Wäre denkbar, aber bisher haben er und seine Leute unsere Ermittlungen nicht behindert."

„Ich denke trotzdem, dass wir ihn befragen sollten."

„Wegen Kruse?"

„Auch, vor allem würde ich ihm gern vermitteln, dass wir ihn und seine Truppe genauestens beobachten."

„Keine gute Idee", widersprach Stefan. „Diesen Umstand würde er sofort für sich ausnutzen und überall herumerzählen, dass wir unbescholtene Bürger drangsalieren statt den Entführer zu suchen. Taktisch unklug."

Kofi wollte sich nicht geschlagen geben. „Mag sein. Würde sich aber gut anfühlen."

Stefan legte ihm eine Hand auf die Schulter. „Später vielleicht." Nach einer kurzen Pause ergänzte er: „Falls es dann noch nötig sein sollte."

Die Menge um sie herum löste sich langsam auf. Die beiden Beamten beobachteten die Gesichter der Menschen. Einige sahen zu allem entschlossen aus. In den Augen weniger standen Tränen. Viele Mienen wirkten versteinert.

Kofi las in den Gesichtern all die widerstreitenden Gefühle, die ihn selbst ebenfalls bewegten. Er fragte sich, was passieren würde, wenn Mitglieder der Bürgerwehr den Täter fanden, ohne dass Polizei dabei war.

Danach fragte er sich, was er täte, wenn er dem Mörder allein gegenüberstünde, ohne Zeugen.

Holzminden
Mittwoch, 2. November 2011
gegen 18.00 Uhr

26

Irene stand unschlüssig in ihrer Küche. Boden wischen oder bügeln? Sie hatte zu beidem keine Lust. Beides war dringend nötig. Kim lag im Bett und schlief, hoffentlich.

Sie hatte den Eimer gerade in die Spüle gestellt, als es an der Tür klingelte. Von einer Sekunde zur anderen schnellte ihr Herzschlag nach oben. Leon, sie hatte seinen Namen gedacht und ihr Spiegelbild in der dunklen Fensterscheibe kontrolliert, bevor sie sich ermahnen konnte, keine falschen Hoffnungen zu nähren.

Aber es war seine Zeit. Er kam immer nach der Tagesschau, wenn er denn kam. Er kam, wenn Kim im Bett lag, und blieb nie länger als bis zu den Tagesthemen, zweimal in der Woche, allerhöchstens dreimal.

Es klingelte noch einmal.

Irene schaute durch den Spion. Anna stand vor der Tür, allerdings mit dem Rücken zu ihr. Kaum hatte sie geöffnet, sagte Anna: „Komm heraus und guck dir das an. Solch einen Sternenhimmel sieht man nicht jede Nacht. Das da sind die Seven Sisters."

Irene gesellte sich zu ihr. „Ich kenne nur den Großen Wagen."

„Und was ist mit dem Gürtel des Orion? He, war das eine Sternschnuppe? Das war eine Sternschnuppe. Ich darf mir was wünschen. Hast du sie auch gesehen? Was wünschst du dir?"

„Das darf man nicht verraten, sonst geht es nicht in Erfüllung."

„Ich weiß sowieso, was du dir gewünscht hast."

„Wage es ja nicht."

„Du hast dir gewünscht, dass …“

Irene stürzte sich auf Anna und hielt ihr den Mund zu. „Sag es nicht.“

Anna kicherte und hob eine Hand zum Schwur. „Würde ich nie machen, Ehrenwort.“

„Du!“

„Darf ich hereinkommen?“

„Wenn es sein muss.“ Sie grinste und hielt Anna die Tür auf.

„Kim ist schon im Bett. Sie war hundemüde. Was habt ihr gemacht?“

„Wir haben Kräutersalz in Gläschen abgefüllt. Kim hat auf alle Etiketten ein Tier gemalt. Kein Grafiker hätte das besser hinbekommen.“

„Sie hat etwas von einem Schwarzen erzählt.“

„Das war dieser Kommissar. Seinetwegen habe ich dich angerufen.“

„Ein schwarzer Kommissar?“

„Hast du noch nicht von ihm gehört? Er ist recht bekannt in Holzminden. Ich glaube, er ist als Kleinkind aus Togo gekommen und musste immer als Musterbeispiel für gelungene Integration herhalten.“

„Togo? Was du alles weißt.“

„Ich habe mein ganzes Leben hier verbracht.“

„Quasi. Abgesehen von den zweieinhalb Jahren Studium in Göttingen.“

„Abgesehen von Göttingen, ja. Jedenfalls war dieser Kofi Kayi drei Jahre unter mir am Campe. Französisch und Sport.“

„Du warst in ihn verknallt.“

„Quatsch, der war viel jünger als ich.“

„Drei Jahre.“

„Nee, nur zwei. Eines hat er auf der Flucht verloren, er wurde erst mit sieben eingeschult.“

Die beiden Frauen befanden sich noch im Flur. Jetzt schob Irene die Freundin ins Wohnzimmer. „Setz dich, ich hole uns einen Tee."

Anna stand vor dem Bücherregal und blätterte in einem Buch über weiße Bären in Kanada. „Wo hast du das her?"

„Ein Geschenk."

„Von Leon?"

„Nein, von meiner Mutter."

Anna zog die Augenbrauen hoch. „Wieso das denn?"

„Sie träumt von einer Reise nach Vancouver und will mich überreden, sie zu begleiten."

„Cool! Fährst du?"

„Bin ich Krösus? Noch dazu, wo jetzt ..., das mit Leon. Keiner weiß, wie es mit @dospasos weitergehen soll."

„Haben Sie dich entlassen?"

„Noch nicht." Gedankenverloren rührte Irene in ihrem Tee. Die Kandiszuckerstückchen klimperten leise.

„Stella?"

„Sie war in seiner Wohnung."

„Was soll mir das sagen?"

Wieder senkte Irene den Blick auf das Teeglas. „Ich war noch nie bei ihm zuhause, naja, fast nie." Es war ihr ein bisschen peinlich, dass sie sich heimlich bei ihm eingeschlichen hatte, dass sie sein Vertrauen missbraucht und den Schlüssel genommen hatte, um hinter ihm her zu spionieren.

„Fast nie?"

In kurzen Worten erzählte Irene Anna von ihrem Kontrollbesuch und dass sie Stellas Halstuch im Schlafzimmer gefunden hatte.

„Du bist fast ein Jahr mit dem Typen zusammen und hast ihn noch nie zu Hause besucht? Verstehe ich das richtig? Mannomann, hat der Kerl 'ne Klatsche."

„Du tust ihm Unrecht", sagte Irene. Ihr Tonfall ergänzte: wie immer.

„Sag nicht, er hatte Angst, Kim würde seine schneeweißen Berberteppiche mit Schokolade beschmieren."

„Kim? Um Himmels willen, nicht doch, Leon und Kim, das ..."

Sie senkte den Blick und errötete.

Anna sah sie ungläubig an.

„Du bist mit einem Mann zusammen, der dein Kind nicht leiden kann."

Wieder spürte Irene einen Stich. So hatte sie es noch nie betrachtet, doch wahrscheinlich hatte Anna recht. Kim störte Leon, nicht, dass er das jemals gesagt hätte, aber er benahm sich entsprechend.

„Leon ist nicht so für Kinder."

„Genau, Leon ist für Leon und danach kommt ziemlich lange nichts, bevor noch einmal Leon kommt, in großem Abstand gefolgt vom Rest der Welt."

„So ist er nicht, du solltest ihn besser kennen lernen."

„Verzichte dankend."

„Gib ihm eine Chance. Er ist in einer großen Familie aufgewachsen, hat in den ersten Jahren mit zwei Brüdern in einem Bett geschlafen. Sein erstes eigenes Zimmer hatte er mit 19, als er während des Studiums ins Wohnheim gezogen ist."

„Armes Hascherl."

„Anna, du bist ungerecht."

„Mag sein, aber der Typ geht mir echt ab. Dass du auf den hereinfällst. Ich dachte immer, du brauchst einen Mann zum Kuscheln, einen, mit dem du reden kannst, der dir zuhört, sich für dich interessiert."

„Für mich interessiert? Für eine allein erziehende Mutter ohne Geld und Zukunftschancen?“

„Wenn ich Zeit habe, bemitleide ich dich. Mensch Irene, du hast zwei komplette Berufsausbildungen, du stemmst das Leben mit Kim, sorgst für euch beide und hast abends sogar noch Zeit und Muße für ein Schwätzchen mit deiner besten Freundin.“

„Anna, ich mache mir ernsthaft Sorgen um Leon.“ Im gleichen Moment, in dem sie das sagte, zweifelte sie selbst daran. Sie hatte in den letzten Stunden nicht ein einziges Mal an ihn gedacht. Darüber mochte sie jetzt nicht nachdenken. Vielleicht konnte sie das Thema wechseln.

„Was wollte dieser Polizist von Kim?“

„Kofi? Er hat nach Emma gefragt.“

„Furchtbar. Was müssen die Eltern durchmachen? Ich hoffe, dass mir das nie passiert. Ich könnte es nicht aushalten.“

„Kim hat Kofi von ihren Treffen und den Videos erzählt. Ich weiß nicht, ob es ihn interessiert hat. Jedenfalls hat er sich viel Zeit genommen.“

Prüfend betrachtete Irene die Freundin. „Für Kim oder für dich?“

„Für Kim natürlich!“

‚Natürlich‘, dachte Irene.

Sie war sich ganz sicher, Anna hatte sich in den Polizisten verguckt.

Als sie vorhin mit Herrn Ollner gesprochen hatte, war da nicht ein Schwarzer in seiner Nähe gewesen? Sie hatte nicht weiter auf ihn geachtet.

„Ich habe ihn gesehen, deinen Kofi. Auf dem Heimweg am Campe.“

„Meinen Kofi? Er ist zwei Jahre jünger als ich, schon vergessen?“

„Wie alt bist du? 27? Zugegeben, dann ist er noch fast ein Kind und kommt überhaupt nicht in Frage."

„Kim hat ihm ein Gläschen Kräutersalz aufgeschwatzt."

„Dann hat er ja morgen einen Grund zurückzukommen."

„Niemals!"

„Wetten, dass?"

„Irene, sind wir pervers?"

„Wie kommst du jetzt darauf?" Irene trank einen Schluck Tee. Mit der Zunge angelte sie ein Stückchen Kandiszucker heraus und knabberte daran.

„Wir sitzen hier und reden so oberflächlichen Kram, während da draußen ..." Annas Stimme versagte.

„Ach, Anna! Wir können nichts ändern, gar nichts."

„Viele sind jetzt noch unterwegs. Sie gehen Patrouille, damit uns nichts passiert. Damit Kim und die anderen Kinder sicher sind."

„Mir machen sie Angst", sagte Irene.

„Wieso? Die sind vorbildlich. Sie nehmen Unannehmlichkeiten für die Allgemeinheit in Kauf."

„Sie rotten sich zusammen, spielen sich auf, fühlen sich stark, wenn sie in kleinen Gruppen unterwegs sind."

„Davor brauchst du dich doch nicht zu ängstigen. Warum sollten sie dir etwas tun?", fragte Anna.

„Muss es um mich gehen?"

„Ich verstehe dich nicht."

Irene schwieg einen Augenblick. Dann sagte sie: „Stell dir vor, jemand setzt sich in den Kopf, dass Kofi etwas mit den Entführungen zu tun hat. Was glaubst du, machen sie mit ihm?"

„Abgesehen davon, dass er garantiert kein Kindermörder ist, habe ich begriffen, was du meinst. Die Polizei wird es nicht so weit kommen lassen."

„Dein Wort in Gottes Gehörgang.“

Die beiden Frauen saßen sich schweigend gegenüber, jede in ihre Gedanken vertieft. Schließlich erhob Anna sich. „Ich gehe nach Hause, muss morgen früh raus.“

„Bist du zu Fuß hier?“

„Klar, draußen ist es jetzt noch wärmer als im Sommer. Du hast ja den wunderbaren Sternenhimmel gesehen.“

„Soll ich dir ein Taxi bestellen?“

„Wie kommst du auf die Idee? Das sind doch höchstens zwanzig Minuten bis zu meiner Wohnung.“

Irene stand auf. „Kommt nicht in Frage. Ich fahr dich.“

„Spinnst du? Willst du Kim allein lassen?“

„Sie schläft, und ich werde gleich zurück sein.“

Als Irene in die Diele trat, saß Kim schlafend auf der untersten Treppenstufe. Ihre Tochter öffnete die Augen, weil Irene von der Klinke abrutschte und die Tür ins Schloss fallen ließ.

„Warum bist du weggegangen?“, fragte Kim.

Irene setzte sich neben sie auf die Stufe. „Ich habe Anna nach Hause gebracht. Sie sollte nicht allein durch die Dunkelheit gehen. Wieso bist du nicht im Bett geblieben?“

Kim gähnte. „Ich musste dich noch was fragen.“

„Etwas so Wichtiges, dass es nicht Zeit hatte bis morgen früh?“

„Vorhin hatte ich es vergessen. Dann hat der Hund wieder gebellt, und es ist mir eingefallen.“

Irene erhob sich und hängte ihren Mantel an den Haken. Die Schuhe zog sie aus, ohne sich zu bücken, indem sie sie einfach abstreifte. Sie war hundemüde.

Währenddessen redete Kim weiter. „Der Mann hat gesagt, er hat auch Hundebabys. Und er hat gesagt, dass man keine Allergie gegen Hundehaare haben kann, wenn man eine Allergie gegen Katzenhaare hat. Stimmt das, Mama?"

„Kind, was redest du? Was für ein Hund?"

„Stimmt das mit der Allergie?"

Irene seufzte und streichelte ihrer Tochter über den Kopf.

„Ich glaube nicht. Allergisch ist man wegen der Haare. Bei Katzen reagieren manche Menschen sogar noch allergisch, wenn das Tier nicht mehr in der Wohnung lebt. An den Haaren haften Eiweiße, und die lösen sich und schweben auch durch die Luft. Die heißen dann Allergene und machen, dass du niesen musst und rote Augen bekommst."

„Haben Hunde auch Eiweißhaare?"

„Im Prinzip, ja. Viele Menschen sind gegen Hunde mit kurzen Haaren allergisch. Wahrscheinlich, weil die mehr in der Luft herumfliegen als lange. Auf jeden Fall kann man nicht sagen, dass alle Menschen entweder auf Hunde oder auf Katzen reagieren."

„Und wie ist das bei mir?"

„Erinnerst du dich, dass wir damals diesen Test gemacht haben?"

„Den mit den vielen Pflastern, die so gejuckt haben?"

„Genau. Dabei ist herausgekommen, dass du an einer Kreuzallergie leidest."

„Kreuzallergie?"

„Das bedeutet, dass du auf einen Hund unter Umständen so reagierst, als wäre er eine Katze."

Kim sah sie überrascht an. „Das ist ja komisch." Sie kuschelte sich an Irene.

„Na, wollen wir ins Bett gehen?“ Irene fand, dass Kim heute Nacht ruhig bei ihr schlafen konnte. Sie selbst konnte ein paar Streicheleinheiten gebrauchen.

„In dein Bett?“, fragte Kim misstrauisch.

„Wenn du magst. Ich will nur noch die Tür abschließen.“ Langsam ging Irene zur Haustür, steckte den Schlüssel ins Schloss und bemerkte eine dunkle Gestalt, die gerade noch im Lichtkegel der Laterne des Nachbarhauses stand. Sie drehte den Schlüssel herum, ohne den Blick abzuwenden.

Leon war das nicht. Trotzdem kam ihr die Person vage bekannt vor. Sie stellte sich ein wenig weiter nach rechts, damit sie besser sehen konnte. Beobachtete da jemand ihr Haus?

„Mami, der Mann hat gesagt, Hundebabys heißen Welpen. Das ist ein schöner Name.“

Irene grunzte eine zustimmende Antwort. Sollte sie die Polizei rufen?

Als ein Wagen vorbeifuhr, erkannte sie im Scheinwerferlicht, wer da stand. Stella. Was wollte die hier? Ein Zufall? Eine Nachricht von Leon? Wollte sie sie ausspionieren? Jetzt hob sie die Hand und winkte. Kurz entschlossen schaltete Irene das Licht aus. Gleich darauf verschwand Stella im Dunkeln.

Irene fröstelte. Sie ging zu Kim hinüber, nahm sie in die Arme und stieg mit ihr die Treppe hinauf.

Holzminden
Donnerstag, 3. November 2011
gegen 10.00 Uhr

27

Kofi und Ollner hatten es auf der Dienststelle nicht ausgehalten. Es ging zu wie am Hamburger Hauptbahnhof nach einem Fußballspiel gegen Bayern München. Sie konnten es nicht ertragen, dass so viele Menschen um die Wette arbeiteten und diese riesige Hektik trotzdem zu absolut keinem brauchbaren Ergebnis führte.

Um sich abzulenken, gingen sie noch einmal die Fakten des anderen Falles durch, mit dem sie sich beschäftigten.

Stefan Ollner rekapitulierte, was sie bisher wussten:

Leon Scharffetter war übers Wochenende spurlos verschwunden.

In seinem Büro und in seiner Wohnung war vieles durcheinandergebracht worden.

Es hatte den Anschein, als hätte jemand etwas gesucht. Allerdings hatten sowohl er selber als auch Spusi-Marc den Eindruck, dass die Unordnung absichtlich herbeigeführt worden war. Stellte sich die Frage, von wem und warum.

Ollner tippte darauf, dass Leon Geld unterschlagen hatte und damit abgehauen war. Mit dem Überfallszenario wollte er dem großen Unbekannten gleichzeitig den Diebstahl und das fehlende Geld in die Schuhe schieben.

Kofi seufzte. „Wie sollen wir ihm das nachweisen?"

„Das haben wir uns auch gefragt. Als Erstes hat Marc wegen dieses Verdachts Scharfetters private Konten überprüft, anschließend die geschäftlichen, er konnte allerdings keine unrechtmäßigen Abbuchungen finden." Stefan blätterte in einer Mappe. „Er hat mir eine Liste der Klienten ausgedruckt und mich auf ein paar Ungereimtheiten hingewiesen. Es gibt einerseits unverhältnismäßig viele Kontobewegungen, andererseits ändert sich an den Kontoständen insgesamt übers Jahr gesehen relativ wenig. Scheinbar legt dieser Scharffetter das Geld seiner Kunden kurzfristig an. Dabei scheint er nicht immer ein gutes Händchen zu haben, manchmal macht er Verluste, beim nächsten Mal Gewinne. Das Beste wäre, wir könnten die Rechner alle abholen und auf Herz und Nieren prüfen, aber dafür habe ich keine Genehmigung bekommen. Mausig hat gegenwärtig andere Prioritäten, und wir konnten keine wirklich schlagenden Argumente vorbringen. Du kennst ja den Amtsrichter ..."

Kofi runzelte die Stirn. „Kann ich gut verstehen. Wir sind uns noch nicht einmal sicher, ob überhaupt ein Verbrechen vorliegt. Niemand behauptet, dass Geld verschwunden wäre. Im Prinzip kann Leon Scharffetter tun und lassen, was er möchte. Wenn er nicht mehr in seiner Firma arbeiten und seiner Wohnung wohnen will, ist das seine freie Entscheidung, oder?"

Stefan wandte ein: „Trotzdem habe ich bei der ganzen Angelegenheit ein seltsames Gefühl, da läuft etwas Ungesetzliches, ich weiß nur nicht, was. Ich würde es begrüßen, wenn ... ach, Mensch, lass uns zusammen hinfahren. Vielleicht siehst du was, das mir total entgangen ist."

„Mir ist alles recht, solange wir nicht hier herumsitzen und Däumchen drehen müssen", sagte Kofi und nahm den Autoschlüssel vom Tisch.

Nachdem sie sich in der Zentrale abgemeldet hatten, waren sie zum Katzensprungtor gegangen.

Oliver Nussbaum hatte sie hereingelassen, nicht gerade überwältigt vor Glück, aber auch nicht abweisend. Nun saßen sie im Büro von Leon Scharffetter und versuchten, sich einen Eindruck von dem zu verschaffen, womit Leon sich vor seinem Verschwinden beschäftigt hatte.

„Das papierlose Büro, seit wie vielen Jahren wird es propagiert?" Kofi seufzte, als er einen Ordner in das Regal zurückstellte und sich die Reihe derjenigen betrachtete, die noch darauf warteten, von ihm durchsucht zu werden.

Ollner lachte. „Niemand vertraut Computern, alle legen elektronische Sicherheitskopien an und anschließend drucken sie vorsichtshalber alles aus, falls die Kopien auch verschwinden."

„Gilt das auch für einen IT-Profi wie diesen Scharffetter? Sollten wir nicht lieber nach etwas suchen, wovon es keine Sicherungskopie gibt?"

„Das machen wir, wenn wir mit dem Gedruckten fertig sind", antwortete Ollner.

Kofi nahm den nächsten Ordner heraus. „Hier sind die Unterlagen über Anna Blumes Partyservice."

„Interessiert uns das?", fragte Ollner skeptisch.

„Weiß ich noch nicht, vielleicht. Anna Blume ist die Freundin von Leons Freundin, Irene Rugenstein. Sie passt nach der Schule immer auf deren Tochter Kim auf."

„Die Freundin von Emma? He, warum hast du eigentlich keine Freundin?" Ollner vermied es, Kofi anzusehen. Doch der antwortete rasch und ungerührt. „Keine Zeit. Außerdem habe ich ja dich. Anna Blume hat sich vor zwei Jahren selbstständig gemacht. Partyservice, Kochkurse und Lebensmittelgeschäft."

„Edeka oder was?"

„Eher exotisch, weder Dosenmilch noch Haferflocken, sie macht Gewürzmischungen, Kräutersalz und so, Geschenke aus der Küche."

„Moment mal, hier stimmt etwas nicht." Ollner klickte mehrmals hin und her, verglich Daten, murmelte Zahlen vor sich hin. Kofi stellte sich hinter ihn. „Was hast du gefunden?"

„Was weißt du über die Kaimaninseln?"

„Nichts. Mir fällt dazu nur das Wort Briefkastenfirma ein."

„Bingo."

„Spielen ältere Damen in England."

„Witz komm raus, du bist umzingelt. Dieser Leon hat Kontakt zu einer ganzen Reihe von Firmen im Ausland, dazu gehören welche in Belgien, Luxemburg und Großbritannien, aber eben auch auf den Kaimaninseln, sogar auf den Falklandinseln."

„Haben die Engländer da nicht vor Jahrzehnten einen Krieg vom Zaun gebrochen?"

„Mag sein, aber darum geht es nicht. Alle diese Firmen haben Konten, und auf diese Konten wurde regelmäßig Geld überwiesen."

„Und ist dort verschwunden?"

„Nein, nein, das ist es ja. Nach wenigen Stunden tauchte es wieder auf den Ursprungskonten auf." Stefan klickte weiter.

„Nur um dann erneut zu verschwinden, hier zum Beispiel 100 000 Euro in einen Millenium Fonds in Luxemburg."

Kofi, der Ollner beobachtet hatte, fragte: „Wozu bucht jemand so große Summen so wild hin und her?"

Ollner kratzte sich am Kopf. „Jetzt verstehe ich langsam, worauf Marc uns hinweisen wollte."

„An den Buchungen ist was faul."

„Du hast mir von Anna Blume und ihrem Partyservice erzählt. Ich habe eben die Kundendatei gefunden. Nachdem ich einen Link angeklickt habe, hat sich eine Internetverbindung aufgebaut, die mir die Konten angezeigt hat, mit denen Anna Blume verknüpft ist." Er zeigte Kofi, was er meinte.

„Ein Ein-Frau-Partyservice und Finanzinvestitionen auf den Kaimaninseln klingt nicht kompatibel." Er strich sich mit der Hand über die Haare. „Oder soll das bedeuten, dass Anna Blume eine Filiale auf den Kaimaninseln hat?"

„Sieht so aus. Auf den Falklands allerdings nicht."

„Was ist da los? Hörst du das?"

„Das hört sich nicht nach einem Beratungsgespräch mit einem zufriedenen Kunden an."

„Lass uns nachgucken."

Kofi öffnete die Tür einen Spalt. Er sah einen Mann in der Tür zu Irenes Büro stehen.

„Ich will auf der Stelle Herrn Scharffetter sprechen." Der Mann sprach laut und schien erregt zu sein.

Kofi konnte Irene Rugenstein nicht sehen, hörte sie aber: „Wie ich schon sagte, Herr Scharffetter ist leider momentan nicht zu sprechen. Kann Herr Nussbaum Ihnen helfen?"

„Das glaube ich kaum. Ich muss unbedingt Herrn Scharffetter persönlich sprechen."

Kofi trat noch einen Schritt weiter in den Flur hinein und versuchte, den Mann zu sehen. Er war so groß, dass seine kurz geschnittenen Haare fast den Türrahmen streiften. Plötzlich machte er eine schnelle Bewegung nach vorn. „Hören Sie mir genau zu, sagen Sie Leon, dass mein Auftraggeber sehr unzufrieden ist. Er soll ihn anrufen, sofort." Jetzt senkte sich seine Stimme zu einem Flüstern. Trotzdem verstand Kofi jedes Wort.

„Sonst wird es ihm ausgesprochen leidtun, dass er jemals Geschäfte mit uns gemacht hat."

„Beruhigen Sie sich doch. Wer ist denn Ihr Auftraggeber? Kann ich etwas ausrichten?"

Der Mann lächte höhnisch auf. „Das hätten Sie wohl gern, was? Mein Auftraggeber hat 100 000 investiert, und diese miese Ratte Leon hat nicht geliefert."

„Das ist bestimmt keine Absicht. Herr Scharffetter ist im Moment, äh, unpässlich. Er meldet sich, sobald ..."

„Quatsch keine Opern. Er liefert innerhalb von 24 Stunden, sonst kracht's. Verstanden?"

Nach dem letzten Wort, das er gebrüllt hatte, schlug er mit der Faust gegen den Türrahmen. Irene schrie auf. Kofi stürmte den Flur entlang. Doch der Mann rempelte ihn zur Seite und verschwand.

Kofi rappelte sich auf und verfolgte ihn. Obwohl er seine Schritte auf den Holzstufen noch gehört hatte, war nichts mehr von dem Unbekannten zu sehen, als Kofi auf der Straße stand. Er ging vor dem Haus auf und ab und spähte in alle Richtungen. Der Kerl war verschwunden.

Langsam stieg er die Treppe wieder hinauf.

Stefan und Irene standen in ihrem Büro vor dem Schreibtisch. Oliver Nussbaum lehnte am Fenster.

„Wer war das?", fragte Kofi.

„Ich habe den Mann noch nie gesehen", erwiderte Irene. Ihr Gesicht war leicht gerötet. Sie schaute unsicher zwischen Kofi und Stefan Ollner hin und her.

Nussbaum sagte: „Das ist definitiv keiner unserer Kunden."

Irene überlegte: „So, wie er sich ausgedrückt hat, könnte es sein, dass er für einen unserer Kunden arbeitet."

Nussbaum runzelte die Stirn. „Was er gesagt hat, klang fast wie eine Drohung."

„Hat Leon vielleicht einen neuen Kunden akquiriert?" Irene sah Nussbaum fast flehentlich an. Kofi beobachtete die beiden interessiert. Wusste die Frau mehr als sie sagte? Er gab Stefan ein Zeichen. Der fragte: „Sagen Sie, Herr Nussbaum, könnten Sie mit mir in Herrn Scharffetters Büro gehen und mir einen Vertrag erklären, den ich da gefunden habe?"

„Glauben Sie wirklich, dass das etwas bringt?" Nussbaum wirkte genervt, gleichzeitig aber auch erschrocken.

„Ich würde lieber nach dem Vertrag suchen, von dem der Mann gesprochen hat. Wenn wir wirklich 100 000 Euro für eine Leistung erhalten haben, muss ich mich darum kümmern."

„Das können Sie gleich im Anschluss tun", sagte Ollner und dirigierte den Anwalt in Leons Büro.

Kofi blieb mit Irene zurück.

„Sie machen sich Sorgen?"

Er versuchte, es gleichzeitig wie eine Frage und wie eine Feststellung klingen zu lassen. Er betrachtete sie eingehend. Sie wirkte müde, irgendwie unsicher. Sie wich seinem Blick aus.

„Jetzt ist er schon fünf Tage verschwunden." Ihre Stimme stockte.

„Und dieser Besucher eben macht Ihnen Angst?"

„Ja und nein. Ja, weil er Leon gedroht hat. Nein, weil er offensichtlich nicht wusste, dass Leon nicht da ist."

„Glauben Sie, Leon hat sich abgesetzt?"

„Was meinen Sie damit?"

„Könnte er Geld aus der Firma gezogen haben und geflohen sein?"

„Welches Geld? Und wovor geflohen? Vor einem unzufriedenen Kunden? Dafür gibt es Verträge und Versicherungen, im Zweifelsfall das Gericht."

„Die Firma besitzt kein Geld, so etwas wie eine Kapitaleinlage, Vermögen zum Anlegen?"

„Kaum. Einige Kunden vertrauen uns Gelder an, mit denen wir zum Beispiel eine Baufinanzierung abwickeln oder anfallende Rechnungen bezahlen. Alles, was verdient wird, wird reinvestiert. Allein der Sicherheitsserver hinter der doppelten Wand in Leons Büro hat so viel gekostet wie ein Einfamilienhaus in bester Holzmindener Lage."

Kofi hatte die Worte Sicherheitsserver und doppelte Wand zwar gehört, brauchte aber noch einen Moment, bevor er sie auch gedanklich verarbeitet hatte.

Irene war vertraulich näher an ihn herangetreten. „Was glauben Sie denn, warum er so eigen ist, mit seinem Büro? Dieses Haus wurde komplett umgebaut, bevor @dospasos hier eingezogen ist. Sowohl der Tresor als auch die Speichermedien und ein Hochleistungsserver sind in die Wand integriert worden. Leon hat immer gesagt, dass Informationen unser wichtigstes Geschäftskapital sind."

Kofi unterbrach sie mit einer Handbewegung. „Verstehe ich Sie richtig, außer Ihnen und Leon ahnt niemand von der Existenz dieser Doppelwand?"

„Soweit ich weiß, ja."

„Sie hielten es nicht für notwendig, Kriminalhauptkommissar Ollner darüber zu informieren, als er und später auch unsere Kollegen die Spuren in dem Büro gesichert haben?"

„Ich, naja, die Wand war völlig unbeschädigt. Ich ging davon aus, dass der Eindringling nichts von ihr wusste und sie daher auch nicht entdeckt hatte."

Kofi sah sie streng an. „An die Möglichkeit, dass der oder die Täter zurückkehren, wenn sie weder hier noch in Herrn Scharffetters Wohnung finden, was sie gesucht haben, sind Sie nicht gekommen?"

Irene drehte sich weg. „Soll ich es Ihnen jetzt zeigen?"

„Selbstverständlich."

Er ging auf den Flur und rief nach seinem Kollegen, während Irene einen Schlüssel aus ihrer Schublade nahm. „Bitte", sagte sie, „können wir es so einrichten, dass weder Oliver noch Stella etwas davon mitbekommen?"

„Wovon?", fragte Ollner.

„Gleich", Kofi wandte sich an den Anwalt, der hinter Ollner stand. „Herr Nussbaum, bitte warten Sie in Ihrem Büro. Wir müssen eben etwas abklären."

Nachdem er verschwunden war, öffnete Irene den Sicherungskasten und legte einen Schalter um. „Dies ist keine echte Sicherung", sagte sie. „Nur so etwas wie ein Anschalter, wenn der nicht betätigt wird, hat der Öffnungsmechanismus in Leons Raum keinen Strom."

Gemeinsam kehrten sie in das Büro zurück. Neben den Fenstern befanden sich Schlüsselschalter für die Jalousien und die Klimaanlage.

„Wenn man den Schlüssel im Uhrzeigersinn herumdreht, bewegt sich die Jalousie hinauf oder herunter, dreht man gegen den Uhrzeigersinn und drückt ihn gleichzeitig nach unten, öffnet er die Wandverkleidung."

Tatsächlich bewegte sich ein Stück Wand zur Seite. Kofi beugte sich hinein. „Gedämmt, belüftet und jeder Zentimeter ausgenutzt. Was befindet sich in dem Tresor?"

„Keine Ahnung. Geld, Papiere?"

„Sie haben nicht hineingesehen?“

„Ich habe die gesamte Öffnung noch niemals gesehen.“

Kofi flüsterte: „Stefan, das ist ein Raid-Backupsystem mit Wechselfestplatten. Die arbeiten so, dass zur Sicherheit auf mehreren Festplatten die Daten gespiegelt werden. Was hältst du davon, wenn wir eine ausleihen und Marc beknien, dass sein Team da mal ganz unverbindlich und vor allem ohne Auftrag von oben drüberguckt?“

„Wir dürfen nichts beschlagnahmen.“

„Wer redet denn von Beschlagnahmen? Wenn du sie nett bittest und ihr sagst, dass wir damit ihren Lover wiederfinden ... Außerdem dürfte es ihr nicht schwerfallen, uns eine Kundenliste auszudrucken, dann könnten wir uns bei denen umsehen, ob dieser Kerl von eben bei einer dieser Firmen arbeitet.“

Kofi ging davon aus, dass Irene Rugenstein alles tun würde, damit sie ihren Freund zurückbekam. Er fragte sich allerdings auch, was sie selbst glaubte, wohin und vor allem warum er verschwunden war. Immerhin hatte auch ihn jetzt das Jagdfieber gepackt. Hier war etwas im Busch, aber noch war es zu dunkel, um Konturen zu erkennen, und ihre Beute verhielt sich zu ruhig.

Kofi und Ollner beratschlagten kurz, ob sie Nussbaum darüber informieren sollten, was sich hinter der doppelten Wand befand. Sie kamen aber überein, dass dazu später noch ausreichend Zeit war. Schließlich war noch immer nicht gesichert, dass Leon Scharffetter einem Verbrechen zum Opfer gefallen war.

Sie baten Nussbaum, sie sofort zu informieren, wenn er den 100 000-Euro-Kunden ausfindig machen sollte.

Kofi und Ollner hatten schnell einen Döner bei Abu gegessen und waren hinterher in die Dienststelle zurückgekehrt.

„Frau Rugenstein hat uns nicht nur eine Kundenliste mit Namen ausgedruckt, sondern jeweils den gesamten Datenbankeintrag auf einen Stick kopiert. Da sind die Projekte beschrieben, welche Leistungen @dospasos erbracht hat, wie gezahlt wurde und so weiter", sagte Stefan Ollner.

Kofi schaute über seine Schulter auf den Bildschirm. „Da ist der Partyservice wieder. Lass uns mal reingucken."

Ollner verzog einen Mundwinkel. „Interessiert dich der Partyservice oder die Frau?"

Kofi war heilfroh über seine dunkle Haut. Kaum jemand erkannte, wenn er errötete. „Was du immer hast. Als ich gestern mit Kim gesprochen habe, war da ein ziemlich großer Mann in den hinteren Räumen. Vielleicht war das unser Unbekannter von vorhin." Er glaubte zwar nicht daran, denn der hatte viel schwerfälliger gewirkt und war leicht gebeugt gegangen, irgendwie mit hängenden Schultern. Aber das musste sein Kollege ja nicht wissen.

Er überflog die Informationen. „Jahrgang 82, Abitur in Holzminden, Philosophiestudium an der Universität Göttingen, seit 2008 wohnhaft in Holzminden, Firmengründung 2009/2010, zum Thema Imagekampagne hatte ein Witzbold Kräuterhexe trifft Haute Cuisine geschrieben. Da steht gar nichts über den Familienstand."

Ollner scrollte weiter nach unten. „Ist vielleicht nicht wichtig."

„Bei Firmengründungen geht es doch immer um Darlehen, dafür muss man so etwas wissen."

„Steht hier nicht. Bei mögliche Bürgen ist eine Null eingetragen. Also, wenn sie einen Kerl hat, zahlt er nicht."

Ollner schloss den Datensatz und rief den nächsten auf. ‚Schade', dachte Kofi. Er hätte sich gern noch etwas länger mit Anna Blume beschäftigt. Ihr Geburtsdatum hatte er sich gemerkt. 1.5.1982, aber das nützte ihm jetzt im November auch nicht viel.

„Guck mal, da ist auch unser Freund Hanske."

„Detlef-ich-lass-dich-nicht-rein-Hanske?"

„Genau der."

„Was für eine Firma hat der?", fragte Kofi.

„Sportlernahrung, Fitnessgeräte und Personal Trainer."

„Sportlich ist er, eine Trainerausbildung wird er auch haben, also warum nicht die Reichen und Schönen ein bisschen ärmer und dafür noch ein bisschen schöner machen?"

„Dann gibt es hier aus Holzminden noch einen Gregor Körner."

„Kennst du den?"

„Ich habe etwas über ihn gelesen. Hat der nicht ein Varieté aufgemacht, hauptsächlich für Kinder?"

„Hier steht, Bauchredner, Zauberkünstler, Musikclown mit eigenem Theater", las Kofi vor.

„Schäfertrift, ist das nicht der alte Gutshof Richtung Neuhaus?"

„Warum fragst du ausgerechnet mich das? Bin ich von hier oder du?"

„Wenn ich mich richtig erinnere, stammen die Gebäude aus der gleichen Zeit wie das Klostergut in Amelungsborn, mit Kapelle, Orangerie und Gewölbekellern."

„Das war bestimmt nicht billig."

„War alles ziemlich verwahrlost. Wenn er da Veranstaltungen durchführt, muss er ganz schön was investiert haben."

„Guck mal, hier ist ein Barvermögen von zwei Millionen Dollar angegeben, das er in die Finanzierung des Projektes eingebracht hat."

Warum kommt einer, der zwei Millionen übrig hat, ausgerechnet nach Holzminden?" fragte Kofi. Plötzlich zuckte er zusammen. „Habe ich nicht genau die gleiche Frage bei unserer letzten Einsatzbesprechung gestellt? War das Varieté Ozelot nicht bei den Telefonanrufen aus der Bevölkerung aufgetaucht?"

„Stimmt! Haschisch im Gewächshaus und Scheunenbrand. Mausig hat den Namen des Besitzers nicht genannt, oder?"

„Schon möglich. Gregor Körner, ich glaube nicht, dass ich mit dem bereits gesprochen habe. Steht denn da, warum er hierher zurückgekommen ist? Wirklich wegen des gutsverwaltenden Großvaters von anno Dutt?"

„Sieht so aus, als wäre seine Mutter hier geboren, das wussten wir sowieso, oder? Außerdem, da fällt mir etwas ein. Lass uns den Mann mal eben googeln." Er tippte Gregor Körner ein und erhielt eine lange Trefferliste.

Gemeinsam lasen sie einen Zeitungsartikel über Körners Umzug nach Holzminden. Darin stand, dass er nach dem Tod seiner Frau und seines einzigen Sohnes Amerika verlassen hatte. Die beiden waren auf der Rückfahrt von einem Baseballspiel verunglückt. Ihr Wagen war in einen zugefrorenen Fluss gestürzt und durch die Eisdecke gebrochen. Rettungskräfte hatten die Leichen erst Tage später gefunden.

„Ganz schön heftig."

„Immerhin ein guter Grund für einen Umzug."

„Er wäre auch ein Kandidat für die 100 000 Euro Investition, oder?"

Kofi grinste. „Vielleicht sollten wir beide einen Ausflug nach Neuhaus machen."

„Gleich, lass uns zuerst gucken, ob wir in der Kundenliste noch jemanden aus Holzminden finden. Zum Beispiel Herrn Schwarze oder Herrn Jänicke."

„Das ist nicht dein Ernst, oder?"

Bevor Kofi antworten konnte, platzte Guntram Schnitter in ihr Büro. „Wir haben einen Notruf erhalten. Detlef Hanske."

„Wurde er auch überfallen?", fragte Kofi und zog seine Jacke von der Stuhllehne.

„Er war schwer zu verstehen und sehr aufgebracht. Im Hintergrund hat Glas geklirrt. Zwei Streifenwagen sind schon unterwegs, aber Mausig dachte, ihr wollt selbst hinfahren."

Holzminden
Donnerstag, 3. November 2011
gegen 16.00 Uhr

Selbst Gruntram Schnitter gelang es mit seinem Einsatzwagen nicht, ganz bis zu Hanskes Haus vorzudringen. Die kleine Anliegerstraße, in der sein Haus lag, war völlig zugeparkt. Ein Übertragungswagen stand so unmöglich, dass höchstens ein Smart vorbeifahren konnte. Vor Schnitters Einsatzwagen hatte ein VW-Bus mitten auf der Fahrbahn angehalten, aus den geöffneten Türen hingen Kabel.

Kofi und Ollner stiegen aus und gingen zu Fuß weiter. Sie sahen mehrere Personenkraftwagen und Kleintransporter mit den Logos von Radio- und Fernsehsendern, aber auch von Zeitungsverlagen. Ein Feuerwehrmann stritt sich mit dem Fahrer eines Sprinter.

Plötzlich glaubte Kofi, eine bekannte Gestalt zu sehen. Wer war das? Eine Frau im dunklen Parka. Magdalena? Sie schlängelte sich an den streitenden Männern vorbei. Magdalena Kelbig. Sie hatten zusammen Deutsch in Jahrgang 13 belegt. Ein Wagen hupte. Magdalena drehte sich um und winkte. Dann hielt sie ein Diktiergerät in die Luft. ‚Stimmt', dachte Kofi. ‚Sie ist damals zum NDR gegangen."

„Hanske hat scheinbar nicht nur uns alarmiert, sondern auch bei der Feuerwehr angerufen", sagte Guntram.

Ollner nickte grimmig. „Jetzt stecken sie hier fest. Wir müssen den uniformierten Kollegen Bescheid geben. Die sollen umgehend für Ordnung sorgen."

Vor Hanskes Grundstück stand eine Traube Menschen. Einige starrten konzentriert auf das Haus. Andere rauchten und unterhielten sich. Ein paar hielten sich etwas abseits und sprachen in ihre Telefone oder Diktiergeräte.

Als sie näher kamen, drehten sich einige Leute um. Drei Reporter hielten ihnen Mikrofone unter die Nase, und mindestens zwei Kameras wurden auf sie gerichtet.

Während Ollner den Wartenden sagte, dass gegen 18 Uhr eine Pressekonferenz stattfinden würde und er vorher nicht berechtigt sei, etwas zu sagen, betrachtete Kofi Grundstück und Gebäude.

Das Gartentor hing schief in den Angeln. Die Mülltonne war umgekippt. Die Beete rechts und links vom Gehweg waren zertrampelt. Auf den Steinplatten begann auch die Farbspur. Rote Kringel und Linien zogen sich bis zur Hauswand hin. Auf der ehemals weißen Fläche stand krakelig, aber eindeutig zu lesen: „Kinderschänder raus“ und gleich darunter „Tod für Hanske“. Kofi bekam eine Gänsehaut. Auf der Seite des Hauses, die er sehen konnte, waren im Erdgeschoss alle Scheiben eingeschlagen. Augenscheinlich hatte auch jemand versucht, die Haustür aufzubrechen, war aber gescheitert.

Kofi ging den Weg zum Haus hinunter. Sein uniformierter Kollege Herbert Heinrich stand breitbeinig auf dem Rasen, etwa auf halbem Weg zwischen Zaun und Eingang. Er telefonierte.

„Hanske hat bisher die Tür noch nicht aufgemacht. Wir haben nur telefonischen Kontakt. Er will, dass die alle verschwinden, das sagt er immer wieder“, erklärte Heinrich und wedelte mit der Hand in Richtung der wartenden Reporter und der Schaulustigen. „Seid ihr mit Guntram gekommen? Wir brauchen dringend Verstärkung. Meine beiden Kollegen versuchen, das Verkehrschaos zu beseitigen.“ Dabei zeigte er nach rechts, in die Richtung, aus der Kofi und Ollner nicht gekommen waren. „Da steht ein Krankenwagen, der zu einem neuen Einsatz gerufen wurde, aber nicht wegfahren kann.“ Er nahm die Mütze ab, raufte sich die Haare und setzte sie ziemlich schief wieder auf. „Kaum zu glauben, das alles.“

„Gib mir mal das Telefon“, sagte Kofi.

Heinrich reichte es ihm.

„Herr Hanske, guten Tag, Kriminalkommissar Kofi Kayi hier, ich würde gern mit Ihnen persönlich sprechen.“

„Sind die Verbrecher weg?“

„Ihre Angreifer, meinen Sie? Die Leute, die Ihr Haus besprüht und Ihren Vorgarten zertrampelt haben?“

„Was haben die? Gesprüht?“

„Mit roter Farbe.“

„Ich komme … sind sie weg?“

„Tja, es sieht so aus, hier steht niemand mehr mit einer Spraydose herum. Neugierige gibt's allerdings noch jede Menge.“

Hanske stöhnte. „Ich komme hoch, aber Sie garantieren für meine Sicherheit.“

Kofi drückte das Gespräch weg und murmelte: „Aber sicher, aber sicher.“

Kaum öffnete sich Hanskes Haustür auch nur einen Spalt breit, klickten die Kameras. Hanske hielt sich die Hände vors Gesicht und zerrte Kofi in den Windfang. Die Tür zum Haus selbst war fest verschlossen und undurchsichtig.

„Was wollen die?“

„Mit Ihnen reden. Ihre Version der Geschichte hören.“

„Welche Geschichte?“

„Den Grund, warum jemand ‚Kinderschänder' an Ihre Hauswand gesprayed hat."

„Kinderschänder? Wie kommen die denn darauf?" Hanske war so bleich geworden, dass seine Augen in tiefen Höhlen zu liegen schienen.

Kofi hob eine Augenbraue und sagte nichts.

Hanske wand sich. Dann sagte er zögernd: „Das geht niemanden etwas an. Ich wollte hier einen neuen Anfang, wollte alles hinter mir lassen. Die haben kein Recht, mir das alles kaputt zu machen."

„Was wollten Sie hinter sich lassen? Die Kinder? Die Vorwürfe?"

„Hören Sie auf. Ich wurde immer freigesprochen, immer. Aber das interessiert keinen. Warum dürfen die weiter auf mir herumhacken, obwohl ich mir nachweislich nichts zu Schulden kommen ließ?"

Kofi ignorierte die Frage. Selbstverständlich war es nicht gerecht, dass nach so einem Vorwurf, selbst wenn er tatsächlich völlig aus der Luft gegriffen war, immer etwas hängen blieb. Allerdings war er höchstpersönlich felsenfest davon überzeugt, dass in den seltensten Fällen nicht doch wenigstens ein Krümelchen Wahrheit an solch einer Anschuldigung war. Und ein Krümelchen war eben ein Krümelchen und eindeutig untragbar und vor allem unentschuldbar. „Sie haben sich selbstständig gemacht. Als Personal Trainer, da ist das schlechte Publicity, oder?"

„Schlechte Publicity? Das ist eine Katastrophe. Glauben Sie ernsthaft, jemand vertraut mir sein Kind an, wenn solche Gerüchte die Runde machen?"

„Kind, wieso Kind?"

„Was dachten Sie denn? Greise?"

„Ich meinte, Sie würden übergewichtige Manager beim Abnehmen unterstützen."

„Quatsch, Kinder sind meine Leidenschaft."
„Wie soll ich das verstehen? Ist das ein Geständnis?"
„Sind Sie völlig bescheuert?"
Kofi trat einen Schritt auf Hanske zu. „Mäßigen Sie sich!"
„Entschuldigung." Hanske wischte sich mit beiden Händen die Haare aus dem Gesicht. „So war das nicht gemeint."
„Wie denn sonst? Erklären Sie es mir?"
„Wenn Kinder Leistungssportler werden sollen, dann müssen sie so früh wie möglich gefördert werden, müssen vielfältige Trainingseinheiten absolvieren. Die meisten Eltern sind damit überfordert. Sie haben weder die Zeit noch die Kenntnisse dafür. Deshalb kümmere ich mich darum. Ich erkenne recht bald, ob ein Kind echtes Talent hat. Dann muss man es unterstützen und fordern, ohne es zu verschrecken, zu überfordern. Die Leistung muss ständig ansteigen. Wenn mir das gelingt, wenn ein Kind langsam aber sicher über sich hinauswächst, weiß ich, dass ich alles richtig gemacht habe."
Kofi fragte leise: „Ist Kelvin solch ein Ausnahmetalent? Wollten sie ihn ebenfalls trainieren?"
„Der Junge hat Talent, ja, aber keinen Biss. Ihm ist nur der Sieg wichtig, nicht der Sport, nicht der Wettkampf, schon gar nicht die Mannschaft. Und er lässt sich viel zu leicht frustrieren."
„Trotzdem hätten Sie ihn privat trainiert, wenn Frau Jänicke Sie darum gebeten hätte?"
„Hat sie."
Er scharrte mit der Fußspitze über die Bodenfliesen. „Ich habe ihr einen Preis genannt, den sie niemals bezahlen konnte."

Zum ersten Mal verspürte Kofi ein wenig Achtung für den Mann. Plötzlich hatte er eine Eingebung. „Wen trainieren Sie denn gerade?"

„Zwei Handballer aus Elze und eine Schwimmerin aus Hildesheim, die einen Autounfall hatte und an ihrer Kondition und Beweglichkeit arbeiten muss."

„Kein Holzmindener Sportler?"

„Im Moment nicht." Hanskes Blick schweifte ab. „Was haben die geschrieben? Kinderschänder?" Er flüsterte nur noch. „Wieso machen die das?"

Kofi wusste keine Antwort. Er wusste auch nicht, ob er Mitleid mit Hanske haben sollte. Der große Mann wirkte, als habe jemand die Luft aus ihm herausgelassen. Hanske war ihm unsympathisch, er benahm sich dämlich, aber wenn an den Vorwürfen nichts dran war, konnte er einem schon leidtun. Konnte, tat er aber nicht. Kofi verstand sich selbst nicht. Hegte er trotz allem einen Verdacht gegen Hanske?

„Von drei Auftraggebern können Sie aber nicht leben, oder?"

„Ich coache noch ein paar Rehapatienten und bis vor drei Wochen ein Mädchen, das tanzen lernen soll, obwohl es weder Taktgefühl hat noch geschmeidig genug ist."

„Warum betreuen Sie die dann?"

Wieder wich Hanske Kofis Blick aus und antwortete nur flüsternd. „Sie zahlen einfach zu gut." Trotzig schaute er Kofi an. „Ich habe eine exorbitante Summe genannt. Sie haben genickt, waren der Meinung, was richtig teuer ist, muss auch richtig gut sein. Da konnte ich nicht mehr nein sagen."

Kofi überlegte. Tanzen lernen? Eltern, die viel Geld investieren? „Das Mädchen heißt nicht zufällig Emma Nielsen?"

Wenn es denn möglich war, sackte Detlef Hanske noch weiter in sich zusammen. „Sie denken auch, dass ich etwas mit den Kindesentführungen zu tun habe." Seine Beine klappten unter ihm zusammen, er rutschte mit dem Rücken an der Wand hinunter. „Frau Nielsen war mit den Fortschritten nicht zufrieden, die Emma gemacht hat. Sie wollte sich einen anderen Coach suchen. Aber deswegen habe ich doch Emma nicht entführt. Das bringt sie mir als Kundin nicht zurück. Ich bin gut. Ich brauche nur abzuwarten. Wen auch immer sie mit Emmas Ausbildung beauftragen, er wird ebenfalls keinen Erfolg haben, weil das Mädchen schlicht unmusikalisch ist. Die kommen sowieso zu mir zurück." Hanskes Stimme war stetig leiser geworden. Sein Kopf sackte nach vorne. Der Mann wirkte plötzlich schlaff.

‚Außerdem', dachte Kofi, ‚hättest du sonst die Gans geschlachtet, die deine goldenen Eier legen sollte.'

Laut sagte er: „Ist Ihnen nicht gut, Herr Hanske? Herr Hanske, hören Sie mich?" Er packte seine Schulter und schüttelte ihn. Hanskes Kopf schlackerte mit der Bewegung auf und ab.

„Auch das noch." Kofi riss die Tür auf und rief: „Herbert, wir brauchen die Sanitäter, ruf den Notarztwagen zurück, schnell."

Nachdem Hanske abtransportiert worden war, betrat Kofi den Windfang erneut und öffnete die Tür zum Flur. Vorsichtig trat er ein. Gemächlich ging er durch alle Zimmer. Er entdeckte nichts Außergewöhnliches. Die Einbauküche hatte eine Holzfront mit einer etwas extravaganten Arbeitsfläche in Goldgelb. Im Wohnzimmer dominierte eine Couchgarnitur aus Leder. Es gab jede Menge CDs und eine protzige Stereoanlage.

An der Wand hingen ein paar Urlaubsfotos und über dem Sofa eine Ansicht des Grand Canyon. Den Fernseher konnte man sowohl von der Sitzecke als auch aus dem Esszimmer einsehen. Langsam stieg Kofi die Treppe hinauf. Das Badezimmer sah aus wie viele Badezimmer aus den sechziger Jahren. Daneben gab es drei Schlafzimmer, zwei davon augenscheinlich ungenutzt. Hier stapelten sich Kartons, ungebügelte Wäsche und Gartenstühle. In Hanskes Schlafzimmer standen ein Doppelbett, zwei Nachtschränke und ein Kleiderschrank. Es gab absolut nichts, was sich zu verstecken lohnte.

Kofi öffnete die Klappe, die zum Boden führte. Außer leeren Verpackungen für Fernseher und Computer und einigen ausrangierten Möbeln sah er nichts.

Die einzige Überraschung im Keller war der gut ausgestattete Fitnessraum, der neben Heimtrainern, Rudergeräten, Spinning Bikes und Laufbändern auch Hantelbänke, eine Sprossenwand und zwei oder drei seltsame Geräte enthielt, deren Zweck Kofi nicht kannte. Solarium und Sauna sowie das Tauchbecken im Kellerraum nebenan überraschten ihn nicht sonderlich.

Kofi fragte sich, warum Hanske ihn partout nicht hereinlassen wollte, fand aber keine befriedigende Antwort. Hatte er in der Zwischenzeit irgendetwas verschwinden lassen? Anzeichen dafür hatte er nicht entdecken können. Gelegentlich klopfte er gegen die Wände, um Hohlräume oder versteckte Zimmer zu finden. Doch im Allgemeinen konnte er sich auf seinen Orientierungssinn verlassen. In einem freistehenden Einfamilienhaus ließ er sich nicht verwirren. Zur Sicherheit schritt er noch einmal den Flur in der oberen Etage ab. Nichts.

Er verließ das Haus und suchte nach Stefan Ollner. Der stand bei einigen Menschen und unterhielt sich.

Kofi gesellte sich zu ihnen.

„... zurückgezogen, nur im Sommer sieht man ihn öfter im Garten."

„Ja, aber nicht Rasenmähen oder Unkraut jäten, lieber in der Sonne liegen und Rätsel raten."

Ollner machte sich unablässig Notizen, fragte gelegentlich nach Namen oder warf eine Bemerkung in die Runde, um dem Gespräch eine andere Richtung zu geben. Trotzdem spürte Kofi, dass Ollner sich ungewöhnlich verhielt. War er wütend?

Als die Ersten aus der Runde sich verabschiedeten, klappte Ollner sein Notizbuch zu und fragte: „Sie bleiben dabei, dass Sie niemanden gesehen haben? Sie sind alle erst aus Ihren Häusern herausgekommen, als die Scheiben zerbrachen und haben nur noch ein paar dunkle Schatten weglaufen sehen?"

Die Leute nickten, einige betreten, die meisten jedoch mit ganz unschuldigem Augenaufschlag.

Die ersten Pressewagen rollten bereits davon. Es wurde immer stiller in der Straße.

Kofi legte Stefan eine Hand auf die Schulter. „Zivilcourage ist nicht unbedingt weit verbreitet."

„Von wegen Zivilcourage. Mindestens die Hälfte von denen, wenn nicht mehr, sympathisieren mit den Tätern. Ich wette, die wissen genau, wer das angerichtet hat. Vielleicht hat sich der eine oder die andere sogar daran beteiligt."

„Eine rote Armbinde trägt jetzt keiner?"

„Das wäre immerhin auch eine Form von Zivilcourage."

„Setzt du mich bei mir ab? Hast du noch was vor, heute?"

Ollner verzog den Mund zu einem Grinsen. „Ich denke, ich werde mir mein Fahrrad schnappen und noch eine richtig große Runde durch die Feldmark drehen. Willste mit?"

„Keine Chance. Ich hau mich aufs Sofa und guck mir einen guten Film an. Wir müssen morgen in der Einsatzbesprechung unbedingt abklären, wie wir gegen diese Bürgerwehrheinis vorgehen wollen. Am liebsten wäre es mir, Mausig würde das regeln. Mein Gott, was für Arschlöcher."

Die beiden Kollegen gaben sich zum Abschied die Hand und trennten sich. Kofi ging langsam, schlenderte nach Hause. ‚Diesen Gregor Körner und sein Varieté durften sie ebenfalls nicht aus den Augen verlieren. Lauter lose Enden. Bloß nicht mehr über all das nachdenken. Wahrscheinlich liege ich nach der Tagesschau schon im Bett. Muss ja keiner wissen. Vielleicht besorge ich mir vorher noch ein neues Gläschen Kräutersalz.'

Plötzlich fühlte er sich nicht mehr so müde.

Holzminden
Donnerstag, 3. November 2011
gegen 20.30 Uhr

29

Als sein Telefon klingelte, schreckte Kofi schweißgebadet aus einem erschreckend realistischen Traum auf, in dem er einfach nicht von der Stelle kann, egal, wie sehr er sich anstrengte, egal, wie schnell er rannte.

Er tastete nach dem Telefon, erwischte es und fegte dabei ein Glas Wasser vom Nachtschrank. Licht wäre auch nicht schlecht. Er setzte sich auf und nahm das Gespräch an. Seine Stimme kratzte. Er musste unbedingt einen Schluck trinken.

Es meldete sich Mausig persönlich.

„Herr Kayi. Haben Sie Alkohol getrunken?"

„Nein, nein, ich war so müde und lag schon im Bett. Was ist passiert?"

„Wir haben einen anonymen Anruf bekommen."

Kofi wunderte sich. Das war an sich nichts Ungewöhnliches und nach den Vorkommnissen der letzten Tage noch weniger. Doch Mausig wartete seine Antwort nicht ab, stattdessen sprach er sofort weiter.

„Dabei ging es allerdings nicht um Kelvin und Emma, sondern um unseren Kollegen Ollner. Der Anrufer will ihn gesehen haben, wie er eine Kinderleiche in der Feldmark abgeladen hat."

„Das kann nicht sein. Stefan wollte noch eine Runde mit dem Fahrrad fahren."

„Genau das hat der Anrufer gesagt. Verstehen Sie jetzt, warum ich so besorgt bin? Er hat das Rad beschrieben, und ..."

Mausig zögerte einen Moment.

„Er hat uns von Ollners Mobiltelefon aus angerufen."

„Eine Falle." Kofi sprang auf und versuchte, mit nur einer Hand in seine Hosen zu steigen, ohne das Telefon aus der Hand zu legen.

„Ziehen Sie sich an und kommen Sie her, aber unauffällig. Man hat mir versprochen, dass ich spätestens in zwanzig Minuten eine Ortung für das Handy habe, dann wissen wir zumindest, aus welcher Zelle das letzte Gespräch geführt wurde."

„Ich beeile mich."

Jetzt benötigte Kofi keinen Kaffee, um wach zu werden. Sein Herz schlug schneller, als ein Geigerzähler in Fukushima tickte. Stefan hatte ihn gefragt, ob er ihn begleiten wollte. Er hatte abgelehnt, hatte sich lieber noch vor einem verwaisten Partyservice herumgetrieben, in der Hoffnung, einen Blick auf Anna Blume werfen zu können, eventuell einige Worte mit ihr zu wechseln. Und nun?

Ja, und nun? Was sollte das? Dass Ollner nichts mit dem Abladen einer Kinderleiche zu tun hatte, verstand sich von selbst. Wie kam der Anrufer an Stefans Handy? Hatte der echte Täter ihn überfallen?

Kofis Gedanken wirbelten durcheinander. War es möglich, dass sein Kollege zufällig den Feldweg entlanggeradelt war, an dem der Mörder die nächste Leiche ablegen wollte? Wenn das zutraf, war Ollner in Lebensgefahr oder sogar schon tot.

Kofi sauste die Stufen hinunter und sprang in sein Auto. Sie würden ihn finden, auf jeden Fall. Er kannte die Strecken, die er am liebsten fuhr. Wenn er nur gesagt hätte, ob er in Richtung Neuhaus aus der Stadt herausfahren wollte, bei Stahle oder bei Allersheim.

Als Kofi auf den Parkplatz hinter der Dienststelle fuhr, gingen die Kollegen gerade zu den Wagen. Er hastete heraus und rief: „Wisst ihr, wo er ist?"

„Nicht genau. Die Handyortung ergab einen groben Hinweis", antwortete Mausig und kam auf ihn zu. Er hielt ein paar Landkarten in der Hand.

„Haben Sie versucht, ihn anzurufen?", fragte Kofi atemlos.

„Selbstverständlich. Es klingelt. Niemand meldet sich."

„Bewegt es sich?"

„Bisher nicht. Wir bekommen Nachricht vom Provider, sobald sich etwas tut."

„Okay, was machen wir jetzt?"

„Wir haben das in Frage kommende Gebiet in Quadrate unterteilt. Sie durchkämmen dieses hier." Er zeichnete ein Kreuz in ein Planquadrat und reichte Kofi ein Stück einer Wanderkarte. „Sie melden sich alle zehn bis fünfzehn Minuten in der Zentrale. Krankenhaus und Notarzt sind vorgewarnt. Keine Alleingänge."

Kofi nickte und rannte zu seinem Wagen zurück. Wenn der Mausig persönlich in die Suche eingriff, war die Sache mehr als ernst. Der Chef wollte doch nicht etwa mit ihm mitfahren? Kofi wurde heiß. Erleichtert bemerkte er, dass Mausig in das Auto neben seinem einstieg, zu Guntram Schnitter.

Stattdessen gesellte sich Herbert Heinrich zu ihm. „Hi. Gib mir die Karte."

Kofi reichte sie hinüber, schnallte sich an und fuhr als Erster vom Parkplatz. „Wir müssen ihn finden."

„Wir werden ihn finden", antwortete Herbert und versuchte immer noch, sich anzuschnallen.

„Das Handy ist noch an?"

„Die Telefongesellschaft sagt, es ist weiterhin in der Zelle angemeldet." Er wählte die Nummer noch einmal. „Es geht wieder nur der Anrufbeantworter dran."

„Versuch's gleich noch mal."

„Jetzt ist besetzt."

Plötzlich quäkte das Funkgerät und Mausigs Stimme dröhnte los, ohne sich an die Etikette zu halten. „An alle Wagen, hören Sie auf, Ollners Handy anzurufen. Wir wollen nicht, dass die Batterie leer ist, bevor wir wissen, wo er sich befindet. Ende!"

Kofi flüsterte: „Da hätten wir selbst drauf kommen können."

„Es geht schließlich um unseren Kollegen", sagte Herbert und sah aus dem Fenster. Kofi ahnte, dass er die gleichen Überlegungen angestellt hatte und zu denselben Ergebnissen gekommen war.

Kofi räusperte sich und fragte: „Was war das für ein Anruf?"

„Guntram hat ihn entgegengenommen und von Anfang an mitgeschnitten. Irgendetwas kam ihm vom ersten Wort an merkwürdig vor."

„Wieso? Was hat er gesagt?"

„Eher, wie er es gesagt hat, eindeutig mit verstellter Stimme und nachgemachtem Akzent. Das kriegt die Technik weg."

„Der Wortlaut, was hat er genau gesagt?"

Herbert musste nicht überlegen. „‚Wir möchten Ihnen mitteilen, dass Ihr Kommissar die Leiche des kleinen Kelvin in der Feldmark abgeladen hat.' Guntram hat natürlich gleich gefragt, wo. Leider war der Teil nicht zu verstehen. Es klang so, als hätte jemand das Handy zugehalten oder demjenigen, der telefoniert hat, weggenommen. Im Hintergrund ist eine zweite Stimme zu hören. Dann sagte der erste Anrufer wieder etwas, das wie ‚wer suchet, der findet' klang. Hier links. ‚Sein Fahrrad ist übrigens von Cube, falls Sie uns nicht glauben. Jetzt hat es eine Acht im Vorderreifen.‘ Dann haben sie aufgelegt. Guntram hat uns sofort alarmiert und zurückgerufen. Erfolglos.“

„Suchen wir mehrere Täter? Irgendwie habe ich die ganze Zeit gedacht, es wäre nur einer.“

Plötzlich knisterte das Funkgerät. Nacheinander meldeten sich alle Wagen. Niemand hatte etwas entdeckt. Wagen 4 hatte einen Platten.

„Es ist schon stockfinster. Wie sollen wir ihn da finden? Wir müssen von der Straße runter. Stefan benutzt lieber Feldwege. Die sind zwar holperiger, aber er hasst die offiziellen Verkehrswege mit den vielen Sonntagsfahrern, vor allem, wenn er im Dunkeln fährt.“

„Sollten wir unseren Bereich nicht besser systematisch absuchen?“, wandte Herbert ein.

„Wir müssen ihn finden.“

„Sag ich doch.“

„Guck mal, da drüben, liegt da was?“ Kofi lenkte den Wagen so schräg, dass die Scheinwerfer den Wegrand beleuchteten. „Ein Reh, oder?“

„Sieht so aus. Müssen wir uns drum kümmern?“

„Du kannst eine Meldung durchgeben. Ich fahr weiter.“

Herbert wollte gerade die Sendetaste drücken, als eine Nachricht durchgegeben wurde. „Wir haben ihn!“

„Das war Guntram. Wo sind sie? Frag sie, wo sie sind.“

„Wir brauchen einen Notarztwagen, dringend einen Notarztwagen am Knickbach. Schwere Kopfverletzungen. Ich wiederhole …“

Kofi wendete und raste los.

„Ich weiß, wo das ist.“

Herbert hörte noch immer den Meldungen zu, die über Funk durchgegeben wurden. „Kofi, fahr vorsichtiger. Du weißt doch gar nicht, ob sie den NAW für Stefan Ollner oder den Jungen brauchen."

Kofi beachtete ihn nicht. Er fuhr mit quietschenden Reifen um die Kurven, nahm einem Transporter die Vorfahrt, übersah eine, zwei, jetzt schon die dritte rote Ampel, zwang einen entgegenkommenden Trecker zur Vollbremsung. Herbert Heinrich atmete auf, als sie in einen Feldweg einbogen. Dichtauf gefolgt von einem weiteren Einsatzwagen. Steinchen spritzten nach rechts und links. Dann bemerkten sie die Lichter.

„Da, da vorn sind sie." Kofi parkte den Wagen am Wegesrand und sprang heraus. Er nahm eine Taschenlampe aus dem Kofferraum und lief zu den anderen.

Da lag das Fahrrad. Nur noch Schrott. So, als hätte jemand es mutwillig zerstört. Guntram Schnitter hockte am Boden und redete beruhigend auf Stefan Ollner ein. Mausig hielt einen Erste-Hilfe-Kasten in der Hand. Beide sahen bleich aus.

Kofi zögerte einen Moment, bevor er sich seinen Partner anschaute, der vor ihm auf dem Boden lag und sich nicht rührte. Er wollte es wissen.

„Ollner hat viel Blut verloren. Er ist nicht bei Bewusstsein. Wahrscheinlich hat er auch innere Verletzungen." Kofi wollte an Mausig vorbei. „Warten Sie. Er hat tatsächlich den Jungen gefunden."

„Kelvin?"

„Ja, er liegt ein Stückchen weiter, unter einem Brombeergebüsch. Gehen Sie nicht hin. Ich habe Hoffnung, dass die Brombeerranken uns ein paar Fetzen des Täters präsentieren werden."

Kofi sah die Lichter des Notarztwagens auf sie zukommen. Vorsichtig hockte er sich neben Ollner hin. Er lag auf der Seite. Eine Verletzung am Kopf war notdürftig verbunden. Blut sickerte darunter hervor. Auch aus der Nase und dem Mund war Blut gesickert und trocknete langsam. Kofi konnte seinen unregelmäßigen, pfeifenden Atem hören. Es roch penetrant nach Urin. Hatte Ollner sich während der Ohnmacht entleert? Oder hatten die Täter ...?

Die Sanitäter lösten Guntram ab und schoben Kofi zur Seite. Sie legten einen Zugang und hoben ihn auf ihre Transportliege. Sie sprachen sehr wenig. Der Notarzt war kurz nach den Sanitätern angekommen. Er untersuchte Stefan an Ort und Stelle, spritzte ihm irgendetwas, bevor er den Männern ein Zeichen gab. Sie brachten ihn in den Wagen und fuhren dann im Schritttempo davon.

Der Notarzt und Mausig unterhielten sich kurz. Obwohl Kofi einerseits darauf brannte, Genaueres zu erfahren, scheute er sich davor nachzufragen.

„Sie haben ihn stabilisiert“, sagte Mausig leise. „Für den Moment.“

„Ob er den Täter überrascht hat?“, fragte Kofi. „Ob er so nah dran war, den Kerl unschädlich zu machen?“

„Das wird er uns morgen ausführlich erzählen“, sagte Mausig und ging zu Marc hinüber.

Interessiert, aber abwartend, beobachtete Kofi, wie das Team der Spurensicherung im Halbkreis Halogenscheinwerfer aufbaute.

‚Ich will da nicht hin‘, dachte Kofi. ‚Ich will keine Kinderleiche sehen. Ich will, dass Kelvin noch lebt, fröhlich und lachend, übermütig auf einem Spielplatz schaukelt, mit seinen Freunden Sandburgen baut und mit seiner Mutter zusammen Weihnachtskekse backt. Weihnachtskekse. Bald ist es wieder so weit. Erst der Advent, mit seinen Feiern und Krippenspielen, dann Weihnachten. Das Fest der Familien. Ohne Kelvin.

Auch ohne Emma? War sie ebenfalls tot? Abgelegt in einem anderen Waldstück? Oder lebte sie noch? Gab es Hoffnung? Wenigstens für sie? Konnten sie mit Hilfe von Kelvins Leiche Emma retten?' Dann kam ihm eine furchtbare Idee. ‚Mussten sie damit rechnen, dass morgen früh ein anderes Kind verschwunden war, sozusagen im Austausch? Er musste mit Ollner darüber sprechen. Unbedingt. Stefan, was würde er dazu sagen? Nachdem Kelvin entführt worden war, hatten sie die Leiche von Hilmar Herzke aus Heide gefunden. Dann wurde Emma vermisst, dafür tauchte Kelvins Leichnam auf. Gab es da einen Zusammenhang?'

Kofi lehnte sich gegen einen Apfelbaum und wartete. Er begann zu frösteln.

Endlich kam Marc zu ihm. „Du hast lange genug gewartet. Wir haben nichts verändert. Ich glaube, dass ihr euch die Fundstelle und auch den Körper unbedingt im Originalzustand ansehen solltet."

Kofi schüttelte sich. „Ich könnte durchaus darauf verzichten."

Einen Wimpernschlag lang dachte er, dass Marc ihn in den Arm nehmen wollte, doch die Geste verhungerte auf halbem Weg, und Kofi war dankbar dafür. Er wollte nicht, dass irgendjemand merkte, dass er am ganzen Körper zitterte, auch sein Kollege Marc nicht, und Mausig, der bewegungslos neben ihm stand, erst recht nicht.

Nebeneinander gingen sie das letzte Stück des Weges entlang. Marc hielt sie auf. „Da sind Reifenspuren. Es sieht so aus, als hätte der Täter am frühen Abend einfach an einer beliebigen Stelle angehalten, das heißt, so ganz beliebig ist sie nicht. Man sieht es jetzt im Dunkeln nicht mehr so deutlich, aber dies ist eine der wenigen Stellen an diesem Feldweg, die so hoch mit Hecken und Büschen bewachsen ist, dass sie von der Straße aus nicht einsehbar ist."

„Willst du sagen, er ist hier entlanggefahren, bis er sich unbeobachtet fühlte?"

„Es wirkt so, ja. Anhalten, Tür auf, Körper raus, weiterfahren."

„Sekundensache. Kaum ein Risiko, entdeckt zu werden", überlegte Kofi.

„Wie man's nimmt. Er scheint sich gut auszukennen, wird die Gegend vorher untersucht haben, denn hier gibt es weit und breit keine Hochsitze. Die Felder sind abgeerntet und für den Winter vorbereitet. Er lief nicht Gefahr, dass irgendwo ein Jäger oder ein Bauer etwas sah, was er nicht sehen sollte."

„Nur mit einem Rad fahrenden Polizisten hatte er nicht gerechnet", sagte Kofi bitter.

„Sieht so aus."

„Hältst du den Täter für einen Mann, der sorgfältig und geplant vorgeht?"

Marc wiegte den Kopf. „Da bin ich mir nicht sicher. Kommt mit."

Kofi trat langsam in den Bereich, den die Halogenscheinwerfer hell erleuchteten.

Zuerst sah er den Körper nur als dunklen Schatten, der das Licht der Lampen ungleichmäßig reflektierte. Marc hielt sich neben ihm. „Schau vor allen Dingen auf das Gesicht."

Es sah unter der durchsichtigen Folie ganz friedlich aus, die Augen geschlossen, die Nase ein wenig zur Seite gedrückt. Kofi erschrak, als er an Schneewittchen im gläsernen Sarg dachte.

„Scheinbar hat der Täter den Jungen zuerst betäubt und dann in die Folie eingewickelt."

„Er ist erstickt, während er betäubt war?", fragte Kofi zweifelnd.

„Definitiv! Ich weiß nur noch nicht, aus welchem Grund er das getan hat. Wollte oder musste er verhindern, dass der Junge um Hilfe rief oder zappelte und sich wehrte? Ging es ihm darum, sein Werk in Ruhe, ohne jegliche Gegenwehr auszuführen? Hat er vorher noch etwas anderes mit dem Kind bzw. mit seinem Körper gemacht?"

Kofi ging vorsichtig um den Leichnam herum und betrachtete ihn von allen Seiten. „Er wurde sorgfältig und überaus gleichmäßig eingewickelt. Ob er vergewaltigt wurde, kannst du so nicht sagen, oder?"

„Er ist vollständig nackt. Ich kann keine äußeren Verletzungen erkennen. Alles andere stellen wir erst fest, wenn wir ihn ausgepackt haben."

Kofi nickte, spürte Mausigs Blick auf sich ruhen, was ihn aus unerfindlichen Gründen ziemlich unsicher machte. Er musste die Besprechung souverän zu Ende bringen. „Wann hast du morgen Genaueres für uns? Gegen Mittag?"

„Frühestens."

Plötzlich wurden zwei Autotüren zugeschlagen. Gleich darauf hörte man zornige Stimmen.

Mausig drehte sich um, ging auf die Lichter zu. Eilig kam er zurückgelaufen. „Die Presse, sie haben uns gefunden. Besser ihr schafft ihn hier weg."

Er hatte noch nicht zu Ende gesprochen, da hatten Marcs Kollegen die Leiche bereits zugedeckt, in den Zinksarg gelegt und angehoben.

Auch Kofi ging zu seinem Wagen zurück. Er fühlte sich so einsam wie schon lange nicht mehr.

Was hatte sich hier abgespielt? Hatte Ollner tatsächlich gesehen, wie der Täter Kelvin abgelegt hat?

Kofi glaubte nicht daran. Er war fest davon überzeugt, dass Stefan in diesem Fall nicht mehr leben würde. Der Mörder konnte es sich nicht erlauben, einen Zeugen am Leben zu lassen.

Welches andere Szenario musste er sich vorstellen? Musste er? Unbedingt. Denn er wollte auch die schnappen, die Stefan das angetan hatten.

Ob er sie erkannt hatte? Würde er morgen schon aussagen können? Diese Platzwunde am Kopf sah nicht gut aus. Außerdem war sein Gesicht so grau gewesen.

Kofi hatte nicht erkennen können, dass sich sein Brustkorb hob und senkte. Aber sonst hätten die Kollegen ihn beatmet.

Er hatte seinen Wagen erreicht und setzte sich hinein. Wegfahren wollte er noch nicht. Wo sollte er hin? In seine Wohnung? Schlafen konnte er jetzt sowieso nicht.

Und als Ollner mit seinem Fahrrad diesen Feldweg entlanggeradelt war, was war passiert? An dem Apfelbaum hatte er angehalten, hatte sich einen Apfel gepflückt und eine Pause gemacht. Dabei entdeckte er Kelvins Körper, und bevor er die Kollegen informieren konnte, wurde er von irgendjemandem aufgespürt und seinerseits für den Täter gehalten.

Mitglieder der Bürgerwehr?

Das würde den kryptischen Anruf erklären. Schlechtes Gewissen, als sie erkannten, dass sie es mit einem Polizisten zu tun hatten.

Wütend hieb er auf das Lenkrad. Gleich morgen früh würde er die Bande aufmischen, die konnten sich auf etwas gefasst machen.

Er fuhr los. Als er sich der Innenstadt näherte, beschloss er, noch durch ein paar Seitenstraßen zu fahren. Unter Umständen begegnete er einer dieser Bürgerwehr-Patrouillen. Doch die Straßen waren heute Abend wie ausgestorben.

Vor dem Partyservice von Anna Blume hielt er an. Brannte noch Licht? Aus den Akten wusste er, dass sie im Haus über dem Geschäft wohnte.

Was wollte er hier? Er schüttelte den Kopf über sich selbst und gab Gas.

Holzminden
Freitag, 4. November 2011
gegen 7.30 Uhr

Irene hatte für Kim einen warmen Kakao angerührt und sprühte gerade einen Klecks Sahne darauf, als ihre Tochter in die Küche kam. Sie trug ein rosa Sweatshirt mit der Applikation eines weißen Ponys aus flauschigem Samt. An der etwas zu kurzen Jeans fiel Irene auf, dass Kim schon wieder ein gutes Stück gewachsen war.

Sie hoffte inständig, dass die rosa Phase möglichst bald vorüberging. Weder Rosa noch Pink passten zu ihren rotblonden Locken. Trotzdem lächelte sie ihr zu. Was spielte es für eine Rolle, ob sie nach Erwachsenenstandards passend gekleidet war, solange sie so glücklich strahlte wie heute Morgen?

Sie frühstückten in aller Ruhe. Kim aß zwei Toasts mit Erdbeermarmelade, Irene ein Müsli mit einer Babybanane. Zuerst sprachen sie über Annas neues Kräutersalz. Danach erzählte Kim von dem kleinen Regal, das Paul für Annas Gewürze gebaut hatte. Ihr gefiel besonders, dass er es ihr zuliebe pink gestrichen hatte, obwohl er die Farbe doof fand.

Auch während der Autofahrt zur Schule hörte Kim nicht auf zu reden.

Vor dem Schulgebäude gab es das übliche Morgenchaos. Allerdings liefen die Kinder nicht allein über den Bürgersteig und ins Haus. Sie sammelten sich unter Aufsicht in kleinen Gruppen und wurden ins Haus begleitet. Irene sah es mit gemischten Gefühlen. Sie winkte ihrer Tochter, die sie jedoch nicht mehr beachtete, weil sie bereits von drei anderen Mädchen, die ebenfalls rosa trugen, umringt worden war.

Nachdem Irene einen Parkplatz gefunden hatte, spazierte sie zum Katzentor. Aus einem Impuls heraus ging sie schnell noch in den Lebensmittelladen und kaufte sich eine Ananas.

Seit sie gelesen hatte, dass die Ananas nicht nur zahlreiche Mineralstoffe und Spurenelemente enthalten, sondern auch Spuren von Vanillin aufweisen, die die Stimmung aufhellen, aß sie öfter eine. Dass die Frucht gleichzeitig anregend wirkte, gefiel ihr gut. Die versprochene erotisierende Wirkung hingegen hatte sie noch nie gespürt, wobei ihr das im Moment sowieso gleichgültig sein konnte.

Der Jugendliche an der Kasse bedachte sie mit einem freundlichen Lächeln. Irene errötete, obwohl sie natürlich wusste, dass er ihre Gedanken nicht lesen konnte und mit an Sicherheit grenzender Wahrscheinlichkeit nicht einmal ahnte, dass Ananas ein Aphrodisiakum war.

Sie grinste verschämt zurück und rannte beinahe zum Katzentorhaus.

Sie hatte gerade ihren Rechner hochgefahren, als Oliver in ihrem Büro auftauchte.

„Guten Morgen, was kann ich für dich tun?"

Er legte ihr einige Mappen auf den Schreibtisch und sagte: „Ich habe gestern noch ein paar Aufträge abgearbeitet. Es wäre gut, wenn du die Abschlussrechnungen schreiben könntest."

Sie schaute sich die Reiter auf den Mappen an, um die Kundennamen lesen zu können. „Geht klar, das mache ich gleich, nachdem ich die Nachrichten auf dem Anrufbeantworter abgehört habe. Vielleicht ist ja etwas Wichtiges dabei."

Er sah sie mitleidig an. „Du glaubst immer noch, dass er wieder auftaucht, oder?"

Erschrocken antwortete sie: „Natürlich, du nicht?“

Er zuckte mit den Schultern. „Es wird von Tag zu Tag unwahrscheinlicher, nicht wahr?“

Als er bemerkte, dass ihr Tränen in die Augen schossen, legte er ihr eine Hand auf den Oberarm. „Lass man, das renkt sich ein.“

Sie nickte beklommen und rechnete damit, dass er sie umgehend verließ. Doch er blieb hinter ihr stehen.

Irene drehte sich schließlich zu ihm um.

„Wie geht es dir?“

„So lala!“

„Und deiner Tochter? Kim, oder?“

Überrascht hob Irene den Blick. „Was ist mit Kim? Der geht es super. Ich halte sie da raus, so gut ich kann.“

„Hat sie viele Freundinnen?“

„Ich denke schon. Klar.“

„Tanzt sie noch?“

Irene wunderte sich, dass er sich das gemerkt hatte. „Ja, ja. Sie üben gerade für einen Auftritt.“

„Ach, ist sie so begabt?“

„Ihre Lehrerin behauptet, sie wäre talentiert. Ich kann das nicht beurteilen. Kim mag die Musik. Sie bewegt sich gern.“

„Dann hat die Ballettlehrerin bestimmt recht.“

„Das werden wir bald sehen.“

„Wieso?“

„Das Tanzstudio hat Kim zu einem Vortanzen angemeldet. Sie könnte ein Stipendium bekommen, wenn sie Talent hat.“ Irene senkte die Stimme. „In meiner Lage ist der Tanzunterricht unglaublich teuer.“

„Was unternimmst du, wenn sie plötzlich keine Lust mehr hat?“

„Darüber mache ich mir Gedanken, wenn es so weit ist, aber ich glaube, dass man Kinder manchmal ein wenig zu ihrem Glück zwingen muss, sonst gewinnt der innere Schweinehund, was sie später zutiefst bereuen." Dabei dachte sie daran, dass ihre Mutter ihr immer erlaubt hatte, die Sportarten und Musikinstrumente auszuprobieren, die sie gerade reizten. Dadurch hatte sie vieles ausprobiert, konnte aber nichts richtig. „Hast du nicht auch einmal ein Instrument gespielt?"

„Eine Weile", er lachte künstlich und zu laut. „Ich habe alles verlernt."

Plötzlich hatte er es eilig, ihr Büro zu verlassen.

Irene schaute ihm hinterher, seufzte und begann die E-Mails abzuholen.

Nach einer guten Stunde ging sie in die kleine Teeküche und machte sich einen Cappuccino. Sie erschrak, als Stella unvermutet neben ihr auftauchte.

„Hi!", grüßte sie.

Irene wich einen Schritt zurück.

Stella musterte sie. Was wollte sie? Sie versperrte Irene den Weg.

„Guten Morgen", sagte sie betont fröhlich. „Kann ich etwas für dich tun?"

Stella legte ihren Zeigefinger quer über den Mund. „Psst." Sie sah sich suchend nach hinten um. „Er darf uns nicht hören."

„Was soll das?"

„Nicht so laut", flüsterte Stella. „Bitte. Ich muss mit dir reden. Es ist wichtig." Sie drückte ihr einen klein zusammengefalteten Zettel in die Hand. „Bitte." Sie schaute Irene flehend an. Als diese nicht reagierte, machte sie kehrt und ging weg.

Irene flüchtete sich in ihr Büro. Ihr Herz klopfte, und sie spürte Wärme in sich aufsteigen. Mit zitternden Fingern faltete sie das Papier auseinander.

„12.30 Uhr, Hellers Krug" stand darauf.

Irene wusste nicht, was sie davon halten sollte. Hatte Stella Leon in eine Falle gelockt und wollte sie nun auch loswerden? Oder hielt sie Leon irgendwo gefangen und musste Irene aus dem Weg räumen, bevor sie ihn wieder frei ließ?

Klang wenig plausibel.

Sollte sie hingehen?

31

Kofi erwachte, weil die Sonne in sein Gesicht schien. Das Wetter war schöner und wärmer als im Hochsommer. Vorsichtshalber würde er eine Jacke mitnehmen, die er wahrscheinlich nicht brauchen würde.

Er rief auf der Dienststelle an und sagte, dass er als Erstes ins Krankenhaus führe und anschließend zum Dienst käme.

Einen Parkplatz fand er direkt gegenüber dem Eingang. Die Mitarbeiterin am Empfang nannte ihm Zimmernummer und Station, ohne zu zögern oder nach seiner Legitimation zu fragen. Kofi war ziemlich erleichtert, dass es sich dabei nicht um die Intensivstation handelte.

Er verirrte sich zweimal, bevor er vor dem richtigen Zimmer angekommen war. Er klopfte und lauschte. Keine Reaktion. Vorsichtig öffnete er die Tür.

Stefan Ollner lag in dem Bett am Fenster. Sein Kopf war verbunden. Aus einem Tropf neben dem Bett tropfte ganz langsam eine durchsichtige Flüssigkeit in die Kanüle in seiner Armbeuge.

Kaum stand Kofi neben seinem Bett, öffnete Stefan die Augen, das heißt, eigentlich öffnete er nur das linke Auge. Das rechte war komplett zugeschwollen und wies alle Farben zwischen dunklem Lila und schmutzigem Gelb auf.

Ollner hob eine Hand leicht zum Gruß.

Er war wach. Kofi freute sich so, dass er am liebsten durchs Zimmer getanzt wäre, zumindest einen Moonwalk ums Bett herum. Stattdessen zog er sich einen Stuhl heran und setzte sich dicht neben Ollners Kopf.

„Na, wie geht's dir?"

Stefan bewegte die Lippen, feuchtete sie mit der Zunge an, dann schnarrte er: „Grandios!"

Kofi lächelte, obwohl ihm ein Kloß im Hals steckte, der ihm die Tränen in die Augen treiben wollte. „Da bin ich aber froh."

„Sie waren zu viert." Stefan hob wieder die Hand und zeigte vier Finger. „Vier Männer."

„Hast du sie erkannt?"

Stefan verdrehte die Augen. Das bedeutete wohl nein. „Dunkel."

„Es war schon dunkel, als du bei dem Apfelbaum angehalten hast?"

Ollner stöhnte und versuchte, sich ein wenig aufzurichten. Kofi hätte ihm gern geholfen, wusste aber nicht, wo er ihn anfassen durfte. „Soll ich nach einer Schwester klingeln?"

„Nein, erst reden."

„Verstehe, du hast an dem Apfelbaum angehalten?"

„Lecker."

„Okay, und drei Bauern haben dich verprügelt, weil du ihre Äpfel geklaut hast?"

„Mit Mistgabeln!", sagte Ollner beinahe gut verständlich.

Die beiden sahen sich an und brauchten nichts weiter zu sagen.

Ollner zeigte mit der Hand auf eine Tasse, die auf seinem Nachtschrank stand. „Durst."

Kofi reichte ihm die Tasse. Gierig trank Stefan zwei Schlucke, dann ließ er sich zurück aufs Kissen sinken.

„Alles okay?"

Ollner nickte und schloss gleich darauf mit schmerzverzerrtem Gesicht die Augen. Kofi wartete, bis er sich wieder beruhigt hatte.

„Hast du etwas gefunden, als du unter dem Baum standest?"

„Kelvin. Pinkeln."

„Wie?"

„Ich pinkeln. Kelvin lag da."

„Und danach?"

„Näher heran, gucken. Abgerutscht in den Graben. Rausgekrabbelt. Männer getroffen."

„Waren die zu Fuß unterwegs?"

„Räder. Eine Armbinde."

Kofis Augen zogen sich zu Schlitzen zusammen. „Willst du mir sagen, dass einer eine rote Binde trug und zur Bürgerwehr gehörte?" Hatte er sich doch gleich gedacht.

„Rote Binde auf Lederjacke. Abgenutzt. Blond. Groß, dünn."

„Würdest du ihn wiedererkennen?"

„Vielleicht. Wenig Licht. Taschenlampe blendet."

„Was haben sie gemacht?"

„Ich gewarnt, Spuren vernichten."

„Du wolltest sie fernhalten und das hat sie umso neugieriger gemacht?"

„Telefon, Polizei rufen. Schubsen, schreien. Einer immer hinter mir."

„Du hast dein Telefon herausgeholt und wolltest uns alarmieren. Die haben gedacht, du rufst deinen Kumpel und haben dich angegriffen."

„Taschenlampe trifft Kopf. Sterne. Hingefallen. Tritte."

„Soweit ist alles klar. Sag mir nur noch, wer die Vier waren und ich serviere sie dir morgen gepökelt und gesalzen zum Frühstück."

„Nie gesehen. Vielleicht Brüder. Einer sehr jung. Stimmbruch? Nur drei gesehen."

Ollner hatte wieder einmal die Augen geschlossen. Er atmete flach, aber gleichmäßig. Kofi konnte keine Überwachungsgeräte entdecken. Das hieß wohl, dass es seinem Kollegen besser ging als er aussah.

„Kelvin?"

Kofi zuckte zusammen, als er die raue Stimme hörte.

„Mausig und Guntram sind gestern Abend noch bei der Mutter gewesen und haben sie informiert. Herbert ist nach Hildesheim gefahren, um den Vater gleichzeitig in Kenntnis zu setzen und ihm noch einmal auf den Zahn zu fühlen. Marc wollte heute Morgen gleich mit der Obduktion beginnen. Wir haben um halb eins Lagebesprechung und anschließend die Pressekonferenz."

„Wie im Schlaf, friedlich."

„Stimmt, er wirkte wirklich friedlich." Kofi dachte an die Eltern und fragte sich, ob das ein Trost für sie sein konnte.

„Spuren?"

„Vom Täter? Reifenspuren, etwas anderes hat Marc nicht erwähnt."

„Schlecht für Emma."

„Da sagste was."

Stefan packte Kofis Hand. Er schien aufgeregt zu sein. „Neue Entführung?"

„Haben wir auch schon angedacht. Ob der Täter Ersatz braucht? Was macht er mit den Kindern, bevor er sie wegbringt?"

„Frisch halten."

„Frisch? Ach, du meinst wegen der Folie? Frisch halten, konservieren, haltbar machen, aufbewahren. Wozu? Nein, viel wichtiger ist, wo? Damit wir den Kerl aufhalten können."

„Emma retten."

„Unbedingt. Vielleicht hat Marcs Team etwas gefunden, das uns voranbringt. Fällt dir sonst noch was ein? Kleidungsstücke? Haarfarbe? Waren es Deutsche?“

„Kartoffeln, eindeutig.“

Kofi beobachtete, wie die Tropfen aus dem Beutel in den Schlauch fielen, und hing seinen Gedanken nach. Als er wieder aufschaute, war Stefan Ollner eingeschlafen.

Kofi drückte noch einmal seine Hand und verließ das Zimmer und das Krankenhaus auf schnellstem Wege.

Sein Herz pochte wie nach einem Fünftausendmeterlauf. Er hatte schweißnasse Handflächen, und in seinem Kopf rumorten Fliegenschwärme wild durcheinander.

Erst als er gegen einen Rollstuhl prallte, in dem ein glatzköpfiger Mann im Bademantel saß und ihn vorwurfsvoll anstarrte, bemerkte Kofi, dass er wie ein Verrückter durch die Gegend rannte.

Das half niemandem.

Er musste sich beruhigen.

Jetzt.

Er atmete tief ein und langsam aus.

Da sah er sie. Zwei Typen. Beide mit Lederjacke. Beide trugen eine rote Binde am Arm. Sie kamen die Treppe zum Eingang hinauf.

Er stürzte auf sie zu. „Was wollen Sie hier?“

Die Männer sahen ihn irritiert an. „Verpiss dich“, sagte der größere.

„Was hast du gesagt?“, brüllte Kofi. Er griff nach dem Handgelenk des Mannes, zog ihn die letzte Stufe hinauf, drehte ihm den Arm auf den Rücken und schob ihn mit dem Gesicht zur Wand. Der Mann stöhnte. Kofi drückte den Arm noch ein wenig weiter nach oben. Der Kerl ging in die Knie. „Was hast du gesagt?" zischte Kofi.

Inzwischen war der zweite oben angekommen. Er hielt Abstand, redete aber auf Kofi ein. „Was ist denn los? Was wollen Sie? Lassen Sie ihn los."

Kofi wandte seinen Kopf zu ihm um. „Was wollen Sie hier?"

„Seine ... seine Frau bekommt ein Kind. Wir wollen sie besuchen."

„Stimmt das?", fragte Kofi und hob den Arm noch ein wenig an.

Der Mann quiekte ein Ja.

„Wie heißt Ihre Frau?"

„Gerda, wieso?"

„Die Fragen stelle ich."

„Okay, okay."

Kofi bemerkte, dass seine Wut nachließ. Vorsichtig trat er von dem Mann zurück. „Warum haben Sie meine Frage nicht gleich beantwortet?"

„Da könnte ja jeder kommen", brummte der zweite, der sich vorsichtshalber aus Kofis Reichweite hielt.

„Polizeigewalt", knurrte der erste.

Kofi ahnte plötzlich, dass er sich auf sehr dünnem Eis bewegte. Er beschloss, zum Angriff überzugehen. „Ich muss mich sehr wundern. Sie haben uns doch informiert, dass Ihnen Informationen zugespielt wurden, dass der Täter als Nächstes im Krankenhaus zuschlagen wird, weil die Holzmindener Eltern ihre Kinder nicht mehr unbeaufsichtigt auf die Straße lassen."

„Von uns haben Sie das?"

„Nicht von Ihnen persönlich. Von Ihrer Bewegung." Er zeigte auf die rote Binde.

„Und warum greifen Sie ausgerechnet uns an?"

Kofi verdrehte die Augen, als hätte er es mit einem besonders begriffsstutzigen Exemplar Mensch zu tun und sagte: „Na, weil der Informant das gesagt hat."

„Was? Dass wir beide?"

„Er hat keine Namen genannt. Hat nur gesagt, er wird sich tarnen. Und nun verraten Sie mir, gibt es eine bessere Tarnung als Ihre roten Binden?"

Unwillkürlich griffen beide Männer an ihre Ärmel.

„Die kann sich jeder machen, und anschließend spaziert er ins Krankenhaus und holt mal eben ein paar Kinderchen zu einem Spaziergang ab. Das können wir uns nicht gefallen lassen. Da müssen wir durchgreifen, und zwar hart."

„Verstehe. Wir werden die Augen offen halten."

Der andere nickte bedächtig. „Das stimmt natürlich. Wir sind inzwischen so viele, dass man gar nicht alle kennt."

„Deshalb immer wachsam bleiben", sagte Kofi und lief die Treppe hinunter. „Ich verlasse mich auf Sie."

Als die beiden Männer im Krankenhauseingang verschwunden waren, lehnte Kofi sich schwer atmend gegen einen Baum. „Scheiße, das war knapp." So etwas war ihm schon lange nicht mehr passiert, so die Kontrolle zu verlieren, sich an - hoffentlich - Unschuldigen zu vergreifen.

Er schüttelte den Kopf. Es blieb zu hoffen, dass die Typen ihm geglaubt hatten. Wenn sie sich später entschlössen, Anzeige zu erstatten, wäre es wohl kaum schwierig, ihn ausfindig zu machen. So viele schwarzhäutige Polizisten gab es in Holzminden nicht.

‚Wird schon schiefgehen', dachte er und schlenderte zu seinem Wagen. Während er zur Dienststelle fuhr, hielt er sich an jede einzelne Verkehrsregel, die er kannte.

Holzminden
Freitag, 4. November 2011
gegen 8.30 Uhr

32

Die Kollegen warteten bereits auf ihn. Niemand sagte ein Wort. Alle sahen ihn fragend an.

„Es geht ihm gut. Ziemlich." Kofi bemerkte, dass er vergessen hatte, Campingwecken mitzubringen. Nun hatte er nichts, womit er seine Hände beschäftigen konnte und sein Magen knurrte vernehmlich. „Nur einer der Angreifer trug eine rote Armbinde."

Bevor er hinzufügen konnte, dass er trotzdem davon überzeugt war, dass alle vier zur Bürgerwehr gehörten, war Herbert Heinrich bereits aufgesprungen. „Das muss jetzt aufhören."

Er schaute Lothar Mausig herausfordernd an. „Wir müssen das untersagen, diese Bürgerwehr auflösen. Außerdem sollten wir Herrn Schwarze und Konsorten zur Rechenschaft ziehen. Er hat das Ganze angezettelt. Erst der Kruse, das ging noch einigermaßen glimpflich ab, dann der Übergriff gegen Hanskes Haus, und nun erwischt es unseren Kollegen Stefan Ollner." Herbert war so aufgeregt, dass er beim Sprechen Spucketröpfchen über den Tisch verteilte. So hatte Kofi ihn noch nie erlebt.

Mausig zeigte mit der Hand auf Herberts Sitzplatz. Er wartete, bis der Polizist sich gesetzt hatte, bevor er weitersprach. „Da stellt sich mir allerdings die Frage, woher die Mitglieder der Bürgerwehr überhaupt die Namen und Adressen aus unserer Sexualstraftäterdatei hatten?"

Herbert zuckte zusammen, eine tiefe Röte zog von der Stirn über sein Gesicht und blieb am Hals hängen. Dicke rote Flecken zuckten im Rhythmus von Herberts

Adamsapfel. „Ich“, sagte er. „Ich, ich konnte nicht ahnen …“

Mausig unterbrach ihn. „Lassen Sie’s gut sein.“

Herbert sank auf seinen Platz zurück und saß völlig still, den Blick gesenkt.

Kofi brauchte nur den Bruchteil einer Sekunde, um zu verstehen. Er fragte sich, wie lange Mausig schon wusste, wer die Informationen aus der Dienststelle weitergegeben hatte. Warum hatte er nicht eher etwas unternommen? Vielleicht wäre Stefan dann nicht überfallen worden, ganz abgesehen von Kruse und Hanske.

„Bevor die Spekulationen ins Kraut schießen, die Bürgerwehr zu verbieten, hätte vermutlich zu geheimen Aktionen und Bündnissen geführt. So konnten die Betroffenen offen agieren, und wir konnten sie problemlos im Blick behalten. Drei Übergriffe konnten wir durch unsere vermehrten Streifenfahrten verhindern. Dass wir nicht überall gleichzeitig sein können, versteht sich von selbst. Leider.“

Kofi empfand trotzdem Ärger. Wie kam Herbert dazu?

Guntram Schnitter brummte unzufrieden. „Aber dass einer von uns …“

„Wer im Glashaus sitzt und so …“, sagte Mausig ruhig.

„Ich habe nicht …“ empörte sich Guntram.

„Aber vielleicht hätten Sie, wenn man Sie gefragt hätte. Insgeheim haben wir doch bereits nach der ersten Entführung, als wir so gar nicht vorankamen, alle gedacht, dass man etwas unternehmen muss, und vier Augen sehen eben mehr als zwei.“

„Heißt das, Sie befürworten diese ganze Bürgerwehrgeschichte im Grunde genommen?“, fragte Kofi.

„Ich will mich da nicht festlegen, kann mich da nicht festlegen. Wachsame Bürger auf der Straße, durchaus positiv. Es wäre doch möglich, dass inzwischen sieben oder acht Kinder entführt worden wären, wenn nicht alle achtsam gewesen wären." Mausig stand auf, ging zum Fenster und schaute hinaus. Die anderen Männer schwiegen. Kofi dachte daran, dass er selbst es am Anfang ebenfalls äußerst beeindruckend gefunden hatte, wie viele Menschen sich engagierten, wie viel Zeit sie investierten. Allerdings war er nicht davon überzeugt, dass er sich tatsächlich sicherer gefühlt hatte.

Mausig drehte sich wieder um und musterte sie. „Nichtsdestotrotz haben wir keine andere Wahl, als die Bürgerwehr aufzulösen und die Verantwortlichen zu ermitteln. Sie müssen bestraft werden."

Kofi reagierte sofort. „Ollner hat mir ein paar Anhaltspunkte nennen können. Zwei Brüder, einer im Stimmbruch. Wenn ich die Schulleiterin der Grundschule richtig verstanden habe, existiert eine Dienstliste, in der sich alle eintragen. Da dürften wir schnell herausfinden können, wer in Frage kommt."

„Ich weiß nicht", sagte Guntram. „Zu hoffen wär's, ich bin mir allerdings nicht sicher, ob sich da alle registrieren müssen. Oder würdest du deinen Namen in eine Liste schreiben, wenn du vorhättest, einen alten Mann vom Fahrrad zu schubsen?"

„Das war doch sicher eine spontane Aktion. Als die ihre Dienstpläne gemacht haben, konnte keiner ahnen, dass Heribert Kruse zur Post fahren würde, um ein Päckchen abzuholen."

„Stimmt, und dass sie in der Feldmark auf Stefan treffen würden, war auch nicht vorherzusehen."

„Gut", sagte Mausig. „Vielleicht ergibt diese Liste tatsächlich ein paar Anhaltspunkte. Ich werde auf jeden Fall persönlich ein ernstes Gespräch mit Herrn Schwarze führen."

Nachdem die Männer vereinbart hatten, wie sie weiter vorgehen sollten, berichtete Mausig mit knappen Worten von seinem Besuch bei Frau Jänicke.

Kofi wusste, dass er nicht der Einzige im Raum war, der heilfroh war, dass Mausig persönlich diese schwere Aufgabe übernommen hatte. Er war ihm unglaublich dankbar dafür.

Bevor er sie entließ, verteilte er ein eng beschriebenes Blatt. „Das sind noch ein paar ergänzende Informationen aus dem Labor. Sie haben die Folie, den Dreck unter Kelvins Fingernägeln und vieles andere untersucht. Auf den ersten Blick nichts Spektakuläres. Sie sollten es trotzdem zur Kenntnis nehmen und im Hinterkopf behalten, besonders den blauen Teppichflusen und die fünfzigjährige Spinne."

Holzminden
Freitag, 4. November 2011
gegen 11.30 Uhr

Guntram Schnitter und Kofi Kayi warteten schon beinahe eine Viertelstunde auf die Schulleiterin der Grundschule Karlstraße. Frau Ebenreiter hatte ihnen eine Kanne Kaffee und zwei Tassen hingestellt und war mit dem Hinweis verschwunden, dass sie schnell noch etwas zu erledigen hätte.

Im Büro war es still, aus dem Sekretariat nebenan hörte man gelegentliches Telefonklingeln und die gleichbleibend freundliche Stimme der Sekretärin. Was sie sagte, konnten die beiden nicht verstehen, doch es schien immer Dasselbe zu sein.

Plötzlich sprang Schnitter auf. „Wir haben wahrlich Wichtigeres zu tun, als hier tatenlos herumzusitzen."

„Ganz ruhig. Mausig hat recht. Wir müssen der Bürgerwehr Einhalt gebieten. Sie hat mehr als genug Schaden angerichtet. Hier hat alles angefangen, und Frau Ebenreiter wird genauso großes Interesse daran haben, die Bewegung aufzulösen wie wir."

„Wir sollten die ganze Bande einfach übers Wochenende einsperren. Sollst mal sehen, wie schnell sich der ganze Spuk in Wohlgefallen auflöst."

Als sich die Tür öffnete und Frau Ebenreiter hereinsprintete, setzte Schnitter sich wieder.

Sie versuchte zu lächeln, doch es misslang. „Drei Kriseninterventionsteams arbeiten in den Klassen, wir haben Mitarbeiter der Landeskirche, die sich um das Kollegium und die Eltern kümmern. Das Rote Kreuz baut eine Küche auf. Nachher um elf Uhr soll ein Gottesdienst stattfinden. Was kann ich für Sie tun?"

„Wir wissen, dass Sie derzeit sehr angespannt sind."

„Angespannt?" Ihre Stimme wies einen leicht hysterischen Unterton auf.

„Wir brauchen Ihre Unterstützung. Sie müssen den Leuten, die sich für die Bürgerwehr engagieren, sagen, dass sie aufhören müssen."

„Aufhören? Die Eltern sind entsetzt, entrüstet, wütend, mir fällt gar kein passender Begriff ein. Mit welchem Argument sollte ich sie überzeugen können? Die meisten haben panische Angst, dass es als Nächstes ihr Kind treffen könnte. Einige Familien lassen ihre Kinder gar nicht mehr nach draußen, weder auf die Straße noch in die Schule, weder zum Sport noch zum Spielen." Sie hörte so abrupt auf zu sprechen, als wären ihr plötzlich die Worte ausgegangen.

„Sie brauchen das nicht persönlich zu machen. Sagen Sie uns, wann sich die Initiatoren das nächste Mal treffen, und unterstützen Sie unser Anliegen."

Sie wirkte nicht so, als hätte sie Kofi verstanden. Doch dann schüttelte sie den Kopf und flüsterte: „Ich fürchte, solange Emma verschwunden bleibt, werden wir keinen Erfolg haben. Sie klammern sich an die Hoffnung, den Täter zu finden und Emma zu retten."

Kofi dachte, dass er genau dasselbe hoffte, obwohl ihm sein gesunder Menschenverstand sagte, sagen musste, dass das sehr unwahrscheinlich war. ‚Die Hoffnung stirbt zuletzt', dachte er und hörte nur halb hin, als Guntram erklärte: „Ist Ihnen klar, dass wir längst nicht mehr nur von Sachbeschädigung sprechen? Ein Haus zu beschmieren und Fenster einzuwerfen, das ist das Eine. Dann folgte der Übergriff auf einen alten Herrn, der dabei leicht verletzt wurde, was die Täter zumindest billigend in Kauf nahmen. Gestern Abend jedoch wurde einer unserer Kollegen in der Feldmark überfallen. Er wurde zusammengeschlagen und getreten. Er liegt mit schweren Verletzungen im Krankenhaus. Das erfüllt einen Straftatbestand und hätte zu seinem Tod führen können, wenn wir ihn nicht rechtzeitig gefunden hätten."

Frau Ebenreiter schlug sich mit beiden Händen vor den Mund. „Mein Gott, das habe ich nicht gewusst." Sie setzte sich auf die Kante ihres Schreibtischs. Die Zeigefinger presste sie gegen ihre Schläfen, verdrehte die Augen. Es klang hohl, als sie wieder sprach: „Kennen Sie ‚Die Welle' von Morton Rhue? Wurde auch verfilmt, mit Jürgen Vogel, wenn ich mich recht erinnere."

„Das Buch haben wir in der Oberstufe in Englisch gelesen", erinnerte sich Kofi.

Sie schloss die Augen und rezitierte: „Es ist das Gefühl, Teil eines Ganzen zu sein, das wichtiger ist als man selbst. Man gehört zu einer Bewegung, einer Gruppe, einer Überzeugung. Man ist einer Sache ganz ergeben ... Das hat der Lehrer, Mr. Ross, in der zweiten Unterrichtseinheit zum Thema Macht durch Gemeinschaft gesagt, und er hat recht, er hat völlig recht. Geben Sie den Menschen eine Aufgabe, binden Sie sie in etwas Großes, etwas Sinnvolles ein, und sie gehen für Sie durchs Feuer."

„Macht durch Gemeinschaft", Guntram Schnitter probierte die Wörter aus, erwog ihre Bedeutung und nickte endlich zustimmend. „Das klingt einleuchtend. Schließlich will jeder irgendwie dazugehören. Ist das nicht bei den Hooligans ganz ähnlich?"

Plötzlich spitzte Frau Ebenreiter buchstäblich die Ohren. Erst als sie die Hand an ihr Ohr hob, hörte auch Kofi, dass es auf dem Flur laut geworden war. Die Schulleiterin stürzte aus dem Büro. Kofi und Guntram rannten hinterher. Sie kamen in die Eingangshalle. Kofi sah zwei Frauen, die eine schwere Kiste schleppten. Jemand hielt die Eingangstür auf, vor der ein Transporter stand, der wohl gerade entladen wurde. Direkt daneben gab es einen Tumult.

Zwei Männer beugten sich über einen dritten, eine massige Gestalt, die am Boden lag. Sie schützte ihren Kopf mit den Händen und stöhnte leise. Zwei Frauen hielten ein Mädchen fest, das um sich schlug und immerzu „Paul, Paul" rief und laut weinte.

Kofi und Guntram brauchten sich nicht abzusprechen. Sie trennten die Männer. Kofi sprach den am Boden liegenden an. „Kriminalkommissar Kofi Kayi. Kann ich Ihnen helfen? Haben Sie sich verletzt?"

Der Mann stöhnte leise.

Inzwischen hatte Guntram die beiden anderen Männer, beide trugen rote Armbinden, zur gegenüberliegenden Seite bis an die Wand gedrängt. Kofi konnte nicht hören, was sie sagten. Er hockte sich neben den Mann nieder und fragte: „Heißen Sie Paul?"

Und plötzlich fiel ihm ein, dass er den Mann kannte. Auf einmal tauchte das Mädchen neben ihm auf, es setzte sich auf den Boden und nahm die Hand des Mannes. „Das ist Paul", flüsterte sie. „Er holt mich ab, weil Mama keine Zeit hat, damit mir nichts passiert. Er ist mein Freund."

Kofi streichelte ihr über den Kopf, zog erschrocken seine Hand zurück. Er räusperte sich. „Wir kümmern uns um deinen Freund. Ganz bestimmt", sagte er tröstend. Dann sprach er wieder lauter direkt zu dem Mann am Boden: „Sind Sie verletzt? Soll ich einen Krankenwagen für Sie holen?"

„Nein, danke, geht schon." Paul setzte sich langsam auf. Auf seiner Stirn bildete sich eine Beule. Er bewegte den Kopf von rechts nach links. Eine Träne löste sich aus seinem Auge und kullerte über seine Wange. „Die

Männer sind zornig", sagte er vorwurfsvoll, ohne zu den beiden hinüberzuschauen, die mit hängenden Armen vor der Wand standen.

Kofi nickte. Dann richtete er sich auf und hob einen Arm. Das Gemurmel um ihn herum erstarb. „Das muss aufhören", rief er und zeigte auf Paul. „Er ist nicht der erste Unschuldige, der leiden muss." Dann erinnerte er sich an das Bild von der Macht durch Gemeinsamkeit, das ihn bereits am Gymnasium fasziniert hatte, und setzte hinzu: „Wir müssen alle zusammenhalten, unsere Kinder beschützen, aber auch untereinander für Sicherheit sorgen."

„Das mit Paul tut uns leid", sagte eine der Frauen, die zwei Mädchen an den Händen hielt. „Wir stehen alle unter Stress."

„Ich habe Angst, meine Tochter auf die Straße gehen zu lassen."

„Dieser Mann hat noch nie ein Kind hier abgeholt, da befürchteten wir …"

„Hätten Sie ihn nicht einfach fragen können?"

„Haben wir ja, aber er hat komisch geantwortet."

„Und das ist ein Grund, ihn zusammenzuschlagen?"

Kofi fühlte Wut in sich aufsteigen.

„Niemand hat ihn zusammengeschlagen. Wir wollten ihn nur von den Kindern fernhalten, und da hat er sich gewehrt und ist dabei gestürzt."

„Klar, er sollte ja auf Kim aufpassen."

Guntram kam zu Kofi herüber und sagte: „Bitte, meine Damen und Herren, es ist wichtig, dass wir uns zivilisiert verhalten."

„Was soll das denn heißen? Halten Sie uns für Wilde?" Ein Mann stellte sich mit verschränkten Armen vor den beiden Polizisten auf.

Kofi ging auf ihn zu, um ihn zu beschwichtigen. Doch der Mann schubste ihn zurück. Automatisch nahm Kofi eine Abwehrhaltung ein. Guntram rief ihm etwas zu, was Kofi nicht verstand. Der Mann hob die Hände und sagte: „Keine Panik, schon gut, war nicht so gemeint."

Kofi sah sich um. Alle standen still, fast schien es, als hätten sie die Luft angehalten.

„So, und jetzt schnappt sich jeder sein Kind und geht nach Hause, jedoch liefert ihr vorher die Armbinden bei mir ab, aber pronto."

Kofi fand die Wortwahl seines Kollegen recht ungeeignet, aber es funktionierte trotzdem. Einer nach dem anderen übergab ihm die Binde und verließ die Schule. Niemand sprach ein Wort, solange die Polizisten in der Nähe waren. Doch Kofi konnte sehen, dass sich vor der Tür, auf der Straße, kleine Grüppchen bildeten, die heftig gestikulierten. Er schätzte, dass Gerd Schwarze innerhalb der nächsten vier bis fünf Minuten erfuhr, dass die Bullen die Binden eingesammelt und die Bürgerwehr verboten hatten.

Kofi fröstelte erneut. Dabei schien draußen die Sonne. Welch ein Glück, dass Mausig sich darum kümmern würde.

Frau Ebenreiter hatte ihre Hand auf Kims Schulter gelegt und fragte: „Willst du mit Paul nach Hause gehen?"

Kim schüttelte den Kopf.

Kofi und Frau Ebenreiter sahen sich überrascht an. Paul war inzwischen aufgestanden und tappte auf Kim zu. Frau Ebenreiter schob sie zwischen sich und Kofi.

Paul streckte die Hand aus und sagte: „Wir gehen zum Partyservice. Anna backt Flammkuchen, die sind lecker. Zum Mittagessen für uns und für die Kunden heute Abend. Komm, Kim."

Das Mädchen wollte zu ihm laufen, doch Frau Ebenreiter hielt sie fest. „Du hast doch eben gesagt, du willst nicht mit ihm weggehen."

Kim sah sie prüfend an. „Du hast gefragt, ob ich mit ihm nach Hause gehen will." Sie gluckste. „Das will ich nicht. Ich weiß gar nicht, wo er wohnt. Wir gehen zusammen zu Anna."

„Werdet ihr zu Fuß unterwegs sein?"

Kim senkte den Kopf.

Kofi bemerkte, dass die Erwachsenen den Atem anhielten. Was stimmte da nicht?

Plötzlich flüsterte Kim: „Ihr dürft nicht mit Paul schimpfen."

„Warum sollten wir das?"

Kim sah von einem zum anderen.

„Manchmal", sagte sie, „manchmal, wenn meine Mama keine Zeit hat und Anna auch nicht, kommt Paul mit dem Fahrrad, um mich abzuholen. Er wartet draußen unter dem Baum auf mich."

Sie machte eine kurze Pause, holte tief Luft und sprach dann weiter. „Wenn wir um die Ecke gebogen sind, setze ich mich auf den Gepäckträger, und dann fahren wir. Ich weiß, dass das verboten ist, aber es macht Spaß, und ich bin mittags nach der Schule immer so müde."

Das erklärte zumindest, warum bisher noch niemand wahrgenommen hatte, dass Paul Kim gelegentlich abholte.

„Wie oft macht ihr das denn?"

„In diesem Schuljahr zweiunddreißig Mal, aber heute habe ich kein Fahrrad dabei. Es hat einen Platten. Komm Kim, wir gehen, Anna wartet. Sie sorgt sich."

Kofi wechselte einen schnellen Blick mit Guntram. „Warten Sie, Paul, Kim, wir bringen euch zu Anna."

Erst wollte er noch hinzufügen, das ist sicherer, doch dann fiel ihm ein, dass er Anna gleich sehen würde, und plötzlich wusste er gar nicht mehr, ob das so eine gute Idee war. Mit dem Einsatzwagen und mit Guntram Schnitter an seiner Seite.

Natürlich wollte er sie gern treffen, aber so überraschend, so unvorbereitet? Außerdem war er im Dienst. Er spürte, dass ihm wärmer wurde, wohlig. Was sollte das denn jetzt? Er brachte Anna ihren verletzten Freund nach Hause und erwartete, dass sie sich freute, ihn zu sehen?

Freund, das war auch wieder so ein Ausdruck. Freund, Mitarbeiter, Partner? Er wusste es nicht sicher. Aus ihrer Datei hatte er nur entnehmen können, dass sie nicht verheiratet war. Aber das musste nichts bedeuten. Was sollte das Ganze überhaupt? Er benahm sich wie ein verliebter Teenager, und das, nachdem er ihr ein einziges Mal begegnet war.

Als Kim in sein Auto hüpfte, entdeckte er, dass sie keinen Kindersitz dabei hatten. Er versuchte, die Kleine anzuschnallen und bemerkte dabei, wie klein und zerbrechlich so eine Siebenjährige war. Sie beobachtete ihn mit wachen Augen. Erst als er ebenfalls eingestiegen war, sprach sie wieder.

„Ich bin noch nie in einem Polizeiauto gefahren", sagte sie. „Machst du das Blaulicht an? Aber nicht das Tatütata, das ist mir zu laut."

Guntram Schnitter und Paul stiegen ebenfalls ein. Guntram fragte: „Arbeiten Sie in dem Partyservice?"

„Ich helfe Anna", antwortete Paul und gurtete sich umständlich an. „Ich bin stark."

‚Was für eine Antwort', dachte Kofi. ‚Kein Wunder, dass die Kerle von der Bürgerwehr ausgetickt waren.' Im Rückspiegel sah er, dass Kim ihre Hand auf Pauls gelegt hatte. Der lächelte selig und summte leise vor sich hin. Ihm schien es ebenfalls zu gefallen, im Polizeiauto zu fahren.

Plötzlich kam Kofi eine Idee. Wäre es möglich, dass Paul der Täter war? Er war eindeutig ein bisschen dötsch. Eigentlich ganz harmlos, sogar wenn man ihn bedrängte, was Kofi eben selbst miterlebt hatte. Doch wie reagierte er, wenn es ihm zu viel wurde? Was tat er, wenn Kim bedroht wurde?

Kofi hielt den Atem an. Konnte das sein?

Er musste unbedingt mit Guntram darüber sprechen.

Vielleicht hatte Kim sich über Kelvin und Emma geärgert, hatte geschimpft oder sogar geweint, und der gutmütige Trottel Paul hatte sich aufgemacht, sie zu beschützen, hatte die Bösen, die Kim ärgerten, kurzerhand verschwinden lassen.

Warum sollte er sie jedoch in Folie einwickeln?

Weil er es aus dem Partyservice so kannte.

Weil er selbst keine Gewalt ausüben mochte?

Kofi parkte den Wagen direkt vor Annas Laden. Kim rüttelte an der Tür, konnte aber nicht heraus. „Ihr habt eine Kindersicherung in eurem Polizeiauto? Das ist aber komisch. Gibt es auch Kinderverbrecher?"

Guntram und Kofi grinsten sich an. „Kindersicherung ist ein guter Ausdruck."

Während Kofi mit Paul und Kim in den Partyservice ging, blieb Guntram draußen beim Wagen. Kofi ahnte, dass er sich über Funk erkundigen würde, ob es Fortschritte gab. Sie wollten beide dabei sein, wenn es soweit war.

Das Öffnen der Tür löste eine Glocke aus.

Im vorderen Bereich, direkt neben der Eingangstür, war ein Tisch für drei Personen gedeckt. Eine Glasvase mit einer einzelnen gelben Rose stand in der Mitte. Die Servietten waren zu Schmetterlingen gefaltet und lagen auf dem oberen Rand der Teller.

„Ihr kommt aber spät“, rief eine Stimme, die dafür sorgte, dass Hunderte kleiner Raupen durch Kofis Magen krabbelten, die alle darauf hofften, sich irgendwann in wunderschöne Schmetterlinge zu verwandeln und im Sonnenschein über eine blühende Wiese zu flattern.

Anna Blume kam hinter dem Tresen hervor. Sie trug ein großes Tablett vor sich her. Es roch nach Speck und Zwiebeln. Als sie Paul erblickte, stellte sie das Tablett ab. „Was ist passiert? Hattet ihr einen Unfall?“

„Eher einen Zusammenstoß“, sagte Kofi. „Man kannte Paul in der Schule nicht, und das hat bei den anderen Eltern zu Irritationen geführt.“

„So wie Paul aussieht, ist das wohl ein Euphemismus.“

Kofi wühlte in seinem Gehirn, um eine Erklärung für dieses Wort zu finden. Es fiel ihm nicht ein. Wie ungebildet war er eigentlich?

„Soll ich dir ein Kühlkissen holen, Paul?“, fragte Anna und kümmerte sich nicht mehr um Kofi.

„Wir sind Polizeiauto gefahren“, sagte Kim und setzte sich auf einen Stuhl am gedeckten Tisch. „Ich habe Hunger.“

„Alles okay, tut nicht mehr weh.“

„Sie sollten das röntgen lassen“, sagte plötzlich eine Stimme aus dem Hintergrund. „Mit Kopfverletzungen ist nicht zu spaßen.“

Pauls Kopf ruckte zur Seite. „Was will der hier?“, murmelte er.

Das Gleiche dachte Kofi auch. Ergänzt durch: ‚Wer zum Teufel ist das?‘

Anna legte ihre Hand auf Pauls Schulter und dirigierte ihn mit einer Hand zu dem gedeckten Tisch, während sie auf der anderen das Tablett mit den Flammkuchen balancierte.

„Herr Körner ist wegen des Kindergeburtstags hier. Ihr wisst schon, diese Zaubererparty."

„Haben Sie wirklich echte Ozeloten?", fragte Kim.

Kofi hatte den Eindruck, dass der Mann bei dieser Frage weiter hinter den Tresen zurückwich. Gleichzeitig überlegte er, wo er den Namen schon einmal gehört hatte.

„Ozelots", sagte er. „Die Mehrzahl heißt Ozelots. Ich besitze tatsächlich zwei. Ein Pärchen. Diese Tiere sind sehr selten und stehen unter Naturschutz. Ich habe sie einmal als Geschenk erhalten."

„Leben die in Ihrem Varitee?"

„Nein, das ist verboten. Sie leben in einem Gehege auf meinem Grundstück."

„Dürfen die Kinder sie streicheln, wenn sie bei Ihnen Geburtstag feiern?"

„Das ist gefährlich, sehr gefährlich", sagte Paul. „Ozelots sind Wildkatzen, genauso gefährlich wie ein Puma."

Kim sah ihn mit aufgerissenen Augen an.

„Nun machen Sie dem Kind doch keine Angst", sagte Körner. „Hör nicht auf ihn. Meine Ozelots sind zahm. Sie wurden im Zoo geboren und kennen nur mich."

„Katzen kann man nicht zähmen", brummte Paul dazwischen.

„Haben deine Ozelotse auch Babys?", fragte Kim und nahm sich ein Stück Flammkuchen vom Tablett.

„Wie kommst du darauf?", fragte Körner und trat nun doch hinter dem Tresen hervor und näher an den

Tisch heran. Er betrachtete Kim aufmerksam. Kofi erinnerte sich an sein Gespräch mit Stefan Ollner und ihre Recherchen über das Varieté Ozelot. Der Millionär aus den USA. Körner, Gregor Körner, hatte der nicht sein Varieté bei @dospasos planen lassen?

Kim zuckte mit den Schultern. „Ich dachte, weil du Pärchen gesagt hast."

Körner schaute zu Kofi. Als ihre Blicke sich kreuzten, wandte er sich ab. „Frau Blume, ich denke, wir haben alles besprochen. Vielleicht können wir am Sonntag noch einmal telefonieren, wenn Sie bis dahin wissen, welche Zutaten ich für die Getränke bestellen soll." Körner war gut einen Kopf größer als Kofi, aber das waren die meisten Männer und leider auch einige der nettesten Frauen, die Kofi je getroffen hatte. Der Varieté-Besitzer trug einen dunklen Trenchcoat und hielt Hut und Aktentasche in der Hand. Er wirkte weder wie ein Zauberer noch wie ein Clown, eher wie ein Versicherungsvertreter oder jemand, der zu einer Beerdigung geht, ohne dem Verstorbenen nahezustehen.

Paul legte seine Gabel so heftig auf den Tisch, dass sie auf dem Porzellan des Tellers klirrte. „Am Sonntag kannst du nicht, da ist Kims Ballettaufführung."

„Das habe ich nicht vergessen. Aber Kims Auftritt dauert nicht so lange. Da kann ich vorher oder hinterher bestimmt noch telefonieren."

Paul schien damit nicht einverstanden zu sein. Körner ignorierte ihn, interessierte sich aber augenscheinlich für Kims Ballett, denn er kam noch näher zum Tisch, obwohl Paul ihn missbilligend ansah. In Körners blondem Haar zeichnete sich die Stelle ab, an der sonst der Hut saß. Er hatte außergewöhnlich lange, elegante Finger, bemerkte Kofi, als Körner sich nebenher den Mantel zuknöpfte.

„Was tanzt du denn?“

„Ich bin eine Maus, die Kleinen sind alle Mäuse. Die Großen tanzen die Hauptrollen. Aber ich bin die niedlichste Maus von allen. Ich tanze in der ersten Reihe.“ Sie summte eine Melodie, die Kofi vage bekannt vorkam.

Körner wandte sich an Anna. „Wie lange macht sie das schon?“

„Kim? Zwei oder drei Jahre vielleicht.“

„Ist sie talentiert?“

Anna lachte. „Um in Ihrem Varieté als sterbender Schwan aufzutreten, reicht es noch lange nicht.“

„Warum stirbt der Schwan, Anna?“, fragte Kim.

„Das ist ein Märchen.“

Körner reichte Anna die Hand, nickte Kofi zu und verließ den Laden. „Man sieht sich.“

„Lieber nicht!“, sagte Paul mit vollem Mund.

Kofi überlegte, was Stefan Ollner über Körner sagen würde. Vielleicht Unscheinbar-mit-brennendem-Blick oder Niemand-soll-merken-dass-ich-reich-bin. Gleichzeitig fragte er sich, warum Paul so gereizt reagierte. War er eifersüchtig?

Anna fragte: „Herr Kayi, möchten Sie auch ein Stück Flammkuchen? Er ist zwar nicht mehr ganz heiß, aber …“

„Aber super lecker“, sagte Kim.

„Ich bin …“

Anna schob ihm einen Stuhl hin. „Sagen Sie nicht, Sie sind im Dienst.“

„Das wollte ich nicht sagen. Ich bin so hungrig, und das duftet so gut, dass ich gar nicht nein sagen kann.“ Kofi setzte sich und nahm das Stück Flammkuchen aus Annas Hand entgegen. Sie gab ihm auch eine Serviette und goss ihm ein Glas Wasser ein.

Kofi biss ab und kaute genüsslich. Der Speck und die säuerliche Soße schmeckten göttlich. Er mochte den knusprigen Teig. Natürlich hatte er sich nur zum Essen einladen lassen, weil er herausfinden wollte, warum Paul diesen Gregor Körner nicht mochte. Wenn er gleichzeitig erfuhr, ob Paul und Anna liiert waren, konnte das nicht schaden.

„Lecker", sagte er.

„Ich mache den Belag zur Hälfte aus Crème Fraîche und Joghurt, aus fettem, griechischem Sahnejoghurt. Die Masse verrühre ich mit frisch gemahlenem schwarzem Pfeffer und sehr klein geschnittenen Frühlingszwiebeln. Der knusprig gebratene Speck kommt ganz zum Schluss darauf. Man kann auch gekochten Schinken nehmen."

„Speck schmeckt mir gut", sagte Kofi und vertilgte das letzte Stückchen in seiner Hand.

Anna reichte ihm ein zweites.

„Ich bin Polizeiauto gefahren. Paul auch", sagte Kim.

„Genau." Anna drehte sich zu Kim um. „Ihr habt noch gar nicht richtig erzählt, was passiert ist."

Paul stand vom Tisch auf. „Zornige, laute Menschen, die wollten mich nicht zu Kim lassen." Kopfschüttelnd schlurfte er durch den Laden zum Tresen.

„Hast du Angst gehabt?", fragte Anna Kim.

„Nur bis Kofi kam", sagte Kim.

„Das ist doch mein Job …"

„Ist es wegen?" Anna sah ihn beschwörend an. „Sie wissen schon, der Sache gestern?"

„Kelvin ist tot. Der Mörder hat ihn in Folie eingewickelt", sagte Kim.

Anna wirbelte herum. „Woher weißt du das?"

„Das hat uns die Krisenfrau gesagt, und Reshek hatte ein Foto dabei, das hat sein Vater aus dem Internet geholt. Du hast Internet für Rezepte, kannst du auch Kelvin angucken?"

Anna drückte Kim fest an sich. „Ich will das gar nicht sehen, und du solltest dir so etwas genauso wenig anschauen."

„Das hat die Krisenfrau auch gesagt, sie hat Reshek das Foto weggenommen, aber das darf sie gar nicht, weil es gehört ihr nicht."

„Sie gibt es sicher Resheks Vater."

Kim dachte darüber nach, und Kofi fragte sich, wie er das Gespräch auf Paul zurückbringen sollte.

Anna kam ihm zu Hilfe, ohne es zu ahnen. „Glauben Sie, man hat Paul angegriffen, weil er behindert ist?"

„Seine Behinderung hat zumindest dazu beigetragen, dass er den Leuten suspekt erschien. Ist er …? Sind Sie …?"

„Wir sind zusammen zur Grundschule gegangen. Ich in die vierte Klasse, er in die erste. Ich war seine Schulpatin. Seither habe ich auf ihn aufgepasst."

Kim gluckste. „Manchmal passt Paul auch auf dich auf."

„Oh, Kim, was du immer für Sachen erzählst. Das interessiert Kommissar Kayi überhaupt nicht, stimmt's?"

Eigentlich interessierte es ihn brennend. Doch er sagte: „Sagen Sie doch bitte Kofi, Kommissar Kayi klingt so …" Ja, wie eigentlich? Er konnte keinen klaren Gedanken fassen. Sein Kopf, sein Bauch, sein Herz, alle waren damit beschäftigt, die Information zu verdauen, dass Anna Blume, die schöne, die reizende, die aufregende Anna Blume keine Beziehung zu Paul unterhielt. Anna ist Single, jubilierte es in ihm.

‚Das ist nicht gesagt', bremste er sich selbst. ‚Sie kann trotzdem einen Freund haben.'

„Gern, ich bin Anna."
„Anna, das klingt nett."
Sie lachte. „Wusstest du das nicht?"
„Doch, natürlich."
Sie unterbrach ihn. „Wir kennen uns aus der Schule."
„Echt?"
„Naja, ich kenne dich. Alle am Campe kannten dich. Du warst etwas Besonderes. Ich ging in den Jahrgang über dir."
Zu gern hätte er jetzt gesagt, dass sie ihm selbstverständlich aufgefallen war. „Ja, genau", sagte er. „Du bist Annemie Blümchen."
„Du erinnerst dich?"
‚Nicht wirklich', dachte er. ‚Erst mal nur an den Namen. Verflixt noch mal!" Dann fiel es ihm ein. „Hast du den Hut noch?"
„Na klar, er hängt über meinem Bett an der Wand, als Erinnerung. Wir waren echt verrückte Hühner damals."
„Was für ein Hut, Anna?", fragte Kim.
„Ein roter Sonnenhut aus Stroh mit unzähligen bunten Blüten darauf."
‚Das Eis ist gebrochen', dachte Kofi. ‚Wir haben etwas gemeinsam. Ich kann jederzeit wiederkommen. Wir sind zusammen zur Schule gegangen. Das verbindet. Hör auf, du Trottel, du bist im Dienst.'
„Wenn du Paul bereits seit so langer Zeit begleitest, kennst du ihn sicher sehr gut?"
Das Lächeln wich aus ihrem Gesicht. Sie wisperte: „Verdächtigst du ihn etwa?"
„Ich kann nicht anders."
„Das solltest du nicht tun. Paul tut keiner Fliege etwas zuleide."

‚Fliegen nicht, aber Kindern', dachte Kofi. Laut sagte er: „Wir haben nicht den kleinsten Anhaltspunkt. Ich muss alles in Betracht ziehen."

Anna sah ihn mitleidig an.

„Eine scheußliche Sache. Wenn es um Geld geht oder um Rache, um Neid oder Macht, dann kann man das verstehen, aber das hier, das verstehe ich nicht. Wozu soll das dienen?"

„Wenn wir das wüssten, wären wir einen großen, vielleicht den entscheidenden Schritt weiter."

„Und wenn man sich vorstellt, dass der Kerl morgen hier hereinspaziert und ein Glas Kräutersalz kauft oder ein Büffet für seinen 50. Geburtstag bestellt, schüttelt's einen."

„Daran habe ich noch gar nicht gedacht."

„Dass er sich meistens wie jeder andere Mensch auch benimmt und normale Dinge tut?"

„Nein, nein, wie alt der Täter wohl sein mag. Wieso gerade 50?"

„Zufall, weil man eben runde Geburtstage größer feiert."

„Ich halte den Entführer für jünger. So um die 30. Aber ich kann nicht sagen, warum."

Er musste los, es gab keinen Grund, sich noch länger hier aufzuhalten. Andererseits hätte Guntram Schnitter ihn sicher herausgerufen, wenn sich etwas ergeben hätte. „Ich würde gern noch so ein Glas Kräutersalz mitnehmen, wenn Sie, sorry, wenn du noch eines hast."

Kim sprang auf.

„Haben wir. Willst du das annalusische oder das griechische?"

Kofi lachte.

„Das annalusische natürlich."

Guntram Schnitter saß im Wagen und schnarchte. Als Kofi die Informationen über Paul an die Zentrale durchgab und um Überprüfung bat, wachte er auf.

„Neuigkeiten?"

„Ich will auf Nummer sicher gehen."

„Was machen wir jetzt? Ich bin hundemüde."

„Ich wär für Mittagspause. Lass uns an der Dienststelle vorbeifahren. Dann sehen wir weiter."

Holzminden
Freitag, 4. November 2011
gegen 12.30 Uhr

34

Irene stellte ihren Zafira am Straßenrand ab, bevor sie Hellers Krug sehen konnte. Sie wusste zwar, dass es direkt vor dem Eingang einen großen Parkplatz gab, doch sie wollte sich erst einen Überblick verschaffen. Es erschien ihr immer noch unlogisch, dass Stella aus einem für Irene vorteilhaften Grund mit ihr reden wollte. Andererseits hatte sie einen derart öffentlichen Treffpunkt gewählt, dass Irene sicherlich nicht gefährdet war. Es sei denn, das gesamte Team von Hellers Krug steckte mit ihr unter einer Decke. Oder noch besser: Die echten Mitarbeiter saßen alle gefangen in einem feuchten Keller, während Stellas Brüder, mit Gummimasken verkleidet, ihre Positionen eingenommen hatten. Wie bei Mission Impossible. Sie musste grinsen, als sie das dachte.

Beschwingt überquerte sie den Parkplatz. Stellas blauer Golf stand auf dem Parkstreifen vor dem Symrise-Gebäude. Sie war also schon da.

Irene spürte, dass sie sich verkrampfte. Wenn sie doch nur wüsste, was das Luder von ihr wollte.

Um etwas Zeit zu gewinnen, studierte sie die Speisekarte. Vorsichtshalber las sie die auf der anderen Seite der Tür auch noch. Es half nichts. Halbherzig schob sie die Eingangstür auf. Erst nachdem sie ein paar Schritte in das Restaurant hineingegangen war, konnte sie nach rechts und links in die beiden Gasträume blicken.

Stella saß auf der rechten Seite, ganz hinten unter einem der Fenster. Sie winkte Irene zu und lächelte.

Zögernd hängte sie ihren Mantel an einen Haken und ging zu dem Tisch.

Stella hatte eine Cola vor sich stehen und wedelte mit dem Löffel. „Ich habe uns eine doppelte Kürbiscremesuppe bestellt. Die ist hier so was von lecker, mit einem Hauch Sellerie und Sojasoße, du wirst sie lieben. Was möchtest du trinken?"

Irene hatte nicht damit gerechnet, dass sie zusammen essen gehen würden. Verspürte sie Hunger? Eigentlich schon. Sie setzte sich auf den Stuhl am Tisch, der Stella direkt gegenüber stand. „Ich nehme auch eine Cola." Sollte sie sich auf den Small Talk einlassen? Warum nicht? Letztlich bestimmte Stella sowieso die Spielregeln. „Kürbiscremesuppe klingt lecker. Aber ein Salat wäre auch nicht schlecht."

„Nimm den mit Poulardenbrust." Sie lachte. „Obwohl ich nicht glaube, dass du den schaffst. Probier mal die Brötchen." Sie schob ihr den Korb hin. „Im Hause selbst gebacken. Ein Gedicht."

Irene nahm sich ein lauwarmes Brötchen, schnitt es auf und strich ein wenig Butter darauf, die langsam zerlief. Sie biss ab. Köstlich.

Aus den Augenwinkeln beobachtete sie Stella. Was hatte sie vor? Wann würde sie angreifen? ‚Ich muss auf der Hut bleiben', dachte Irene und trank einen Schluck.

Ihre Suppe kam. Sie begann zu löffeln. Noch immer sprachen sie über Belanglosigkeiten. Irene wurde unruhig.

„Hör auf, so nervös auf dem Stuhl herumzurutschen."

„Was willst du von mir?"

Stella grinste. „Na, endlich. Ich dachte schon, du fragst nie."

„Warum hast du mich herbestellt?"

Stella zeigte auf den Tisch. „Ich wollte dich zum Essen einladen."

„Red keinen Scheiß!“

„He, he, nicht so ordinär, wenn ich bitten darf. Dies ist ein gediegenes Restaurant, keine Dorfkneipe.“

„Hör auf, Zeit zu schinden.“

War es das? Wollte Stella sie hier festhalten? Beabsichtigte sie, sie aus der Firma fernzuhalten? Irene wollte aufspringen.

Stella legte ihr die Hand auf den Arm. „Bleib sitzen. Ich erklär's dir.“

Irene saß nur noch auf der Stuhlkante.

„Es ist wegen Leon.“

„Wusste ich's doch!“

„Nicht, was du denkst.“

„Was denke ich denn?“

„Was Falsches.“

„Dass ich nicht lache.“

„Es ist nicht witzig.“

„Da sagste was.“

Stella lehnte sich zurück. „Ich will es dir ja erzählen. Aber du musst mir Zeit lassen. Ich verstehe selbst nur die Hälfte.“

„Jetzt bin ich aber gespannt.“

Stella ignorierte sie. „Es begann kurz nach dem Umzug in das Katzensprungtorhaus. Ich weiß nicht, wie ich es erklären soll. Die Stimmung war angespannt.“

‚Klar‘, dachte Irene, ‚weil Leon mich angeschleppt hat.‘

„Oliver hatte von Anfang an nicht in das Torhaus gewollt. Er meckerte ständig an allem herum, aber das war auch nicht das Ausschlaggebende. Das Problem ging tiefer. Da war eine Aggressivität zwischen den beiden, und Misstrauen. Und dann kamst du dazu. Leon hat uns nicht gefragt. Er hat dich einfach mitgebracht. Dabei sind wir Partner. Er hätte uns fragen müssen."

„Soweit ich weiß, besitzt er den größten Anteil."

„Das stimmt, aber unsere Zusammenarbeit basiert auf Vertrauen und auf Zuverlässigkeit. Was glaubst du, hätten wir gesagt, wenn er uns deine Situation geschildert und uns um unsere Zustimmung gebeten hätte?"

„Nein?"

„Quatsch!"

„Du hast mich von Anfang an als Rivalin behandelt."

„So ein Blödsinn."

„Ach ja? Und was war ..."

Stella hatte abwehrend die Hand gehoben. „Lass. Du hast recht. Allerdings war das nicht auf meinem Mist gewachsen."

„Hört, hört."

„Ehrlich. Oliver hat sich dermaßen darüber geärgert, missachtet worden zu sein, dass er eine Tasse gegen die Wand geworfen hat."

„Warum sollte er sich über mich ärgern?"

„Nicht über dich persönlich. Es ging ihm nur darum, dass Leon ihn übergangen hatte, dass er ihn, wieder einmal, vor vollendete Tatsachen gestellt hatte. Oliver ist da etwas eigen."

„Okay, was hat das mit dir zu tun?"

„Oliver hat mich gebeten, dich zu vergraulen. Zickenkrieg und so. Er hat gesagt, wenn ich es schaffe, dass du auf der Arbeit ausrastest, also einen Weinkrampf bekommst oder einen Wutanfall, am besten vor Kunden, dann kann er dich rausschmeißen, und Leon kann nichts dagegen tun, würde auch nichts dagegen tun, denn für ihn kommt das Geschäft immer an erster Stelle."

„Du hast dich also geopfert. In Wahrheit machst du dir nichts aus Leon, außerdem hast du ein Keuschheitsgelübde abgelegt. Für wie blöd hältst du mich eigentlich?"

„Das ist das Problem. Ich halte dich für intelligent. Schließlich bist du auf meine Provokationen nicht hereingefallen. Nicht mal, als diese Polizisten da waren. Ich konnte sehen, wie schlecht es dir ging."

„Hast du deswegen behauptet, Leon und ich würden im Büro ...?"

„Einen Versuch war es wert."

„Was hat dich zum Umdenken gebracht?"

„Ich habe dich mit deiner kleinen Tochter gesehen. Kim, oder?"

„Du hast uns nachspioniert?" Irene war entsetzt.

„Ich wollte nur wissen, ob die Geschichte mit dem verlorenen Job und der alleinerziehenden Mutter stimmt."

„Um dich daran zu weiden?"

„Nein, ich brauchte Gewissheit."

„Dass ich Samstagabend keine Zeit habe und du Leon ungestört in seiner Wohnung verführen kannst? Wie hast du es geschafft? Hast du ihn abgefüllt?"

Stella hob ihr Glas an die Lippen und nahm einen kleinen Schluck. „Ich war noch nie in seiner Wohnung."

„Von wegen!"

„Ehrenwort."

„Ich habe doch deinen Schal neben dem Futon gesehen und die Weingläser, mit deinem Lippenstift am Rand."

„Bist du ganz sicher?" Stella lehnte sich vor, versuchte, Irene tief in die Augen zu schauen.

„Was soll das? Natürlich!"

„Ehrlich, ich war nicht da, am letzten Wochenende nicht und davor auch nicht. Ich vermisse meinen Schal, dachte, ich hätte ihn verloren oder irgendwo liegen lassen."

Irene öffnete den Mund, um ihr zu widersprechen. Doch sie spürte, dass Stella die Wahrheit sagte, auch wenn es unglaubwürdig klang.

„Ich habe Angst", flüsterte Stella.

„Wovor?"

„Jemand will mir was in die Schuhe schieben. Irgendwer hat das inszeniert."

„Was soll man dir anhängen wollen?"

Stella sprach es nicht aus, sah sie nur an. Doch Irene verstand sie auch so. Leons Tod.

„Verstehst du, wenn sie ihn finden, wenn er ..., dann bin ich dran. Aber ich war's nicht, verdammt. Ich habe diese beschissene Bude noch nie betreten." Erschrocken senkte sie ihre Stimme wieder. „Außerdem mache ich mir nichts aus Leon."

Das konnte Irene nicht auf Anhieb glauben.

Eine Träne lief über Stellas Wange. „Anfangs war ich in Oliver verliebt. Sein Gang, sein Timbre, immer so kühl und geradlinig. Aber inzwischen macht er mir Angst." Sie sah auf, wischte die Träne weg. „Er hat mir gesagt, er hätte keine Zeit für eine Beziehung. Für ihn kommt die Karriere an erster Stelle. Er will die Firma. Jetzt, da Leon weg ist. Um jeden Preis. Ich bin ihm egal. Du interessierst ihn nicht. Er will @dospasos und damit möglichst viel Geld in kurzer Zeit verdienen."

„Willst du auf diese Weise sagen, er habe Leon verschwinden lassen?"

„Nein, auf keinen Fall. Das ist viel zu früh. Noch ist das Unternehmen nicht etabliert. Er braucht Leon noch, wir brauchen ihn noch, seine Weitsicht, seine

Kreativität und seine Visionen. Ohne ihn wird's viel schwieriger, wenn nicht sogar unmöglich."

Irene dachte nach. „Ich hatte in den letzten Monaten überhaupt nicht den Eindruck, dass Oliver mit dem Firmensitz unzufrieden war. Ich hatte das Gefühl, er hätte sich arrangiert."

„Hm, könnte sein", gab Stella zu. „Zumindest hat er sich nicht mehr negativ geäußert, mir gegenüber auch nicht."

„Seit wann?"

Stella überlegte. „Sechs Wochen, höchstens acht."

„Gab's dafür einen Grund?"

„Die Geschäfte liefen gut. Kein Kunde beschwerte sich über fehlende Parkplätze." Sie zuckte mit den Schultern. „Fällt mir erst jetzt auf, weil du gefragt hast. Er hat nicht einmal mehr gemosert, dass er sich immer den Kopf an der Dachschräge stößt, wenn er sich einen Kaffee holt."

„Was glaubst du, was passiert ist?"

„Keine Ahnung. Auf jeden Fall sollst du wissen, dass ich nicht deine Feindin bin."

Irene mochte sich mit dem Gedanken noch nicht richtig anfreunden, deshalb sagte sie halbherzig: „Das ist nett von dir."

Eine Pause trat ein.

„Was wollen wir jetzt machen?", fragte Irene schließlich.

„Ich weiß es doch nicht." Dann wisperte Stella: „Ich glaube, Oliver hat Nachschlüssel."

„Was für welche?"

„Für Leons Büro und die doppelte Wand und seine Wohnung, alle Schlüssel, die in deiner Schublade liegen."

„Ihr wisst davon?"

„Von Anfang an. Oliver lässt nicht zu, dass jemand vor ihm Geheimnisse hat."

„Wir schließen gleich, dürfte ich kassieren?"

Beide Frauen erschraken, als sie die Stimme der Bedienung hörten.

Stella bezahlte, und sie verließen Hellers Krug zusammen.

Erst als Irene in ihrem eigenen Wagen saß, kam sie dazu, über das Gespräch nachzudenken. Log Stella? Oder hatte sie ihr bisher etwas vorgespielt? Die Geschichte, die sie erzählt hatte, klang nur halb plausibel. Oder?

Oliver traute sie es durchaus zu, seine Ziele mit allen zur Verfügung stehenden Mitteln anzuvisieren. Sicherlich war ihm aufgefallen, dass Stella ihn anhimmelte - wenn diese Information denn korrekt war - und gewiss war er der Typ, das auszunutzen. Und dass Stella sich darauf einließ, erschien ihr zwar idiotisch, aber fraglos glaubwürdig. Frauen taten die irrsinnigsten Dinge, wenn sie verliebt waren.

Doch so sehr sie sich auch bemühte, sie konnte es nicht für bare Münze nehmen, dass Oliver all das inszeniert hatte, nur um sie loszuwerden. Oder hatte er wirklich ein solch gewaltiges Ego? Oder litt, ganz im Gegenteil, sein Ego, wenn er sich übergangen fühlte?

Wie war das, wenn sie mit ihm zusammenarbeitete?

Gut möglich.

Irene erinnerte sich an mehrere Vorfälle, bei denen er sie mit der Aufforderung weggeschickt hatte, eine Arbeit erneut anders zu erledigen und ihn in Zukunft erst zu fragen, bevor sie eigenmächtig Arbeitsabläufe änderte.

Eigenmächtig.

Genau. Sie erinnerte sich an dieses Wort, weil sie es so lange nicht mehr gehört hatte.

Okay, wenn es das war, könnte sie sich darauf einstellen. Ihr Ex-Mann hatte ganz ähnlich getickt. Doch wie passte Leons Verschwinden ins Bild? Sie spürte wieder den Kloß im Hals.

Und dann die Geschichte mit den Schlüsseln.

Dieser Kommissar hatte ihr gezeigt, dass die Unordnung im Büro nicht auf einen echten Überfall oder Einbruch zurückzuführen war. Oliver hätte die Möglichkeit gehabt. Doch wozu?

Holzminden
Freitag, 4. November 2011
gegen 15.00 Uhr

35

Nachdem Kofi ihren Laden verlassen hatte, konnte Anna nicht anders: Zusammen mit Kim ging sie hoch in ihre Wohnung und schaltete das Fernsehen an. Sie hatten Glück, NDR Niedersachsen brachte eine Sondersendung aus Holzminden.

Vor dem Haus, in dem offenbar Angela Jänicke lebte, stand ein blonder Reporter und sprach in ein wuscheliges Mikrofon.

Offensichtlich musste er in die Sonne schauen, denn er kniff ständig die Augen zusammen, was ihn ziemlich verpeilt wirken ließ. „In diesem Haus verbrachte Kelvin Jänicke die ersten sieben Jahre seines Lebens. Hier lernte er laufen." Die Kamera schwenkte zur Seite. „In diesem Sandkasten backte er seine ersten Sandkuchen. Seine Mutter, Angela Jänicke, sagte uns, dass er stundenlang an einer Burg mit Türmen und Verliesen bauen konnte, in der er dann seine Ritter und seine Matchboxautos aufstellte." In einem kleinen Fenster in der rechten oberen Ecke wurde ein Bild von Angela Jänicke eingeblendet. Sie hatte sich stark geschminkt und trug ein schwarzes, glänzendes Halstuch.

Der Reporter verschwand abrupt aus dem Bild, stattdessen tauchte der Moderator im Studio auf. Er begrüßte einen Mediziner als Gast und fragte ihn danach, wie Kelvin starb.

„Als ob du das nicht längst weißt." Anna ärgerte sich über das scheinheilige Getue. „Von wegen Aufklärung, ihr wollt nur die Bilder von dem toten Jungen noch einmal zeigen."

Sie hatte Recht. Zuerst zeigten sie das Folienbündel, das Kelvin enthielt, von oben. Dann zoomten sie seinen Körper heran und fuhren in Großaufnahme von den Füßen hinauf bis zum Kopf. Immerhin wurde das Bild um sein Geschlechtsorgan herum unscharf, dafür verharrte die Kamera unglaublich lange über dem Gesicht.

„Wo haben die diese Aufnahmen überhaupt her? So etwas sollte verboten werden."

„Bist du böse auf mich, Anna?" Kim rutschte näher an sie heran.

„Nein, Mausebär, auf dich nicht. Nur auf die Leute im Fernseher. Ich mache ihn am besten aus. Wollen wir etwas spielen?"

Kim sprang auf und lief zum Regal. Sie zog eine Schachtel heraus und brachte sie zum Tisch. Anna hatte inzwischen das Fernsehgerät ausgeschaltet und zwei Gläser Orangensaft eingegossen.

„Was hast du da für uns?"

„Qwirkle."

„Das macht Spaß."

Kim zog sechs Spielsteine aus dem Beutel. „Ich fange an", rief sie, noch bevor Anna ihre Steine überhaupt aufgestellt hatte. Sie war noch viel zu sehr mit den Bildern des toten Jungen beschäftigt. Sie selbst betrachtete das Leben als etwas unendlich Wertvolles. Sie hielt es mit Siegmund Freud, der gesagt hatte: „In dem Augenblick, in dem ein Mensch den Sinn und den Wert des Lebens bezweifelt, ist er krank." Wie viel kränker musste jemand sein, der vorsätzlich tötete? Noch dazu ein Kind?

„Du bist dran!"

Rasch legte Anna drei Steine an. Wie immer lag Kim schnell vorne. Sie spielten bereits die dritte Runde, als es klingelte.

„Das ist Mama." Kim hüpfte zur Tür.

Nachdem sie zu dritt noch zwei Durchgänge gespielt hatten, war Kim so müde, dass sie sich auf dem Sofa zusammenrollte und einschlief.

Anna und Irene schlichen sich in die Küche, wo Anna einen Kaffee aufsetzte. Die beiden Frauen standen nebeneinander am Küchenfenster und schauten auf die Straße hinaus.

Anna erzählte ihr von den Fotos von Kelvins Leichnam, die sie im Fernsehen gezeigt hatten.

„Dabei sieht hier bei uns alles so normal aus, so friedlich, so wie immer." Irene lehnte ihre Stirn gegen die Scheibe. „Ich kann es nicht fassen. Da läuft jemand herum, der unsere Kinder von der Straße wegfängt, aus irgendeinem irren Grund in Folie einwickelt und dann wegwirft."

„Wer macht so etwas und warum?"

„Wieso wickelt er sie in Folie ein? Was macht er vorher mit ihnen? Warum sind sie nackt?"

„Wer kann schon verstehen, was in einem Psychopathen vorgeht?"

„Ein Psychopath!" Irene schüttelte den Kopf. „Ausgerechnet in Holzminden. So etwas passiert sonst nur im Fernsehen!"

„Oder in New York!"

„Hier drehen alle komplett durch", sagte Irene. „Vor einer halben Stunde hat die Ballettschule angerufen. Die Aufführung am Sonntag wurde abgeblasen. Die Gefahr sei zu groß, haben sie gesagt."

Im ersten Moment wusste Anna nicht, wie sie darauf reagieren sollte. Einerseits erschien es ihr nachvollziehbar. Die Tanzschule lädt zu einer Vorführung. Auf dem Rückweg wird wieder ein Kind entführt, egal, ob ein Zuschauerkind oder eines der Tanzkinder, für die Tanzschule wäre das der Mega-Gau. Andererseits, war es richtig, wenn alle sich nach einem Irren richteten, sich von ihm einschränken ließen? Konnte man nicht einfach dafür sorgen, dass die Kinder behütet wurden?

Und wenn der Typ, ganz unauffällig, im Publikum saß, wenn er ein Kind wegholte, das, zum Beispiel, zur Toilette ging? Anna bekam eine Gänsehaut.

Jeder Mensch, der ihr auf der Straße begegnete, im Fahrstuhl oder in ihrem Laden, konnte der Psychopath sein. Oder auch jede? Wäre eine Frau dazu in der Lage?

Anna sagte: „Kim hat sich so sehr darauf gefreut. Wann willst du es ihr sagen?"

„Sie wollen es verschieben."

„Verschieben? Sie nennen es verschieben, meinen aber ausfallen lassen, oder? Auf wann denn?"

Irene ging zur Küchenzeile und goss zwei Tassen Kaffee ein. „Auf danach, was immer das heißen soll."

„Man darf gar nicht darüber nachdenken. Was ist, wenn es nie zu Ende geht? Wenn als Nächstes die tote Emma gefunden wird und dafür ein anderes Kind verschwindet und danach wieder eines und noch eines? Was ist, wenn die Polizei den nie findet? Wenn er unaufhaltsam weitermacht?" Ihre Stimme wurde ständig leiser.

Irene setzte den Gedanken fort. „Dann ist es nur eine Frage der Zeit, bis es Kim trifft."

Anna legte ihr einen Arm um die Schulter. „Daran darfst du nicht einmal denken. Die Polizei ist ihm auf den Fersen, da bin ich sicher. Die verraten uns bloß nicht alles."

„Auf mich wirken die etwas unkoordiniert."

„Einer von ihnen hat Kim heute nach Hause gebracht."

Irene erschrak. „Wieso? Befand sie sich in Gefahr?"

„Nein, überhaupt nicht." Anna informierte Irene kurz über den Vorfall in der Schule.

Nachdem der Kaffee durchgeblubbert war, setzten sich die beiden Frauen an den Küchentisch. Zuerst schwiegen sie sich an, jede in ihre Gedanken versunken. Dann begann Anna, von Kofi zu erzählen. Von seinen braunen Augen, seinen erstaunlich weißen Handflächen, die er immer offen nach oben hielt, wenn er etwas beteuerte, und von seinem warmen Lächeln, das an den Augen begann und sich über das ganze Gesicht ausbreitete, bis seine strahlend weißen Zähne ihr entgegenleuchteten.

Irene musterte das Erscheinungsbild ihrer Freundin, dann sagte sie: „Du bist verliebt."

„Ich doch nicht. Er ist viel jünger als ich."

„Wie viel denn?"

„Zwei oder drei Jahre mindestens."

„Unmöglich, das sehe ich ein. Schlag ihn dir aus dem Kopf. Der ist ja noch ein Kind, im Vergleich zu dir."

Anna schaute sie verblüfft an.

„Guck nicht so. Das war ein Scherz. Anna, zwei Jahre sind völlig unerheblich."

„Was du immer redest. Ich bin überhaupt nicht verliebt, höchstens ein kleines bisschen verknallt. Wie sieht es denn mit Leon aus?"

„Lenk nicht ab. Du könntest mal wieder einen Liebhaber gebrauchen."

„Liebhaber, wie das klingt. Ich bin keine fünfzigjährige Witwe auf Kur. Weißt du etwas über Leon? Wie läuft es in der Firma?"

„Es gibt nichts Neues, gar nichts. Leon ist wie vom Erdboden verschluckt. Das Geschäft läuft mehr als mau. Ohne Leon fehlt der Drive." Irene seufzte. „Außerdem ist die Stimmung ziemlich auf dem Tiefpunkt. Ich bin so froh, dass jetzt erst einmal Wochenende ist."

„Leon ist eben die Triebfeder, es ist seine Firma, seine Idee, sein Leben."

Anna beobachtete sie, sagte aber nichts.

„Die Leute sind so undankbar. Oliver und Stella wollen @dospasos schon unter sich aufteilen. Stell dir das vor. Kaum ist er ein paar Tage nicht da, streiten sie sich, wer Chef wird. Er hat sie erst vor zehn Monaten als Partner aufgenommen, und nun das."

„So ganz uneigennützig war das nicht. Hatte er sich nicht etwas übernommen mit dem Kauf und dem Umbau des Katzentorhauses?"

„Ach was, er hätte sowieso Partner gebraucht. Allein ist das gar nicht zu stemmen."

Anna wusste nicht, was sie dazu sagen sollte. In ihren Augen war Leon ein Arsch, ein geldgeiler, aalglatter Wichser, der ununterbrochen und ausschließlich und andauernd an seinen eigenen Vorteil dachte. Außerdem sah er kacke aus.

Allerdings hatten sie das alles schon mehr als einmal diskutiert, wobei Anna andere Wörter verwendet hatte, um ihren Eindruck von Leon wiederzugeben. Irene hatte sich nie darauf eingelassen, ihn und seine Handlungen auch nur ein einziges Mal mit Annas Augen zu betrachten. Sie beschloss, das Thema zu verschieben. „Hast du denn diese Lagerhalle endlich verkauft?"

„Ach was, die wollen erst einen Termin bei Leon, weil es angeblich noch viele Details zu klären gibt. Vorher unterschreiben sie nichts."

„Kann dieser Nussbaum ihn nicht vertreten?"

„Oliver? Der kümmert sich nur um die Vertragsgestaltung. Das macht auf die meisten Kunden keinen Eindruck. Wenn Leon sein Werbekonzept auf den Tisch legt, Hochglanzdrucke, interaktive Websites, Briefpapier und Visitenkarten aus Büttenpapier, dann sehen die Kunden ihre neue Firma plastisch vor sich, dann gewinnt sie Kontur und wird Wirklichkeit."

„Dann unterschreiben sie? Nur weil es einen Flyer und eine Website gibt?"

„Klar. Sie haben mit mir eine Location gefunden, und Leon gibt ihnen die Vision, zeigt ihnen, was daraus werden kann."

„Werden kann, noch genauer: eventuell werden könnte, er kann doch nicht hellsehen."

„Auch wenn du es nicht wahrhaben willst, er hat ein gutes Gespür für Menschen, für das, was sie antreibt. Seine Konzepte treffen meistens direkt ins Herz der Kunden."

„Meistens?"

„Naja, niemand ist unfehlbar."

„Also hat es schon mal Reinfälle gegeben?"

„Worauf willst du hinaus?"

„Hat es Reklamationen gegeben?"

„Aber nichts Bedeutendes."

„Nicht bedeutend? Hast du schon mal darüber nachgedacht, dass etwas, das für dich unbedeutend ist, für einen anderen eine Katastrophe sein könnte? Vielleicht ist das die Erklärung für Leons Verschwinden."

„Du denkst nicht, dass er etwas mit den entführten Kindern zu tun hat?"

„Nein, denkst du das?"

Irene lehnte sich zurück. „Nein, nein, natürlich nicht, nur manchmal …"

„Nur manchmal?“

„Manchmal frage ich mich, ob er untergetaucht ist, untertauchen musste.“

„Weswegen?“

„Wenn ich das wüsste. Vielleicht hat er einen Fehler gemacht?“

„Einen Tippfehler auf dem Flyer oder einen Zahlendreher auf der Website?“ Anna wollte die Freundin aufheitern, aber es gelang ihr nicht.

„Manche Kunden vertrauen der Firma, vertrauen Leon wirklich große Summen an, manchmal mehrere Millionen.“

„Du meinst, Leon hätte etwas unterschlagen?“

„Das hätte die Polizei herausgefunden, oder? Die haben seinen Computer überprüft und alle Unterlagen.“

„Haben sie etwas gefunden?“

„Nichts. Das muss aber nichts heißen.“

„Wieso nicht? Die haben Profis für so etwas bei der Polizei.“

„Schon, aber die geben sich keine richtige Mühe. Einmal wegen der Kinderentführungen und zum anderen, weil es keinen Beweis für eine Straftat gibt. Wenn es nach der Polizei geht, hat Leon das Recht, nicht zur Arbeit zu kommen. Ich glaube, die gehen davon aus, dass er mit einer Freundin nach Mauritius oder auf die Osterinseln geflogen ist und es sich gutgehen lässt.“

„Du bist aber hier.“

„Und Stella auch!“ Irene hielt sich den Mund zu.

„Wieso Stella?“

Irene zuckte mit den Schultern.

„Nun red schon.“

„Ich dachte bis heute Mittag, die beiden hätten was miteinander, da war ich mir völlig sicher. Und dann ...“

„Was? Lass dir nicht jedes Wort aus der Nase ziehen."

„Sie hat mich zum Mittagessen eingeladen."

„Hatte sie was gutzumachen?"

„Sie hat mir erzählt, dass Oliver Nussbaum sie angestachelt hätte, mich aus der Firma zu vergraulen."

„Warum das?"

„Verletztes Ego."

„Wieso hat sie es gemacht?"

„Angeblich, weil sie in Oliver verliebt ist."

„In einen Anwalt?"

„Außerdem behauptet sie, dass er einen Schlüssel zu Leons Büro und seiner Wohnung besitzt. Egal, mir ist da gerade noch etwas Wichtigeres eingefallen."

„Nicht egal, du musst ihn zur Rede stellen."

„Werde ich ja. Hör zu. Wir hatten eine Beschwerde, letzte Woche Mittwoch muss das gewesen sein. Da ist dieser Personal Trainer, Hanske, Detlef Hanske in mein Büro gestürmt."

„Hanske? Ist das der Judotrainer von Kelvin? Der nicht richtig auf den Jungen geachtet hat?"

„Genau der."

„Der war Kunde bei euch?"

„Er hat sich als Personal Trainer selbstständig gemacht. Er will begabte Kinder und deren Eltern betreuen, sodass die jeweiligen Talente optimal gefördert werden."

„Dafür zahlen die Leute?"

„Er macht auch normale Fitnessangebote, Walking und so, Muskelaufbau nach Schlaganfall."

„Okay, Werbekonzept Schwarzenegger, kann ich mir vorstellen. Was ist schiefgegangen?"

„Kann ich dir nicht genau sagen. Leon hat ihn sofort in sein Büro gebeten. Dort hat Hanske noch ein bisschen herumgebrüllt. Nach einer guten Stunde ist er weggegangen, ohne sich bei mir zu entschuldigen oder wenigstens zu verabschieden."

„Benehmen ist Glückssache."

„Weißt du, er hat sich auf meinen Schreibtisch gestützt und hat mich angebrüllt. Dabei sind mir seine Arme aufgefallen, völlig zerkratzt, und ich glaube, im Gesicht hatte er auch Kratzspuren."

„Vielleicht besitzt er eine Katze."

„Kann ich mir bei dem nicht vorstellen. Bekommt man solche Kratzer vom Judo? Vermutlich haben die Kinder ihn so zugerichtet, beim Training oder beim Spielen."

Die beiden Frauen sahen sich an.

„Denkst du, was ich denke? Kinder?"

Irene schien nicht überzeugt. „Abgesehen von diesem einen Auftritt ist er ein sehr netter Mann."

„Und Kinderschänder."

„Wie?"

Anna sprang auf und wühlte im Altpapierstapel. „Hier ist der Tägliche Anzeiger vom Donnerstag." Sie blätterte. „Da ist es. Detlef Hanske." Sie las ein paar Zeilen, bevor sie Irene die Zeitung hinlegte. „Leute haben sein Haus beschmiert, weil er schon mal ein Kind missbraucht hat."

Irene las den Artikel sorgfältig. „Moment, Moment, das stimmt so nicht. Hier steht, dass er angezeigt und nach umfangreichen Ermittlungen freigesprochen wurde."

„So freigesprochen, dass er danach umziehen musste."

Irene faltete die Zeitung wieder zusammen. „Solch einen Vorwurf wirst du nicht mehr los, selbst wenn du absolut unschuldig bist. Der klebt an dir wie Hefeteig.

Sobald abermals etwas passiert, heißt es, frag doch mal den Hanske."

„Du magst recht haben. Kann sein, er ist unschuldig. Möglicherweise auch nicht. Du solltest der Polizei einen Tipp geben."

„Ich weiß nicht."

„Was hast du zu verlieren?"

„Ich? Gar nichts. Aber ich kann doch nicht einfach jemanden verdächtigen."

„Das brauchst du nicht. Du berichtest von deiner Beobachtung. Für die Anschuldigungen ist die Polizei zuständig."

Während Guntram Schnitter ihn mit dem Dienstwagen nach Hause brachte, überlegte Kofi, ob er nicht doch lieber zur Dienststelle zurückkehren sollte. Andererseits fühlte er sich hundemüde und hatte sich ein wenig Ruhe verdient.

Als er ins Wohnzimmer kam, blinkte sein Anrufbeantworter.

„Stefan Ollner hier, Kofi, komm bitte noch einmal bei mir im Krankenhaus vorbei, ich habe eine Idee. Die wollen mich nicht entlassen, deshalb kann ich mich nicht selbst darum kümmern."

Kofi schaute auf die Anzeige.

Vor etwa zwanzig Minuten hatte Stefan angerufen. Warum hatte er nicht versucht, ihn auf dem Handy zu erreichen? Kofi zog es aus der Tasche. Kein Strom mehr. Sehr passend.

Er holte das Ladegerät und steckte es ein.

Er wusch sich Hände und Gesicht und zog ein frisches Hemd an. Er hätte gern geduscht. Doch Stefan wartete sicher schon ungeduldig auf ihn. Wie lange es wohl her war, dass er die Wohnung ohne Handy verlassen hatte? Er konnte sich nicht daran erinnern. Irgendwie fühlte er sich unvollständig.

Sollte er Stefan irgendetwas mitnehmen? Schokolade? Orangensaft, was zum Gesundwerden. Er verwarf die Idee und fuhr direkt zum Krankenhaus.

Als er die Zimmertür öffnete, saß Ollner auf der Bettkante. Seine Füße baumelten knapp über dem Boden.

„Hi, na, wo willst du denn hin?"

„Grüß dich. Ich soll liegen bleiben, mich ausruhen, kann ich aber nicht, will ich auch nicht."

„Ist doch nur zu deiner Sicherheit. Die wollen nicht, dass du dir zu viel zumutest und am Ende ..."

„Am Ende, am Ende sind wir noch lange nicht. Hör zu, mir ist etwas aufgefallen." Er ließ sich auf das Bett plumpsen und angelte nach der Fernbedienung für den Fernseher, der auf einem Gestell an der gegenüberliegenden Wand angebracht war.

„Die bringen laufend Sondersendungen über unseren Fall. Ist zwar immer das Gleiche, aber sie tun so, als hätten sie alle zwei Stunden etwas Neues zu berichten, indem sie die Szenen anders zusammenschneiden. Die Stellungnahmen der sogenannten Sachverständigen kann ich inzwischen auswendig."

Er schaltete durch einige Programmplätze. Dann wedelte er mit der Hand. „Da! Das ist es. Guck dir das an."

„Was meinst du?"

„Die Fotos von Kelvins Leiche."

„Was ist damit?"

„Ist es dir nicht aufgefallen? Jetzt müssen wir warten, bis sie es wieder zeigen."

„Was denn?"

„Das sind Fotos von draußen. Ich meine, vom Fundort. Man kann ganz klar das Grünzeug darunter erkennen."

„Und?" Kofi verstand noch immer nicht, worauf Stefan Ollner hinauswollte.

„Die Fotos können nur vom Täter oder von einem der Männer stammen, die mich überfallen haben."

„Wieso?"

„Nachdem ihr mich gefunden habt, ist die übliche Prozedur abgespult worden, oder? Das bedeutet, dass niemand außer dem Team Zugang zum Fundort hatte."

„Stimmt. Sobald die Presse uns gefunden hatte, hat Mausig die Leiche abtransportieren lassen. Außerdem war es da schon dunkel. Bei den Fotos, die wir eben gesehen haben, war es eindeutig Tag."

„Jemand hat die Bilder gemacht und an die Presse verkauft. Diesen Jemand müssen wir finden."

„Das dürfte kein Problem sein. Ich werde Marc bitten, sich darum zu kümmern. Ich selbst werde Magdalena Kelbig anrufen und sie ein bisschen ausfragen. Die ist mit mir zur Schule gegangen und arbeitet für den NDR."

„Leute kennst du. Seid ihr sonst vorangekommen?"

„Kaum. Mausig hat die Anführer oder wie sie sich selbst nennen, die Organisatoren der Bürgerwehr einzeln auf die Dienststelle bringen lassen. Der Schwarze ist von vornherein in Begleitung eines Anwalts erschienen. Hat ihm nicht viel genützt, habe ich gehört."

„Wie kann das sein?"

„Was meinst du?"

„Wieso haben wir nicht den geringsten Ansatzpunkt? Überhaupt gar keine Spur? Das gibt es nicht."

„Wir haben eine einzelne, blaue Teppichfaser."

„Aus einem Auto?"

„Eher Auslegware, reine Schurwolle, nicht ganz billig, aber in vielen Baumärkten zu bekommen." Kofi lachte leise. „Und eine halbe tote Spinne."

„Was ist daran witzig?"

„Naja, sie ist mumifiziert."

„Wie muss ich das verstehen?"

„Marc sagt, die wäre schon lange tot, also nicht lange im Sinne von: im letzten Winter verstorben und beim Putzen übersehen, sondern richtig lange tot. Er schätzt, fünfzig Jahre."

„Eine fünfzig Jahre alte Spinnenleiche. Du willst mich auf den Arm nehmen."

Kofi hob die Linke zum Eid. „Ehrenwort, nein."

„Wo hat er sie gefunden? Unter ihm?"

„Nein, seitlich, in Hüfthöhe."

„Welche Schlussfolgerungen zieht er daraus?"

„Dass die Leiche zumindest vorübergehend in einem Raum untergebracht worden war, in dem seit fünfzig Jahren niemand die Spinnen weggestaubwedelt hat."

„In einer Scheune?"

„Eher in einem Keller, wegen der Temperatur."

Ollner grunzte. „Es müssen Tausende Keller in Holzminden existieren, in deren Ecken uralte Spinnen vor sich hin gammeln."

„Er hat das Tier eingeschickt. Marc hofft, dass es eine besondere ist, die es nicht überall gibt."

„Wie verzweifelt muss er sein? Ich muss hier heraus."

Ollner schwang seine Beine wieder über die Bettkante. „Um 19 Uhr ist noch mal Visite. Holst du mich danach ab? Ich will in mein eigenes Bett."

„Hältst du das für klug?"

„Ich habe nicht einmal eine richtige Gehirnerschütterung, und ein paar blaue Flecke werden erst gefährlich, wenn du sie Hämatome nennst."

„Da hat der Arzt aber etwas anderes gesagt."

Einen Moment lang wirkte Ollner ertappt, dann entspannte er sich. „Der Arzt darf gar nicht mit dir reden."

Kofi verzog das Gesicht. „Du musst wissen, was du tust. Ruf mich an, wenn was dazwischenkommt. Ich sehe zu, dass ich Magdalena erwische, und dann hole ich dich um acht Uhr ab. Pass auf dich auf."

Kaum hatte Kofi das Krankenhaus verlassen, tastete er nach seinem Handy. Nicht da. So ein Mist. Nun musste er erst nach Hause fahren.

Holzminden
Freitag, 4. November 2011
gegen 18.30 Uhr

37

Magdalena Kelbig wohnte in Hellers Krug. Es war sein dritter Versuch gewesen. Er hätte gedacht, dass sie eher der Typ für die Schleifmühle oder Hotel Buntrock war. Egal, er war sich ja auch sicher gewesen, dass er ihre Handynummer gespeichert hatte. Jedenfalls hatte er sie gefunden.

Die Rezeptionistin sagte Kofi, dass Frau Kelbig gerade zum Abendessen ins Restaurant gegangen sei. Er fuhr sofort los und sah sie schon durchs Fenster an einem kleinen Tisch in der Ecke sitzen. Sie trug einen blauen Blazer. Eine Kette aus dicken Holzperlen baumelte gegen die Tischplatte, als sie sich vorbeugte, um einen Löffel Suppe zu essen.

„Darf ich mich zu dir setzen?"

„Kofi Kayi, wie angenehm, gern. Nimm Platz. Die Tomatencremesuppe mit Whiskey kann ich empfehlen. Ein Traum. Wir haben uns ja ewig nicht gesehen."

Er setzte sich ihr gegenüber und zog die Speisekarte heran. Er verspürte tatsächlich Hunger. Aber nicht auf Suppe. Zuerst bestellte er sich eine große Cola, dann die Schweinemedaillons mit Kroketten, Pfifferlingen und Rotweinsoße.

„Ich muss etwas mit dir besprechen. Beruflich."

Magdalena Kelbig schob ihre Suppentasse zur Seite und tupfte sich die Lippen mit der Serviette ab. „Du schaust mich so böse an, als hätte ich ein Nacktfoto von dir veröffentlicht."

Wollte sie etwa mit ihm flirten? „Ein Nacktfoto nicht gerade. Aber du hast recht, ich wollte tatsächlich wegen eines Fotos mit dir sprechen."

„Soll ich eines von dir machen? Für deinen Dienstausweis?“ Sie lachte lauter, als es sich in einem Restaurant gehörte.

„Mir ist nicht nach Scherzen zumute.“

Die Bedienung brachte seine Cola und den Beilagensalat. Er spießte eine Bohne auf und sagte: „Es geht um ein Foto, das eigentlich niemand haben kann. Das Problem ist nur, dein Sender zeigt es beinahe stündlich.“

„Ich hatte leider keine Zeit zum Fernsehen. Du musst mir schon auf die Sprünge helfen.“

Kofi erinnerte sie an den Überfall auf Stefan Ollner und erzählte dann, dass ein Foto existierte, das die Leiche am Fundort zeigte und regelmäßig von mehreren Sendern ausgestrahlt wurde, auch vom NDR.

„Also, ich habe das nicht aufgenommen“, sagte sie. „Ich war nicht einmal in der Nähe des Fundortes. Da hatte der Sender ein Fernsehteam hingeschickt. Doch als die Polizisten sie endlich hinließen, war es viel zu dunkel, ah, ich verstehe.“

„Das wollte ich dir gar nicht unterstellen. Ich hoffe nur, du könntest für mich herausfinden, woher der NDR es bekommen hat.“

„Verstehe, du glaubst, dass derjenige, der das Foto gemacht hat, auch deinen Kollegen Ollner überfallen hat.“

„Wenn es sich nicht um den Täter selbst handelt, dürfte er zumindest dabei gewesen sein.“

„Lädst du mich zum Essen ein?“

„Wenn du es nicht als Bestechung wertest, gern.“

„Komme gleich wieder.“ Sie nickte ihm zu, nahm ihre Handtasche von der Bank und verließ den Tisch.

Kofi hatte mehr als die Hälfte seiner Portion vertilgt, bevor Magdalena zurückkehrte. Sie rutschte auf ihren

Platz zurück. Die Bedienung brachte ihr mit einem leicht vorwurfsvollen Gesichtsausdruck das Hauptgericht, irgendetwas Fischiges, wenn Kofi nicht alles täuschte. „Wir haben den Pangasius für Sie warm gehalten."

Magdalena warf ihr ein abwesendes Lächeln zu und sagte zu Kofi: „Mein Sender besitzt die Rechte an insgesamt drei Bilddateien, auf denen die Leiche im Gras liegt. Das Interessante dabei ist Folgendes: Erst hieß es, sie seien anonym per Mail gekommen. Als ich darum bat, mir die Mail zuzusenden, damit ich ein Interview mit dem Einsender machen könnte, konnte mein Gesprächspartner sie urplötzlich nicht mehr finden. Er meldet sich wieder."

„Er?"

„Tut nichts zur Sache."

„Sicher?"

„Wir wollen die Dreckskerle, oder?"

„Wir?"

„Natürlich. Wir arbeiten im Team. Ich besorge die Kontaktinformationen, und bevor du den Kerl hopps nimmst, mache ich ein klitzekleines Exklusivinterview mit ihm oder ihr oder ihnen."

Kofi rieb sich die Stirn. „Ich weiß nicht, ob das eine gute Idee ist. Die Jungs sind gefährlich."

„Wofür bist du Polizist? Du wirst schon auf uns aufpassen. Man hört und liest so einiges über dich." Sie kontrollierte auf ihrem Handy, ob eine Nachricht eingetroffen war. „In spätestens zwei Stunden sollten wir ein Ergebnis haben. Wie wär's mit einer Mousse au Chocolat und einem doppelten Espresso? Dann vergeht die Zeit schneller."

„Ein Espresso geht noch, aber danach muss ich erst etwas anderes Wichtiges erledigen."

Holzminden
Freitag, 4. November 2011
gegen 20.30 Uhr

38

Es war komplett idiotisch, aber Irene konnte nicht anders. Sie musste sich vergewissern.

Sie hatte ihre Handynummer auf ihr Kopfkissen gelegt. Wenn Kim wach wurde, käme sie ins Schlafzimmer ihrer Mutter, um sich bei ihr anzukuscheln. Also würde sie die Nummer entdecken und könnte sich melden, falls sie Angst haben sollte.

Das hatten sie öfter so gemacht, seit Irene mit Leon liiert war. Was blieb ihr weiter übrig?

Sie zog die dunkelblaue Regenjacke über einen schwarzen Pullover. Auch ihre Jeans waren schwarz. Nur die Turnschuhe leuchteten hell. Darauf konnte sie jetzt keine Rücksicht nehmen. Es war ihr wichtiger, im Notfall schnell laufen zu können.

Im Notfall, wie sich das anhörte.

Sie hatte sich eine leistungsstarke Taschenlampe eingesteckt. Bevor sie das Haus verließ, schaute sie noch einmal in Kims Schlafzimmer. Sie lag auf dem Rücken und stieß leise Schnarchgeräusche aus. Bekam sie einen Schnupfen?

Leise schloss Irene die Tür, schlich die Treppe hinunter und brach auf.

Sie hatte beschlossen, das Fahrrad zu nehmen, für alle Fälle. Anhand ihres Autos wäre sie leicht zu identifizieren.

Doch als sie die alte Klapperkiste jetzt aus der Garage schob, begann sie zu zweifeln. Es war empfindlich kühl geworden, und die Mäntel der Reifen waren rissig. Wenigstens befand sich noch genügend Luft darin.

Sie radelte los. Anfangs ging es bergab, so dass sie angenehm schnell vorankam. Nach der ersten Steigung ging ihr Atem pfeifend. Glücklicherweise hatte sie den Wohnblock, in dem Leon lebte, beinahe erreicht. Sie lehnte das Fahrrad an eine Laterne und ging zum Haus.

Nur in einem Fenster auf dieser Seite brannte Licht. Bei den Einfamilienhäusern gegenüber lag alles im Dunkeln. Scheinbar hatten die Leute die Jalousien heruntergelassen.

Ihr sollte das recht sein.

Sie schloss die Haustür auf und fuhr mit dem Fahrstuhl nach oben. Es roch nach Reinigungsmitteln, sowohl in der Kabine als auch auf dem Korridor.

Zielstrebig ging sie zu Leons Wohnungstür, drehte den Schlüssel herum, schlüpfte hinein und klappte die Tür hinter sich zu. Erst dann schaltete sie die Taschenlampe an. Hier drinnen roch es nach abgestandener Luft.

Ohne sich lange aufzuhalten, ging sie ins Schlafzimmer. Alles sah noch so aus, wie bei ihrem ersten Besuch, jedenfalls so weit sie das beurteilen konnte. Sie ließ sich auf alle viere nieder und untersuchte das Bettlaken. Zentimeter für Zentimeter. Abgesehen von ein paar Haaren, dunkelbraun und ein wenig gelockt, die eindeutig von Leon stammten, und einem benutzten Taschentuch fand sie nichts. Keinen einzigen Fleck. Keine fremden Haare, schon gar keine glatten, blonden, die sie Stellas Bob zuordnen konnte.

Sie setzte sich auf den Futonrand und atmete durch. Ein endgültiger Beweis war das nicht. Schließlich konnten sie auch in der Badewanne oder im Wohnzimmer ... Allerdings lagen hier die Handtücher. Sie überwand sich und untersuchte auch die. Nicht ein einziges Haar, an keinem der Badelaken.

Sie bekam beinahe einen Herzinfarkt, als das Telefon läutete und kurz darauf Leons Stimme durch die Dunkelheit klang.

„Hi, ich bin nicht zuhause. Sprich nach dem Piep, sofern du nicht zur dunklen Seite der Macht gehörst."

„Ich will mein Geld zurück", sagte eine männliche Stimme ruhig. „Wenn die Tiere nicht innerhalb von 24 Stunden bei mir eintreffen, werde ich an Ihrem Anwalt ein Exempel statuieren lassen. Sollte Sie das nicht ausreichend beeindrucken, nehme ich mir als Nächstes ihre blonde Partnerin vor. Haben wir uns verstanden?"

Irene saß noch immer zitternd auf dem Boden. Die Stimme kannte sie. Woher?

Von welchen Tieren sprach er?

Plötzlich wusste sie, wer angerufen hatte. Der Kerl, der am Donnerstag in ihrem Büro einen auf dicke Hose gemacht hatte, als die beiden Polizisten da waren.

Sie rappelte sich auf und verließ die Wohnung.

Sie brauchte eine Viertelstunde bis zum Katzensprungtor. Auf den Straßen waren noch Leute unterwegs. Eine Gruppe Jugendlicher hatte sich um den Brunnen versammelt. Sie hörte, wie Bierdosen geöffnet wurden.

Ihr Fahrrad stellte sie im Durchgang unter der Informationstafel über die Synagoge ab, die sie schon so oft gelesen hatte, wenn sie zum Luftschnappen heruntergekommen war.

Die Treppenstufen knarrten noch lauter als sonst.

Während sie ihren Rechner hochfahren ließ, ging sie in Stellas Büro. Möglichst leise zog sie die Schubladen heraus und prüfte den Inhalt. Handgeschriebene Schriftstücke las sie an. Dann fand sie, wonach sie gesucht hatte. Ein Foto von Oliver Nussbaum, verkehrt herum und ganz zu unterst. Ein Foto von Leon fand sie nicht. Natürlich war das kein Beweis, aber es war immerhin ein Beleg, der darauf hinwies, dass Stella die Wahrheit gesagt hatte.

Sie hoffte, dass sie alles wieder ordentlich zurückgelegt hatte, und schlüpfte aus dem Zimmer. Auf dem Flur horchte sie.

Schritte?

Fehlalarm.

Sie gingen draußen vorbei.

Als Nächstes nahm sie sich Olivers Büro vor. Die Beethovenbüste schaute vom obersten Regalbrett düster auf sie herab. Auf der Schreibtischplatte lagen nur zwei CDs. David Garretts „Legacy" und „Night of Hunters" von Tori Amos. Sie hatte bemerkt, dass Oliver in seinem Büro beinahe ständig einen Knopf im Ohr hatte und Musik hörte. Allerdings hätte sie nicht gedacht, dass es sich dabei um Klassik handelte.

Alle Schubladen waren abgeschlossen. Dass sein Computer passwortgeschützt war, wusste sie sowieso. Mist. Sie schaltete das Licht aus und verließ das Zimmer.

Plötzlich knarrten die Treppenstufen. Schlüssel klapperten. Kurz darauf schwang die Eingangstür auf. Irenes Gedanken überschlugen sich. Sie hatte jedes Recht hier zu sein, ebenso wie die beiden anderen. Sie brauchte sich nicht zu verstecken, mal abgesehen davon, dass sie vor Olivers Büro stand. Hier hatte sie, genau genommen, nichts zu suchen, wenn er nicht da war. Wo konnte sie hin? In die Teeküche? Wie sollte sie erklären, dass sie im Dunkeln in der Teeküche stand?

Sie beschloss, sich zu fürchten.

Vielleicht war es Stella?

Schwere Schritte gingen auf ihr Büro zu.

Keine Chance. Das war Oliver.

Hoffentlich.

Oder Leon.

Hauptsache nicht der Kerl vom Telefon.

Wer auch immer es war, er kannte sich hervorragend aus.

„Was für eine Schlamperei." Das war eindeutig Oliver. Wieso ging er in ihr Büro?

„Noch nie was von Energiesparen gehört."

Was machte er da? Irene hörte Tasten klappern. Wusste er ihr Passwort?

Gerade hatte sie beschlossen, zu ihm zu gehen und ihn zur Rede zu stellen, als der Anrufbeantworter anlief.

„Sie haben drei neue Nachrichten. Nachricht eins, heute 17.41 Uhr. ‚Guten Tag, Frau Rugenstein, Böker hier, Alfred Böker, ich bestätige den Termin für Dienstag um zehn. Danke und schönen Feierabend.' Nachricht zwei, heute 20.56. ‚Ich will endgültig mein Geld zurück. Wenn die Miezen nicht innerhalb von 24 Stunden bei mir eintreffen, werde ich an Ihrem Anwalt ein Exempel statuieren lassen. Sollte Sie das nicht ausreichend beeindrucken, nehme ich mir als Nächstes ihre blonde Partnerin vor. Alles klar? Nachricht gelöscht.'

Irene war zusammengezuckt, als sie die Stimme wiedererkannte.

„Nachricht drei, heute ..."

Irene konnte nicht mehr verstehen, was der dritte Anrufer wollte, denn Oliver schimpfte laut vor sich hin. „Dieses Sackgesicht ... wird ... mich kennenlernen. Ich lass mich ... doch von so einer ... Arschgeige nicht bedrohen." Die Sätze waren unterbrochen. Scheinbar lief Oliver in ihrem Büro auf und ab. Dann hörte sie wieder Tippgeräusche auf der Tastatur. Kurz darauf sprang der Drucker an.

Sollte sie es wagen, sich hinauszuschleichen?

Bevor sie sich entscheiden konnte, trat Oliver auf den Flur. Er schaltete das Licht aus und verließ das Büro auf direktem Weg.

Irene stützte sich mit beiden Händen auf der Arbeitsplatte ab. Das war viel zu aufregend für sie. Als unten die Haustür zuklappte, zuckte sie noch einmal zusammen. Schnell rannte sie zu ihrem Bürofenster und sah hinaus. Oliver lief mit großen Schritten die Fußgängerzone hinunter.

Sie weckte den Computer und rief die Dokumente auf, die Oliver sich eben ausgedruckt hatte.

‚Seltsam, das sind die Dateien von Hanske und Körner. Was hatten die beiden mit diesem Anruf zu tun?'

Vorsichtshalber druckte sie sie ebenfalls aus und studierte sie sorgfältig.

Dann schüttelte sie den Kopf. Das musste ein Irrtum sein. Wahrscheinlich waren das die Unterlagen, deretwegen Oliver ursprünglich gekommen war. Sicher hatte er den Anrufer sofort erkannt und brauchte keine Daten.

Sie rief sich seine Worte ins Gedächtnis zurück. Arschgeige und Sackgesicht. Sie lächelte über sich. Na klar, er hatte prompt gewusst, worum es ging und wer angerufen hatte. Nur sie tappte im Dunkeln.

Sie ging wieder zum Fenster.

Vielleicht hätte sie Oliver folgen sollen, statt hier herumzuschnüffeln.

Kofi fuhr auf kürzestem Weg von Hellers Krug zum Krankenhaus. Trotzdem kam er erst zwanzig nach acht bei der Rezeption an. Stefan Ollner lief davor wie ein Tiger im Käfig auf und ab. „Da bist du ja endlich", sagte er und rannte an Kofi vorbei zur Tür. „Wo steht der Wagen?"

„Warte einen Augenblick, warum hast du es so eilig?"

„Ich muss hier raus." Schon stand er auf der Treppe.

Kofi folgte ihm. „Da rechts, direkt unter der Laterne." Er drückte auf den Schlüssel, um die Türen zu öffnen, so dass Stefan sich gleich auf den Beifahrersitz werfen konnte. Er stöhnte leise, als er sich anschnallte.

Kofi stieg ebenfalls ein, startete den Wagen aber nicht.

„Was ist? Fahr los!"

„Ich habe noch eine Verabredung."

„Anna Blume?"

„Nein, wie kommst du darauf?"

„Ich dachte. Mit wem?"

„Mit einer Reporterin vom NDR. Ich hatte sie vorhin erwähnt." Er sah Ollner aufmerksam an. Der Kollege sah blass aus. Hatte er ihm vor zwei Stunden überhaupt zugehört? Jetzt sprach er gepresst.

„Sieht dir gar nicht ähnlich. Willst du ihr ein Interview geben?"

„Es geht um das Foto."

„Das Foto?"

„Kelvin im Gras, Magdalena Kelbig besorgt uns die Adresse des Fotografen, hoffe ich jedenfalls."

„Dann fahr los."

„Schaffst du das? Ich könnte dich vorher nach Hause fahren."

„Sonst noch was?"

Magdalena wartete vor Hellers Krug auf sie. Kofi stellte sie vor. Er bemerkte, dass Stefan noch fahler wirkte, und bugsierte die beiden in die Gaststube.

Sie setzten sich so, dass niemand sie hören konnte, wenn sie ausreichend leise sprachen.

Magdalena legte einen kleinen Zettel auf den Tisch. „Wir haben eine E-Mail-Adresse, über die insgesamt drei Mails versandt wurden. Eine Anfrage, ob wir Interesse haben, eine mit der Forderung nach Geheimhaltung der Quelle und eine mit den Fotos an sich. Danach nichts mehr."

Sie platzierte drei Blätter nebeneinander auf dem Tisch. Kofi nahm den ersten Ausdruck zur Hand. „Web.de, da kann sich jeder anmelden."

„Wir haben auch zwei IP-Adressen."

„Schon besser. Woher?"

Magdalena wand sich ein wenig. „Sagen wir mal, es handelt sich um eine Sicherheitsvorkehrung. Uns werden oft dubiose Dinge angeboten. Da ist es gut, sich abzusichern. Unsere Profis haben da so ihre Möglichkeiten."

Stefan Ollner hielt sich an seiner Kaffeetasse fest und betrachtete Magdalena aufmerksam. „Kofi hat mir gesagt, dass Ihr Sender die Rechte an den Bildern besitzt. Das klingt für mich so, als hätten Sie dafür bezahlt."

Magdalena sah ihn verblüfft an. „Da sagen Sie was." Sie sprang auf, drängte sich an Ollner vorbei und bemerkte: „Ich bin gleich zurück, muss das checken."

Kofi lehnte sich zu Stefan hinüber. „Geht es dir wirklich gut?"

„Einigermaßen. Vielleicht sollte ich etwas essen. Meinst du, hier gibt es noch eine Kleinigkeit?"

„Ich frage für dich."

Stefan Ollner entschied sich für eine Maronencremesuppe und kross gebackenes Kräuterbaguette. Er genoss jeden Löffel. Kofi klopfte mit den Fingernägeln auf den Tisch. „Wo bleibt sie so lange?"

Als Magdalena zurückkam, trug sie einen Mantel und hielt einen Koffer in der Hand. „Ich muss nach Hannover, die verarschen mich." Sie zeigte auf den Zettel. „Kümmert ihr euch um die IP. Morgen früh, spätestens nach der Morgenrunde, bin ich zurück." Sie drückte ihm eine Visitenkarte in die Hand. „Gib mir deine Handynummer."

Sie speicherte die Nummer direkt ein und rauschte ab.

Kofi und Stefan blieben sitzen und bestellten sich ein Bier, obwohl Kofi das für einen Fehler hielt. Sicher hatte man Stefan Schmerzmittel gegeben. Hoffentlich klappte er ihm nicht zusammen.

Holzminden
Samstag, 5. November 2011
gegen 6.30 Uhr

40

Eigentlich wollte Kofi heute ausschlafen. Er hatte dieses Wochenende komplett frei. Ausschlafen, ein wenig Musik hören, ordentlich frühstücken gehen und danach am besten wieder ins Bett - oder in die Stadt spazieren und ein bissschen Kräutersalz besorgen. Er verstand nicht, warum er wach war, bevor es richtig hell wurde. Senile Bettflucht fing doch nicht mit 27 an, oder?

Er zog sich die Decke über den Kopf und drehte sich auf die andere Seite. Doch es half nichts. Er war putzmunter.

Als das Telefon klingelte, stand er unter der Dusche. Er hörte es trotzdem und wusste sofort, dass er dieses Wochenende nicht frei haben würde. Sein Gehirn war nur noch in der Lage, wie in einer Endlosschleife einen Namen zu produzieren, der in seinen Ohren dröhnte. Emma, Emma, Emma.

Er musste den Kopf schütteln und sich die Ohrmuscheln reiben, bevor er in der Lage war zu verstehen, was ihm der Einsatzleiter mitteilen wollte.

Kofi kam sich vor wie in einem „Tatort" oder bei „CSI". Er hatte seinen Wagen hinter der HAWK abgestellt und eilte auf den Ort zu, an dem ein Hundeliebhaber vor rund einer Stunde die Leiche gefunden hatte. Die Blaulichter, die sich in den Fenstern der Häuser spiegelten, die Halogenscheinwerfer, die ein unirdisches Licht verbreiteten, und die Absperrbänder, die müde im Wind flatterten, verliehen dem Wasserlauf Thriller-Atmosphäre. Kofi schüttelte sich. Obwohl er seinen Parka übergeworfen hatte, fröstelte er.

Er trat an das Trassierband heran und versuchte, sich einen Überblick zu verschaffen. Links von ihm befand sich die Gaststätte mit dem Biergarten. Rechts von ihm verschwand das Wasser der Holzminde hinter dem Wehr unter der Erde. An der Absperrung zur Straße hatten sich die ersten Schaulustigen eingefunden. An dieser Stelle war Kofi allein. Er schaute ins strudelnde Wasser und wünschte sich seinen Partner Stefan Ollner an seine Seite.

Ollner. Ob Mausig und die Kollegen bereits wussten, dass er aus dem Krankenhaus geflohen war? Egal, benachrichtigt hatten sie ihn jedenfalls nicht, und er auch nicht. Stefan würde ihn dermaßen falten, sobald er davon erfuhr, dass Kofi sich wie ein Origamifrosch fühlen würde, wenn er mit ihm fertig war. So sehr er sich auch wünschte, den erfahrenen Kollegen bei sich zu haben, konnte er es ihm unmöglich zumuten.

Plötzlich stand Guntram Schnitter neben ihm und sagte: „Marc und seine Leute haben die Leiche bereits aus dem Wasser gefischt. Sie hatte sich am Gitter verfangen und ist in ziemlich schlechtem Zustand."

„Gibt es irgendwelche Spuren?"

„An der Leiche viele. Am Ufer bisher noch nichts. Wir haben alles ausgeleuchtet und sind dabei, jeden Stein umzudrehen. Aber hier gehen tagsüber unzählige Menschen entlang."

„Wer hat sie gefunden?"

„Die Frau da drüben, mit der roten Windjacke. Sie hat ihren Hund ausgeführt und wollte auf dem Heimweg Brötchen und Zeitungen mitnehmen."

„Das heißt, sie ist nur auf dem Rückweg hier vorbeigekommen?"

„Sieht so aus. Die Gaststätte hat gegen 1.30 Uhr zugemacht."

„Also zwischen zwei und fünf Uhr heute Nacht. Hat er noch gelebt, als er ins Wasser geworfen wurde?"

„Das musst du Marc fragen."

„Sag du der Frau mit dem Hund, sie soll spätestens um 10.00 Uhr zur Dienststelle kommen, um das Protokoll zu unterschreiben und eventuell zu ergänzen, falls ihr noch etwas einfallen sollte. Ich gehe zu Marc nach unten."

Schnitter grunzte zustimmend.

Kofi ging langsam, und er schaute auf den Boden, auf den er seine Füße setzen wollte. Keine Kippe, kein Bonbonpapier, nichts. Die Kollegen hatten bereits alles eingesammelt. Er vergrub seine Fäuste tief in den Hosentaschen.

„Morgen, Marc."

„Hi, bewusstlos ins Wasser geworfen, dann ertrunken."

„Sicher?"

„Neunzig Prozent."

„Produziere ein bisschen Prosa für mich, deine Betroffenheitslyrik macht mich fertig."

Marc seufzte.

„Von wegen Lyrik, Telegrammstil, spart Zeit und Spucke. Aber wenn du meinst. Der Tote ist männlich, 40 bis 50 Jahre alt, bis gestern guter Zahnzustand, gute Konstitution."

„Stopp, stopp, noch ein wenig genauer, geht das? Wieso guter Zahnzustand bis gestern?"

„Man hat ihm ein paar Zähne ausgeschlagen, bevor man ihn ins Wasser geworfen hat."

„Ist ausgeschlossen, dass er gefallen ist?"

„So gut wie, geh davon aus, dass wir es mit Mord, zumindest mit Totschlag zu tun haben."

„Weißt du schon, um wen es sich handelt?"

„Er hatte keine Papiere dabei, aber eine Tätowierung auf der Schulter. Außerdem ist er sehr groß und kräftig, den erkennt bestimmt jemand wieder."

Kofi raffte sich endlich dazu auf, sich den toten Mann selbst anzuschauen. Er lag auf dem Rücken. Sein Gesicht sah verheerend aus. Kofi wollte nicht länger hinschauen als nötig, konnte den Blick dann doch nicht abwenden. Der Mann kam ihm bekannt vor.

„Teilweise stammen die Verletzungen von der Prügelei, teilweise vom Gitter im Wasser. Genaueres kann ich dir erst sagen, wenn wir ihn untersucht haben."

„Denkst du, was ich denke?"

„Dass eine Nutte ihren Luden abserviert hat? Nein."

Kofi schaute auf die dunkle Wasseroberfläche, auf der sich die Lichter spiegelten, und flüsterte: „Ich bin so froh, dass es nicht Emma ist."

Holzminden
Samstag, 5. November 2011
gegen 10.30 Uhr

41

Stefan Ollner schloss die Tür lautlos hinter sich und ließ sich auf seinen Schreibtischstuhl sinken. Mit Worten sagte er nichts.

Kofi starrte weiter auf seinen Monitor und sprach vorsichtshalber ebenfalls kein Wort. Doch er konnte den Blick seines Kollegen spüren, der sich in seinen Nacken bohrte und ihn anklagte. Kofi fuhr herum. „Ich konnte nicht ahnen, dass sie dich nicht informieren würden."

„Ach was!"

„Ehrlich, ich wollte dich gerade anrufen. Woher hast du überhaupt davon erfahren?"

„Von meinem Partner jedenfalls nicht."

Kofi schürzte die Lippen. „Willste 'nen Campingwecken? Ich habe auch welche ohne Rosinen, weil ich wusste, dass du früher oder später hier auftauchen würdest."

„Später wär' dir lieber gewesen, oder?"

„Was soll das?"

Ollner sah noch eine Weile missmutig an ihm vorbei. Dann befahl er: „Klär mich auf."

Nachdem Kofi ihm erzählt hatte, wo die Leiche gefunden worden war, schob er ihm ein paar Fotos hin. „Das Gesicht ist übel zugerichtet, trotzdem kommt mir der Kerl bekannt vor. Der Stoppelputz und die breiten Schultern."

„Das ist Der-mit-Irene-tanzt."

„Wie jetzt?"

„Erinnerst du dich an unseren Besuch bei @dospasos vor ein paar Tagen? Dieser Typ, der sich im Büro aufgeregt hat, als wir die doppelte Wand unter die Lupe genommen haben. Aus meiner Position sah es aus, als tanzte er mit Irene Rugenstein, weil er sich so seltsam, eben tänzelnd bewegt hat, vor und zurück und dabei in den Hüften gewiegt, ein wenig wie ein Boxer beim Aufwärmen."

„Ist mir nicht aufgefallen."

„Du wolltest ja auch die Frau retten."

Kofi ignorierte die Spitze. „Jetzt, da du es gesagt hast, du könntest recht haben. Das hilft uns aber auch nicht weiter, denn die kannten ihn ja bei @dospasos selbst nicht."

„Haben sie zumindest uns gegenüber behauptet."

„Meinst du, denen fällt jetzt etwas anderes dazu ein?"

„Geh mal mit dem Foto zu denen, die regelmäßig Streife fahren. Der sieht mir nicht so aus, als wäre er Ärger mit Siebenmeilenstiefeln aus dem Weg gegangen", schlug Stefan vor.

Tatsächlich hatte Kofi schon beim zweiten Kollegen Erfolg.

„Holy ist das, Holy Sander, also eigentlich Holger. Den kannste mieten, als Bodyguard, der hatte oft ein schwarzes T-Shirt an, auf dem Security stand. Diskotheken, Spielsalons, aber auch Abifeiern oder so."

„Türsteher?"

„Auch, ja, gelegentlich treibt er Spielschulden ein oder holt Sachen zurück, wenn du die Raten nicht bezahlst."

„Netter Zeitgenosse."

„Keiner, den man seiner Tochter als Freund wünscht."

Kofi ging wieder zu Stefan ins Büro. Gemeinsam riefen sie auf, was im System über Holger Sander gespeichert war.

„Lauter Kleinkram, ein paar Anzeigen wegen Nötigung, alle vor der Verhandlung zurückgezogen." Plötzlich kribbelte es Kofi am ganzen Körper. Er rutschte auf dem Stuhl hin und her. „Guck mal hier, guck mal. Kennst du die Adresse?"

Ollner nickte. „Hatten wir da nicht vor kurzem einen Einsatz?"

Kofi sprang auf und lief zur Tür. Dann schaute er auf seine Uhr und kam zurück zum Schreibtisch. „Wir haben noch ein paar Minuten, bevor wir zu Mausigs Besprechung müssen. Lass uns eben diesen Paul überprüfen."

„Paul?"

„Ein leicht Behinderter, groß und schwer, arbeitet im Partyservice von Anna Blume. Ich hatte den Namen zur Kontrolle an die Zentrale gegeben, bin aber wegen des, hm, Überfalls auf dich noch nicht dazu gekommen, die Ergebnisse zu checken."

„Weswegen verdächtigst du ihn?"

„Er kennt alle bisher verschwundenen Holzmindener Kinder."

„Sind dir auch alle Lehrer suspekt?"

Kofi stutzte. „Sowieso. Aber was hat das...? Verstehe, du meinst, das wäre kein gutes Kriterium."

„Lass man, wenn dir dein Bauchgefühl rät, den genauer unter die Lupe zu nehmen, sollten wir das tun. Unbedingt."

Kofi öffnete seinen E-Mail-Account und scrollte durch seinen Posteingang. „Hier ist sie."

Mühsam stand Stefan Ollner auf und stellte sich so neben ihn, dass er mit auf den Bildschirm schauen konnte.

„Paul Schreiber, 1979 geboren, männlich, ganz was Neues, nur die Verfügung, dass er keinen Führerschein machen darf." Kofi klang äußerst unzufrieden.

Stefan legte ihm die Hand auf die Schulter. „Ein völlig unbeschriebenes Blatt. Der hat sich bisher nichts zuschulden kommen lassen, noch nicht einmal einen Ladendiebstahl in der Pubertät."

„Stille Wasser sind tief", grummelte Kofi. „Na, dann lass uns losgehen."

„Nicht so schnell."

Gemeinsam gingen sie die wenigen Schritte zum Besprechungszimmer.

Mausig zog eine Augenbraue hoch, als er Ollner erblickte. „Seit wann sind Sie wieder gesundgeschrieben?"

„Ich habe mich gar nicht erst krankschreiben lassen."

„Er ist vorher abgehauen", murmelte Kofi.

Mausig sah ihn prüfend an. „Sind Sie ganz sicher, dass Sie das durchhalten?" Er hob die Hand, damit Ollner noch einen Moment mit seiner Antwort wartete. „Ich weiß, dass Sie darauf brennen, die Kerle zu erwischen, die Sie überfallen haben. Aber das können Ihre Kollegen genauso gut. Und ich will nicht, dass Sie sich oder andere in Gefahr bringen, weil Sie körperlich nicht fit sind."

„Ich werde mich aus den Ermittlungen außerhalb der Dienststelle ausklinken. Ich will nur mitdenken und die Kollegen von hier aus unterstützen, wenn ich kann."

„Ich nehme Sie beim Wort. Meine Herren, Holger Sander, männlich, 39 Jahre alt, 195 Zentimeter groß, drei Tätowierungen, wurde gestern kurz vor Mitternacht ermordet. Herr Federer kann uns bisher definitiv bestätigen, dass er zusammengeschlagen und in bewusstlosem Zustand ins Wasser geworfen wurde. Todesursache: Ertrinken. Der Körper wurde durch das Wehr weiter beschädigt. Es ist nicht davon auszugehen, dass der oder die Täter Waffen verwendet haben."

Ollner war, wenn das möglich war, noch bleicher geworden.

Die Kollegen mieden es, ihn anzuschauen. Herbert Heinrich sagte es schließlich laut: „Das waren die Typen von der Bürgerwehr. Das ist die gleiche Handschrift wie bei Ollner."

„Nur dass in dem Graben am Feldweg kein Wasser stand."

Grimmig sagte Guntram Schnitter: „Wir müssen dem endlich ein Ende bereiten."

„Meine Herren, ich bitte um Ruhe. In welchem Zusammenhang könnte Holger Sander mit den Kindesentführungen stehen? Und verraten Sie mir bitte, wie die Bürgerwehr darauf gekommen sein soll, während wir noch im Dunkeln tappen."

Herbert rief: „Von mir haben sie nichts mehr erfahren, ehrlich. Seit Ollner habe ich keinen Kontakt zu Schwarze gehabt."

„Das behauptet auch niemand."

Stefan meldete sich. „Wir haben eben, bevor wir zur Besprechung kamen, Sanders Adresse überprüft. Er wohnt bei Detlef Hanske."

„Das ist ja interessant."

„Warum ist uns das nicht früher aufgefallen?"

„Deshalb hat er mich bei meinem ersten Besuch nicht ins Haus gelassen", sagte Kofi.

„Aber du bist doch nach dem Überfall drin gewesen", warf Herbert ein.

„Stimmt. Zuerst hat er versucht, mich im Windfang abzufertigen. Nach seinem Zusammenbruch habe ich mich kurz umgesehen. Da war nichts Auffälliges. Allerdings habe ich nach Spuren von Kindern, abgeschlossenen Zimmern und so gesucht."

„Meine Herren, Hanske und die Behausung Sanders stehen damit auf Punkt eins Ihrer To-do-Liste."

Guntram wartete nicht, bis sein Vorgesetzter zu Ende gesprochen hatte. „Jetzt verstehe ich auch, warum es Hanske am Sonntagabend so eilig hatte. Sein Lover hat ihn abgeholt. Er wollte von den abholenden Eltern nicht mit ihm gesehen werden und ist deswegen sofort eingestiegen und losgefahren, ohne sich um Kelvin zu kümmern."

„Er hat ausgesagt, dass Frau Jänicke ihn nervt, weil sie ihm immer auf die Pelle rückt. Vielleicht hat sie ihm wirklich nachgestellt, und der Trainer wollte ihr auf keinen Fall in Begleitung seines Freundes begegnen."

„Moment", wandte Mausig ein, „bisher wissen wir nur, dass sie in einem Haus gewohnt haben. Über ihre sexuelle Orientierung liegen uns keine Fakten vor."

„Ich sehe bei beiden kein Motiv", sagte Kofi leise.

„Eifersucht!", schlug Herbert vor.

„Auf Kelvin vielleicht, aber was ist mit Emma oder Hilmar?", überlegte Stefan.

„Geld jedenfalls nicht. Es gab nie Lösegeldforderungen."

„Perverse brauchen kein Motiv. Die sind einfach pervers."

„Meine Herren, ich schlage vor, dass Herr Ollner sich mit den Lebensgeschichten von Detlef Hanske und Holger Sander beschäftigt, während Herr Schnitter und Herr Kayi sich das Haus vornehmen. Herr Heinrich, Sie nehmen bitte Kontakt zu Herrn Schwarze auf und bringen ihn zu mir. Danke."

In dem Moment klingelte Kofis Handy. Er schaute auf das Display und rief: „Das könnte wichtig sein. Bitte warten Sie noch einen Moment. Kofi Kayi, guten Morgen."

...

„Verstehe. Danke. Super. Schickst du mir die IP-Adressen als SMS? Klasse. Öhm. Die Adresse von Holger Sander?" Kofi sah Mausig fragend an. Der zuckte mit den Schultern. „Das müssen Sie entscheiden."

„Hör mal, Magdalena. Ich ruf' dich in einer Stunde zurück."

...

„Klarer Fall, du bekommst die Infos als Erste."

...

„Ja, bis bald."

...

„Spätestens in einer Stunde. Ciao."

„Ich nehme an, das war Magdalena Kelbig vom NDR?", fragte Lothar Mausig.

„Wir sind zusammen zur Schule gegangen", erklärte Kofi.

„Ich weiß", antwortete Mausig. „Was hat sie gesagt?"

„Beim NDR und bei den anderen Sendern wahrscheinlich auch sind drei E-Mails eingegangen, in denen Fotos von Kelvins Leiche am Fundort angeboten wurden. Sie wurden jedenfalls auf allen Programmen gezeigt. Wir waren uns hundertprozentig sicher, dass niemand Zugang zum Tatort hatte, nachdem wir Ollner gefunden hatten. Mal ganz abgesehen davon, dass es da auch schon dunkel war." Kofi sprach immer schneller. Seine Hand zitterte so, dass er das Handy kaum festhalten konnte.

„Weiter, ich habe die Bilder auch gesehen."

Kofis Handy piepste. „Frau Kelbig hat mir eben eine SMS mit den Adressen der Besitzer der Rechner geschickt, von denen die E-Mails verschickt wurden." Er drückte ein paar Tasten und las die erste Anschrift vor.

Stefan Ollner reagierte als Erster. „In dem Haus ist die Wohnung von Leon-Pascal Scharffetter, einem Unternehmer, der seit dem Wochenende vermisst wird."

Kofi grinste. „Und die zweite ist uns auch bekannt. Hier residiert Gregor Körner mit seinem Varieté." Er hatte mit Hanskes Adresse gerechnet und verstand nicht, was dieser Körner damit zu tun haben sollte.

„Wer hat Zugang zur Scharffetter-Wohnung?", fragte Mausig.

„Der Hausverwalter hat einen Schlüssel, den er mir geliehen hatte, als ich die Wohnung überprüft habe. Ferner Irene Rugenstein, Angestellte und Partnerin des Vermissten."

„Cherchez la femme. Fein. Damit ist Frau Rugenstein die Nummer zwei auf Ihrer Liste."

„Bisher haben wir den Täter immer für einen Mann gehalten", wandte Kofi ein. Er war verwirrt. ‚Eben noch dachten wir, wir wären der Lösung des Falls ganz nah, und plötzlich sah alles völlig anders aus.'

„Vielleicht war das ein Irrtum, vielleicht gibt es weitere Schlüssel", Stefan Ollner zögerte, „vielleicht ist Leon Scharffetter verschwunden, weil er der Entführer ist."

„Klingt für mich an den Haaren herbeigezogen", widersprach Kofi. „Was ist mit Körner?"

„Auch Kunde bei @dospasos."

„Das meine ich nicht. Guckt euch mal die Persönlichkeit an. Millionär. Frau und Kind ertrunken. Verkriecht sich hier bei Holzminden."

„Der Gutshof, den er da hat, der bietet sicher tausend geheime Verstecke."

„Wenn ich Sie richtig verstehe, meine Herren, sind also Herr Sander, Herr Scharffetter und Herr Körner unsere Verdächtigen?"

Ollner schüttelte den Kopf. „Nee, das ist ein Einzeltäter."

„Das denke ich auch. Meinetwegen setzen Sie Herrn Körner als Dritten auf Ihre Besuchsliste. Wir werden von hier aus zwei oder drei Hundeführer auf das Gelände ansetzen, sobald ich den Amtsrichter dazu überredet habe. Ich rufe Sie an, wenn es so weit ist. Wäre vorteilhaft, wenn Sie Herrn Körner zeitgleich befragen könnten. Bevorzugen würde ich es allerdings, wenn sich Sander als Täter erwiese und wir den Fall abschließen könnten."

Kofi und Guntram Schnitter verließen das Zimmer im Laufschritt.

Holzminden
Samstag, 5. November 2011
gegen 11.30 Uhr

42

Anna hatte sich an ihren großen Küchentisch gesetzt. Stapel von Kochbüchern umgaben sie. Sie hielt einen Bleistift in der Hand und zerriss eine Zeitungsseite als Lesezeichen in schmale Streifen. Eins nach dem anderen durchsuchte sie die Bücher nach geeigneten Rezepten für den Kindergeburtstag.

Nächstes Wochenende war es so weit, und sie hatte sich für heute Nachmittag mit Gregor Körner verabredet. Sie wollte sich den Raum angucken, in dem gefeiert werden sollte. Eine kleine Küche existierte dort auch. Allerdings wurde sie normalerweise nur verwendet, um Gläser abzuspülen und Snacks oder Gummibärchen auf Tellerchen zu legen.

Anna hoffte trotzdem, dass sie wenigstens Kakao vor Ort aufwärmen konnte.

Gerade hatte sie ein Buch über spanische Tapas vor sich liegen. Käsenachos wären cool. Leider schmeckten die warm am besten. Egal. Im Notfall konnte sie die Mikrowelle mitnehmen. Damit konnte sie zwar nur kleine Portionen überbacken, aber dafür würde der Duft durchs gesamte Varieté ziehen.

Sie notierte Käsenachos auf ihrem Block. Gleich darunter schrieb sie die „Abgehackten Finger“, die durften nicht fehlen.

Auf dem nächsten Blatt begann sie die Einkaufsliste. Würstchen, Mandeln, Ketchup, Tortillachips, geriebenen Gouda.

Viel war das noch nicht. Außerdem musste sie sich noch entscheiden, wie sie die Muffins dekorieren wollte.

Ihre Ladenglocke klingelte. Anna sah auf und lauschte. Kam Paul? Verabredet waren sie nicht, aber er kam öfter unangekündigt vorbei, wenn er Langeweile hatte.

Die Schritte klangen nicht nach Paul. Sie stand auf und ging zum Tresen. „Herr Nussbaum, hallo, was kann ich für Sie tun?"

„Guten Tag, Frau Blume, ich wollte mal schauen, wie Ihr Laden so läuft." Er sah sich um. „Viel los ist ja nicht, es sei denn, sie haben sehr kleine Kunden."

Anna lachte. „Keine Angst, Sie werden niemanden platt treten. Laufkundschaft habe ich nicht so viel. Wenn mich jemand für eine Party engagieren will, ziehe ich es vor, mich mit den Kunden dort zu treffen, wo gefeiert werden soll, damit ich gleich sehe, was möglich ist und was nicht. Sie wissen schon, zwei Meter Buffettisch oder fünf?"

Herr Nussbaum war zu dem Regal mit den Kräutersalzen geschlendert. „Die sehen künstlerisch aus."

Wieder musste Anna lachen. „Kim hat die Schilder für mich gestaltet. Jedes einzelne ist ein Unikat."

„Kim?"

„Die Tochter von Irene Rugenstein, Ihrer Mitarbeiterin."

„Ach? Ja, stimmt, ich erinnere mich. Sie sind befreundet." Er schlug sich mit der Hand vor den Kopf. „Dann sind Sie diejenige, die netterweise auf Kim aufpasst, wenn Irene länger arbeiten muss. Am Wochenende ist sie aber nicht bei Ihnen, oder?"

„Normalerweise nicht, aber heute kommt sie ausnahmsweise. Ich will nachher zu einem Auftraggeber fahren, da möchte sie mich begleiten."

„Das muss ja ein interessanter Kunde sein." Oliver sah skeptisch aus.

„Wir fahren ins Varieté Ozelot, und Kim hat sich in den Kopf gesetzt, dass sie die Ozelots sehen will. Wissen Sie, sie hat eine Katzenhaarallergie und darf deswegen nie welche streicheln. Nun will sie prüfen, ob Ozelots echte Katzen sind und ob sie gegen sie auch allergisch ist." Anna zuckte mit den Schultern. „Kinder eben."

„Wie nett von Ihnen, dass Sie sie mitnehmen."

„Kim ist eine ganz Liebe."

„Aber am Sonntag haben Sie frei?"

„Meinen Sie die Arbeit oder Kim?"

„Beides."

„Ich werde morgen ein paar Brote backen, aber das betrachte ich nicht als Arbeit. Kim muss nachmittags zum Ballett. Die öffentliche Aufführung fällt zwar aus, aber die Kinder können trotzdem kommen und eine Art Generalprobe tanzen, damit sie nicht aus der Übung geraten." Sie beugte sich vertraulich vor. „Ich persönlich glaube ja nicht, dass dieser Entführer zu einer Ballettvorführung kommt. Sie?"

„Man kann nie wissen. Tanzt Kim gut?"

Anna nickte vehement. „Super. Irene will nicht, dass ich das sage, aber ich bin fest davon überzeugt, dass sie ein Naturtalent ist. Sie sollten sie sich bei Gelegenheit einmal anschauen. Mögen sie Ballett?"

„Ich muss gestehen, ich habe noch nie eines gesehen. Aber vielleicht komme ich tatsächlich. Danke für die Einladung. Geben Sie mir bitte ein Glas Kräutersalz."

„Soll ich es in Folie einschlagen?"

„Nicht nötig. Wie viel bekommen Sie?"

„Zwei Euro fünfzig, bitte."

Nachdem der Anwalt den Laden verlassen hatte, freute Anna sich einerseits über die nette Geste. Wie schön, dass er sich noch für den Erfolg ihres Partyservices interessierte, obwohl die Beratungsphase längst abgeschlossen war.

Sie überlegte, ob er wohl mit stolz geschwellter Brust durch Holzminden lief und all die Unternehmen und Geschäfte betrachtete, an deren Entstehen er beteiligt gewesen war. Wahrscheinlich hielt er gleichzeitig nach weiteren leerstehenden Immobilien Ausschau. Oder er prüfte, ob es sich bereits lohnte, über eine Filiale nachzudenken.

Trotzdem, ein zweischneidiger Besuch. Immerhin hatte er Stella gegen Irene aufgehetzt.

Sie ging wieder nach hinten und wählte die restlichen Rezepte aus.

43

Kofi fragte sich, wie es kam, dass er nie den Wagen fahren durfte, wenn er mit einem Kollegen fuhr, egal, ob er mit Stefan Ollner oder Herbert Heinrich unterwegs war. Auch diesmal saß er auf dem Beifahrersitz und Guntram Schnitter hinter dem Lenkrad.

Als sie in die Straße einbogen, in der Hanskes Haus stand, war sie völlig unbelebt. Nur vereinzelt parkten Autos am Straßenrand. In den Vorgärten war niemand zu sehen.

Schnitter hielt direkt vor der Einfahrt zu Hanskes Garage. „Falls er auf abwegige Gedanken kommt", sagte er und stieg aus.

Kofi sah sich um. Am Nachbarhaus bewegte sich eine Gardine. Aus zwei Häusern stieg Rauch auf. Ein Hund bellte.

Die Schmierereien an der Hauswand waren notdürftig überpinselt worden, schienen aber noch durch. Die zerbrochenen Fensterscheiben hatte man alle ersetzt.

Langsam ging er zur Tür. Er klingelte dreimal, weil keiner öffnete.

„Ich hätte da ein Werkzeug in der Hosentasche", wisperte Guntram.

Erneut prüfte Kofi die Umgebung. „Lass uns vorher einmal um das Haus herumgehen und in alle Fenster gucken. Wir wollen Hanske ja nicht in der Badewanne überraschen, oder?"

„Warum nicht? Dann läuft er wenigstens nicht davon."

Gemeinsam umrundeten sie das Haus und schauten in alle Fenster im Erdgeschoss. Kofi rackelte sogar an der Terrassentür. Abgeschlossen. Insgesamt sah das Haus verlassen aus.

„Warte einen Augenblick. Ich gucke mal in die Garage", sagte Kofi.

Als er zu Guntram zurückkam, sagte er: „Scheinbar ist er unterwegs. Ich denke, du solltest jetzt dein Spezialwerkzeug zum Einsatz bringen."

Schnitter nickte. Während er mit seinem Dietrich die Tür öffnete, stand Kofi hinter seinem Rücken und beobachtete die Nachbargrundstücke. Da die Gardine am Haus gegenüber schon wieder verdächtig wackelte, winkte er freundlich. Keine Reaktion.

„Wir können eintreten."

Sie blieben im Windfang stehen und klopften noch einmal an.

Kofi rief: „Hallo Herr Hanske, ich bin's, Kommissar Kayi. Darf ich hereinkommen?"

„Kommen Sie nur, ich bin im Wohnzimmer", antwortete Guntram laut.

Kofi buffte ihm auf die Schulter. „Bist du verrückt? Wenn die gesehen haben, dass er weggefahren ist, rufen sie die Polizei."

„Quatsch, den mag hier keiner. Außerdem sind wir mit einem Polizeiauto gekommen, schon vergessen? Wir sind per se die Guten."

Schnitter schloss die Tür hinter ihnen. Dann folgte er Kofi in den Flur.

„Keine Jacke an der Garderobe. Dafür stehen da Hausschuhe."

„Er scheint tatsächlich nicht zu Hause zu sein."

„Wir gucken uns zuerst im Erdgeschoss um. Danach gehe ich nach oben und du in den Keller, okay?", fragte Kofi.

„Ist mir recht."

In der Küche stand eine Tasse auf dem Abtropfbrett. Die Spülmaschine war vollgeräumt und müffelte ein wenig, als Kofi die Klappe aufzog. Nach der Menge Geschirr zu urteilen, die sich darin befand, lebten hier wenigstens fünf Personen.

Kofi blieb vor der Tafel stehen, auf der Hanske augenscheinlich notierte, was er einkaufen musste. „Ist das eine Handschrift oder zwei?"

Guntram zuckte mit den Achseln. „Ich würde sagen: zwei."

„Ich gehe nach oben. Bis gleich."

Kofi ging direkt ins Badezimmer. Ein Aftershave, eine Zahnbürste, keine Haarbürste, keine Zahnpasta. Er schaute in das Schränkchen unter dem Waschbecken. Es fehlten einige Handtücher. Auch hing der Bademantel nicht mehr an der Tür.

Kofi kam ein Verdacht. War Hanske nicht zum Einkaufen? Er rannte ins Schlafzimmer. Die Kleiderschranktür stand halb offen, auf dem Bett war der Abdruck eines schweren, rechteckigen Gegenstands zu sehen. Zwei Socken und eine Unterhose waren in einer nicht ganz zugeschobenen Schublade eingeklemmt.

Kofi öffnete die Tür des Kleiderschranks und prüfte schnell die Größenangaben in den Pullovern. Der kleinere Stapel im obersten Fach bestand aus lauter Pullis in der Größe 44/46 oder L. In den Pullis im Fach darunter, das vollgestopft war, stand 50/52 oder XL auf den Etiketten. Entweder lebten hier zwei Männer oder Hanske hatte kräftig zugenommen und den oberen Stapel für bessere Zeiten aufbewahrt.

Kofi schaltete das Deckenlicht ein und schaute sich die Kopfkissen an. Beide benutzt. Verschiedenfarbige Haare darauf. Das musste ausreichen.

Er sauste die Treppe hinunter und rief: „Hast du etwas gefunden?“

Schnitter kam ihm auf halbem Weg entgegen. „So wie es aussieht, fehlen zwei Koffer. Der Typ ist stiften gegangen.“

„Du hast recht. Kleidung fehlt auch.“

„Meinst du, er hat Holger Sander umgebracht?“, fragte Guntram.

„Ein Eifersuchtsdrama? So wie Sander zugerichtet war, müsste das aber ein sehr heftiger Streit gewesen sein.“

„Vielleicht hat der Hanske rausgefunden, dass sein Lover die Kinder entführt hat.“

Kofi sah ihn einen Moment lang verblüfft an. Dann pfiff er. „Das wäre allerdings ein starkes Motiv. Wie dem auch sei. Wir rufen Stefan an und bitten ihn, Hanske zur Fahndung auszuschreiben.“

„Hanske ist verschwunden? Ich gebe das sofort weiter. Herbert ist gerade mit Gerd Schwarze zurückgekommen. Wollt ihr zuhören, wenn Mausig ihn befragt?", fragte Stefan Ollner.

„Wir sind spätestens in fünfzehn Minuten da. Bis gleich", antwortete Kofi.

„Sie sind in Mausigs Zimmer und warten auf uns."

„Danke", sagte Kofi. Er warf seine Jacke über die Stuhllehne und stürmte weiter. Ollner hatte sich langsam erhoben und folgte ihm vorsichtig. Kofi hatte die Tür bereits geöffnet und wartete auf ihn. Er sah, dass Stefan Schmerzen haben musste und beobachtete ihn. Plötzlich hob Stefan die Hand. Kofi verstand das Zeichen als ‚Warte einen Moment'. Tatsächlich schien er zu lauschen. Dann winkte er Kofi zu sich. Dieser schloss die Tür lautlos und ging zu seinem Kollegen, der wenige Schritte vor der Tür stehen geblieben war.

„Der war dabei", flüsterte er. „Ich dachte, ich hätte weder etwas gesehen noch etwas gehört. Doch als ich jetzt die Stimme ..." Er musste sich räuspern, bevor er weitersprechen konnte. „‚Macht ihn fertig', hat er gesagt, auch so gepresst wie eben. Er muss wütend sein."

„Das muss Mausig erfahren."

„Ich gehe jedenfalls nicht mit dir in das Zimmer hinein."

„Hast du Angst vor ihm?"

„Nein, aber du könntest ihn erst ein wenig weichklopfen, ehe ich erscheine und den Druck erhöhe. Er kann ja nicht wissen, wie viel ich mitbekommen habe."

„Okay, so machen wir's."

Kofi klopfte kurz an und betrat dann das Zimmer. Mausig und Gerd Schwarze saßen an dem kleinen Tisch. Herbert Heinrich hatte sich an den Schreibtisch gesetzt und beobachtete die Szene. Auf dem Tisch lag das Aufnahmegerät. Es surrte leise.

Kofi grüßte und setzte sich. Gerd Schwarze hatte seine kurzen braunen Haare heute gegelt. Das konnte Kofi riechen, doch er roch noch etwas. Konnte das sein? Schwarze trug einen dunkelblauen Anzug mit einem hellblauen Hemd und roch nach ...? Was war das? Katze? Er überlegte, ob er bei Schwarzes Haustiere gesehen hatte? Haustiere? Da fiel es ihm ein. Gerd Schwarze betreute Zoogeschäfte und diese Ketten für Heimtierbedarf.

„Sie persönlich haben also nicht jeden Tag an Patrouillengängen teilgenommen?", hatte der Dienststellenleiter gerade gefragt.

„Ich bin berufstätig und kann unmöglich meine ganze Zeit der Allgemeinheit widmen", antwortete Schwarze, der leicht vornübergebeugt dasaß und beide Hände gefaltet in den Schoß gelegt hatte.

Mausig wandte sich an Kofi. „Stellen Sie sich vor, das Dienstbuch ist der Bürgerwehr abhanden gekommen. Leider lässt sich heute nicht mehr nachvollziehen, wer wann wo und mit wem unterwegs war."

Schwarze hob den Kopf und sah Kofi an. „Es lag in der Grundschule aus, in der Eingangshalle. Von dort ist es verschwunden."

Kofi winkte ab. „Macht ja nichts. Frau Ebenreiter hat jeden Tag Kopien gemacht. Die wird sie sicher noch haben. Soll ich sie gleich deswegen anrufen, Chef, oder später?"

Schwarzes Finger verkrampften sich und er drehte hektisch seinen Ehering.

„Außerdem haben Sie Herrn Schwarze sicher über die Vorschriften für Beugehaft informiert, oder? Ich gehe davon aus, dass Sie mit keinem der Männer verwandt sind, die Sie am Donnerstag begleitet haben, sodass Sie kein Zeugnisverweigerungsrecht geltend machen können."

Mausig sah nur einen Moment überrascht aus, dann lehnte er sich zurück und sagte: „Nach § 70 Absatz 1 und 2 der Strafprozessordnung kann ein Richter Beugehaft von bis zu sechs Monaten anordnen, wenn er eine unberechtigte Aussageverweigerung feststellt. § 52 folgende hingegen dient dem Schutz des Zeugen. Er soll vor einer Konfliktlage bewahrt werden, die sich aus Loyalität zu sich selbst oder einem Dritten gegenüber und der Pflicht zur wahrheitsgemäßen Aussage ergeben könnte."

Kofi beobachtete Schwarzes Gesichtsausdruck. Er war sich nicht sicher, ob er überhaupt zuhörte. Er wirkte angeschlagen, schwankte leicht von rechts nach links.

Mausig ließ sich nicht stören. „Nach § 55 dürfen Sie von dem Auskunftsverweigerungsrecht über sich selbst Gebrauch machen. § 52 erlaubt Ihnen, persönliche Gründe geltend zu machen, also nicht gegen Ihre Frau auszusagen, was hier wohl irrelevant ist, und § 53 schließlich behandelt das Zeugnisverweigerungsrecht aus beruflichen Gründen, das betrifft Geistliche, Ärzte und Journalisten, und gilt damit für Sie ebenfalls nicht. Haben Sie Fragen dazu? Nein. Fein. Herr Kayi, fahren Sie fort."

„Wie ich schon sagte, da wir definitiv wissen, dass Sie am Donnerstag zu der Gruppe der Bürgerwehr gehörten, die den Kriminalhauptkommissar Stefan Ollner überfallen hat, brauchen Sie dazu nichts zu sagen. Wir benötigen von Ihnen nur eine Bestätigung der Namen der weiteren Beteiligten."

Schwarze zitterte nun sichtbar.

„Da fällt mir noch ein: Sie könnten vielleicht bezeugen, dass Sie versucht haben, die übrigen Männer aufzuhalten." Er machte eine kunstvolle Pause und sagte dann: „Natürlich nur, wenn es zutrifft."

Schwarze sah von einem zum anderen. Unstet blieb sein Blick an Mausig hängen.

„Sie sagten doch, Sie hätten keine Erkenntnisse ..."

„Bisher keine." Mausig lächelte entschuldigend. „Aber, verstehen Sie, wir führen natürlicherweise nicht nur ein Gespräch, sondern mehrere gleichzeitig."

„Wie, wie geht es dem Kollegen?"

Bevor Mausig etwas antworten konnte, sage Kofi: „Er ist nicht mehr in Lebensgefahr."

Schwarze atmete sichtbar auf. Kofi dachte: ‚Jetzt haben wir dich. Nun sag's schon!'

„Es stimmt, ich war dabei. Ich habe versucht, sie aufzuhalten, aber sie waren wie von Sinnen. Ich schwör's. Glauben Sie mir. Es sollte niemand verletzt werden."

Mausig und Kofi saßen ihm mit unbeweglichen Gesichtern gegenüber, obwohl Kofi innerlich jubilierte. Sie hatten den Scheißkerl. Laut sagte er: „Okay, dann müssten Sie jetzt nur noch bestätigen, dass Sie die Gruppe an diese Stelle geführt haben, weil Sie wussten, dass Kelvins Leichnam dort lag. Wussten Sie das, weil Sie angerufen wurden, wie Sie Ihren Männern erzählt haben, oder wussten Sie das, weil Sie die Leiche selbst dort abgelegt hatten?"

Einen Augenblick lang sah es so aus, als würde Schwarze vom Stuhl kippen. Er fing sich im letzten Augenblick und krächzte: „Ich will einen Anwalt sprechen, sofort."

„Wen sollen wir anrufen? Wir unterbrechen die Vernehmung von Gerd Schwarze um 12.07 Uhr."

Mausig begleitete Kofi nach draußen. Gemeinsam gingen sie in das Büro, in dem Ollner auf sie wartete.

„Er hat zugegeben, bei dem Angriff auf dich dabei gewesen zu sein."

Stefan nickte nur.

Kofi erklärte Mausig: „Stefan hat die Stimme wiedererkannt, als wir vor Ihrer Tür standen."

„Gut, meine Herren, verdächtigen Sie Herrn Schwarze tatsächlich, die Kinder entführt zu haben?"

Kofi schüttelte den Kopf. „Nein, es erscheint abwegig, aber wir dürfen nichts unversucht lassen."

„Sagen Sie mir noch eins. Gibt es in der Schule Kopien des Dienstbuches?"

„Ob Frau Ebenreiter jeden Tag kopiert hat, weiß ich nicht. Allerdings wollte sie immer wissen, wer für ihre Schule eingeteilt war, und hatte deswegen die Kopie der jeweiligen Seite auf ihrem Schreibtisch liegen."

„Herr Ollner, bitte rufen Sie sie an und fordern Sie sie auf, uns die Seiten zu übergeben. Danke."

„Ich fahre jetzt zu Irene Rugenstein. Soll ich dich vorher nach Hause bringen?"

„Auf keinen Fall. Wenn ich ruhig sitzen bleibe, tut mir fast nichts weh. Einen Kaffee könntest du mir aufsetzen, wenn du dafür noch Zeit hast."

Kofi holte Wasser und stellte die Kaffeemaschine so auf den Schreibtisch, dass Ollner daran kam, ohne aufstehen zu müssen. Er brachte ihm auch die Dosenmilch aus dem Kühlschrank. Gleich darauf stieg der Duft von frischem Kaffee auf.

„Du bist wie eine Mutter zu mir."

Kofi grinste. „Wenn ich zurückkomme, bringe ich uns was zum Kauen mit. Griechisch oder chinesisch?"

„Was mit Nudeln wär mir am liebsten."

Holzminden
Samstag, 5. November 2011
gegen 12.30 Uhr

45

Da bei Rugensteins niemand auf sein Klingeln reagierte, fuhr Kofi vorsichtshalber an Annas Partyservice vorbei. Natürlich konnte er von außen nicht erkennen, wer da war, und musste deswegen hineingehen. Er lächelte über sich selbst, als er sich dabei ertappte, wie er vor sich selbst Rechenschaft ablegte. Gib's einfach zu, du bist verknallt.

Anna beriet gerade eine Kundin. Sie schmunzelte ihm zu und sagte: „Wir brauchen noch ein wenig. Nimm dir einen Tee und setz dich zu Kim."

„Danke."

Das Mädchen saß an dem gleichen Tisch, an dem sie vor ein paar Tagen Flammkuchen gegessen hatten, und malte.

Er goss sich eine Tasse grünen Tee ein, legte zwei Kandisbrocken dazu und stellte sich neben Kim. „Hi, was machst du?"

Kims Zungenspitze begleitete die Bewegung des Stifts über das Papier.

„Hallo, Kommissar, wie geht's dir?" Dann betrachtete sie ihn aufmerksam. „Musst du heute auch arbeiten?"

„Wie kommst du darauf?"

„Du hast die gleichen Sachen an wie am Freitag in der Schule."

„Ist mir gar nicht aufgefallen. Du hast recht. Ich muss arbeiten, und das sind dieselben Klamotten. Ich bin heute Morgen sehr früh und ziemlich unsanft geweckt worden."

Kim malte weiter. „Ich weiß, wegen der Leiche, oder?"

„Woher weißt du das?“
„So etwas spricht sich herum.“ Sie blinzelte ihm verschwörerisch zu. „Die denken, ich bekomme nichts mit, nur weil ich hier zeichne. Dabei höre ich jedes Wort, selbst wenn sie flüstern.“
„Das meiste ist bestimmt schrecklich langweilig.“
„Ja, vor allem wenn sie über Leute reden, die ich nicht kenne.“
Kofi setzte sich zu ihr. „Malst du Etiketten?“
„Ich mache Aufkleber. Anna hat ein neues Kräutersalz gemixt. Es ist rot.“
„Huch, gibt es denn rote Kräuter?“
„Anna sagt ja, aber wahrscheinlich nennen wir es Gewürzsalz, weil Paprikapulver drin ist. Bist du in Anna verliebt?“
Kofi verschüttete beinahe seinen Tee, was nicht das Schlechteste gewesen wäre, denn er schmeckte wie abgestandenes Blumenwasser. „Wie kommst du darauf? Ich wollte eigentlich mit deiner Mama sprechen.“
„Das ist keine Antwort, Mama kommt später vorbei. Ich habe meine Jacke vergessen.“
„Du gehst morgen zum Ballett?“
„Du lenkst ab. Magst du Anna?“
Kofi nickte.
„Du willst nicht drüber reden?“
Kofi nickte wieder und sah prüfend zu Anna. Sie redete noch mit der Kundin.
„Das verstehe ich. Sie mag dich auch.“
Er hätte zu gern gefragt, woher sie das wusste, schwieg aber lieber.
„Das Vortanzen fällt aus, wir üben morgen nur.“
„Tanzt du schon lange?“
„Seit ich drei bin.“ Sie stand auf und stellte sich auf die Zehenspitzen, die Füße direkt nebeneinander.

Scheinbar mühelos sprang sie hoch, klappte beide Beine nach oben und wieder herunter, bevor sie auf dem Boden aufkam. „Klappt noch nicht. Eigentlich müsste ich in der fünften Position landen. Bestimmt muss ich den Pas de Chat morgen die ganze Zeit au Milieu üben. Das ist anstrengend."

„Pas de Chat, au Milieu? Das ist französisch."

„Ist alles französisch oder italienisch, weil Ballett daher kommt. Das heißt Katzenschritt, dabei stimmt das überhaupt nicht."

„Was stimmt nicht?"

„So geht doch keine Katze. Die schleichen, und sie können zwar springen, aber nicht senkrecht in die Höhe, und die Beine klappen sie dabei auch nicht ein. Sagt Paul. Ich hab's noch nicht gesehen."

Kofi bemerkte, dass Anna die Kundin verabschiedete und zu ihnen herüberkam.

„Wir sprechen gerade über das Ballett. Kim hat mir einen Sprung gezeigt, den sie lernen muss."

„Schön, schön, was kann ich für dich tun?"

„Kim sagt, du hast ein neues Kräutersalz entwickelt?"

„Zu viel Salz ist ungesund. Magst du nicht zur Abwechslung eine Marmelade mitnehmen, wobei ... du könntest natürlich auch vorbeischauen, ohne etwas zu kaufen. Darüber würde ich mich ebenfalls freuen."

Kofi konnte ein dämliches Grinsen nur mit Mühe unterdrücken. Er freute sich viel zu sehr über ihre Worte. Sie schien ihn wirklich zu mögen.

„Ich suche Kims Mutter."

„Oh, verstehe. Schade. Tja, sie ist nicht hier."

„Kommt aber gleich. Sie bringt mir meine Jacke."

„Der Tee ist lecker", sagte Kofi.

„Echt?" Anna schien überrascht. „Die meisten Männer mögen keinen Jasmin-Tee."

„Ach, das ist Jasmin-Tee. Den gibt´s beim Chinesen."

„Wo du ihn auch nicht trinkst. Soll ich dir einen Kaffee holen oder einen Cappu?"

„Cappuccino wär' klasse."

Sie nahm ihm die Tasse ab und verschwand in ihrer Küche. Er folgte ihr.

„Das ist ja eine richtige Profiküche." Er ging am Herd und am Grill entlang. „Alles aus Edelstahl."

„Das ist heute Vorschrift." Sie zog eine Schublade auf. „Und hier bewahre ich die Mordwerkzeuge auf."

Er nahm eines der großen Messer in die Hand. „Besteht das aus Damaszener Stahl?"

„Ein Kai-Shun-Messer, ja. Das erkennt man am Logo."

„Liegt gut in der Hand."

„Dafür sind sie berühmt. Ermüdungsfreies Arbeiten."

Kofi legte das Messer zurück. „Wahrscheinlich hat es bisher nur Möhren und Paprikaschoten ermordet."

„Och, das eine oder andere Filet war schon darunter."

Sie standen so dicht nebeneinander, dass Kofi die kurzen Härchen in ihrem Nacken sehen konnte. Sie duftete gut, nach Lavendel? Jedenfalls zart.

„Wollen wir zusammen etwas trinken gehen, wenn ich für heute fertig bin und du von deiner Besprechung zurück bist?"

„Gerne, rufst du mich an?"

Die Ladenklingel läutete, als er ihre Handynummer speicherte.

Sie lief nach vorn. „Hallo, Irene. Kommissar Kayi ist hier und möchte dich gern sprechen."

Er trat hinter Anna vor den Tresen und erwartete, dass Kim ein Bemerkung machen würde. Mutter und Tochter sahen sich jedoch nur an.

„Gerne, womit kann ich Ihnen helfen?"

„Dürfen wir in die Küche gehen, Anna?“ Er zeigte mit dem Kopf auf Kim.

Die sagte: „Ich weiß sowieso alles.“

„Geht ruhig. Ich bleibe bei Kim“, antwortete Anna.

„Sie sagen, dass Leon Scharffetter am letzten Wochenende verschwunden ist. Uns liegen Beweise vor, dass der Computer in seiner Wohnung an diesem Mittwoch verwendet wurde, um eine E-Mail zu versenden. Können Sie das erklären?“

„Ich war's nicht.“

„Wer sonst?“

„Ich war am Dienstagmorgen vor der Arbeit dort und habe Ihren Kollegen Ollner getroffen. Der PC war ausgeschaltet. Mehr weiß ich nicht.“

„Außer Ihnen, wer hat noch einen Schlüssel?“

„Nur Leon, also Herr Scharffetter, selbst, soweit ich weiß und der Verwalter, denke ich.“

„Wo bewahren Sie den Schlüssel auf?“

„In meiner Schublade im Büro. Allerdings, ich weiß nicht, meine Kollegin Stella Anders behauptet, dass auch Herr Nussbaum einen besitzt.“

„Hatte Herr Nussbaum einen Grund, in die Wohnung seines Partners zu gehen?“

„Nicht, dass ich wüsste. Leon ist sehr eigen. Er lässt nur wenige Menschen hinein. Ihr Kollege glaubt, dass die Unordnung im Büro und bei Leon zuhause absichtlich herbeigeführt wurde. Eventuell besitzt irgendjemand einen Nachschlüssel.“

„Sagt Ihnen der Name Holger Sander etwas?“

„Holger Sander? Schwach. Ich denke nicht, dass ich den Mann kenne, aber ich habe ein- oder zweimal Geld an ihn überwiesen. Das kann ich im Büro nachprüfen, wenn Sie es genauer wissen möchten.“

„Geld? Wofür denn?"

„Sicherheitsdienst, ja, ziemlich sicher."

„Was muss ich mir darunter vorstellen?"

„Wir hatten mal, muss im September gewesen sein, eine Lagerhalle, in der ein Klient mehrere LKW-Ladungen Maschinenteile untergestellt hatte. Einer der LKW hat beim Rangieren das Tor beschädigt. Natürlich war das an einem Freitagabend, so dass die Halle übers Wochenende nicht abzuschließen war. Der Klient hat Leon um Hilfe gebeten und der hat Holger Sander beauftragt. Worum es beim zweiten Mal ging, fällt mir so spontan nicht ein."

„Danke, es reicht, wenn Sie es am Montag nachschauen und mich anrufen." Er gab ihr seine Karte.

Während sie in den Laden ging, blieb er noch einen Moment in der Küche. Er konnte sich weder vorstellen, dass diese Frau ihren Liebhaber umgebracht hatte, noch dass sie die Kinder entführt hatte. Andererseits war nichts unmöglich.

Als Kofi den Partyservice verließ, schloss Paul sein Fahrrad an der Laterne an. Am liebsten hätte Kofi kehrtgemacht und noch einen Cappuccino bei Anna getrunken. Zähneknirschend stieg er in seinen Wagen und fuhr davon.

Holzminden
Samstag, 5. November 2011
gegen 13.15 Uhr

46

Kofi hatte in der Fürstenberger Straße bei Pizza Star angehalten und für sich und Stefan eine große Portion Tortellini in Schinken-Sahne-Soße besorgt. Jetzt saßen sie nebeneinander an Kofis Schreibtisch und löffelten Nudeln und Soße in sich hinein.

Während der Mahlzeit informierte Kofi ihn über sein Gespräch mit Irene Rugenstein.

Ollner hörte aufmerksam zu und sagte schließlich: „Sie benimmt sich zwar seltsam, aber für eine Mörderin halte ich sie nicht."

Da Kofi als Erster aufgegessen hatte, setzte er eine neue Kanne Kaffee auf.

„Was ist dir über die Leber gelaufen?", fragte Ollner.

„Dieser Paul!"

„Den haben wir doch überprüft. Mir erscheint er nicht verdächtig."

„Der treibt sich ständig in der ganzen Stadt herum."

„Willst du ihn als Zeugen vernehmen?"

„Keine schlechte Idee."

„Kofi, überleg mal. Wir wissen, dass er keinen Führerschein hat und wahrscheinlich auch nicht fahren kann. Wie hat er Hilmar, den ersten Jungen, den wir gefunden haben, aus Schleswig-Holstein nach Holzminden gebracht? Mit dem Fahrrad?"

Kofi presste die Lippen aufeinander. „Er erscheint mir trotzdem suspekt. Egal. Lass uns noch einmal gucken, ob wir eine Gemeinsamkeit finden." Er rief die Datensätze auf, die sie über die verschwundenen Kinder angelegt hatten. „Hilmar, Kelvin und Emma."

„Zwei aus Holzminden, einer aus Heide."
„Zwei Jungs, ein Mädchen."
Stefan hatte gerade einen Löffel Nudeln in den Mund gesteckt und begann plötzlich, wild zu gestikulieren und mit den Augen zu rollen.
„Hast du dich verbrannt?"
Ollner schüttelte den Kopf und schluckte hastig. „Ich hab's. Die sind alle begabt, du weißt schon, Judo, Schauspiel, und Hilmar wurde nach einem Fußballturnier entführt."
„Wenn du recht hast, ist Paul wieder im Spiel."
„Wieso?"
„Er kriegt die einfachsten Sachen nicht gebacken, und die Kids sind nicht nur intelligent und sehen gut aus, sondern sie haben noch dazu eine spezielle Begabung, mit der sie Aufmerksamkeit und Lob verdienen."
„Ich weiß nicht. Klingt für mich nicht plausibel."
„Du bist ja auch kein perverser Mörder."
„Dann wären aber auch Hanske und Sander verdächtig. Beide mühen sich ab, eine gesicherte Existenz aufzubauen, was ihnen nicht gelingt, während den Kindern alles in den Schoß fällt."
„Es ist mir egal, was du denkst, ich werde mal ein Vieraugengespräch mit Paul führen und anschließend Gregor Körner besuchen."
Er erwähnte nicht, dass Paul möglicherweise noch bei Anna war und hinterher ebenfalls zum Varieté fahren würde.
Wenn es ihm gelang, Paul daran zu hindern, Anna zu begleiten, konnte er sich gleich nach dem Termin bei Körner mit ihr verabreden, ohne dass Paul dazwischenfunken konnte.

47

Eine knappe halbe Stunde, nachdem er den Partyservice verlassen hatte, betrat Kofi ihn wieder. Pauls Fahrrad stand noch an der Laterne.

Mit großen Schritten durchquerte er den Laden. Paul balancierte auf einer Leiter und wechselte eine Leuchtstoffröhre aus.

Kofi sprach ihn direkt an: „Herr Schreiber, ich muss Sie bitten, mir ein paar Fragen zu beantworten."

Paul schaute ihn von oben herab an und sagte: „Ich will's versuchen."

„Können Sie dazu herunterkommen?"

„Bin gleich fertig."

Kofi postierte sich ungeduldig daneben und wartete, bis Paul den Lampenschirm wieder aufgesteckt hatte und die Leiter herunter gestiegen war. Er klappte sie seelenruhig zusammen und trug sie weg. Als er zurückkam, wischte er sich die Hände an den Hosenbeinen ab.

„Was wollen Sie wissen?"

Kofi spürte, dass Anna hinter ihm stand. Er nickte ihr zu. Sie hielt beide Arme vor der Brust verschränkt und sah nicht glücklich aus.

„Sie kommen doch viel herum in Holzminden."

Paul stimmte ihm zu.

„Wo sind Sie am liebsten?"

„Bei Anna."

„Warum?"

„Bei ihr darf ich so laut singen, wie ich will, den ganzen Tag lang."

„Das dürfen Sie zuhause nicht?"

„Meine Mutter sagt, es geht ihr auf die Nerven. Dabei singe ich schön." Paul begann, „Freude schöner Götterfunken" zu singen."

„Danke, danke, ich glaube es Ihnen. Wenn Sie nicht bei Anna sind, wo sind Sie dann?"

„Hier und da."

„Geht es etwas genauer?" Kofi konnte spüren, dass Anna sich gleich einmischen würde.

„THW, da helfe ich, auch bei Einsätzen und so."

„Mögen Sie Kinder?"

„Ich mag Kim. Und Kim mag mich."

„Behandeln andere Kinder Sie schlecht?"

„Sie lachen mich aus, manchmal, Emma auch." Er schaute Kofi treuherzig an. „Das ist Kims Freundin. Die mag mich nicht."

Kofi spannte sich an. War das der Durchbruch? Hatte er den richtigen Riecher gehabt?

„Aber ich mag sie trotzdem. Sie spielt lustige Sachen im Fernsehen."

So ein Mist.

„Kofi!" Annas Stimme klang schneidend. „Kann ich dich bitte mal sprechen? Sofort!"

Er hatte keine Lust, sich von ihr unterbrechen zu lassen. „Paul, wo würden Sie etwas verstecken, wenn niemand es finden sollte?"

Paul kratzte sich am Kopf. „Niemand? Das ist schwer."

Anna packte Kofis Arm und zog ihn von Paul weg. „Was soll das? Verdächtigst du Paul? Der tut keiner Fliege etwas zuleide."

„Anna, was ist, wenn du dich irrst?"

„Scheinbar habe ich mich in dir geirrt." Sie starrte ihn so wütend an, dass er sich am liebsten versteckt hätte.

„Ich muss mit Paul reden, um ..."

„Du musst gar nichts. Ich werde sofort Pauls Mutter anrufen und sie informieren. Dann kannst du Paul in ihrem Beisein befragen, und jetzt verschwinde. Ich habe noch etwas vor."

Kofi wollte widersprechen.

„Raus!"

Er trollte sich. So hatte er sich das nicht vorgestellt. Vielleicht sollte er wieder hineingehen und sich entschuldigen.

Wofür denn? Es war sein Job. Er musste das tun.

Anna würde das schon noch erkennen. Früher oder später.

Er überlegte, ob er Ollner anrufen sollte, damit er Frau Schreiber und Paul auf die Dienststelle bat.

Doch dann beschloss er, sich erst einmal das Gelände anzuschauen, auf dem sich das Varieté befand.

Nach einem Telefonat mit Guntram Schnitter wusste er, dass zwei Hundeführer soeben damit begonnen hatten, das Grundstück zu überprüfen. Sie nahmen sich zuerst den Bereich im Norden vor, wo die Grenze aus einem Wald bestand, der teilweise zum Gut und teilweise zum Staatsforst gehörte. Kofi würde sich mit ihnen dort treffen.

Holzminden
Samstag, 5. November 2011
gegen 14.00 Uhr

Anna kochte vor Wut. Was fiel diesem schwarzen Polizeiarsch ein? Paul zu verdächtigen? Ausgerechnet Paul.

„Was guckt ihr mich so an?"

„Du bist wütend."

„Ach was!"

„Du machst mir Angst", sagte Paul. „Ich mag es nicht, wenn du herumschreist."

„Ich weiß, entschuldige."

„Ich dachte, du magst Kommissar Kofi!", meinte Kim vorwurfsvoll.

„Im Moment jedenfalls nicht. Los, packt eure Sachen zusammen. Wir müssen los. Auftraggeber lässt man nicht warten."

„Ich fahre nicht mit", verkündete Paul. „Ich muss zum THW. Winterreifen aufziehen. Außerdem kann ich den Auftraggeber nicht leiden, überhaupt nicht ein bisschen."

Anna nutzte die Gelegenheit und informierte Pauls Mutter darüber, dass die Polizei eventuell mit Paul und ihr sprechen wollte. Frau Schreiber erschrak sehr und erkundigte sich, ob er etwas angestellt habe. Doch Anna konnte sie beruhigen. Er wurde nur als Zeuge gebraucht, jedenfalls hoffte sie das. Frau Schreiber sollte sich keine unnötigen Sorgen machen.

Kim saß auf dem Rücksitz in der Mitte und staunte zusammen mit Anna über die dicken Bäume, welche die Einfahrt zum Varieté Ozelot säumten. Da heute keine Veranstaltung anstand, war der große Parkplatz vor dem Haupteingang leer. Anna hielt direkt vor dem Eingang. Sie konnte nicht sagen, was dieses Gebäude früher beherbergt hatte. Die Pferde? Schon möglich.

Sie suchte nach einer Klingel, da öffnete sich das Portal.

„Guten Tag, herzlich willkommen im Varieté Ozelot", sagte Gregor Körner. Er trug einen Kittel über einer Jeans, den er nicht zugeknöpft hatte, sodass Anna auch das ausgewaschene T-Shirt sehen konnte, das über dem Bauch leicht spannte. Scheinbar hatte er ihren Blick bemerkt. „Ich habe noch längst nicht alle Räumlichkeiten durchforstet. Wenn keine Feiern stattfinden, krame ich immer in den anderen Gebäudeteilen herum. Heute war ich im Keller. Schauen Sie mal, was ich gefunden habe."

Er zog eine kleine Schachtel aus der Kitteltasche und reichte sie Anna.

Sie nahm sie vorsichtig und drehte sie herum. Trotz des offensichtlichen Alters der Dose waren die Intarsien völlig eben. „Was ist das? Eine Spieluhr?"

„Klappen Sie sie auf. Sie werden es hören."

„Das ist ‚Für Elise', klingt ein wenig, hm, eingerostet."

„Ich wüsste gern, wem sie gehört hat. Gewiss einer Frau.Wer hat sie ihr geschenkt oder hat sie sich die Dose selbst gekauft, als Andenken? Schade, dass Gegenstände keine Geschichten erzählen können."

‚Eine hübsche Idee', dachte Anna.

Kim schmiegte sich an ihre Hand und fragte: „Darf ich sie auch mal halten?"

Gregor Körner schien Kim erst jetzt zu bemerken. „Wen haben wir denn da?"

„Das ist meine Assistentin, Kim. Sie ist meine Fachfrau für Kindergeschmack."

Er war eindeutig verblüfft, lachte dann aber laut. „Klingt nach einer verdammt guten Idee. Darf ich Sie hereinbitten, meine Damen?“

Anna und Kim folgten ihm in einen düsteren Saal. Körner schaltete die Deckenlichter an. Gemütlich wirkte das nicht. Der Raum war recht groß, vielleicht fünfzehn Mal zwanzig Meter. Am Kopfende gab es eine kleine Bühne, etwas erhöht, mit einem roten Vorhang, der jetzt auf einer Seite zusammengerafft war. Davor standen runde Tischchen mit Lampen, auf deren Schirmen Nummern aufgedruckt waren. Es roch ein wenig muffig.

„Wo ist der Tisch für das Buffet?“

„Hier drüben!“ Körner dirigierte sie nach rechts. Ein kurzer Tresen grenzte an eine lange Tischplatte an, die mit schwarzem Samt abgedeckt war, der bis auf den Boden reichte.

‚Vermutlich eine Malerplatte‘, dachte Anna.

„Die Küche befindet sich hinter dem Tresen, eignet sich aber nicht wirklich zum Kochen.“

Anna warf nur einen kurzen Blick hinein. Dann prüfte sie die Standfestigkeit des Buffettisches und wunderte sich, als er sich nicht bewegte. Sie hob den Samt an und entdeckte, dass darunter gedrechselte Holzbeine zum Vorschein kamen.

„Die Tische sind leider etwas wurmstichig, so dass ich sie abdecken muss, aber sobald ich sie habe aufarbeiten lassen, werden sie dem Raum Stil verleihen.“

Anna sah sich um. „Das wirkt alles ziemlich ... hm, steril, und kühl ist es hier drinnen auch.“

„Sie haben recht. Heizen muss ich unseligerweise schon wenigstens zwei Tage vor der Veranstaltung. Für die Dekoration habe ich Hexenbesen, Mistelzweige und ... was macht sie da?“

Kim war auf die Bühne geklettert und übte ihren Katzenschritt.

„Sie tanzt Ballett."

„Kinder!"

„Stört es Sie? Soll ich sie herunterrufen?"

„Nein, die meisten Kinder lieben es, auf der Bühne herumzustolzieren und sich in Pose zu stellen. Ballett hat noch keines geübt."

„Ich habe Gläser aufgetrieben, die an Zaubertrankkessel erinnern, jedenfalls, wenn man sich Mühe gibt. Außerdem kann ich vom Theater in Hameln eine große Kristallkugel ausleihen. Dafür bräuchten wir einen Tisch, möglichst mit einem unsichtbaren Stromanschluss. Die Kugel verändert ihre Farbe, und es wabert irgendetwas Rauchartiges darin herum."

„Sehr schön, dann können wir dazu noch die Nebelmaschine einsetzen."

„Wo sind die Ozelots?", fragte Kim plötzlich.

Gregor Körner drehte sich zu ihr um und zeigte auf die Wand auf der linken Seite des Raumes. Fast über die gesamte Länge spann sich ein Mosaik mit einer Dschungellandschaft, in dessen Mitte zwei Ozelots zu sehen waren. Einer ruhte auf einem Ast, während der andere auf einem Felsen stand und Wache hielt.

„Die habe ich schon gesehen. Ich meine die echten."

„Oh, die sind in einem Zwinger im Park."

„Darf ich sie streicheln?"

„Auf keinen Fall, das sind gefährliche Raubkatzen."

„Darf ich sie wenigstens ansehen?"

Anna konnte sehen, dass Körner diese Frage nicht behagte.

„Das geht auch nicht."

„Warum nicht? Sind sie krank?"

Erleichtert nickte der Mann.

„In gewissem Sinn, ja. Sie haben gerade ein Baby bekommen und brauchen Ruhe."

„Ich kann ganz leise sein."

„Das glaube ich dir, aber es geht trotzdem nicht." Er wandte sich an Anna. „Das ist eines der Probleme, an das ich nicht gedacht habe. Kinder neigen dazu, herumzustromern. Es ist äußerst schwierig, sie dazu zu bewegen, nur diesen Raum und im Sommer das Stück Garten dort drüben zu nutzen. Sobald man den Rücken dreht, verschwinden sie im gesamten Parkgelände."

„Warum ist das ein Problem für Sie?"

„Weil ich gar nicht wissen möchte, wie viele Möglichkeiten es hier auf dem Gelände gibt, sich in Gefahr zu bringen. Angefangen mit den Teichen über baufällige Gebäude, altersschwache Bäume, die zum Herumklettern einladen, bis hin zu Höhlen und Kellern, von denen ich noch nicht einmal weiß. Wahrscheinlich werde ich nicht darum herum kommen, den öffentlich zugänglichen Bereich einzuzäunen."

Anna fragte sich, ob er sich wirklich um die Kinder und die Unfallgefahr sorgte, oder ob er einfach nicht wollte, dass die Kinder auf seinem Privatgelände herumliefen. Das war sein gutes Recht.

Oder hatte er etwas zu verbergen?

„Hallo! Ist hier jemand? Herr Körner?“ Kofi und Guntram Schnitter betraten den Saal. Kofi sah Anna sofort. Sie hatte die Arme vor der Brust verschränkt und schien zu frieren. Er beobachtete sie genau. Im ersten Augenblick ging ein Lächeln über ihr Gesicht, dann setzte sie eine ernste Miene auf.

„Kommissar Kayi, willst du auch die Ozelots angucken?“ Kim sprang von der Bühne und lief zu ihm. „Da hast du Pech gehabt, die brauchen Ruhe für die Babys.“

„Kommissar Kayi? Wollen Sie zu mir?“

„Wenn Sie Gregor Körner sind, ja. Wir - das ist mein Kollege Guntram Schnitter - hätten ein paar Fragen an Sie.“

„Das passt gerade nicht so gut“, versuchte Körner auszuweichen.

„Es macht uns nichts aus, ein paar Minuten zu warten, bis Sie Ihr Gespräch beendet haben.“

„Wir waren sowieso fast fertig“, sagte Anna hastig. „Ich messe nur den Tisch und schaue mich in der Küche um, dann sind wir weg. Komm her, Kim. Du kannst mir helfen.“

„Ich habe nichts zu verbergen. Fragen Sie.“

Kofi hielt ihm ein Foto hin, auf dem man deutlich sah, wie übel Holger Sander zugerichtet worden war. „Kennen Sie den Mann?“

Körner nahm das Foto in die Hand und betrachtete es eingehend, ohne die Miene zu verziehen. „Das ist Holger Sander.“

„Er hat für Sie gearbeitet?“

„Von Zeit zu Zeit."
„Als?"
„Mädchen für alles."
„Hatte er Zugang zu Ihrem PC?"
„Holger? Ja, ich denke schon. Klar. Wieso?"
„Von ihrem Computer aus wurden E-Mails verschickt, für die wir uns in Zusammenhang mit den Morden an den Kindern sehr interessieren. Wo steht Ihr Rechner?"
„Gleich nebenan, im Büro. Wenn ich vorgehen dürfte?"
Kofi sah, dass Anna genau zugehört hatte, obwohl sie ihm den Rücken zuwandte und mit einem Bandmaß hantierte.
Er ging davon aus, dass sie gleich auf der anderen Seite des Raumes etwas zu messen hatte, als er sah, dass Körner und Guntram auf eine stoffbespannte Tür neben dem Mosaik zugingen.
Das Büro war etwa drei Mal drei Meter groß und fensterlos.
„Hier steht das gute Stück." Körner schaltete ihn ein.
„Ist er passwortgeschützt?"
„Nein, wozu? Ich lebe allein hier."
„Holger Sander wurde ermordet."
Gregor taumelte gegen die Wand, hangelte mit der Hand nach dem Bürostuhl, zog ihn heran und setzte sich. Er war bleich geworden und begann zu schwitzen. Er riss am Kragen seines T-Shirts.
„Geht es Ihnen nicht gut?", fragte Guntram.
„Wer hat? Wieso? Ich verstehe das nicht."
„War Holger Sander gestern Abend in Ihrem Auftrag unterwegs?"
„Nein! Ja, kann sein. Vermutlich."
„Wie lautete seine Aufgabe?"

„Er sollte ein bisschen auf den Putz hauen. Hören Sie, da war nichts, wofür man töten müsste. Das hat sicher nichts mit mir zu tun."

„Wo sollte Sander auf den Putz hauen?"

„Bei dieser Beraterfirma."

„@dospasos?"

„Woher wissen Sie?"

„Sie waren Kunde da?"

„Die haben mir dabei geholfen, das Konzept für das Varieté und meine Auftritte bei Firmen, in Schulen und Kindergärten und so weiter zu entwerfen."

„Außerdem haben sie Geld für Sie angelegt."

„Das war es, was mich von Anfang an überzeugt hatte. Nur ein Ansprechpartner, alles andere regeln die intern."

„Aber etwas lief schief?"

„Davon weiß ich nichts. Ich hatte 100 000 Euro eingezahlt, in bar, für eine besondere Transaktion."

„Die Lieferung ist jedoch nicht eingetroffen."

„Genau. Deshalb habe ich mein Geld zurückverlangt. Doch dieser Leon Scharffetter hat sich verleugnen lassen."

„Und da dachten Sie, sie schicken mal einen Schläger vorbei."

„Nein, nein, ich habe Holger dahin geschickt, weil ich Leon nicht erreichen konnte. Er sollte sich als neuer Kunde ausgeben."

„In der Hoffnung, den Chef der Firma sprechen zu können. Gar nicht so dumm, nur leider ist Leon Scharffetter seit dem Wochenende spurlos verschwunden. Wir können nicht ausschließen, dass er einer Straftat zum Opfer gefallen ist, genau wie Holger Sander."

Körner rutschte vor Schreck beinahe vom Stuhl. „Ich würde nie jemanden umbringen, und schon gar nicht für 100 000 Euro. Glauben Sie mir."

Während Kofi mit Körner sprach, hatte Guntram sich dem PC gewidmet. „Kofi, guck mal, hier ist tatsächlich eines der Fotos gespeichert.“

Kofi drehte sich um und betrachtete den Bildschirm, ohne Körner dabei aus den Augen zu lassen. Doch der schien gar nicht auf die Idee zu kommen, dass er fliehen könnte.

„Wo waren Sie am letzten Sonntag?“, fragte Kofi.

„Ich? Wie? Wo? Ach so? Ich war von Freitag bis Dienstag in Köln. Beim Theater. Ich musste einen Schauspieler ausbilden, damit der im nächsten Stück einen Zauberer spielen kann. Das war eine interessante Aufgabe. Wollen Sie dort nachfragen? Die Telefonnummer steht auf dem Brief, der da vor Ihnen liegt.“ Er hob die Hand nur wenige Zentimeter an, um in Richtung Tisch zu zeigen.

Guntram nahm den Brief und las ihn. „Scheint zu stimmen“, sagte er.

Kofi fragte sich, ob Gregor Körner wirklich so ein Schlappschwanz war oder ob er ihnen etwas vorspielte und sie gleich mit einer Pumpgun, die er hinter dem Vorhang hervorzog, ins Jenseits schicken würde. Körner rührte sich nicht.

Gleichzeitig nahm ein weiterer Gedanke Gestalt in Kofis Gehirn an. Wenn Körner als Versender der E-Mail ausfiel, Holger Sander aber Zugang zum Computer hatte, dann hatte die Bürgerwehr zufällig den Richtigen erwischt. Sein Puls beschleunigte sich. Eine Frage blieb noch. „Was wollten Sie kaufen, für 100 000?“

„Ozelots.“ Die Antwort kam so prompt, dass Kofi einen Moment brauchte, um sie zu verarbeiten.

„Die stehen unter Naturschutz. Der Transport an sich ist schon teuer, noch teurer sind allerdings die Bestechungsgelder." Körner sprach so leise, dass Kofi sich vorbeugen musste, um ihn verstehen zu können.

„Warum sind Sie Ihnen so viel Geld wert?"

„Mein Weibchen ist bei der Geburt des Jungtiers eingegangen. Seither ist das Männchen so aggressiv, dass ich den Käfig nur noch reinigen kann, nachdem ich ihn betäubt habe. Ich hatte zwei Weibchen und zwei männliche Jungtiere bestellt."

Plötzlich brüllte Guntram: „Kofi, wir haben ihn. Es ist vorbei. Wir müssen Mausig informieren."

Körner drückte sich gegen die Wand. „Ich verstehe nicht."

„Brauchen Sie auch nicht. Hat mit Ihnen nur wenig zu tun", sagte Kofi barsch.

„Freust du dich gar nicht?", fragte Guntram erstaunt.

„Doch, aber es hieße, dass für Emma jede Hilfe zu spät käme."

Nach einer kurzen Pause zog er sein Handy heraus. „Ich habe hier keinen Empfang. Du bleibst hier, ich versuch's im Saal."

Dort befand sich Anna und lächelte ihn an. „Stimmt das?"

„Du hast gelauscht."

„Kannst du es mir verdenken?"

Er wählte und wartete, dass sich die Verbindung aufbaute. Nebeneinander standen sie vor einer Pinnwand, an der Zeitungsartikel und Fotos von Veranstaltungen im Varieté gezeigt wurden. Kofi stutzte. ‚War das nicht Gerd Schwarze am Kontrabass?' Er las die Bildunterschrift: „Die Taggards (Jan Högel, Oliver Nussbaum, Gerd Schwarze und Timo Leifholz) bringen das Varieté Ozelot zum Swingen."

„Mausig, hier, Sie haben eine frohe Botschaft für uns?“

„Sieht ganz danach aus.“

Holzminden
Samstag, 5. November 2011
um 19.00 Uhr

50

Sie waren in den Versammlungssaal der Volksbank ausgewichen. Neben moderner Veranstaltungstechnik bot er einen sensationellen Blick über Holzminden.

Mausig war nervös, strahlte aber gleichzeitig wie ein verliebter Teenager. Der Saal fasste problemlos hundert Menschen, doch mit all den Kameras wurde es bald eng.

Als Magdalena den Raum betrat, winkte Kofi ihr zu. Sie schlenderte zu ihm herüber. „Ist wohl nichts mit Exklusivinterview, was? So hältst du deine Versprechen?“

„Meinetwegen kannst du ihn alles fragen, was du willst.“

„Sehr witzig.“

Mausig trat an das Mikrofon. Langsam wurde es ruhiger. Kofi ging zu ihm nach vorne, wo Stefan Ollner neben dem Rednerpult bereits auf einem Stuhl saß und gelassen das Publikum musterte.

Kofi ahnte, dass er die meiste Sendezeit im Fernsehen zugestanden bekommen würde. Mit seinem Bartschatten und der würdevollen, zugegeben ein wenig steifen, Körperhaltung wirkte er wie Bruce Willis nach dem Showdown, also zu dem Zeitpunkt, zu dem alle Frauen ihn freudig in die Arme schließen würden.

Er sah das Bild in den Abendnachrichten bereits vor sich. Ollner starrte geheimnisvoll vor sich hin, während Mausig im Hintergrund redete.

Nachdem er den Beamer gestartet hatte, begann Mausig damit, ihre Ermittlungsergebnisse vorzustellen. Er sprach fast zwanzig Minuten, zeigte Fotos von den entführten Kindern, von Holger Sander, lavierte sorgsam um die Frage herum, wer Sander ermordet hatte, und endete mit der Aussage, dass der Fall erst dann als abgeschlossen betrachtet werden würde, wenn man Emma gefunden hatte. Er ließ keinen Zweifel daran, dass sie mit allen zur Verfügung stehenden Kräften sehr ernsthaft suchen würden, und bat um Unterstützung der Bevölkerung.

Danach wartete er auf Nachfragen.

Magdalena meldete sich als Erste und wurde auch prompt aufgerufen.

„Für mich bleibt ein schaler Nachgeschmack. Ein echtes Geständnis und ein Täter, den man befragen und verurteilen kann, das wäre ein wahrer Abschluss. Diese Indiziengräberei erscheint mir, entschuldigen Sie bitte, oberflächlich und nicht zufriedenstellend."

„Ihre Frage bitte!"

„Sofort. Besteht die Möglichkeit, dass der Partner von Holger Sander, der Judotrainer Detlef Hanske, etwas über den Verbleib von Emma weiß? Ist er möglicherweise ein Komplize?"

Mausig hob beide Hände. „Ich muss Sie bitten, den von Frau Kelbig eben genannten Namen in Ihren Berichterstattungen nicht zu verwenden. Es stimmt, dass Holger Sander mit einem Mann im selben Haus wohnte, wir wissen allerdings nichts über eine mögliche Beziehung der beiden. Momentan gehen wir von einem Untermieterverhältnis aus. Nichtsdestotrotz suchen wir den Vermieter und fordern ihn auf, sich bei uns oder einer anderen Polizeidienststelle zu melden."

„Glauben Sie, dass Emma noch lebt?"

„Das ist durchaus denkbar."

„Werden Sie sie rechtzeitig finden?"

„Das hoffen wir."

Magdalena meldete sich noch einmal zu Wort. „Haben sie die Täter bereits ergriffen, die Kommissar Ollner überfielen?“

„Gut, dass Sie darauf zu sprechen kommen. In der Tat liegt uns auch in diesem Zusammenhang ein Geständnis vor. Es stehen noch weitere Verhöre aus, weshalb ich hierbei ebenfalls um ihre Diskretion bitte.“

Magdalena unterbrach ihn. „Stimmt es, dass Hauptkommissar Ollner von Mitgliedern der Bürgerwehr überfallen wurde?“

„Kein Kommentar.“ Mausig lächelte verlegen. „Das wollte ich schon immer einmal sagen. Aber ernsthaft. Haben Sie bitte Verständnis, dass unsere Ermittlungen Vorrang haben. Wir wollen die Täter doch nicht vorwarnen, oder?“

Kofi hätte Schwarzes Namen gerne morgen früh in den Schlagzeilen gesehen. Der Kerl hatte in seinen Augen keine Rücksicht verdient. Andererseits wusste Kofi durch seinen Außeneinsatz nicht so genau, welche Personen Schwarze benannt hatte und wie weit diese bereits vernommen worden waren.

Verstohlen schaute er auf seine Armbanduhr. Ob er Anna jetzt noch kontaktieren konnte? Es war schon nach acht. Seine Mutter sagte immer, dass man nach Beginn der Tagesschau nur noch bei der eigenen Familie und bei der Polizei anrufen durfte.

Galt eine SMS auch als Anruf?

51

Irene und Anna hatten Kim in die Mitte genommen. Sie saßen auf dem Sofa und sahen sich die Sondersendung auf NDR an.

„Es ist vorbei!", sagte Irene.

„So wie du es gesagt hast." Sie strich sich nervös die Haare aus dem Gesicht. „Ich kann's immer noch nicht fassen, dass ihr quasi hautnah dabei wart, als der Fall gelöst wurde."

„Das war überhaupt nicht spektakulär, kein Showdown wie im ‚Tatort' oder so. Nur zwei oder drei Puzzlesteinchen, die plötzlich ein komplettes Bild ergaben. Ich hab's fast nicht mitgekriegt."

Anna hielt Kims rechte Hand und drückte sie fest. Kim fragte: „Warum haben Sie Kommissar Kofi nur so kurz gezeigt? Er hat doch ganz viel gearbeitet."

„Weil er so ein Arsch ist."

„Anna!" Irene sah die Freundin überrascht an. „Was ist passiert? Ich dachte, du stehst auf ihn."

„Pah, von wegen."

„Er hat Paul verdächtigt", sagte Kim. „Das hat Anna geärgert, Paul war es egal."

„Anna, was ist los?"

„Ach, er ist sich wahrhaftig nicht zu schade gewesen, Paul zu verdächtigen, und als ich ihn zurechtgewiesen habe, hat er den Bullen raushängen lassen, der seine Pflicht zu erfüllen hat. Wie ich das hasse."

„Das war doch nicht alles."

Anna druckste ein wenig herum, dann sagte sie: „Wir hatten uns verabredet. Für heute Abend, aber er hat nicht angerufen."

Irene zeigte auf den Fernseher. „Er musste an dieser Pressekonferenz teilnehmen, oder?"

„Wenn wir die jetzt anschauen können, ist sie mindestens seit einer Stunde beendet."

„Anna, du bist ungerecht." Erst als sich Anna zu ihr umdrehte, bemerkte sie, dass Tränen in Annas Augen glitzerten. Sie stand auf und nahm sie in den Arm. „Was ist denn los?"

„Ich weiß auch nicht. Ich bin so froh, dass alles vorbei ist. Aber Himmel, kann ich mich nicht ein einziges Mal in einen Mann vergucken, für den ich an erster Stelle komme?"

„Gib ihm eine Chance. Du merkst doch, wie uns diese ganze Entführungsgeschichte schon mitgenommen hat. Für ihn muss es noch viel aufreibender gewesen sein. Dazu noch die Angst um seinen Kollegen und dann die Wut und Ohnmacht wegen des Überfalls. Da kann man ohne Frage überreagieren. Wahrscheinlich liegt er bereits in seinem Bett und erholt sich von den Strapazen."

„Nimm die Kerle nicht immer in Schutz."

„Ich finde Kommissar Kofi nett", sagte Kim.

Die beiden Frauen nahmen sie in den Arm. „So einfach kann die Welt sein", erwiderte Irene lachend.

„Kim, Mäusebär, wenn jetzt alles vorbei ist, dann hätte deine Ballettaufführung morgen doch stattfinden können."

„Ist mir egal. Ich kann diesen Katzenschritt sowieso noch nicht perfekt."

„Das ist gar nicht notwendig. Du machst das gut, und das reicht völlig", munterte Irene ihre Tochter auf.

„Ist Emma tot?", fragte Kim. „Sie kommt Sonntag nicht zum Ballett, oder?"

„Nein, sie wird nicht mehr zum Tanzen kommen", antwortete Irene. Sie versuchte, ihrer Stimme einen sachlichen Klang zu geben. „Die Polizisten werden sie sicher bald finden."

Anna stand auf. „Ich denke, ich sollte jetzt nach Hause gehen."

„Bleib noch einen Moment. Ich muss noch etwas mit dir besprechen."

„Klar. Worum geht's?"

„Ich bringe Kim eben ins Bett."

Während Irene mit ihrer Tochter im Bad war, lehnte Anna am dunklen Fenster und sah in die Nacht hinaus. Sie fühlte sich leer. Sollte sie nicht froh und glücklich sein, dass Holzminden wieder ruhig schlafen konnte? Sie musste zugeben, dass sie sich mehr Sorgen um Kim gemacht hatte, als ihr bewusst gewesen war. Sie und Irene hatten abwechselnd dafür gesorgt, dass sie keinen Augenblick unbeobachtet blieb. Paul natürlich auch. Aber hätte das wirklich etwas genützt, wenn dieser Sander sie hätte entführen wollen?

Irene stellte sich neben sie. „Du hast mir erzählt, dass Körner zu Kommissar Kayi gesagt hat, er hätte über Leon Ozelots bestellt. Ich habe das überprüft. Selbstredend tauchten in den Unterlagen keine wilden Tiere auf, aber ich konnte die 100 000 Euro zurückverfolgen. Es sieht so aus, als wäre die bestellte Ware, die übrigens aus Mexiko importiert werden sollte, nicht durch den Zoll gegangen."

„Das erklärt, warum Leon nicht geliefert hat."

„Aber es erklärt nicht, wo Leon abgeblieben ist. Sicher war beiden das Risiko bewusst, und für einen Millionär wie Körner wären das nur Peanuts. Er hat sich hauptsächlich darüber geärgert, dass Leon ihn nicht informiert hat, oder?" Irene sprach immer langsamer, so als müsste sie nachdenken, alles noch einmal prüfen. „Er ist jetzt seit einer ganzen Woche verschwunden. Ich habe jedes Detail überprüft, jeden einzelnen Vertrag, alle Unterlagen, es gibt keinen nachvollziehbaren Grund. Es fehlt kein Geld. Er hat, abgesehen von der Zollproblematik, keinen Fehler begangen, durch den größere Summen verloren gegangen wären." Ihre Stimme brach. „Ich, ich habe so ein Gefühl, dass er tot ist." Sie sprach fast unhörbar. „Ich verstehe es nur nicht."

Anna bewegte sich nicht. Sie ging die Gedankenkette noch einmal durch, auf der Suche nach einem Patzer oder einer Lücke.

„Du musst morgen Früh zur Polizei gehen. Sie müssen dich nach einer Woche ernst nehmen." Nach einer kurzen Pause setzte sie hinzu: „Vielleicht hat Gregor Körner nichts mit den entführten Kindern zu tun. Fakt ist allerdings, dass er Sander auf Leon gehetzt hat." Sie hob die Hand, als Irene etwas sagen wollte. „Ich weiß, dass er gesagt hat, Sander sollte sich als Neukunde ausgeben, um an Leon heranzukommen. Aber du hast seinen Auftritt bei euch und auch die Mailboxnachrichten doch mitbekommen. Entweder hat Sander sich nicht an seinen Auftrag gehalten oder Körner hat gelogen."

„Meinst du, die Polizei ist an den Nachrichten auf den Anrufbeantwortern interessiert?"

„Auf jeden Fall. Sag mal, was wäre eigentlich, wenn Körner Leon im Streit ermordet hätte und Sander später beauftragt hätte, um den Verdacht auf ihn zu lenken?"

„Ich dachte, er hat ein Alibi für das Wochenende."

„Wer sagt denn, dass Leon nicht bereits Freitagnachmittag verschwunden ist, unmittelbar, nachdem du nach Hause gegangen bist?"

Irene überlegte. „Das wäre durchaus möglich."

„Du musst morgen unbedingt zur Polizei gehen und alles erzählen, was du weißt. Du willst Leon doch zurück, oder?"

Jetzt war Irene den Tränen nah.

Als Anna sie umarmte, flüsterte sie: „Ich habe ihn in den letzten Tagen kaum noch vermisst."

Anna drückte sie noch einmal fest an sich und schluckte herunter, was sie eigentlich antworten wollte.

Holzminden
Sonntag, 6. November 2011
gegen 10.00 Uhr

Irene hatte so gut geschlafen wie lange nicht mehr. Sie gönnte sich eine ausgiebige Dusche und beschloss, Stefan Ollner direkt anzurufen und nicht persönlich zur Dienststelle zu gehen. Seine Karte steckte noch in ihrer Handtasche. Er meldete sich schlaftrunken nach dem vierten Klingeln.

„Ollner!"

„Guten Morgen, Irene Rugenstein, Herr Kommissar, ich muss Sie unbedingt sprechen."

Er grunzte eine Antwort, die Irene nicht verstand, aber als Aufforderung weiterzusprechen interpretierte.

Sie hatte sich die Argumente so detailliert zurechtgelegt, dass sie sie jetzt herunterbeten konnte, ohne sich zu verhaspeln oder etwas auszulassen.

„Moment, Moment, lesen Sie bitte nicht so schnell, ich komme kaum mit", unterbrach Ollner sie.

Irene war verblüfft. „Ich lese nichts ab."

„Das ist schade. Hören Sie, notieren Sie jede Einzelheit, besorgen Sie auch die beiden Anrufbeantworter. Ich informiere meinen Kollegen, und wir treffen uns in einer Stunde in der Dienststelle und gehen noch einmal alles in Ruhe durch."

Irene nickte und legte auf. Im nächsten Augenblick merkte sie, was sie getan hatte, wagte aber auch nicht, ihn erneut anzurufen. Wahrscheinlich kannte er sich mit aufgeregten Zeuginnen aus und nahm es ihr nicht übel.

Am Küchentisch schrieb sie hinter Spiegelstrichen alles auf, was sie und Anna sich überlegt hatten. Anschließend ging sie zu Kim. Die lag gemütlich in ihrem Bett und las die „Hexe Lilli“. Irene setzte sich auf ihre Bettkante. „Guten Morgen, meine Süße. Warum kommst du nicht zum Frühstücken herunter, wenn du wach bist?“

„Lilli ist in Ägypten. Sie muss dem Pharao helfen.“

„Mit ihrer Zauberkraft ist das garantiert kein Problem. Hör mir mal bitte aufmerksam zu, ich muss weg. Für etwa eine Stunde, allerhöchstens zwei.“

„Wo musst du hin? Zur Arbeit?“

„Nein, ich treffe mich mit den beiden Kommissaren.“

„Wegen Emma?“

„Auch, aber hauptsächlich wegen Leon.“

Kims Gesichtsausdruck verriet Irene nicht, was sie darüber dachte. Stattdessen fragte sie: „Kommt Anna zu mir?“

„Ich habe sie noch nicht angerufen. Soll sie?“

„Sie wollte sowieso mit zum Ballett gehen und sich den Pas de Chat angucken.“

„Dann machen wir es so. Ich stelle dir den Wecker, wann du losgehen musst, und Anna sage ich, dass sie gleich zur Ballettschule kommen soll.“

Kim zog eine Schnute.

„Für Anna ist es ein großer Umweg, wenn sie erst zu uns kommt und danach mit dir zur Ballettschule geht.“

„Die Tasche mit dem Kostüm ist schrecklich schwer.“

„Das stimmt. Ich glaube nicht, dass du heute das Kostüm brauchst. Ihr habt ja keinen Auftritt. Ich packe dir deine Stulpen und die Trainingssachen ein, die sind leichter.“

Kim hüpfte aus dem Bett. „Machst du mir noch einen frischen Orangensaft, bevor du gehst, schön sauer, aber ohne Flusen?“

Irene erreichte Anna nicht persönlich, hinterließ ihr aber eine Nachricht auf dem Anrufbeantworter. Sie machte sich keine Sorgen deswegen, da sie sich sowieso mit Anna verabredet hatte, gegen halb zwölf vor der Ballettschule.

Als sie das Haus verließ, strahlte die Sonne aus allen Knopflöchern. ‚Bei dem schönen Wetter sollte man einen Waldspaziergang machen', dachte Irene und stieg in ihren Wagen.

Vor der Dienststelle der Polizei war kein Parkplatz frei, also fuhr sie kurzerhand auf das Parkdeck, auf dem heute nur drei Autos standen.

Nachdem sie ausgestiegen war, bemerkte sie, dass Kommissar Ollner ihr aus einer Tür winkte, die vom Parkplatz aus direkt in das Gebäude führte.

„Guten Morgen, kommen Sie ausnahmsweise hier herein. Mein Kollege Kofi Kayi und ich sind auch eben erst eingetroffen. Bitte folgen Sie mir."

Sie stiegen die Treppe hinauf, wobei Irene bemerkte, dass der Polizist sich ziemlich quälte. Als sie oben angekommen waren, musste er verschnaufen. „Es tut mir leid, dass ich Sie angerufen habe, Sie sollten im Bett liegen und sich ausruhen", sagte Irene.

„Ich muss in Bewegung bleiben, das ist viel wichtiger", antwortete Ollner. „Gehen Sie vor, die zweite Tür rechts. Sie kennen den Kollegen ja."

Irene wäre lieber in seiner Nähe geblieben, wagte aber nicht, ihm zu widersprechen.

Sie klopfte an die Tür, die halb offen stand.

„Kommen Sie herein", sagte Kommissar Kayi. „Möchten Sie einen Campingwecken? Ich habe welche mit Rosinen und ohne." Er hockte vor einem kleinen Tischchen und füllte Kaffeepulver in eine Maschine ein.

„Nein danke, Ihr Kollege kommt gleich." Irene sah sich in dem schmucklosen Büro um. Es wurde von den beiden Schreibtischen dominiert, verfügte aber über große Fenster, die viel Licht und heute auch Sonne hereinließen.

Wenig später saßen sie zu dritt am Schreibtisch des schwarzen Polizisten und gingen Irenes Überlegungen Schritt für Schritt durch.

Holzminden
Sonntag, 6. November 2011
gegen 11.30 Uhr

53

Anna lief schnell noch einmal ins Haus, um sich eine dünnere Jacke anzuziehen, als ihr Handy meldete, dass eine SMS eingegangen war. Sie angelte nach dem Telefon und rief die Nachricht ab. Sie stammte von Kim. „Gehe Emma bsuchen. Kazensprung okee."

Anna las die Mitteilung zweimal, konnte aber nichts damit anfangen. Wieso Emma besuchen? Sie sah erneut auf die Uhr. Das Training hatte doch noch nicht angefangen, warum hatte Kim ihren Sprung schon geschafft?

Anna rannte los.

Sie rempelte einen Mann mit Rollator an und lief beinahe vor ein Auto, als sie bei Rot über eine Ampelkreuzung sprintete. Nachdem sie die Fußgängerzone erreicht hatte, kam sie schneller voran. Dafür bekam sie jetzt Seitenstiche und musste langsamer gehen. Sie hielt sich die Seiten und beeilte sich, so gut es ging.

Die Tür zur Tanzschule stand offen, als sie dort ankam. Im Eingangsbereich unterhielten sich ein paar Eltern. Anna stürzte auf die Tanzlehrerin von Kim zu und unterbrach das Gespräch, das diese gerade führte, rüde. „Wo ist Kim?"

„Wie meinen Sie das?"

„Kim Rugenstein?" Anna keuchte vor Anstrengung. „Wo ist sie?"

„Ich habe sie nicht gesehen. Sie kommt sicher noch."

„Nein, sie war schon hier." Anna rang nach Luft. „Ich habe eine SMS bekommen."

„Ach, sie ist vermutlich auf den Zettel hereingefallen."

„Welchen Zettel?"

„Irgendein Witzbold hat an unsere Eingangstür eine Nachricht geklebt, dass die Veranstaltung heute aus Krankheitsgründen ausfällt. Das ist erst aufgefallen, als ich den Saal lüften wollte und bemerkte, dass Eltern unten stehen und diskutieren."

„Kim war nicht dabei?"

„Es sieht so aus, als wären einige bereits wieder weggegangen, bevor wir es gemerkt haben. Schauen Sie sich um. Das ist höchstens die Hälfte der Kinder."

„Können Sie mir die Telefonnummer von Emma Nielsen geben?"

Anna bemerkte, dass die Gespräche um sie herum verstummten. „Kann es sein, dass die Polizei Emma gefunden hat?", fragte sie lauter, so dass alle Umstehenden sie hören konnten.

Ratlose Gesichter. Leises Gemurmel.

„Ich habe eine SMS von Kim bekommen!"

Sie hielt ihr Handy in die Luft.

„Sie sagt, sie geht Emma besuchen. Deshalb dachte ich ..."

„Bis zu uns hat sich noch nichts herumgesprochen. Warten Sie, ich gebe Ihnen die Nummer, aber ich weiß nicht, ob das eine glückliche Idee ist."

Das interessierte Anna nicht. Sie musste Kim finden, alles andere war egal.

Sie ging in eine stille Ecke auf dem Flur und wählte.

„Nielsen!", sagte eine männliche Stimme.

„Anna Blume, entschuldigen Sie die Störung." Im letzten Moment beschloss Anna, nicht nach Emma zu fragen. „Ich suche Kim. Kim Rugenstein, könnte es sein, dass sie Sie besucht hat?"

„Nein, bei uns ist sie nicht. Was sollte sie auch hier?", fragte der Mann zurück.

„Ich weiß nicht. Kinder kommen ja bisweilen auf seltsame Ideen."

„Ist Kim verschwunden?"

„Sie war beim Ballett, und jetzt ist sie weg, ja."

„Sie sollten die Polizei informieren", sagte Herr Nielsen ruhig und legte auf.

Anna starrte ihr Handy an. Die Polizei? Nein, zuerst würde sie bei Irene zuhause suchen. Aller Voraussicht nach saß Kim quietschfidel vor dem Fernseher.

Ohne sich zu verabschieden, lief Anna los. Sie benötigte nur wenige Minuten bis zum Haus der beiden. Sie klingelte, klopfte und lief verzweifelt um das ganze Haus herum. Sie spähte durch alle Fensterscheiben und trommelte laut dagegen. Niemand reagierte.

Atemlos setzte sie sich auf die Bank neben dem Briefkasten und rief Irene auf dem Handy an.

„Hi Irene, hier ist Anna, wo bist du?"

„Ich gehe gerade zu meinem Auto. Herr Kayi und Herr Ollner wollen Körner noch mal ..."

„Kim ist verschwunden."

„Wie verschwunden?"

„Ich kann sie nicht finden. Ich schicke dir ihre SMS. Geh zu Kofi und sage ihm, dass Sander nicht der Entführer war. Ich suche noch einmal den Weg ab, den Kim gegangen ist. Unter Umständen entdecke ich einen Hinweis oder jemanden, der etwas gesehen hat."

„Ich verstehe nicht, wie kommst du ... ?"

„Irene!" Anna schrie sie an. „Kim ist weg. Tu, was ich dir sage und lass dein Handy an. Ich melde mich, sobald ich was weiß." Sie legte auf und wählte stattdessen Kofis Nummer. Er nahm nicht ab. Kurzentschlossen sandte sie auch ihm Kims SMS und ging den Weg von Irenes Haus bis zur Tanzschule noch einmal ab. Dabei achtete sie auf jede Einzelheit. Doch sie fand keinen Laden, der heute geöffnet hatte und in dem Kim sich aufhalten könnte. Sie erinnerte sich auch nicht daran, dass auf diesem Weg eine Schul- oder Ballettfreundin von ihr wohnte, bei der sie zu Besuch sein könnte.

Gab es noch eine andere Emma? Sie hätte in der Tanzschule danach fragen sollen. Sie wandte sich an Menschen, die sie traf.

Sie sprach mit einer jungen Frau, die ein Fenster putzte, mit einem Mann, der einen Koffer in seinen Wagen lud, und mit zwei alten Damen, die auf der Straße standen und sich unterhielten. Keinem von ihnen war ein kleines Mädchen aufgefallen.

Etwas später entdeckte sie Kims Tasche mit den Ballettsachen. Sie stand auf einem der grauen Verteilerkästen. Scheinbar hatte jemand sie gefunden und gut sichtbar dorthin gestellt, damit der Verlierer sie wiederfinden konnte. Sie zog den Reißverschluss auf. Die Sachen lagen sorgsam gefaltet darin. Kim hatte die Kleidungsstücke nicht benutzt.

Was wollte sie mit ihrer SMS sagen? Wohin war sie gegangen? Mit wem?

Anna stand mitten auf der Fußgängerzone und rief nach Kim, so laut sie konnte. Einige Passanten schüttelten den Kopf, im Haus gegenüber öffnete sich ein Fenster. Von Kim keine Spur.

Anna spürte, wie ihr die Tränen kamen. Sie schluckte sie herunter, wischte sich die Augen trocken. Irene hatte sich auf sie verlassen, hatte ihr ihre Tochter anvertraut, und sie hatte es vermasselt.

Sie brauchte Hilfe.

Kurz entschlossen rief sie Paul an. Er versprach, sich sofort auf sein Fahrrad zu setzen und nach ihr zu suchen.

Holzminden
Sonntag, 6. November 2011
gegen 12.30 Uhr

„Gehe Emma bsuchen. Kazensprung okee." Kofi legte das Handy so auf den Tisch, dass Ollner den Text ebenfalls lesen konnte. „Was soll das?"

Keuchend tauchte Irene Rugenstein in der Tür zum Büro auf.

„Kim ist verschwunden."

„Das hat uns Anna Blume bereits mitgeteilt. Wir verstehen die Nachricht nicht. Was wollte Ihre Tochter damit sagen?"

„Sie ist mit Emma befreundet, Sie wissen, das Mädchen, das entführt und noch nicht gefunden wurde. Und der Pas de Chat, der Katzensprung, ist ein schwieriger Schritt beim Ballett, ich denke, sie hat ihn geschafft."

Irene Rugenstein setzte sich wieder auf den Stuhl, auf dem sie vor wenigen Minuten auch gesessen hatte. „Kim hat in den letzten Tagen mehrmals von einem Mann mit Katzenbabys gesprochen. Ich habe dem keine Bedeutung beigemessen, weil Kim eine Katzenallergie hat, aber unter Umständen hat der Entführer die Kinder damit zu sich ins Auto gelockt."

Kofi klopfte mit dem Finger auf das Handy. „Da er Kim mit Katzen nicht locken konnte, hat er ihr gesagt, er wüsste, wo Emma ist", überlegte er. „Das wäre plausibel."

Irene erschrak. „Aber das bedeutete ebenfalls, dass er sie kennt, dass er uns kennt."

„Judo, Fußball, Schauspiel und jetzt Ballett, lauter Kinder mit einer außergewöhnlichen Begabung", ergänzte Stefan Ollner.

„Wie der verunfallte Sohn von Gregor Körner. Ein großes Talent, das durch einen Fahrfehler der Mutter getötet wurde." Kofi rutschte unruhig auf seinem Stuhl herum. Hatten sie einen Fehler gemacht? War nicht Sander der Entführer?

„Die Hundestaffel hat gestern das Waldgelände Körners untersucht. Sie haben nichts gefunden."

„Gestern war da womöglich auch nichts. Die Gebäude sind so unübersichtlich, dass er ein kleines Mädchen dort problemlos verstecken könnte. Er braucht den Wald nicht, ein Kellerraum genügt."

„Die Spinne."

„Welche Spinne?"

„Die ausgetrocknete, die Marc bei Kelvin gefunden hat. Die Keller des Gutes wurden seit Ewigkeiten nicht mehr bewirtschaftet."

„Wir brauchen mehr Leute. Herbert sitzt unten am Empfang. Nimm ihn mit und fahrt los. Ich kümmere mich um den Rest", wies Ollner ihn an.

Kofi sprang auf und prallte gegen Irene. „Sie bleiben hier!", rief er ihr zu. Er hörte noch, dass sie „das werden wir ja sehen" antwortete und hinter ihm die Treppe heruntergerannt kam, bevor er zu Herbert an den Tresen trat.

Als die beiden sich ins Auto warfen, um loszufahren, raste ein roter Zafira an ihnen vorbei vom Parkdeck.

55

Anna hielt Kims Tasche in der Hand und drehte sich einmal um die eigene Achse. Wohin war sie von hier aus gegangen? Zum Marktplatz? Zur Weser hinunter? Oder in Richtung HAWK? Wollte sie möglicherweise zum Partyservice in die Sohnreystraße?

Anna ging am Café Lücke vorbei auf das Katzensprungtor zu. Das war der kürzeste Weg.

Plötzlich bemerkte sie eine Gestalt, die ihr bekannt vorkam. Sie kam die schmale Gasse an der früheren Synagoge entlang auf sie zu. Als die Person den Kopf hob, erkannte sie den Anwalt Nussbaum. Er trug ein Paket unter dem Arm. Kannte er Kim? Davon war auszugehen. Sie sollte ihn fragen, ob er sie gesehen hatte. Wenn sie unterwegs zum Partyservice war, hätte er ihr begegnen können.

Er stellte das Paket, das nicht schwer, aber sperrig zu sein schien, auf den Boden und schloss die Haustür auf.

Sie wollte nach ihm rufen, doch an diesem Punkt fiel ihr etwas ein.

Anna erinnerte sich an ihr gemeinsames Frühstück mit Paul. Sie konnten nicht an ihrem gewohnten Tisch sitzen, weil sich dort der Anwalt Nussbaum mit einem Klienten traf, mit Gregor Körner. Anna war sich sicher, dass sie damals über Mexiko gesprochen hatten. Und hatte Irene nicht gesagt, dass die Ozelots von dort stammen sollten?

Leon war also nicht der Einzige, der von dieser Transaktion gewusst hatte. Vielleicht konnte dieser Anwalt ihr die Zusammenhänge erklären. Anna hängte sich Kims Tasche um und lief auf das Haus zu. Nussbaum war bereits darin verschwunden.

Die Haustür ließ sich problemlos aufschieben, er hatte hinter sich nicht abgeschlossen. Anna stieg die Treppe hinauf und klopfte. Niemand öffnete ihr.

Niedergeschlagen ging sie die Stufen hinunter. Als sie die Haustür aufzog, klapperte neben ihr eine andere Tür. War Nussbaum in den Keller gegangen? Durchaus möglich.

So viel Platz hatten sie in den Büroräumen nicht. Höchstwahrscheinlich stellte er das Paket in den Keller und nahm nur ein Teil von dem, was auch immer sich darin befand, mit nach oben. Sollte sie hier auf ihn warten?

Dafür hatte sie keine Zeit. Sie drückte die Tür auf und kletterte eine schiefe und ausgetretene Holztreppe hinunter. Der Kellerraum war schwach erleuchtet und recht niedrig.

Hier standen tatsächlich ein paar Metallregale, in denen sich Tonerkartuschen und ausrangierte Elektrogeräte stapelten. Es roch muffig.

Nussbaum war nicht zu sehen, doch sie hörte Geräusche. Ging der Keller noch weiter?

Vorsichtig spähte sie um das Regal herum. Über einer verwitterten Holztür drang ein schmaler Streifen Licht hindurch. Sie stellte Kims Sporttasche ab und öffnete die Tür leise mit beiden Händen. Vor ihr lag ein enger Gang, der steil nach unten führte. Die Wände sahen roh und feucht aus. Ein Geheimgang? Wohl kaum. Anna setzte sorgfältig einen Fuß neben den anderen, um nicht auszurutschen.

Als sie ein Keuchen hörte, blieb sie stehen. Wo befand sie sich? Sie musste bereits unter dem Gelände der ehemaligen Synagoge sein.

Plötzlich fröstelte sie. Was tat sie hier eigentlich? Kletterte in einem fremden Keller herum, statt nach Kim zu suchen.

„Wie sind Sie hier herein gelangt?"

Ein helles Licht blendete Anna. Sie riss die Hände vors Gesicht. „Ich, ich wollte Sie etwas fragen, wegen Kim."

Nussbaum stand jetzt direkt vor ihr. „Wie kommen Sie darauf, dass ich etwas über die kleine Kim weiß?"

In dem Moment erkannte Anna, dass sie einen gewaltigen Fehler begangen hatte. Sie drehte sich um und rannte los.

Nach wenigen Schritten spürte sie Nussbaums Hand an ihrer Jacke. Er packte sie, zog sie zu sich heran und schlug ihr die Faust ins Gesicht. Anna schrie auf.

Holzminden
Sonntag, 6. November 2011
gegen 13.30 Uhr

56

Herbert Heinrich fuhr fast die Treppen zum Portal des Varietés hinauf. Nur der rote Zafira, aus dem Irene ausstieg, hinderte ihn daran.

„Du hättest so anhalten sollen, dass sie nicht aussteigen kann“, knurrte Kofi. „Bleiben Sie hier draußen“, rief er ihr zu.

Mit gezogener Waffe stürmte er durch die Eingangstür. Gregor Körner kam aus seinem Büro auf sie zu und starrte sie aus weit aufgerissenen Augen an.

„Nehmen Sie die Hände hoch!“, rief Herbert.

„Wo ist meine Tochter?“, schrie Irene hinter ihm.

Kofi ging auf den zitternden Mann zu, drehte ihn an die Wand und tastete ihn ab. „Er ist unbewaffnet.“

„Natürlich bin ich unbewaffnet. Was soll das?“ Gregor Körner machte zwei schnelle Schritte zur Seite, um einen Sicherheitsabstand zwischen sich und Kofi und seine Waffe zu bringen.

„Wo ist Kim?“, rief Irene erneut. Sie warf sich auf Körner und trommelte mit ihren Fäusten auf seine Brust.

Körner stolperte und prallte gegen die Wand. Beide zusammen fielen zu Boden. Herbert hatte einige Mühe, die Frau von Körner herunterzuziehen.

Kofi beobachtete die Szene mit der Waffe in der Hand und fragte sich, was hier nicht stimmte. Er steckte seine Pistole weg und brüllte: „Ruhe jetzt, alle da rüber.“ Er zeigte auf einen der Tische. „Und hinsetzen.“

Herbert nickte ihm dankbar zu und sorgte dafür, dass sich Körner und Frau Rugenstein zügig bewegten.

Zuerst wandte er sich an die Frau. „Sie verhalten sich still. Verstanden?“

Irene bejahte.

„Nun zu Ihnen. Wir suchen ein Mädchen, das Sie kennen. Kim, sie war gestern mit Anna Blume bei Ihnen.“

„Hier ist sie nicht. Sie können gern das ganze Haus durchsuchen.“

„Die Kellerräume auch?“

„Das hat man davon, wenn man freundlich ist“, sagte Körner und stand auf. Er nahm eine kleine Schatulle von dem Buffettisch. „Das hat Ihnen die Partyschlampe erzählt, stimmt's? Ja, ich habe gestern einen der vielen Keller aufgeräumt und dabei diese Spieluhr gefunden. Ich habe das Anwesen wie gesehen gekauft, wenn hier Hehlerware lagert, können Sie mich nicht dafür verantwortlich machen.“

„Ich verstehe nicht, wovon Sie sprechen. Wir suchen keine Hehlerwaren, sondern ein kleines Mädchen.“

„SIE IST NICHT HIER!“ Körner schrie die Worte und sackte dann auf seinem Stuhl zusammen.

In der nächsten Sekunde donnerte ein schwerer Körper durch den Saal heran, warf sich quer über den Tisch auf Körner und riss alle um.

Irene schrie. Herbert hatte ein Stück Tischplatte abbekommen und hielt sich den Kopf.

Kofi war rechtzeitig aufgesprungen und zur Seite gehechtet, lag aber ebenfalls am Boden. Sein Rücken und sein Genick schmerzten. Zum Glück war er nicht mit dem Kopf auf das Parkett aufgeschlagen. Er kniete sich hin. Er erkannte Paul, der Körner mit seinem massigen Gewicht auf den Boden drückte.

Kofi sprang auf. Gemeinsam mit Herbert und Irene zogen sie Paul von Körner herunter. Tränen liefen über seine Wangen, er schluchzte. „Sie ist tot, die Katzen haben sie, sie ist tot."

Es dauerte eine Weile, bevor Kofi verstand, was Paul ihnen sagen wollte. „Die Ozelots fressen sie."

„Los, Körner, bringen Sie uns zu dem Gehege."

Die Nase des Mannes blutete, ein Auge schwoll schnell zu, doch er gehorchte widerspruchslos. Unterwegs taumelte er ein paar Mal, führte sie aber zielstrebig um das Gebäude herum.

Herbert drückte sich ein Taschentuch gegen die Stirn, um die Blutung zu stillen, und fluchte leise.

Plötzlich blieb Körner stehen. Er zeigte mit dem Finger auf ein Bauwerk, das auf den ersten Blick wie ein Carport wirkte. Paul packte Kofis Arm und zerrte ihn vorwärts. „Ich komme nicht rein."

Je näher sie kamen, umso deutlicher erkannte Kofi, dass unter dem Holzdach zwei Drahtgehege errichtet worden waren. Die Rückwand bestand aus Felssteinen, auf denen die Katzen wohl herumklettern konnten. In der Mitte lag ein Stück Baumstamm. Die Ozelots fauchten und bewegten sich ruckartig hin und her. Augenscheinlich zankten sie sich um etwas, das in der hinteren Ecke des Käfigs lag.

Obwohl bereits ein Arm und mehrere faustgroße Stücke aus Bauch und Brust fehlten, erkannte Kofi sofort, dass es sich nicht um Kim handeln konnte. Er sah, dass das Gitter um die Tür herum verbeult und verbogen war. Auch jetzt rüttelte Paul wiederum kraftvoll an dem Metall, was die Ozelots wild durcheinanderspringen und schreien ließ.

„Wo ist der Schlüssel?", fragte Kofi Körner, der stocksteif neben ihm stand und die Augen geschlossen hielt. Er griff in seine Hosentasche und gab Kofi den Schlüsselbund, ohne ihn anzusehen.

„Das ist Leon!“ Irene würgte den Satz heraus, bevor sie sich auf die Erde fallen ließ und sich zusammenkrümmte, als hätte sie Schmerzen.

Herbert Heinrich telefonierte offensichtlich mit Stefan Ollner. Also blieb Kofi nichts anderes übrig, als selbst den Käfig zu öffnen und irgendwie die Katzen davon abzuhalten, weiter an der Leiche herumzufressen.

Kaum hatte er das Schloss ausgehängt, stand Paul neben ihm. Er trug ein Brett in der Hand. „Ich helfe. Das ist nicht Kim.“

Kofi war ihm dankbar. Die Wildkatzen wichen zurück, als die beiden das Gehege betraten. Paul hielt sie mit seinem Brett auf Abstand. Herbert, der das Telefonat beendet hatte, zielte vorsichtshalber mit seiner Pistole auf die Tiere. Kofi packte die Beine und zog den Körper aus dem Käfig. Dass ein Arm zurückblieb, ignorierte er. Erst nachdem sie das Gitter wieder zugesperrt hatten, schaute er sich die Leiche genauer an. Abgesehen von den Wunden, die die Katzen verursacht hatten, konnte er keine Verletzungen erkennen, und dann bemerkte er die Reste der Frischhaltefolie um die Brust und den noch vorhandenen Arm des Toten. Jemand hatte ihn mit Folie gefesselt. War er auch erstickt? Das Gesicht wirkte eher eingefallen und grau, die Haut spannte über den Wangenknochen. Die Zunge war geschwollen.

Hoffentlich tauchte bald Unterstützung auf.

Er fühlte sich hoffnungslos überfordert. Er stand neben einer Leiche. Herbert Heinrich hatte eine Platzwunde am Kopf. Die Frau krümmte sich am Boden. Gregor Körner lehnte zitternd an einem Baum und schaute starr in Richtung Wald. Der Einzige, der ihn unterstützen konnte, war ausgerechnet Paul.

Doch er wusste nicht, was sie tun sollten. Er konnte überhaupt nicht mehr klar denken.

Wie kam Leon Scharffetter hierher? Wo hielt sich Kim auf?

57

Anna erwachte langsam. Sie spürte einen starken Druck auf der Brust und wunderte sich, dass sie die Arme nicht bewegen konnte. Sie lag auf einem harten Untergrund. Ihr Kopf schmerzte. Vorsichtig öffnete sie die Augen. Es war düster. Eine einzelne Glühlampe baumelte über einem Tisch. Hinter sich erkannte sie eine kalte Wand. Sie drehte sich zur Seite und versuchte, sich aufzusetzen. Da bemerkte sie die Folie, die jemand um ihren Oberkörper gewickelt hatte. Sie spürte, wie die Panik ihr die Luft aus der Lunge drückte. Sie riss den Mund auf, keuchte.

„Wieder wach?“

Nussbaum!

Anna erinnerte sich an den Keller, den Gang, den Schlag auf den Kopf.

„Wo sind wir hier?“

Nussbaum schaute sich um. „Tja, wonach sieht es aus?“ Er packte sie und zog sie auf die Beine. Die Folie reichte in dicken Strängen bis zu ihren Oberschenkeln. Sie konnte nur die Fingerspitzen bewegen. Gehen konnte sie nur mit Trippelschritten. Sie stolperte mehrmals, während er sie durch den Raum bugsierte.

„Ein Tisch, vier Stühle, ein Regal und eine Truhe.“ Er zog einen fadenscheinigen Vorhang zur Seite. „Und hier ist sogar eine Toilette.“ Entsetzt sah Anna auf den Blecheimer. Daneben stand ein Hocker, auf dem ein paar Blatt Zeitungspapier lagen.

„Sind wir unter der Synagoge?“

„Gut geraten. Es sieht so aus, als hätten sich hier ein paar Juden vor den Nazis versteckt. Ich weiß nicht, ob es ihnen gelungen ist. Als ich den Keller entdeckt habe, lagen jedenfalls keine Leichen herum." Er lachte hohl.

Anna schloss die Augen. Sie fürchtete sich vor dem, was jetzt unweigerlich folgen musste. Nussbaum ergriff ihr Kinn und hob es an. „Keine Angst. Ich tue Ihnen nicht weh. Ich tue niemandem weh. Anna, machen Sie die Augen auf."

Sie gehorchte. Er führte sie weiter. Ein offensichtlich fabrikneuer, dunkelblauer Samtvorhang bedeckte einen Teil der Wand. Oder handelte es sich um eine Nische?

Als Nussbaum den Vorhang zur Seite zog und begann, die vielen Kerzen anzuzünden, die in der Nische standen, begriff sie.

An der Wand vor ihr hing ein riesiges Schwarz-Weiß-Foto einer Frau. Auf einem Bord darunter brannten die ersten Kerzen. Davor stand ein Bett, auf dem eine glänzende Gestalt lag. Anna zwang sich, hinzuschauen. Es war Emma. Sie lag mit friedlichem Gesichtsausdruck auf dem Rücken. Ihre Augen waren weit geöffnet und schienen starr auf die Frau an der Wand gerichtet zu sein. Auf ihrer Brust lagen ein paar gelbe Blüten.

Nachdem Nussbaum alle Kerzen angezündet hatte und wieder zu ihr trat, bemerkte sie, dass Kim auf dem Boden neben dem Bett lag. Sie ließ sich auf die Knie fallen, versuchte vergeblich ihre Arme aus der Folie zu befreien. Sie neigte den Kopf und sah, dass Kims Brust sich, zwar in langen Abständen, aber doch deutlich sichtbar hob und senkte.

Nussbaum packte sie an einem Bein und zog sie weg. Ihr Kopf knallte auf den Boden. Sie schrie vor Schmerzen. Er zerrte sie bis zur anderen Wand der Kammer, trat ihr gegen den Brustkorb und brüllte. „Fass sie nicht an, niemand fasst sie an."

Er schüttelte sich und ging zurück zur Nische.

„Mama, du musst ihr verzeihen. Sie versteht es nicht. Es kommt nicht noch einmal vor.“ Er bückte sich und hob Kim auf wie eine Puppe.

Anna richtete sich lautlos auf, beobachtete ihn. Was hatte er vor?

„Guck mal, ich habe dir ein neues Geschenk mitgebracht. Sie tanzt Ballett. Hübsch nicht?“ Er begann, Kim zu entkleiden. Ihre Kleidungsstücke warf er achtlos zu Boden. Als sie völlig nackt war, hielt er sie vor das Bild und fragte: „Gefällt sie dir?“ Er legte den Kopf schief, als würde er der Antwort der Fotografie lauschen. „Gut, dann bereite ich sie jetzt für dich vor.“

Er packte Kim sorgfältig neben Emma. Dann nahm er Emma hoch und ließ sie nahe bei Anna gleichgültig auf die Erde fallen. Anna verhielt sich ganz ruhig.

In der Nische kniete er sich vor das Bett. Andächtig betrachtete er Kims kleinen Körper. Sie rührte sich nicht. Hatte er sie betäubt? Er faltete ihre Hände auf der Brust, kämmte ihre Haare mit einem Kamm, den er aus seiner Jackentasche gezogen hatte, und richtete ihre Fußspitzen aus.

„Ich bin gleich zurück, Mama.“

Anna erstarrte, als er auf sie zukam. Er grinste auf sie herab. „Du verstehst sicher, dass ich dich nicht gehen lassen kann. Mama interessiert sich natürlich nicht für dich. Du hast ja kein Talent, aber du würdest unser kleines Geheimnis verraten.“ Er streichelte ihr sanft über die Wange. „Ich könnte dich für mich behalten. Oh, nein, das ist ein Fehler. Sie würde es bemerken. Sie liebt es nicht, wenn ich mich mit unwichtigen Dingen beschäftige. Der Erfolg kommt nicht von allein.“ Er warf einen prüfenden Blick über die Schulter.

„Sie könnten den Vorhang zuziehen, dann sieht sie nichts“, sagte Anna.

„Kluges Kind.“ Er ging tatsächlich hinüber, blies die Kerzen aus und schloss den Vorhang.

Anna wappnete sich. Wenn er sie vergewaltigen wollte, musste er die Folie abwickeln, sonst bekam er ihre Jeans nicht auf. Sie musste ihn überreden, sie auszuwickeln.

Sie saß mit dem Rücken gegen die Wand gelehnt. Er hockte sich vor sie hin. Seine Finger streichelten ihre Wange, wanderten an ihrem Hals herunter, bis zu der Stelle, an der die Folie begann. Jetzt glitten beide Hände über ihren Oberkörper, streichelten ihre Brüste, die sich unter der fest gewickelten Folie deutlich abzeichneten. Er seufzte und ließ die Hände sinken. „Das macht keinen Spaß.“ Er richtete sich auf, stieß mit seiner Fußspitze gegen ihren Unterschenkel. „Bei dir fühlt sich alles so künstlich an, wie aus Plastik.“ Wieder lachte er laut. „Ich lass euch ein bisschen allein, muss noch was erledigen.“

Er hatte das Licht bereits ausgeschaltet, als er noch etwas sagte: „Schon komisch, Leon hat an der gleichen Stelle auf dem Boden gesessen. Er ist mir gefolgt, genau wie du. Er war genauso neugierig wie du. Bei ihm hat es fünf Tage gedauert, bis er verdurstet war. Hast du ordentlich was getrunken zum Frühstück?“

Wie als Antwort darauf, begann Annas Handy zu klingeln.

Holzminden
Sonntag, 6. November 2011
gegen 14.30 Uhr

58

In Kofis Ohren klangen die Sirenen der Einsatzfahrzeuge wie Circes Gesang. Wenn sich die Kollegen doch etwas beeilen würden. Je länger sie hier herumsaßen, umso größer wurde die Gefahr für Kim. Erneut wählte Kofi Annas Telefonnummern. Sie meldete sich nicht, nicht am Handy, nicht zu Hause und nicht im Partyservice. Er wurde immer unruhiger.

Marc und seine Kollegen hatten bereits mit der Arbeit begonnen, als auch Stefan Ollner endlich aus dem Auto ausgestiegen und am Käfig angekommen war. „Kann man dich eigentlich nirgendwo allein hinlassen?“, fragte er.

„Das musst du gerade sagen. Körner hat eine Genehmigung für zwei Ozelots, die der Familie seiner Frau in den USA gehörten. Da er sich auf dubiosen Wegen ein zweites Pärchen besorgt hat, versuchte er, uns von hier fernzuhalten. Ich glaube nicht, dass er Leons Leiche hier abgelegt hat. Er hätte ganz andere Möglichkeiten, sie verschwinden zu lassen. Die Hundeführer bestätigen, dass die Leiche gestern noch nicht hier gelegen hat und sich jeweils zwei Ozelots in den beiden Käfigen aufhielten.“

„Wie seid ihr drauf gekommen?“

„Paul Schreiber hat uns hergeführt. Er hat wohl nach Kim gesucht. Da er Gregor Körner nicht leiden kann, hat er ihn verdächtigt. Außerdem hat ihm Kim erzählt, dass sie die Ozelots gern sehen würde. Deshalb ist er hierher geradelt.“

„Langsam gehen uns die Verdächtigen aus.“

„Warte mal, ich habe mir etwas überlegt. Hatte genug Zeit, während ich auf euch gewartet habe. Wir haben Sander für den Täter gehalten, weil er Zugang zu den beiden Rechnern in Leons Wohnung und hier im Varieté hatte", fasste Kofi zusammen.

Marc tauchte neben ihnen auf.

„Du hast recht, Kofi, die Folie scheint die gleiche zu sein, die auch bei den Kindern verwendet wurde. Als Todesursache würde ich fürs Erste sagen: Er ist verdurstet und verhungert, übrigens in einem Raum mit Sand, Steinen, Felsen."

„Hast du die andere Hälfte der Spinne gefunden?"

„Das nicht, aber ein Stück Sackleinen und Kerzenwachs auf der Hose."

„Also doch ein alter Keller. Es hilft nichts, die Hunde müssen das Haus und alle Nebengebäude unter die Lupe nehmen."

„Lass uns noch mal auf die E-Mails zurückkommen. Frau Rugenstein hat uns heute Morgen gesagt, dass noch jemand Zugang zu Leon Scharffetters Wohnung hatte, nämlich ihr zweiter Chef, der Anwalt Nussbaum", wandte Ollner ein.

„Moment, da fällt mir etwas ein. Im Saal, an der Pinnwand. Da hängt ein Zeitungsartikel. Demnach ist Oliver Nussbaum als Musiker im Varieté aufgetreten", erinnerte sich Kofi.

Aus dem Augenwinkel sah er, dass ein Auto quer über die Wiese auf sie zu hoppelte.

„Wahrscheinlich hat er als Berater seinen Kunden Körner auch hier besucht."

„Er könnte auch gewusst haben, dass Körner übers Wochenende beruflich außer Haus war."

„Kofi, Kofi, ich habe da etwas ausgegraben", rief Magdalena, die aus dem Auto gestiegen war, und lief auf ihn zu.

„Wie hast du uns gefunden?"

„Folge den kleinen blauen Autos mit dem Tatütata oben drauf. Ich habe was für dich."

Kofi verdrehte die Augen. „Wir suchen einen Mörder."

„Ja, und ich hätte da ein Motiv für euch."

„Was für eins?"

„Nach eurer Pressekonferenz konnte ich nicht schlafen. Solche Indizienlösungen gefallen mir bei Krimis auch immer nicht. Deshalb habe ich eine Liste aller beteiligten Personen erstellt und habe sie systematisch überprüft. Dabei ist zum Beispiel herausgekommen, dass Gerd Schwarze einen ziemlichen Berg Schulden hat, Frau Jänicke mindestens zwei Pornos gedreht hat, vor ihrer Hochzeit, versteht sich, und dass der Anwalt Oliver Nussbaum unter dem Pseudonym Morton Malloy ein Kinderstar war."

„Kinderstar?"

„Teufelsgeiger oder so ähnlich. Jedenfalls ist er 1986, als Sechsjähriger oder so, von der Bühne gestürzt und hat sich so schwer verletzt, dass er die Karriere aufgeben musste. So weit, so tragisch. Er hatte mit seinen Auftritten weltweit massig Kohle verdient. Kritiker munkelten, dass seine Mutter die treibende Kraft war, und dass sie den Jungen gegen seinen Willen unermüdlich zu Höchstleistungen trieb. Einige Zeitungen behaupteten damals sogar, der Junge habe sich absichtlich von der Bühne und auf seine Geige gestürzt, um sich umzubringen."

„Was hat das ..."

„Gemach, mein lieber Kofi. Das Highlight kommt jetzt. Nach dem Unfall hat Frau Malloy ihren Sohn in Rom in ein Waisenhaus gegeben. Dort ist sie dann immer mal wieder aufgetaucht, um sich unter den anderen Waisenkindern eines auszusuchen, von dem die

Betreuer erzählten, dass es besonders begabt wäre. Sie hat ihren Sohn und das fremde Kind mitgenommen, bis sich herausgestellt hat, dass das andere Kind ungeeignet war. Daraufhin hat sie beide ins Waisenhaus zurückgebracht. Das ist irgendwann aufgeflogen, weil einer der Betreuer geredet hat. Frau Malloy muss wohl recht gut für die Leihkinder gezahlt haben. Jedenfalls verliert sich 2002 die Spur von Mutter und Sohn."

„Das könnte bedeuten, Nussbaum besorgt seiner Mutter talentierte Kinder, damit sie ihn nicht wegschickt", überlegte Kofi.

„Warum bringt er sie dann um?", fragte Stefan.

„Vielleicht hat er zuerst seine Mutter umgebracht?"

„Die entscheidende Frage ist jetzt nicht warum, sondern wo." Kofi stampfte mit dem Fuß auf und wählte noch einmal Annas Handynummer. So langsam machte er sich auch um sie Sorgen.

Anna dachte, Nussbaum würde zurückkommen und ihr das Handy wegnehmen, doch er lachte nur. „Lange reicht dein Akku nicht mehr." Er summte die Rufmelodie nach. „Erfreu dich noch ein bisschen an der hübschen Musik."

Nachdem er gegangen war, wurde es stockfinster. Trotzdem musste Anna versuchen, an ihr Handy zu kommen. Es steckte in ihrer Jackentasche. Sie konnte es mit den Fingerspitzen erreichen. Vielleicht, wenn sie die Beine anzog. Das Klingeln hatte längst aufgehört.

Immer wieder bewegte sie die Beine, zog die Knie hoch, doch die Folie lockerte sich nicht.

Es half alles nichts. Sie versuchte, sich zu erinnern. Gab es in dem kleinen Raum irgendetwas, mit dem sie die Folie zerschneiden, löchern, zerpieken konnte?

Auf dem Tisch? Was hatte auf dem Tisch gestanden? Eine Tasse? Ja, sie war sich sicher. Eine Tasse und ein Teller.

Sie ließ sich auf die Seite fallen, drückte sich ab, so gut es ging, und kam auf die Knie.

Da hörte sie Schritte. Im nächsten Augenblick flammte die Glühlampe wieder auf. Nussbaum entdeckte sie sofort. „Ich sehe, du hast dich bereits auf den Weg gemacht." Er prüfte mit den Augen, wohin sie unterwegs war. Sein Blick blieb am Tisch hängen. „Oh, würde es dich sehr enttäuschen, wenn ich dir sagte, dass dies eine Blechtasse ist?" Er klapperte mit der Tasse auf dem Holztisch und lachte sie laut aus.

Vorsichtig stellte er die Schale, die er in der Hand gehalten hatte, neben Kim auf das Bett. Danach kam er zu Anna, packte sie an den Haaren und schleifte sie hinter sich her. Am Fußende des Bettes drückte er sie auf die Knie zurück. „Schaue und staune."

Anna sah Dampf aus der Schale aufsteigen. Was hatte er vor?

Er prüfte die Wassertemperatur mit dem Zeigefinger, bevor er ein Badeöl hineingab und einen Waschlappen eintauchte. Sorgfältig wusch er jeden Zentimeter von Kims Haut.

„Was haben Sie ihr gegeben, damit sie so lange schläft?"

„Halt den Mund." Er drehte sich zu ihr um und funkelte sie wütend an. „Sonst stülpe ich dir eine Plastiktüte mit kleinen Löchern über den Kopf, damit es schön lange dauert, bis du erstickt bist."

Anna hatte keine Plastiktüte gesehen, aber sie wollte es nicht darauf ankommen lassen.

Sie schwieg. Ihr Puls raste. Sie musste doch etwas tun können.

Nachdem er Kim gewaschen hatte, trocknete er sie sorgfältig ab. Danach öffnete er das Paket, das er vorhin hereingetragen hatte. Er nahm eine Rolle Frischhaltefolie heraus.

Er zeigte sie Anna. „Ich musste bis nach Höxter fahren. In Holzminden gucken alle vorwurfsvoll, wenn man mehr als eine Rolle kauft."

„Warum tun Sie das?"

Er schaute sie spöttisch an. „Du packst deine Geschenke doch auch in Folie ein, oder?"

Anna erinnerte sich, dass er das Kräutersalz gekauft hatte und sie ihm angeboten hatte, es als Geschenk einzuwickeln.

„Der Beschenkte braucht es nicht auszupacken, er weiß sofort, was er bekommen hat und kann sich lange daran erfreuen", sagte Nussbaum mehr zu dem Foto an der Wand als zu Anna.

Er rollte von drei Rollen rund einen Meter Folie ab und legte sie aufeinander. Vorsichtig hob er Kims Beine an und positionierte sie auf der Mitte der Bahn. Dann klappte er das überstehende Ende hoch und wickelte mit den drei Rollen gleichzeitig um ihre Füße.

„Nein, hören Sie auf. Das dürfen Sie nicht! Hilfe!" Anna schrie wie am Spieß. Die erste Ohrfeige riss ihren Kopf herum, die zweite ließ sie gegen die Wand taumeln.

Holzminden
Sonntag, 6. November 2011
gegen 15.30 Uhr

Als Kofi das Handy wegstecken wollte, fiel ihm die SMS ein, die Anna ihm geschickt hatte. Er las sie noch einmal.

„Gehe Emma bsuchen. Kazensprung okee."

Er seufzte. „Dieser Nussbaum muss sie an der Ballettschule abgepasst haben. Das heißt, wir wissen, wo er um halb elf war. Er hat Kim angesprochen und ist mit ihr weggegangen. Anna hat ihren Weg verfolgt und ist ebenfalls verschwunden."

„Wiederhole den Text noch mal."

„Gehe Emma bsuchen. Kazensprung okee."

„Wir wissen aber, dass sie nicht zum Tanzen gekommen ist. Was ist, wenn mit dem Katzensprung nicht der Pas de Chat, sondern ein Ort gemeint ist?"

„Und das ‚okee' als Frage gedacht war?"

„Dann hätte er ihr gesagt, dass Emma im Büro ihrer Mutter auf sie wartet."

„Davor hätte sie garantiert keine Angst gehabt."

„Kim war erst zwei- oder dreimal mit mir im Büro", sagte Irene, die unbemerkt hinter sie getreten war. „Aber dort gibt es keinen Raum, wo man ein Kind verstecken könnte."

„Doch", sagte Paul. „Es gibt das Kellerhaus."

„Welches Kellerhaus?"

Irene erklärte: „Unter dem Eingangsflur existiert tatsächlich ein kleiner Keller, in dem wir Büromaterial aufbewahren. Eigentlich wollte Oliver dort auch Akten und Papier lagern, aber dafür ist er zu feucht."

„Nicht Lagerkeller, ich meine den Wohnkeller, das Versteck."

Als Paul bemerkte, dass die anderen ihn verständnislos anschauten, versuchte er es besser zu erklären.

„Meine Oma hat gesagt, dass es eine Schande ist, dass die Synagoge abgerissen wird. Man sollte aus dem geheimen Kellerhaus darunter lieber ein Museum machen und die mutigen Leute ehren."

„Willst du uns sagen, dass sich unter der Synagoge Menschen versteckt haben?"

„Vor den Nazis, sagt meine Oma, vierundzwanzig insgesamt, acht Männer, sechs Frauen und zehn Kinder."

Irene schüttelte den Kopf. „Davon weiß ich nichts. Ich habe den Keller noch nie betreten. Ich fürchte mich vor Spinnen."

Kofi wandte sich direkt an Paul. „Kannst du uns den Eingang zeigen?"

„Nein", sagte Paul traurig. „Es gibt keinen mehr."

„Aber du bist drin gewesen?"

„Nein, meine Oma hatte ein Foto. Ein Tisch, vier Stühle ..."

„Wenn wir recht haben, wenn Nussbaum der Täter ist, dann hat er einen Zugang gefunden, muss einen gefunden haben, wahrscheinlich während der Bauarbeiten."

Kofi, Ollner und Paul drängten sich in den kleinen Keller unter dem Katzensprungtorhaus. Plötzlich jubelte Paul.
„Kims Sporttasche!"

Direkt daneben entdeckte Ollner die Holztür. Er legte einen Finger auf den Mund. „Psst. Wir müssen uns anschleichen. Damit er Kim nichts tut. Wir wissen nicht, ob er bewaffnet ist."

Paul nickte.

Kofi sagte zu ihm: „Paul, da kommen Irene und Magdalena. Du bleibst hier und passt auf die Frauen auf. Sie dürfen nicht da hinein. Das ist viel zu gefährlich."

Paul nickte wieder. Nachdem Stefan und Kofi in dem Gang verschwunden waren, stellte er sich davor.

Kofi schlich voraus, Ollner folgte ihm schwerfällig.

Nach einigen Metern hörten sie jemanden schreien, dann klatschte etwas. Kofi ließ alle Vorsicht fahren. Er schnellte vorwärts und landete in einem kleinen Zimmer. Er sah Nussbaum, der sich über Anna beugte, sie an den Haaren packte und gegen die Wand schlagen wollte. Kofi rappelte sich auf. Konnte er die Waffe benutzen? Im flackernden Licht der Kerzen erkannte er die steinernen Wände. Zu gefährlich. Mit einem Schrei stürzte er sich auf Nussbaum. Er schlug ihm die Faust auf die Nase und drehte ihm den Arm auf den Rücken. „Anna!", rief er. „Anna, bist du okay?"

Stefan tauchte bei ihm auf. Gemeinsam legten sie Nussbaum Handschellen an und setzten ihn auf einen der Stühle.

Kofi beugte sich zu Anna hinunter, strich ihr die Haare aus dem Gesicht und küsste sie sanft. Sie öffnete die Augen, erkannte ihn und lächelte.

Stefan zerrte und riss an der Folie, die Kim bereits bis zur Brust bedeckte. „Sie lebt noch, aber sie ist völlig ausgekühlt."

„Ihre Kleidung liegt hier am Boden."

„Das dauert zu lange." Stefan zog ächzend vor Schmerzen seine Jacke aus und wickelte das Kind darin ein.

Kofi hatte Anna aus der Folie geschnitten und stützte sie auf dem Weg nach draußen.

Während Ollner und die anderen vor dem Haus auf den Notarztwagen warteten, ging Kofi noch einmal in den Kellerraum zurück. Der Anwalt starrte ihn hasserfüllt an. Doch Kofi ignorierte ihn.

Als er Emmas Leiche entdeckte, stieg die Wut in ihm mit solcher Macht auf, dass er Nussbaum am liebsten von hinten die Taschenlampe über den Kopf geschlagen hätte. Stattdessen verpasste er ihm nur eine Kopfnuss. Nussbaum schrie vor Schreck auf und ließ sich vornüber fallen, mit dem Gesicht auf den Tisch.

Kofi stellte sich in die Nische und betrachtete das körnige Schwarz-Weiß-Foto, das wohl Nussbaums Mutter zeigte. Überlebensgroß, mit kalten Augen, einer strengen Nase und einem fordernden Gesichtsausdruck.

Kofi hatte das Gefühl, als würde sie missbilligend auf ihn herabblicken, als fragte sie sich: „Was bist du für ein Versager?"

Er zeigte ihr den Mittelfinger und zog den Samtvorhang zu.

Hinter ihm fing Oliver Nussbaum an zu weinen.

Als Kofi sich bückte, um Kims Kleidungsstücke aufzuheben, bemerkte er ein Buch, das an der Wand lehnte. Er nahm es an sich und schlug es auf.

Auf der ersten Seite sah er das Foto eines dunkelhaarigen Jungen. Er war nackt in Folie eingewickelt und lag auf einer Pritsche, die anders aussah als die, vor der Kofi stand. „Antonio, Klavier“ lautete die Überschrift. Kofi blätterte weiter. Ein Mädchen mit dunklen, geflochtenen Zöpfen. „Maria Teresa, Tennis“, er klappte die nächsten Seiten um. „Hilmar, Fußball“. Diese Fotografie war offensichtlich in diesem Kellerraum aufgenommen worden und präsentierte den schmalen Jungen aus Heide. Das nächste Blatt zeigte Kelvin, danach folgte Emma. Die folgende Seite trug nur eine Überschrift: „Kim, Ballett.“ Das Foto fehlte.

Holzminden
Dienstag, 8. November 2011
gegen 16.30 Uhr

62

Stefan Ollner hatte sich doch noch krankschreiben lassen. Deshalb fuhr Kofi nach der Arbeit mit einer Auswahl chinesischer Take-away-Schachteln bei ihm vorbei.

„Oho, es duftet nach Curry-Hühnchen, lecker, du darfst eintreten."

„Geht's dir besser?", fragte Kofi, während er die Behälter auf den Küchentisch stellte.

„Wenn ich auf meinem Bett liege und lese, tut mir nichts weh."

„Das ist doch ein Fortschritt, oder?" Kofi nahm Teller und Löffel aus dem Küchenschrank. „Ich wollte dir nur sagen, dass die Kölner Kollegen Hanske aufgegriffen haben, er hat in irgendeiner speckigen Spelunke das heulende Elend bekommen. Der Wirtin war's nicht geheuer, deshalb hat sie im Abschnitt angerufen. Er wird morgen überstellt."

„Viel wird er uns nicht erzählen können."

„Mich würde schon interessieren, warum er stiften gegangen ist."

Sie aßen schweigend.

„Weißt du, was mich erleichtert?", fragte Kofi.

„Dass du nächstes Wochenende frei hast?"

„Nee, dass die Leute von der Bürgerwehr nicht für den Tod von Holger Sander verantwortlich sind."

„Hat Oliver Nussbaum den Mord gestanden?"

„Er konnte nicht zulassen, dass jemand herumläuft und dauernd die Aufmerksamkeit auf Leon Scharffetter lenkt", sagte Kofi.

„Besonders, nachdem er seinen Chef ebenfalls in dem Keller eingesperrt hatte."

Kofi schaute vor sich auf den Tisch und zog ein paar Kringel mit seinem Essstäbchen. „Wie viele Kinder er umgebracht hat, können wir anhand des Fotoalbums nachvollziehen. Aber die Anzahl der Menschen, die sterben mussten, damit er seine Taten verstecken konnte, werden wir wohl nie herausfinden."

„Mich würde vor allem interessieren, ob er seine Mutter auch umgebracht hat", sagte Stefan Ollner leise.

„Dazu schweigt er hartnäckig."

Sie stocherten noch ein wenig in ihren Essen herum, ließen aber das meiste stehen.

„Du hast mir noch nicht erklärt, warum es dich freut, dass die Bürgerwehr Sander nicht auf dem Gewissen hat."

„Naja, Holzminden ist doch eigentlich ein gemütliches Städtchen mit friedfertigen Bürgern. Beschaulich und idyllisch. Man kann am Weserufer liegen und sich sonnen, …"

Plötzlich unterbrach Stefan ihn. „Und was wolltest du noch mit mir besprechen?"

„Wie kommst du darauf?"

„Du schleppst hier ein opulentes Mahl an, von dem eine ganze Kompanie satt werden würde, das zeugt entweder von schlechtem Gewissen oder von der Absicht, etwas zu erbitten, quasi Bestechung."

„Einmal Bulle, immer Bulle, oder was?"

„Du musst ja nicht. Ich ziehe mich wieder aufs Bett zurück. Dann störe ich dich nicht beim Abwaschen."

„Es geht um Anna."

„Ist sie schwer verletzt?"

„Ja, das auch. Sie ist zur Überwachung ins Krankenhaus eingewiesen worden. Unterkühlung, Gehirnerschütterung und ein paar Hämatome." Kofi legte den Kopf schief. „Meinst du, ich ... sie, meinst du, sie freut sich, wenn ich sie anrufe?"

„Ich kann zwar nicht hellsehen, aber ich denke mal, nein."

Kofi sackte in sich zusammen.

Ollner warf eine leere Schachtel nach ihm. „Man, lass den Abwasch stehen und fahr hin. Anrufen. Mein Gott, im Krankenhaus anrufen. Du hättest dein Geld in Blumen und nicht in chinesisches Fast Food anlegen sollen."

„Es ist halb fünf, da gibt's bestimmt gleich Abendessen."

„Sag mal, hast du Muffe? Fahr hin, lach sie an, nimm sie in den Arm, und du wirst sehen, sie freut sich."

„Und ich kann dich wirklich mit dem Abwasch?"

„Verschwinde endlich!"

Kofi drückte dem Kollegen die Hand und sauste los.

Hannovers Schützenfest. Alles jubelt, alles lacht, nur einer kann nicht mehr mitfeiern, denn er liegt am Ihme-Ufer und rührt sich nicht mehr. Arne Sonneveld, einer der diesjährigen Bruchmeister. Als Anlageberater hat er sich beruflich nicht nur Freunde gemacht. Kommissarin Marike Kalenberger muss an den Tatort. Und plötzlich steckt sie mittendrin im Geflecht von Schützenehre, geschäftlichen Mauscheleien, Neid, Eifersucht und alkoholisch bedingten Bewusstseinsstörungen.

Günter v. Lonski. Mord auf dem Schützenfest
288 Seiten. Gebunden. ISBN 978-3-8271-9451-0
E-Book 978-3-8271-9611-8 (Pdf)
978-3-8271-9811-2 (Epub)

Im Emmertal soll unterhalb der Hämelschenburg eine Windkraftanlage errichtet werden. Schon die Planung weckt kriminelle Energie von Hameln bis Bad Pyrmont. Der Initiator des Projekts wird tot in Bad Pyrmonts Dunsthöhle gefunden. Dann wird auch noch der Eigentümer von Grund und Boden, auf dem die Anlage errichtet werden soll, tot aus dem Graben an der Hämelschenburg gezogen. Jetzt sind Wesemanns Spürsinn und Beharrungsvermögen gefordert.

Günter v. Lonski. Tödlicher Wind
296 Seiten. Gebunden. ISBN 978-3-8271-9402-2
E-Book 978-3-8271-9602-6 (Pdf)
978-3-8271-9802-0 (Epub)

Ein Sonntagmorgen Anfang April. Ein Wetter wie im November, kühl und nass. Die Polizei meldet eine Leiche an der Münsterbrücke. Hameln ist bestürzt. Anke Papenburg, bekannt durch die Fernsehsendung DNCS Deutschlands Next Casting Star, wird tot aus der Weser geborgen. Selbstmord. So sieht es jedenfalls die Polizei. Nur Hubert Wesemann ist skeptisch. Er recherchiert im Umfeld der Casting-Queen und zweifelt schon bald an Ankes freiwilligem Sturz in die Fluten.

Günter v. Lonski. Das letzte Lied
288 Seiten. Gebunden. ISBN 978-3-8271-9401-5
E-Book 978-3-8271-9600-2 (Pdf)
978-3-8271-9800-6 (Epub)